A CASA PINTADA

John Grisham

A CASA PINTADA

Tradução de
AULYDE SOARES RODRIGUES

Rio de Janeiro - RJ

Título original
A PAINTED HOUSE

Direitos mundiais para a língua portuguesa
reservados com exclusividade à
EDITORA ROCCO LTDA.
Rua Rodrigo Silva, 26 – 5º andar
20011-040 – Rio de Janeiro – RJ
Tel.: 2507-2000 – Fax: 2507-2244
e-mail: rocco@rocco.com.br
www.rocco.com.br

Printed in Brazil/Impresso no Brasil

preparação de originais
MARIA ANGELA VILLELA

CIP-Brasil. Catalogação-na-fonte
Sindicato Nacional dos Editores de Livros, RJ

G888c	Grisham, John, 1955–
	A casa pintada / John Grisham; tradução de Aulyde
	Soares Rodrigues. – Rio de Janeiro: Rocco, 2001
	Tradução de: A painted house
	ISBN 85-325-1304-2
	1. Ficção americana. I. Rodrigues, Aulyde Soares. II.
	Título.

CDD – 813
00-1006   CDU – 820(73)-3

Para meus pais, Weez e Big John,
com amor e admiração.

CAPÍTULO 1

OS MONTANHESES E OS MEXICANOS chegaram no mesmo dia. Era uma quarta-feira, no começo de setembro de 1952. Os Cardinals perdiam dos Dodgers por cinco jogos, a três semanas do fim do campeonato e a temporada parecia sem esperança. Mas o algodão, alto, chegava à cintura do meu pai, acima da minha cabeça, e ele e meu avô, antes do jantar, resmungavam palavras raramente ouvidas. Podiam ter "uma boa safra".

Eles eram fazendeiros, homens que trabalhavam arduamente e só permitiam o pessimismo quando discutiam o tempo ou as colheitas. O sol estava muito forte, ou chovia muito, ou havia ameaça de enchente nas terras baixas, ou falavam da alta do preço das sementes e dos fertilizantes, ou da incerteza do mercado. Nos dias mais perfeitos, minha mãe me dizia, em voz baixa: "Não se impressione. Os homens sempre encontram alguma coisa com que se preocupar."

Pappy, meu avô, preocupava-se com o preço da mão-de-obra quando fomos procurar os montanheses. Eles eram pagos por cada cinqüenta quilos de algodão que colhiam. No ano anterior, segundo ele, era um dólar e meio por cinqüenta quilos. Mas já havia boatos de que um fazendeiro em Lake City estava oferecendo um dólar e sessenta.

Isso o preocupava bastante quando saímos para a cidade. Ele nunca falava quando dirigia porque, segundo a minha mãe, que também não era boa motorista, meu avô tinha medo de veículos motorizados. Sua picape era Ford, de 1939, e com exceção de um velho trator John Deere, era nosso único meio de transporte. Isso não era um grande problema, a não ser quando íamos à igreja e minha mãe e minha avó tinham de se apertar no banco da frente, com seus trajes domingueiros, enquanto meu pai e eu íamos atrás, recebendo toda a poeira. Automóveis modernos eram raros na zona rural de Arkansas. Pappy dirigia a sessenta quilômetros por hora. Sua teoria era de que cada automóvel tinha uma velocidade na qual era mais eficiente, e por meio de algum método vagamente definido havia resolvido que sua picape devia andar a sessenta quilômetros. Minha mãe dizia (só para mim) que isso era ridículo. Dizia também que meu pai certa vez discutira com meu avô sobre a possibilidade da picape andar mais depressa. Mas meu pai raramente dirigia a picape, e pelo menos quando eu estava com ele sempre mantinha os sessenta, por respeito ao meu avô. Minha mãe dizia que desconfiava que ele dirigia mais depressa quando estava sozinho.

Entramos na rodovia 135 e, como sempre, vi Pappy mudar a marcha cuidadosamente — pisando devagar na embreagem, empurrando delicadamente o câmbio — até a picape alcançar sua velocidade perfeita. Então, me inclinei para ver o velocímetro: sessenta quilômetros. Ele sorriu para mim como se nós dois concordássemos que aquela era a velocidade certa para a picape.

A rodovia 135 atravessava, plana e reta, o campo cultivado do Delta do Arkansas. Nos dois lados, até onde eu podia ver, os campos estavam brancos com algodão. Era tempo de colheita, uma época maravilhosa para mim porque as escolas ficavam fechadas durante dois meses. Mas para meu avô era um tempo de enorme preocupação.

À direita, na plantação de Jordan, vimos um grupo de mexicanos trabalhando no campo, ao lado da estrada. Inclinados para a frente, os sacos de algodão nas costas, as mãos se moviam agilmente nas hastes do algodoeiro, arrancando os casulos brancos. Pappy resmungou. Ele não gostava dos Jordan porque eles eram metodistas — e fãs dos Cubs. Agora, o fato de já terem trabalhadores nos campos, era mais um motivo para não gostar deles.

A distância entre a nossa fazenda e a cidade era pouco menos de doze quilômetros, mas a sessenta quilômetros por hora, levávamos vinte minutos. Sempre vinte minutos, mesmo com pouco tráfego. Pappy não acreditava em passar veículos mais vagarosos. É claro que ele era sempre o mais lento. Perto de Black Oak, alcançamos um reboque cheio até em cima com montes de algodão branco como a neve. Uma lona cobria a metade da frente, e os gêmeos Montgomery, da minha idade, pulavam alegremente em cima de todo aquele algodão, até nos avistarem na estrada abaixo deles. Então pararam de pular e acenaram. Eu acenei também, mas meu avô não. Quando ele dirigia, jamais acenava ou inclinava a cabeça para cumprimentar os conhecidos, isso porque, dizia minha mãe, tinha medo de tirar as mãos da direção. Ela dizia que as pessoas falavam dele pelas costas, dizendo que era maleducado e arrogante. Pessoalmente, acho que ele pouco se importava com o que diziam.

Seguimos o reboque dos Montgomery até ele sair da estrada e seguir para a usina descaroçadora e enfardadora de algodão. O reboque era puxado pelo velho trator Massey Harris e dirigido por Frank, o filho mais velho dos Montgomery, que deixou a escola na quinta série e, segundo comentavam na igreja, estava a caminho de sérios problemas.

A rodovia 135 se transformava na rua Principal no curto trecho em que atravessa Black Oak. Passamos pela igreja batista de Black Oak, uma das poucas vezes que passávamos sem parar para algum tipo de serviço religioso. Todas as lojas, as casas de negócios, a igreja, até a escola, ficavam na rua Principal, e aos sábados o tráfego era intenso, pára-choque com pára-choque, quando o pessoal do campo ia à cidade para fazer as compras da semana. Mas era uma quarta-feira, e, quando chegamos, estacionamos na frente do armazém de Pop e Pearl Watson, na rua Principal.

Eu esperei na calçada que meu avô indicasse o armazém com uma inclinação da cabeça. Era a minha deixa para entrar e comprar um chocolate, na conta. Custava só um centavo, mas não era certo eu ganhar um cada vez que ia à cidade.

Ocasionalmente, ele não fazia o sinal, mas eu entrava no armazém assim mesmo e ficava por perto da caixa registradora, até Pearl me dar um, às escondidas, sempre com a ordem rigorosa de não contar ao meu avô. Pearl tinha medo dele. Eli Chandler era um homem pobre, mas intensamente orgulhoso. Ele morreria de fome antes de aceitar comida de graça, e sua lista incluía aquele tipo de doce. Ele me espancaria com uma vara se soubesse que eu tinha aceito um doce, por isso Pearl Watson nem precisava me fazer jurar que guardaria segredo.

Mas dessa vez recebi o sinal. Como sempre, Pearl estava tirando o pó do balcão quando entrei e a abracei formalmente. Então, peguei um chocolate da jarra, ao lado da caixa registradora. Assinei o talão com grande estilo, e Pearl inspecionou minha assinatura.

— Está melhorando, Luke — ela disse.

— Não está mal para um garoto de sete anos — respondi. Com ajuda da minha mãe há dois anos eu praticava a escrita cursiva. — Onde está Pop? — perguntei.

Eles eram os únicos adultos que insistiam em ser chamados pelos primeiros nomes, mas só na loja, quando ninguém mais ouvia. Se entrasse um freguês, viravam de repente senhora e senhor Watson. Eu contei isso para minha mãe e ela disse que tinha certeza de que nenhuma outra criança tinha esse privilégio.

— Nos fundos, arrumando a mercadoria — Pearl disse.

— Onde está seu avô?

Era tarefa de Pearl monitorar cada movimento da população da cidade, por isso qualquer pergunta feita a ela geralmente era respondida com outra.

— Na Loja de Chá, verificando os mexicanos. Posso voltar para lá?

Eu estava resolvido a ganhar na competição de perguntas.

— Melhor não. Vocês vão usar os montanheses também?

— Se nós os encontrarmos. Eli diz que eles não descem mais das montanhas como antes. Ele também pensa que eles são meio doidos. Onde está Champ?

Champ era o velho cão *beagle*, da loja, que nunca saía de perto de Pop.

Pearl sorria sempre que eu chamava meu avô de Eli. Estava pronta para a pergunta seguinte quando o pequeno sino da porta tocou. Um mexicano genuíno entrou sozinho e tímido, como todos eles pareciam ser, no começo. Pearl cumprimentou o recém-chegado com uma delicada inclinação da cabeça. Eu gritei:

— *Buenos días, señor!*

O mexicano sorriu, acanhado.

— *Buenos días* — e desapareceu nos fundos do armazém.

— Eles são boa gente — Pearl disse em voz baixa, como se o mexicano falasse inglês e pudesse ficar ofendido com o elogio. Dei uma mordida no meu chocolate e mastiguei devagar, embrulhando e guardando no bolso a outra metade.

— Eli está preocupado, pensando que terá de pagar demais a eles — disse.

Com um freguês no armazém, Pearl ficou de repente muito ocupada outra vez, limpando e arrumando as coisas em volta da única caixa registradora.

— Eli se preocupa com tudo — ela disse.

— Ele é um fazendeiro.

— Você vai ser fazendeiro?

— Não, senhora. Jogador de beisebol.

— Vai jogar com os Cardinals?

— É claro.

Pearl cantarolou por algum tempo enquanto eu esperava o mexicano. Eu sabia mais algumas palavras de espanhol e estava ansioso para usá-las.

As velhas prateleiras de madeira estavam repletas de mercadorias frescas. Eu gostava do armazém na época da colheita porque Pop o enchia de cima a baixo. Os colhedores de algodão iam chegar, e o dinheiro ia mudar de mãos.

Pappy abriu a porta o bastante para enfiar a cabeça para dentro.

— Vamos embora — ele disse; então: — Como vai, Pearl.

— Como vai, Eli — ela disse, batendo de leve com a mão na minha cabeça e me mandando embora.

— Onde estão os mexicanos? — perguntei para Pappy quando saímos.

— Devem chegar no fim da tarde.

Voltamos para a picape e saímos da cidade, na direção de Jonesboro, onde meu avô sempre encontrava o pessoal das montanhas.

Estacionamos no acostamento da rodovia, perto do cruzamento com uma estrada de cascalho. Na opinião de Pappy, era o melhor lugar na região para apanhar os montanheses. Eu não tinha tanta certeza. Há uma semana ele vinha tentando em vão contratar alguns. Abrimos a parte traseira da picape e sentamos no sol escaldante por uma hora inteira, em completo silêncio, até a primeira picape parar ao nosso lado. Estava limpa e tinha bons pneus. Se tivéssemos a sorte de contratar os montanheses, eles morariam conosco durante os próximos dois meses. Queríamos gente limpa, e o fato daquela picape ser muito melhor que a de Pappy era um bom sinal.

— 'tarde — Pappy disse, quando o motor foi desligado.

— Como vai — disse o motorista.

— De onde vocês são? — perguntou Pappy.

— Do norte de Hardy.

Sem movimento de veículos por perto, meu avô foi para o meio da estrada com uma cara agradável, examinando a picape e seu conteúdo. O motorista e sua mulher estavam na frente com uma menininha entre os dois. Três adolescentes grandes dormiam na parte de trás. Todos pareciam saudáveis e estavam bem vestidos. Percebi que Pappy os queria.

— Estão procurando trabalho? — ele perguntou.

— Isso. Procuramos Lloyd Crenshaw, em algum lugar a oeste de Black Oak.

Meu avô apontou para um lado e para outro e eles seguiram viagem. Nós os observamos até desaparecerem na estrada.

Ele podia ter oferecido pagar mais do que Lloyd Crenshaw prometia. A gente das montanhas era famosa por negociar o preço da mão-de-obra. No ano anterior, no meio da primeira colheita em nossa fazenda, os Fullbright, de Calico Rock, desapareceram numa noite de domingo e foram trabalhar para um fazendeiro, a dezesseis quilômetros de distância.

Mas Pappy não era desonesto, nem queria começar uma guerra, com um leilão.

Começamos a jogar bola na beira de uma plantação de algodão e parávamos sempre que uma picape parava ao nosso lado.

Minha luva era uma Rawlings, deixada por Papai Noel no último Natal. Eu dormia com ela todas a noites e a lubrificava uma vez por semana, e era a coisa mais querida da minha alma.

Meu avô, que me ensinou a lançar e a apanhar a bola, não precisava de luva. Suas mãos grandes e calosas absorviam meus arremessos sem nenhum problema.

Embora um homem quieto, que nunca se gabava, Eli Chandler fora um lendário jogador de beisebol. Com dezessete anos assinou contrato com os Cardinals para jogar beisebol profissionalmente. Mas a Primeira Guerra o chamou e, logo depois que voltou para casa seu pai morreu. Sem outra escolha, Pappy se tornou fazendeiro.

Pop Watson gostava de me contar histórias sobre a grandeza de Eli Chandler no beisebol — a distância e a força com que ele arremessava a bola. "Provavelmente o maior jogador de Arkansas de todos os tempos", era a opinião de Pop.

— Melhor do que Dizzy Dean? — eu perguntava.

— Dizzy nem chega perto — Pop dizia, com um suspiro.

Quando eu contava essas histórias para minha mãe, ela sorria e dizia: "Tenha cuidado. Pop gosta de inventar histórias."

Pappy, que esfregava a bola com as mãos enormes, inclinou a cabeça para o lado quando ouviu o motor de um carro. Uma picape vinha do oeste com um reboque atrelado. A quatrocentos metros de distância podíamos ver que eram montanheses. Fomos para o acostamento e esperamos o motorista parar o carro, arranhando a engrenagem.

Contei sete pessoas, cinco na picape, duas no reboque.

— Como vai — o motorista falou devagar, olhando meu avô de alto a baixo, enquanto nós os examinávamos rapidamente.

— Boa tarde — Pappy disse, dando um passo para a picape, mas ainda mantendo distância.

Vi a marca escura de masca de tabaco sob o lábio inferior do motorista. Era um péssimo sinal. Minha mãe achava que a maioria dos montanheses não observava as regras de higiene e tinha maus hábitos. Tabaco e álcool eram proibidos em nossa casa. Éramos batistas.

— Meu nome é Spruill — ele disse.

— Eli Chandler. Muito prazer. Estão procurando trabalho?

— Isso.

— De onde são?

— Eureka Springs.

A picape era quase tão antiga quanto a de Pappy, com pneus carecas, pára-brisa rachado, pára-lamas enferrujados e o que parecia uma tinta azul desbotada, debaixo de uma camada de poeira. Uma prateleira, construída em cima da parte de trás, estava cheia de caixas de papelão e sacos de lona com suprimentos. Debaixo dela, no chão, vi um colchão encostado na parte de trás do banco da frente. Dois meninos grandes estavam de pé em cima dele, olhando inexpressivamente para mim. Sentado na porta traseira da picape estava um homem jovem e pesado, com ombros maciços e pescoço largo como um toco de árvore. Ele cuspiu masca de tabaco entre a picape e o reboque e parecia ignorar completamente meu avô e eu. Balançou os pés lentamente e cuspiu outra vez, sem tirar os olhos do asfalto da estrada.

— Estou procurando mão-de-obra para o campo — Pappy disse.

— Quanto está pagando? — perguntou o senhor Spruill.

— Um dólar e sessenta por cinqüenta quilos — Pappy disse.

O senhor Spruill franziu a testa e olhou para a mulher ao seu lado. Murmuraram alguma coisa.

Era nesse ponto do ritual que deviam ser tomadas decisões rápidas. Nós tínhamos de resolver se queríamos ou não aquela gente morando conosco. E eles tinham de aceitar ou rejeitar nosso preço.

— Que tipo de algodão? — o senhor Spruill perguntou.

— Stoneville — meu avô disse. — Os casulos estão maduros, fáceis de colher.

O senhor Spruill podia olhar em volta e ver os casulos de algodão prontos para a colheita. O sol, o solo e as chuvas tinham cooperado até então. Pappy, é claro, estava preocupado com a previsão ameaçadora de chuva do *Farmers' Almanac*.

— No ano passado recebemos um e sessenta — o senhor Spruill disse.

Eu não me interessava por conversa sobre dinheiro, por isso fui até a linha central da pista, para examinar o reboque. Os pneus eram mais carecas que os da picape, um deles estava quase vazio, por causa do peso. Ainda bem que estavam quase no fim da jornada.

Em um canto do reboque, com os cotovelos apoiados na lateral, estava uma menina muito bonita. Cabelo muito escuro, todo penteado para trás, e enormes olhos castanhos. Era mais moça do que minha mãe, mas certamente muito mais velha do que eu, e não pude deixar de admirá-la.

— Qual o seu nome? — ela perguntou.

— Luke — eu disse, chutando uma pedra. Senti imediatamente o calor no rosto. — E o seu?

— Tally. Quantos anos você tem?

— Sete. E você?

— Dezessete.

— Há quanto tempo estão viajando nesse reboque?

— Um dia e meio.

Ela estava descalça e com um vestido sujo e muito justo — até os joelhos.

Foi a primeira vez que me lembro de ter examinado realmente uma mulher. Ela olhava para mim com um sorriso de quem sabe das coisas. Um garoto sentado num engradado de madeira perto dela, de costas para nós, voltou-se devagar e olhou para mim como se eu não estivesse ali. Tinha olhos verdes, a testa longa coberta pelo cabelo liso e negro. Seu braço esquerdo parecia paralisado.

— Este é Trot — ela disse. — Ele não é normal.

— É um prazer conhecê-lo, Trot — eu disse, mas ele desviou os olhos. Parecia não me ouvir. — Quantos anos ele tem? — perguntei a ela.

— Doze. Ele é aleijado.

Trot virou bruscamente para um canto, sacudindo o braço inútil. Meu amigo Dewayne dizia que o pessoal das montanhas casava entre primos e por isso tinham tantos defeituosos na família.

Mas Tally parecia perfeita. Ela olhava pensativamente para os algodoais e eu admirei seu vestido sujo outra vez.

Eu sabia que meu avô e o senhor Spruill haviam chegado a um acordo porque o senhor Spruill ligou o motor do seu carro. Passei pelo reboque, pelo homem sentado na parte de trás que acabava de acordar mas continuava a olhar para o chão e fiquei ao lado de Pappy.

— Vá por ali e a quatorze quilômetros entre à esquerda. Vai passar por um celeiro queimado e depois de nove quilômetros vai chegar ao rio São Francisco. Somos a primeira fazenda logo depois do rio, à esquerda.

— Terras baixas? — o senhor Spruill perguntou, como se estivesse sendo mandado para um pântano.

— Uma parte. Mas é boa terra.

O senhor Spruill olhou outra vez para a mulher, depois para nós.

— Onde vamos ficar?

— Encontrarão uma área sombreada nos fundos, perto do silo. É o melhor lugar.

Nós os vimos se afastar, as engrenagens chocalhando, engradados, caixas de papelão e panelas sacudindo.

— Você não gosta deles, gosta? — perguntei.

— São boa gente. Apenas diferentes.

— Então, foi uma sorte encontrá-los, não foi?

— Sim, foi.

Mais trabalhadores no campo significava que eu teria de apanhar menos algodão. No mês seguinte, eu iria para o campo ao nascer do dia, com um saco de dois metros nas costas e olharia por um momento para a fila interminável de algodoeiros, as hastes mais altas do que eu, e então começava o trabalho, completamente perdido do mundo. E apanharia algodão, arrancando os casulos fofos das hastes em ritmo regular, enfiando-os no saco pesado, com medo de olhar as fileiras e lembrar do quanto eram intermináveis, com medo de retardar o trabalho porque alguém ia notar. Meus dedos sangrariam, meu pescoço queimaria, minhas costas ficariam doloridas.

Sim. Eu queria muita ajuda nos campos. Muita gente das montanhas, muitos mexicanos.

CAPÍTULO 2

COM O ALGODÃO ESPERANDO, meu avô não era um homem paciente. Embora continuasse a dirigir a picape na velocidade requerida, inquietava-se porque os outros campos ao longo da estrada já estavam cheios de trabalhadores e os nossos não. Nossos mexicanos estavam atrasados dois dias. Paramos outra vez perto do armazém de Pop e Pearl e eu fui com Pappy para a Casa de Chá, onde ele reclamou com o encarregado da mão-de-obra das fazendas.

— Descanse, Eli — o homem disse. — Eles vão chegar a qualquer minuto.

Ele não podia descansar. Fomos a pé até a usina de Black Oak, quase no fim da cidade, uma longa caminhada — Pappy não queria gastar gasolina. Entre seis e onze horas daquela manhã, ele colhera cem quilos de algodão, mas ainda andava tão depressa que eu tinha de correr para acompanhá-lo.

O pátio de cascalho da usina estava repleto de reboques com algodão, alguns vazios, outros esperando a vez. Acenei outra vez para os gêmeos Montgomery que já iam embora, com o reboque vazio, voltando para casa, para apanhar outro carregamento.

A usina rugia com o coro do maquinário pesado. Eram máquinas incrivelmente barulhentas e perigosas. Em todas as épocas de colheita pelo menos um trabalhador era vítima de algum acidente terrível. Eu tinha medo das máquinas, e quando Pappy me mandou esperar no lado de fora fiquei feliz. Ele passou por um grupo de trabalhadores contratados que esperavam ao lado dos seus reboques, sem ao menos uma inclinação de cabeça. Ele tinha muito que pensar.

Encontrei um posto seguro ao lado do lugar para onde eram transportados os fardos de algodão e empilhados no reboque que ia para as Carolinas. Numa das extremidades da usina, o algodão recentemente colhido era sugado dos reboques por meio de um cano longo, de trinta e cinco centímetros de largura, e, depois, desaparecia no prédio onde as máquinas trabalhavam nele. Saía no outro lado em fardos quadrados cobertos com lona e amarrados firmemente com tiras de aço de uma polegada. Uma boa usina produzia fardos perfeitos, que podiam ser empilhados como tijolos.

Um fardo de algodão valia cento e setenta e cinco dólares, mais ou menos, dependendo dos mercados. Uma boa safra podia produzir um fardo por hectare. Nós alugávamos oitenta acres. A maioria dos garotos das fazendas podia fazer a conta.

Na verdade, a conta era tão fácil que nos perguntávamos por que alguém queria ser fazendeiro. Minha mãe se encarregava de me fazer entender os números. De acordo com um pacto secreto entre nós dois, eu não ficaria na fazenda, sob nenhuma circunstância. Terminaria as doze séries da escola e iria jogar com os Cardinals.

Pappy e meu pai haviam tomado um empréstimo, de 14 mil dólares em março, com o dono da usina. Era um empréstimo sobre sua safra e o dinheiro ia para sementes, fertilizante, mão-de-obra e outras despesas. Até então tivemos sorte — o tempo fora quase perfeito e a safra parecia boa. Se nossa sorte continuasse durante a colheita e os campos produzissem um fardo por hectare, então a operação de cultivo dos Chandler ficaria equilibrada. Esse era nosso objetivo.

Mas, como a maioria dos fazendeiros, Pappy e meu pai tinham dívidas do ano anterior. Deviam ao dono da usina duzentos mil dólares de 1951, quando a safra foi média, deviam também ao vendedor do trator John Deere em Jonesboro, deviam o pagamento de peças aos Irmãos Lance, de combustível, à Cooperativa de sementes e equipamento e a Pop e Pearl Watson, de compras para a casa.

É claro que eu não devia saber nada sobre os empréstimos, sobre a safra nem sobre suas dívidas. Mas no verão meus pais muitas vezes sentavam nos degraus da frente até tarde da noite, esperando que o ar ficasse mais fresco para dormir sem transpirar, e conversavam. Minha cama ficava perto da janela que dava para a varanda. Eles pensavam que eu estava dormindo, mas eu ouvia mais do que devia ouvir.

Embora não tivesse certeza, eu tinha uma forte suspeita de que Pappy precisava pedir mais dinheiro emprestado para pagar os mexicanos e o pessoal da montanha. Eu não sabia se ele tinha ou não o dinheiro. Ele estava com a testa franzida quando caminhamos para a usina, e estava com a testa franzida quando voltamos para casa.

Os montanheses há décadas migravam dos Ozarks para apanhar algodão. Muitos deles tinham casa e terras próprias, e muitas vezes carros melhores que os dos fazendeiros que os contratavam para a colheita. Trabalhavam arduamente, economizavam e pareciam tão pobres quanto nós.

Por volta de 1950 a migração diminuiu. O surto de desenvolvimento do pós-guerra finalmente chegou um pouco enfraquecido a Arkansas, pelo menos em algumas partes do estado, e os jovens das montanhas não precisavam mais de dinheiro extra com a mesma urgência de seus pais. Eles simplesmente ficavam em casa. Apanhar algodão não era uma coisa para voluntários. Os fazendeiros foram sujeitos a uma falta de mão-de-obra que gradualmente foi piorando. Então, alguém descobriu os mexicanos.

O primeiro caminhão cheio de mexicanos chegou a Black Oak em 1951. Contratamos seis, incluindo Juan, meu companheiro, que me fez experimentar a primeira *tortilla*. Juan e quarenta outros tinham viajado três dias na parte traseira de um longo reboque, amontoados uns sobre os outros, com pouca comida, nenhuma proteção contra o sol e sem abrigo da chuva. Estavam exaustos e desorientados quando chegaram à rua Principal. Pappy disse que o reboque fedia mais do que um vagão de gado. Os que viram contaram para outros e logo as senhoras das igrejas batista e metodista começaram a denunciar abertamente as condições primitivas do transporte dos mexicanos.

Minha mãe reclamava abertamente, pelo menos para meu pai. Eu os ouvi falando a respeito muitas vezes depois que o algodão já fora colhido e os mexicanos mandados de volta para casa. Ela queria que meu pai falasse com os outros fazendeiros, exigindo garantia do encarregado da mão-de-obra de que todos os que reuniam os mexicanos e os enviavam para as fazendas os tratariam melhor. Ela achava que era nosso dever de fazendeiros proteger os trabalhadores, uma idéia que meu pai compartilhava de certa forma, embora não parecesse muito entusiasmado com a perspectiva de liderar o movimento. Pappy não dava a mínima. Nem os mexicanos; eles só queriam trabalhar.

Os mexicanos chegaram finalmente logo depois das quatro horas da tarde. Houve boatos de que viriam de ônibus, e eu sem dúvida esperava que fosse verdade. Eu não queria que meus pais se preocupassem com o assunto durante outro inverno. Também não queria que os mexicanos fossem tratados tão mal.

Mas eles estavam num reboque bem velho, os lados da parte traseira fechados com tábuas e sem capota para protegê-los. Sem dúvida os vagões de gado eram melhores.

Eles desembarcaram cautelosamente do reboque para a rua, três ou quatro de cada vez, uma onda depois da outra. Saíram todos por fim, e na frente da Cooperativa se reuniram na calçada, em grupos pequenos e atordoados. Estendiam os braços e as pernas, inclinavam o corpo e olhavam em volta como se tivessem desembarcado em outro planeta. Contei sessenta e dois. Para meu grande desapontamento, Juan não estava entre eles.

Eram vários centímetros mais baixos do que Pappy, muito magros e todos tinham cabelos negros e pele morena. Cada um carregava uma pequena sacola de roupas e suprimentos.

Pearl Watson ficou na calçada, na frente do seu armazém, mãos na cintura, olhando para eles. Eram seus fregueses
e ela com certeza não queria que fossem maltratados. Eu sabia que no domingo as senhoras das igrejas iam protestar outra vez. E sabia que minha mãe ia me interrogar, logo que
chegássemos em casa com nosso grupo.

O homem encarregado da mão-de-obra trocou palavras
exaltadas com o motorista da picape. Alguém no Texas havia
de fato prometido que os mexicanos seriam enviados em um
ônibus. Era a segunda leva que chegava em um reboque sujo.
Pappy nunca fugia de uma luta, e eu percebi que ele queria
entrar na discussão e acabar com o motorista da picape. Mas
estava zangado também com o encarregado da mão-de-obra, e
não via nenhuma vantagem em discutir com os dois. Sentamos
na parte de trás da nossa picape e esperamos a poeira baixar.

Quando terminou a gritaria começaram a tratar da papelada. Os mexicanos continuaram agrupados na frente da Cooperativa. Ocasionalmente olhavam para nós e para os outros
fazendeiros, que começavam a se reunir na rua Principal. A
notícia se espalhou — tinha chegado nova leva.

Pappy ficou com os dez primeiros. O líder, Miguel, parecia ser o mais velho e, como notei na minha inspeção inicial,
era o único que tinha uma sacola. Os outros carregavam seus
pertences em sacos de papel.

O inglês de Miguel era passável, mas não tão bom quando o de Juan. Conversei com ele, enquanto Pappy tratava dos
papéis. Miguel me apresentou ao grupo. Havia um Rico, um
Roberto, um José, um Luís, um Pablo e outros, cujos nomes
não compreendi. Lembrei da experiência do ano anterior. Levaria uma semana para distinguir um do outro.

Embora exaustos, todos pareciam se esforçar para sorrir
— exceto o que sorriu com desdém quando olhei para ele.
Miguel apontou para o chapéu tipo faroeste que ele usava e
disse:

— Ele pensa que é um caubói, por isso o chamamos assim.

Caubói era muito jovem e alto para um mexicano. Seus
olhos eram pequenos e cruéis. Usava um bigode fino que só

aumentava a impressão de ferocidade. Ele me assustou tanto que por um momento pensei em falar com Pappy. Certamente eu não queria aquele homem morando na nossa fazenda nas semanas seguintes. Mas, em vez disso, apenas me afastei dele.

Nosso grupo de mexicanos acompanhou Pappy até o armazém de Pop e Pearl. Eu fui atrás, evitando ficar muito perto de Caubói. No armazém tomei minha posição junto à caixa registradora, onde Pearl esperava por alguém para ouvir seus comentários em voz baixa.

— Eles os tratam como animais — ela disse.

— Eli diz que estão felizes por estar aqui — murmurei. Meu avô esperava ao lado da porta, braços cruzados, vendo os mexicanos escolher as poucas coisas que precisavam. Miguel dava instruções para o resto.

Pearl não tinha nenhuma intenção de criticar Eli Chandler. Mas lançou um olhar indignado para ele, que meu avô não viu. Pappy não se importava comigo ou com Pearl. Impacientava-se porque o algodão não estava sendo colhido.

— É horrível — ela disse. Percebi que Pearl não via a hora de se livrar de nós, para se encontrar com suas amigas da igreja e outra vez incentivar o protesto. Pearl era metodista.

À medida que os mexicanos se dirigiam à caixa, Miguel dava os nomes para Pearl que, por sua vez, abria uma conta para cada um. Ela fazia a conta, registrava a quantia ao lado do nome do trabalhador e mostrava o livro para Miguel e para o freguês. Crédito instantâneo. Estilo americano.

Eles compraram farinha e gordura para fazer *tortillas*, muito feijão em lata e em saco e arroz. Nada extra — nada de açúcar ou doces, nenhum vegetal. Comiam o mínimo possível porque comida custava dinheiro. Seu objetivo era economizar cada centavo que podiam levar para casa.

É claro que aquela pobre gente não tinha idéia de para onde estava indo. Não sabia que minha mãe era devotada à sua horta e passava mais tempo cuidando dos seus vegetais que do algodão. Eles tinham sorte porque minha mãe acreditava que ninguém que morasse perto da nossa fazenda devia ficar sem comida.

Caubói foi o último da fila, e quando Pearl sorriu para ele, pensei que o mexicano ia cuspir nela. Miguel ficou perto dele. Acabava de passar três dias ao lado de Caubói no reboque e com certeza sabia tudo que devia saber sobre ele.

Eu me despedi de Pearl pela segunda vez naquele dia, o que era estranho porque geralmente eu só a via uma vez por semana.

Pappy levou os mexicanos para a picape. Eles subiram na parte de trás e sentaram muito juntos, pés e pernas entrelaçados. Em silêncio, olhavam para a frente como se não tivessem idéia de onde terminaria a jornada.

A velha picape estranhou o peso, mas finalmente chegou aos sessenta quilômetros e Pappy quase sorriu. Era o fim da tarde e o tempo estava quente e seco, perfeito para a colheita. Com os Spruill e os mexicanos tínhamos afinal mão-de-obra suficiente para colher nossa safra. Enfiei a mão no bolso e tirei a outra metade do chocolate.

Muito antes de chegarmos à nossa casa, vimos fumaça e depois uma barraca. Morávamos em uma estrada de terra, com muita poeira na maior parte do ano, e Pappy dirigia vagarosamente para não sufocar os mexicanos.

— O que é aquilo? — perguntei.

— Parece uma espécie de barraca — Pappy disse.

Estava na extremidade do gramado na frente da casa, debaixo de um carvalho de cem anos, muito perto de onde ficava a base do batedor de beisebol. Pappy diminuiu mais a velocidade quando nos aproximamos da nossa caixa de correio. Os Spruill tinham tomado conta de mais da metade do espaço na frente da casa. A barraca grande era de um branco sujo com teto pontudo e armada com uma variedade de varetas aparadas à mão e postes de metal. Dois lados da barraca estavam abertos e podíamos ver caixas e cobertores no chão. Vi também Tally dormindo lá dentro.

A picape dos Spruill estava estacionada ao lado, a parte de trás coberta com outra espécie de tenda, segura por cordas de enfardar, presas ao chão, de modo que não podia ser tirada do lugar sem antes desmontar a tenda. O velho reboque fora parcialmente descarregado, as caixas e as sacolas de lona espalhadas sobre a grama, como se atingidas por uma tempestade.

A senhora Spruill cuidava do fogo, por isso a fumaça. Por algum motivo, ela escolheu um lugar vazio, perto da extremidade do gramado. O lugar exato em que Pappy ou meu pai quase todas as tardes apanhavam minhas bolas rápidas e minhas bolas curvas. Tive vontade de chorar. Jamais perdoaria o senhor Spruill por aquilo.

— Pensei que o senhor tivesse dito a eles para se instalar atrás do silo — observei.

— Eu disse — Pappy respondeu.

Diminuiu a marcha quase parando e entrou no nosso terreno. O silo ficava atrás, perto do celeiro, a uma boa distância da casa. Outros montanheses já tinham acampado na nossa fazenda — nunca no gramado da frente.

Meu avô estacionou debaixo de outro carvalho de apenas setenta anos, segundo minha avó. Era o mais novo dos três que davam sombra à casa e ao jardim. Paramos perto da casa, sobre as mesmas marcas de pneus na terra seca onde Pappy parava há décadas. Minha mãe e minha avó nos esperavam na escada, na frente da cozinha.

Ruth, minha avó, não gostou nada do fato dos montanheses terem se apropriado do nosso gramado. Pappy e eu vimos isso assim que descemos do carro. Ela estava com as mãos na cintura.

Minha mãe estava ansiosa para examinar os mexicanos e me perguntar sobre as condições da viagem deles. Aproximando-se de mim e pondo a mão no meu ombro, ela os viu descer da picape.

— São dez — ela disse.

— Sim, senhora.

Vovó se encontrou com Pappy na frente da picape e disse, em voz baixa, mas furiosa:

— Por que aquela gente está no nosso jardim?

— Eu os mandei acampar atrás do silo — Pappy disse, nunca disposto a ceder, nem mesmo para sua mulher. — Não sei por que escolheram este lugar.

— Não pode pedir que saiam?

— Não posso. Se eles fizerem as malas, vão embora. Você sabe como é essa gente das montanhas.

E esse foi o fim das perguntas de vovó. Não iam discutir na minha frente e na frente dos dez mexicanos. Ela caminhou para a casa, balançando a cabeça em desaprovação. Na verdade, Pappy não dava a mínima para onde os montanheses acampavam. Eles pareciam saudáveis e com vontade de trabalhar, e nada mais importava para ele.

Desconfiei que vovó também não se importava muito. A colheita era tão crucial que teríamos aceito um grupo de condenados, se pudessem colher cento e cinqüenta quilos de algodão por dia.

Os mexicanos acompanharam Pappy até o celeiro que ficava a 107 metros dos degraus dos fundos da varanda. Depois vinha o galinheiro, a bomba d'água, os varais de roupa e o galpão das ferramentas, passando por uma árvore de bordo que ficava vermelha em outubro. Meu pai tinha me ajudado a medir a distância exata um dia, em janeiro. Para mim parecia um quilômetro. Da base do batedor até o muro da ala esquerda do Sportsman's Park, onde os Cardinals jogavam, eram 107 metros, e toda vez que Stan Musial marcava um ponto eu sentava no degrau no dia seguinte e admirava a distância da sua jogada. Em meados de julho, ele acertou uma bola a 122 metros, no jogo contra os Braves. Pappy disse então: "Ele jogou por cima do celeiro, Luke."

Nos dois dias seguintes, eu sentei no degrau sonhando em rebater a bola por cima do celeiro.

Quando os mexicanos passaram pelo galpão de ferramentas, minha mãe disse:

— Eles parecem muito cansados.

— Viajaram num reboque, sessenta e dois deles — eu disse, ansioso para dar uma explicação que ajudasse as coisas.

— Justamente o que eu temia.

— Um reboque velho. Velho e sujo. Pearl está furiosa.

— Não vai acontecer outra vez — ela disse, e eu sabia
que meu pai ia ouvir um bocado. — Vá ajudar seu avô.

Eu tinha passado grande parte das últimas duas semanas
no celeiro, só com minha mãe, varrendo e limpando o sótão,
tentando preparar um lar para os mexicanos. A maioria dos
fazendeiros os instalava em casas de aluguel abandonadas ou
no celeiro. Diziam que Ned Shackleford, a quase cinco quilômetros ao sul, os havia acomodado com as galinhas.

Na fazenda dos Chandler não era assim. Na falta de outro
abrigo, os mexicanos teriam de viver no sótão do nosso celeiro, mas sem sujeira em lugar algum. E com um cheiro bom.
Durante um ano minha mãe havia juntado velhos cobertores e
acolchoados para eles.

Entrei no celeiro, mas fiquei embaixo, perto do estábulo
de Isabel, nossa vaca leiteira. Pappy afirmava que sua vida
fora salva na Primeira Grande Guerra por uma jovem france-
sa chamada Isabel, e em honra de sua memória resolveu dar
seu nome à nossa vaca *jersey*. Minha avó nunca acreditou
nessa história.

Eu os ouvia lá em cima, no sótão, arrumando as coisas.
Pappy falava com Miguel, que estava impressionado com a
limpeza e a comodidade do sótão. Pappy aceitava os elogios
como se tivesse limpado tudo sozinho.

Na verdade, ele e minha avó viam com ceticismo os esforços de minha mãe para garantir aos trabalhadores um lugar decente para dormir. Criada numa pequena fazenda na
periferia de Black Oak, ela era quase uma mulher da cidade.
Cresceu com amigos bons demais para colher algodão. Nunca foi a pé para a escola — o pai a levava de automóvel. Esteve três vezes em Mênfis antes de se casar com meu pai. Sua
casa era pintada.

CAPÍTULO 3

NÓS, OS CHANDLER, ALUGÁVAMOS a terra do senhor Vogel, de Jonesboro, um homem que eu nunca vi. Seu nome era raramente mencionado, mas quando surgia numa conversa, era citado com respeito e admiração. Para mim ele era o homem mais rico do mundo.

Pappy e minha avó alugavam as terras desde antes da Grande Depressão, que chegou cedo e ficou até muito tarde na região rural de Arkansas. Depois de trinta anos de trabalho estafante, conseguiram comprar do senhor Vogel a casa e 1,2 hectare em volta dela. Tinham também o trator John Deere, dois discos para arar a terra, um plantador de sementes, um reboque para algodão, um reboque aberto atrás, duas mulas, uma carroça e a picape. Um acordo vago garantia a meu pai o título de co-proprietário desses bens. O contrato de aluguel da terra estava no nome de Eli e Ruth Chandler.

Os únicos fazendeiros que ganhavam dinheiro eram os que possuíam terras. Os que alugavam como nós, tentavam equilibrar as finanças. Era pior para os meeiros, condenados à pobreza eterna.

O objetivo do meu pai era possuir 16 hectares de terra, livres e desimpedidos de ônus. Os sonhos de minha mãe eram guardados em segredo, compartilhados somente por mim, quando fiquei mais velho. Mas eu já sabia que ela desejava deixar a vida do campo e tinha resolvido que eu não seria fazendeiro. Aos sete anos eu já era um crente desses sonhos.

Quando certificou-se de que os mexicanos estavam bem instalados, ela me mandou procurar meu pai. Era tarde, o sol descia atrás das árvores que ladeavam o rio São Francisco e era hora dele pesar seu saco de algodão pela última vez e encerrar o dia de trabalho.

Descalço segui pela passagem de terra entre os dois campos, à procura dele. O solo era escuro e rico, boa terra cultivável do delta que produzia o bastante para prender a pessoa a ela. Adiante eu vi o reboque, sabia que meu pai colhia algodão, e segui na direção dele.

Jesse Chandler era o filho mais velho de Pappy e vovó. Seu irmão mais novo, Ricky, de dezenove anos, lutava em algum lugar da Coréia. Tinha duas irmãs que deixaram a fazenda assim que terminaram o primeiro grau.

Meu pai não foi embora. Estava resolvido a ser fazendeiro como seu pai e seu avô, com a diferença que seria o primeiro Chandler a ser dono da sua terra. Eu não sabia se ele tinha sonhos de uma vida longe do campo. Como meu avô, fora um excelente jogador de beisebol, e tenho certeza de que em algum tempo sonhou em ser profissional. Mas foi ferido na coxa por uma bala alemã, em Anzio, em 1944, e sua carreira no beisebol acabou aí.

Ele claudicava um pouco, mas quase todos que trabalhavam no algodoal mancavam levemente.

Parei ao lado do reboque quase vazio, na estreita rua da plantação, esperando que ficasse cheio. Subi no reboque. À minha volta, de todos os lados, fileiras de hastes verdes e marrons se estendiam até as três linhas que marcavam os limites das nossas terras. No topo das hastes, casulos fofos de algodão brotavam ainda. O algodão nascia a cada minuto, de modo que quando subi na parte de trás do reboque e olhei para os campos, vi um oceano branco. Os campos estavam silenciosos — nenhuma voz, nenhum motor de trator, nenhum carro na estrada. Por um momento, quase consegui compreender por que meu pai quis ser fazendeiro.

Eu mal podia ver seu velho chapéu de palha, à distância, movendo-se entre as fileiras. Saltei do reboque e corri ao seu encontro. Com o começo da noite, as passagens entre as fileiras eram mais escuras ainda. Como o sol e a chuva tinham cooperado, as folhas eram espessas e ondulavam, roçando no meu rosto enquanto eu andava depressa na direção do meu pai.

— É você, Luke? — ele perguntou, sabendo muito bem que ninguém mais podia ter ido procurá-lo.

— Sim, senhor! — respondi, acompanhando o som da sua voz. — Mamãe disse que está na hora de parar, por hoje.

— Ela acha mesmo?

— Sim, senhor. — Entrei na fileira mais próxima dele. Passei entre as hastes e lá estava ele, inclinado para a frente, as duas mãos se movendo entre as folhas, habilmente colhendo o algodão e pondo no saco quase cheio, dependurado no ombro. Meu pai estava no campo desde o nascer do dia, tendo parado só para almoçar.

— Vocês encontraram alguém para ajudar? — ele perguntou, sem olhar para mim.

— Sim, senhor — eu disse, orgulhosamente. — Mexicanos e montanheses.

— Quantos mexicanos?

— Dez — falei como se eu os tivesse contratado pessoalmente.

— Isso é bom. Quem são os montanheses?

— Os Spruill. Esqueci de onde eles são.

— Quantos? — Ele terminou um pé de algodão e seguiu em frente com o saco pesado nas costas.

— Um carro cheio. É difícil dizer. Vovó está zangada porque eles acamparam na frente da casa, até acenderam um fogo no lugar da base do batedor. Pappy os mandou acampar atrás do silo. Eu ouvi. Acho que eles não são muito inteligentes.

— Não vá dizer isso para eles.

— Não, senhor. De qualquer modo, vovó não está satisfeita.

— Ela vai ficar bem. Precisamos dos montanheses.

— Sim, senhor. Foi o que Pappy disse. Mas detestei ver como estragaram nossa base.

— A colheita é mais importante do que o beisebol agora.

— Acho que é. — Talvez na opinião dele.

— Como estão os mexicanos?

— Não muito bem. Eles os amontoaram no reboque outra vez e mamãe não gostou nada disso.

Suas mãos pararam por um segundo enquanto ele considerava outro inverno de protestos.

— Eles simplesmente estão felizes por estar aqui — meu pai disse, movendo as mãos outra vez.

Dei alguns passos na direção do reboque distante, depois virei e olhei para ele.

— Diga isso para a mamãe.

Ele olhou para mim, antes de perguntar:

— Juan conseguiu vir?

— Não, senhor.

— Sinto muito.

Eu tinha falado sobre Juan o ano todo. No último outono ele me prometeu que voltaria.

— Tudo bem — eu disse. — O novo cara é Miguel. Muito educado.

Contei nossa viagem à cidade, como achamos os Spruill, falei de Tally e de Trot e do jovem grande na traseira da picape. Depois falei sobre a volta à cidade, onde meu avô discutiu com o encarregado da mão-de-obra, depois sobre nossa ida à usina, depois sobre os mexicanos. Falei sozinho porque, sem dúvida, meu dia fora mais interessante que o do meu pai.

No reboque, ele tirou dos ombros as correias do saco de algodão e o dependurou no gancho da balança. A agulha marcou vinte e nove quilos. Ele anotou num livro velho preso ao reboque.

— Quanto? — perguntei quando ele fechou o livro.

— Quatro e setenta.

— Um triplo — eu disse.

Ele deu de ombros e disse:

— Nada mal.

Duzentos e cinqüenta quilos era igual a um ponto no beisebol, uma coisa que ele conseguia uma vez ou outra. Ele agachou e disse:

— Suba.

Subi nas suas costas e começamos a voltar para casa. Sua camisa e o macacão estavam molhados de suor e tinham estado assim o dia todo, mas seus braços pareciam de aço. Pop Watson me contou que certa vez Jesse Chandler arremessou uma bola que foi parar no meio da rua Principal. Pop e o senhor Snake Wilcox, o barbeiro, mediram no dia seguinte e começaram a dizer a todo mundo que a bola havia viajado 135 metros no ar. Mas uma opinião hostil rapidamente apareceu vinda da Casa de Chá, onde o senhor Júnior Barnhart afirmava, em voz bem alta, que a bola tinha batido no chão pelo menos uma vez antes de atingir a rua Principal.

Pop e Júnior passaram semanas sem falar um com o outro. Minha mãe confirmou a discussão, mas não o ponto marcado.

Ela esperava por nós ao lado da bomba d'água. Meu pai sentou num banco e tirou as botas e as meias. Então soltou as alças do macacão e tirou a camisa.

Uma das minhas tarefas ao nascer do dia era encher de água uma tina e deixá-la no sol o dia todo, para que meu pai tivesse água morna toda tarde. Minha mãe mergulhou uma toalha de rosto na tina e gentilmente a passou no pescoço dele.

Ela cresceu numa casa cheia de mulheres e em parte foi criada por duas tias velhas e meticulosas. Acho que elas tomavam mais banho do que o pessoal do campo, e sua paixão pela limpeza havia contagiado meu pai. Eu recebia uma esfregada completa todos os sábados, precisasse ou não.

Quando meu pai estava lavado e enxuto, ela deu a ele uma camisa limpa. Estava na hora de dar as boas-vindas aos nossos hóspedes. Minha mãe tinha uma coleção dos seus melhores vegetais num cesto, todos apanhados à mão, é claro, e lavados nas últimas duas horas. Tomates indianos, cebolas vidália, batatas de casca vermelha, pimentões verdes e vermelhos, espigas de milho. Levamos para os fundos do celeiro onde os mexicanos descansavam, conversavam e esperavam o fogo baixar para fazer suas *tortillas*. Apresentei meu pai para Miguel, que por sua vez apresentou alguns do seu grupo.

Caubói estava sentado sozinho, de costas para o celeiro, ignorando nossa presença. Vi que ele observava minha mãe com os olhos escondidos pela aba do chapéu. Por um segundo tive medo, mas então tive certeza de que Jesse Chandler torceria o pescoço fino de Caubói se ele fizesse algum movimento suspeito.

Tínhamos aprendido muito sobre os mexicanos no ano anterior. Eles não comiam feijão-manteiga, vagem, abobrinha, berinjela ou nabo, mas preferiam tomate, cebola, batata, pimentão e milho. E jamais pediam comida da nossa horta. Tinha de ser oferecida.

Minha mãe explicou para Miguel e para os outros homens que nossa horta tinha de tudo e que ela levaria vegetais para eles, de vez em quando. Não precisavam pagar. Fazia parte do contrato de trabalho.

Levamos outro cesto para a frente da casa, onde o acampamento Spruill parecia crescer a cada hora. Tinham avançado mais ainda e havia mais caixas de papelão e sacolas de lona espalhadas por toda a parte. Com três tábuas em cima de uma caixa, numa extremidade, e um barril na outra, fizeram uma mesa e estavam todos em volta dela, jantando, quando nos aproximamos. O senhor Spruill levantou-se e trocou um aperto de mãos com meu pai.

— Leon Spruill — ele disse, com resto de comida nos lábios. — Muito prazer.

— Estamos felizes por estarem aqui — meu pai disse, delicadamente.

— Muito obrigado — o senhor Spruill puxou a calça para cima —, esta é minha mulher, Lucy. — Ela sorriu e continuou a mastigar lentamente.

— Esta é minha filha, Tally — ele disse, apontando. Quando ela olhou para mim senti meu rosto queimar.

— E estes são meus sobrinhos, Bo e Dale — ele disse, indicando com um movimento da cabeça os dois rapazes que estavam dormindo no colchão, quando pararam na estrada. Eram adolescentes, deviam ter mais ou menos quinze anos. E sentado ao lado deles estava o gigante que eu vira na traseira da picape, meio adormecido.

— Este é meu filho Hank — o senhor Spruill disse. Hank devia ter pelo menos vinte anos, certamente idade para se levantar e apertar a mão do meu pai. Mas ele continuou a comer. Sua boca estava cheia com o que parecia ser pão de milho. — Ele come um bocado — o senhor Spruill disse, e nós tentamos rir.

— E este é Trot — ele disse. Trot não ergueu os olhos. Com o braço esquerdo ao lado do corpo, segurava uma colher com a mão direita. Sua posição na família não foi esclarecida.

Minha mãe mostrou o cesto com vegetais, e por um segundo Hank parou de mastigar e olhou para os legumes frescos. Então voltou ao seu feijão.

— O tomate e o milho estão especialmente bons este ano — minha mãe disse —, e temos bastante. É só dizer o que querem.

Tally olhou para mim, mastigando devagar. Eu examinei meus pés.

— Muita gentileza sua, senhora — o senhor Spruill disse, e a senhora Spruill acrescentou um rápido agradecimento. Não havia perigo dos Spruill ficarem sem comida, nem que perdessem alguma refeição. Hank era robusto com peito largo que se afinava apenas um pouco quando chegava ao pescoço. O senhor e a senhora Spruill eram entroncados e pareciam fortes. Bo e Dale não eram gordos nem magros. Tally, é claro, era perfeitamente proporcionada. Só Trot era magro e macilento.

— Não queríamos interromper seu jantar — meu pai disse e começamos a nos afastar.

— Mais uma vez obrigado — disse o senhor Spruill.

Minha experiência dizia que dentro de pouco tempo saberíamos mais do que queríamos saber sobre os Spruill. Eles iam compartilhar nossa terra, nossa água, nossa privada fora da casa. Nós forneceríamos vegetais da horta, leite de Isabel, ovos do galinheiro. Nós os convidaríamos para ir à cidade no sábado e à igreja, no domingo. Trabalharíamos ao seu lado no campo desde o nascer até o fim do dia. E quando a colheita terminasse, eles voltariam para a montanha. As árvores perderiam as folhas, o inverno ia chegar e passaríamos muitas noites frias juntos, em volta do fogo, contando histórias sobre os Spruill.

O jantar tinha batata, coi tada bem fina e frita, quiabo cozido, milho na espiga e pão de milho quente — sem carne, porque estávamos quase no outono e porque tínhamos comido carne na véspera. Minha avó fazia galinha frita duas vezes por semana, mas nunca às quartas-feiras. A horta de minha mãe produzia tomate e cebola para alimentar toda Black Oak, por isso em todas as refeições tínhamos um prato de cebola e tomate cortados.

A cozinha era pequena e quente. Um ventilador redondo oscilante girava barulhento em cima da geladeira, tentando manter a circulação do ar enquanto minha mãe e minha avó preparavam o jantar. Seus movimentos eram lentos mas regulares. Estavam cansadas e fazia muito calor para se moverem depressa.

Elas não gostavam muito uma da outra, mas se esforçavam para viver em paz. Eu nunca as ouvi discutindo, nunca ouvi minha mãe dizer qualquer coisa sobre a sogra. Moravam na mesma casa, preparavam as mesmas refeições, lavavam a mesma roupa, colhiam o mesmo algodão. Com tanto trabalho, quem tinha tempo para discutir?

Mas minha avó nasceu e foi criada dentro do algodoal. Sabia que seria enterrada no solo em que trabalhava. Minha mãe sonhava com uma via de escape do campo.

Por meio de um ritual diário, tinham negociado tacitamente o trabalho na cozinha. Minha avó ficava ao lado do forno, verificava o pão de milho, mexia as batatas na frigideira, o quiabo e o milho na panela. Minha mãe ficava na pia, descascando tomates e empilhando os pratos usados. Eu observava isso da mesa da cozinha à qual me sentava todas as noites, descascando pepinos com uma faca própria. As duas gostavam de música e ocasionalmente uma delas cantarolava, enquanto a outra cantava baixinho. A música ajudava a manter longe a tensão.

Mas não nessa noite. Estavam preocupadas demais para cantar ou cantarolar. Minha mãe estava furiosa porque os mexicanos foram transportados como gado. Minha avó estava emburrada porque os Spruill tinham invadido nosso jardim.

Exatamente às seis horas, vovó tirou o avental e sentou de frente para mim. Uma das extremidades da mesa ficava encostada na parede e servia como uma grande prateleira para guardar coisas. No centro ficava um rádio RCA dentro de uma caixa de nogueira. Ela ligou o rádio e sorriu para mim.

O noticiário da CBS chegava até nós na voz de Edward R. Murrow, ao vivo, de Nova York. Durante uma semana houve luta intensa em Pyonggang, perto do Mar do Japão, e por um velho mapa que minha avó tinha sobre a mesa sabíamos que a divisão de infantaria de Ricky estava na área. Sua última carta chegara há duas semanas. Era uma nota apressada, mas nas entrelinhas dava a impressão de que ele estava bem no centro da ação.

Quando o senhor Murrow acabou de ler o resumo da reportagem sobre uma pequena escaramuça com os russos, começou a falar da Coréia e minha avó fechou os olhos. Cruzou as mãos, levou os dedos indicadores aos lábios e esperou.

Eu não sabia ao certo o que ela estava esperando. O senhor Murrow não ia anunciar para a nação se Ricky Chandler estava vivo ou morto.

Minha mãe ouvia também. De costas para a pia, enxugando as mãos, olhava inexpressivamente para a mesa. Isso acontecia quase todas as noites, no verão e no outono de 1952.

As negociações de paz começaram e depois foram abandonadas. Os chineses se retiraram, e voltaram a atacar. Através das reportagens do senhor Murrow e das cartas de Ricky, vivíamos a guerra.

Pappy e meu pai não ouviam o noticiário. Ocupavam-se fora da casa, no galpão das ferramentas ou na bomba d'água, em pequenas tarefas que podiam esperar, falando sobre a colheita, procurando alguma coisa com que se preocupar além de Ricky. Ambos tinham lutado em duas guerras. Não precisavam que o senhor Murrow, em Nova York, lesse o telegrama de algum correspondente da Coréia para dizer à nação o que acontecia em uma batalha ou na seguinte. Eles sabiam.

De qualquer modo, foi uma reportagem curta naquela noite sobre a Coréia, e na nossa pequena casa de fazenda isso era considerado um bom sinal. O senhor Murrow passou para outros assuntos e minha avó finalmente sorriu para mim.

— Ricky está bem — ela disse, acariciando minha mão.
— Vai voltar para casa quando menos se espera.

Ela conquistara o direito de acreditar nisso. Tinha esperado a volta de Pappy na Primeira Guerra e rezado de longa distância por meu pai, na Segunda. Seus rapazes sempre voltavam e Ricky não ia nos desapontar.

Minha avó desligou o rádio. As batatas e o quiabo precisavam da sua atenção. Ela e minha mãe voltaram a cozinhar e nós esperamos que Pappy entrasse pela porta de tela dos fundos.

Acho que Pappy esperava o pior da guerra. Até então, os Chandler tinham tido sorte, nesse século. Ele não ouvia o noticiário, mas queria saber se as coisas pareciam boas ou más. Quando ouvia o rádio ser desligado geralmente entrava na cozinha. Nessa noite ele parou ao lado da mesa e passou a mão na minha cabeça. Minha avó olhou para ele. Sorriu e disse:

— Nenhuma notícia má.

Minha mãe me disse que vovó e Pappy geralmente acordavam mais ou menos a cada uma ou duas horas, preocupados com o filho mais novo. Vovó estava convencida de que Ricky voltaria para casa. Pappy não.

Às seis e meia sentamos à mesa, demos as mãos e agradecemos nosso alimento e todas as bênçãos recebidas. Pappy conduzia a prece, pelo menos no jantar. Agradeceu a Deus pelos mexicanos e pelos Spruill e pela bela safra de algodão. Eu rezei em silêncio e só por Ricky. Eu era grato pela comida, mas não parecia ter a mesma importância que a vida do meu tio.

Os adultos comeram devagar, só falando sobre o algodão. Não esperavam que eu acrescentasse muita coisa à conversa. Minha avó, especialmente, era de opinião que crianças devem ser vistas e não ouvidas.

Eu queria ir ao celeiro verificar como iam os mexicanos. E queria dar uma espiada na frente da casa, na esperança de ver Tally. Minha mãe desconfiou de alguma coisa e, quando terminamos de comer, mandou que eu a ajudasse com os pratos. Eu preferia levar uma sova, mas não tinha escolha.

Saímos para a varanda da frente para nosso ritual de todas as noites, que parecia bem simples, mas não era. Primeiro, esperávamos que a comida assentasse no estômago, depois, vinha o beisebol. Ligávamos o rádio e Harry Caray, na KMOX, em St. Louis descrevia detalhadamente o jogo dos nossos adorados Cardinals. Minha avó e minha mãe debulhavam ervilhas ou feijão-manteiga. Qualquer coisa que não tivesse sido devidamente comentada no jantar, era comentada então. É claro que sempre se preocupavam com a safra do algodão.

Mas naquela noite chovia em St. Louis, a trezentos e vinte quilômetros de distância, e o jogo foi cancelado. Sentei nos degraus da escada da frente, apertando a bola de beisebol com minha luva Rawlings, vendo as sombras dos Spruill ao longe e me perguntando como alguém podia ser tão descuidado a ponto de acender o fogo em cima de uma base de batedor.

O rádio externo era um pequeno General Electric comprado em Boston por meu pai, quando saiu do hospital, durante a guerra. Sua única finalidade era levar os Cardinals às nossas vidas. Raramente perdíamos um jogo. O rádio ficava sobre um engradado de madeira, perto do grande balanço que rangia e onde os homens descansavam. Minha mãe e minha avó sentavam em cadeiras de madeira com almofadas, não muito longe, no outro lado da varanda, debulhando ervilhas. Eu ficava no meio, nos degraus da frente.

Antes da chegada dos mexicanos tínhamos um ventilador portátil que ligávamos perto da porta de tela. Todas as noites, zumbindo discretamente, conseguia empurrar o ar pesado de um lado para o outro, tornando as coisas suportáveis. Mas, graças a minha mãe, estava agora no sótão do nosso celeiro. Isso provocou certa fricção, mas não fui informado sobre grande parte da discussão.

Assim, a noite estava muito quieta — sem jogo, sem ventilador —, somente a conversa lenta de fazendeiros cansados esperando que a temperatura caísse mais alguns graus.

A chuva em St. Louis serviu de inspiração para que os homens se preocupassem com o tempo. Os rios e regatos no delta de Arkansas transbordavam com frustrante regularidade. A cada quatro ou cinco anos ultrapassavam as margens e inundavam as plantações. Eu não me lembrava de nenhuma enchente, mas tinha ouvido falar tanto delas que me sentia um veterano. Rezávamos durante semanas por uma boa chuva. Quando ela chegava, assim que o solo ficava encharcado, Pappy e meu pai começavam a observar as nuvens e a contar histórias de enchentes.

Os Spruill começavam a sentir o cansaço. Eu ouvia suas vozes cada vez mais distantes e os via se movendo em volta das barracas. O fogo começou a bruxulear e morreu.

Tudo estava quieto na fazenda dos Chandler. Tínhamos montanheses. Tínhamos mexicanos. O algodão esperava.

CAPÍTULO 4

EM ALGUM MOMENTO, na vasta escuridão da noite, Pappy, nosso despertador humano, acordou, calçou as botas e começou a andar pesadamente na cozinha, fazendo o primeiro bule de café. A casa não era grande — três quartos, a cozinha, uma sala de estar —, era tão velha que as tábuas do assoalho estavam abauladas em alguns lugares. Quem quisesse acordar as outras pessoas, certamente o faria com facilidade.

Eu podia ficar na cama até meu pai me chamar. Mas era difícil dormir com toda aquela gente na fazenda e todo aquele algodão para ser colhido. Eu já estava acordado quando meu pai me sacudiu e disse que estava na hora de trabalhar. Depois de me vestir rapidamente, encontrei-me com ele na varanda dos fundos.

Não havia nem sinal do sol quando atravessamos o pátio atrás da casa, com o orvalho encharcando nossas botas. Fomos até o galinheiro. Meu pai entrou e me mandou esperar na frente porque um mês atrás, quando estava apanhando os ovos no escuro, pisei numa cobra enorme e chorei durante dois dias. A princípio, meu pai não demonstrou grande simpatia por meu problema, era uma cobra inofensiva, que faz parte da vida na fazenda. Porém, graças à intervenção furiosa de minha mãe, pelo menos durante algum tempo não me era permitido apanhar ovos sozinho.

Meu pai encheu um pequeno cesto com uma dúzia de ovos e me entregou. Fomos então para o celeiro, onde Isabel esperava. Agora que tínhamos acordado as galinhas, os galos começaram a cantar.

A única luz era de uma lâmpada pálida dependurada no sótão. Os mexicanos estavam acordados. Tinham acendido um fogo atrás do celeiro e estavam em volta dele, como se estivesse fazendo frio. Eu já começava a sentir calor por causa da umidade.

Eu sabia ordenhar a vaca, e na maior parte das vezes me encarregava dessa tarefa. Mas ainda estava com medo da cobra e, além disso, estávamos com pressa, porque devíamos chegar ao campo ao nascer do sol. Meu pai ordenhou rapidamente dois galões, o que eu levaria a manhã inteira para conseguir. Deixamos os ovos e o leite na cozinha, com as mulheres. O presunto já estava na frigideira, o aroma forte e pesado enchia o ar.

O desjejum foi de ovos frescos, leite, presunto conservado em sal, biscoitos quentes e xarope de melado opcional. Enquanto a refeição era preparada, sentei na minha cadeira, passei os dedos no oleado úmido que cobria a mesa e esperei por minha xícara de café. Era o único vício que minha mãe me permitia.

Vovó pôs a xícara e o pires na minha frente, depois o açucareiro e o creme fresco. Preparei o café até ficar doce como um malte, depois comecei a tomar vagarosamente.

Àquela hora, a conversa na cozinha era mínima. Era bom ter tantos estranhos na fazenda para a colheita, mas a realidade de que passaríamos a maior parte das doze horas seguintes expostos ao sol, inclinados, apanhando algodão até nossos dedos sangrarem, diminuía o entusiasmo.

Comemos rapidamente, ouvindo os galos barulhentos no galinheiro, ao lado da casa. Os biscoitos de minha avó eram pesados, perfeitamente redondos e tão quentes que o pedaço de manteiga posto cautelosamente no meio de um deles derreteu no mesmo momento. Vi o creme amarelo ser absorvido pelo biscoito, e então dei uma mordida. Minha mãe admitia que Ruth Chandler fazia os melhores biscoitos que ela já tinha experimentado. Eu queria poder comer dois ou três, como meu pai, mas simplesmente não agüentava. Minha mãe comeu um, Pappy comeu dois, meu pai, três. Algumas horas depois, no meio da manhã, pararíamos por um momento à sombra de uma árvore ou ao lado do reboque de algodão para comer os biscoitos que sobraram.

O café da manhã era mais tranqüilo no inverno porque não tínhamos tanto o que fazer depois. Ficava mais rápido na primavera quando estávamos plantando, e no verão, quando estávamos desbastando. Mas durante a colheita de outono, com o sol prestes a nos alcançar, comíamos rapidamente.

Falaram um pouco sobre o tempo. A chuva em St. Louis, que havia cancelado o jogo dos Cardinals na véspera, pesava na mente de Pappy. St. Louis ficava tão longe que ninguém na mesa, a não ser Pappy, estivera lá, mas agora o tempo naquela cidade era um elemento crucial na colheita da nossa safra. Minha mãe ouviu pacientemente. Eu não disse uma palavra.

Meu pai, que tinha lido o almanaque, disse que o tempo ia cooperar durante todo o mês de setembro. Mas para meados de outubro a previsão era ameaçadora. O mau tempo estava a caminho. Era imperativo para nós trabalhar até não poder mais, nas próximas seis semanas. Quanto mais arduamente trabalhássemos, com mais afinco os mexicanos e os Spruill trabalhariam. Essa era para meu pai a versão de um discurso de incentivo.

Falaram então sobre a mão-de-obra diária. Eram habitantes do local que iam de fazenda em fazenda, procurando as melhores condições de pagamento. A maioria era de conhecidos. No último outono, *Miss* Sophie Turner, professora da quinta e sexta séries, nos concedeu a grande honra de escolher nossos campos para ajudar na colheita.

Precisávamos de todos os trabalhadores diários que pudéssemos arranjar, mas geralmente a escolha era deles.

Quando Pappy terminou de comer, agradeceu a minha avó e a minha mãe a boa comida e saiu, deixando-as para lavar os pratos. Eu saí com os homens, pela varanda dos fundos.

Nossa casa era voltada para o sul; o celeiro e as plantações, para o norte e oeste, e no leste vi a primeira insinuação de cor laranja espiando sobre a terra plana do delta do Arkansas.

O sol estava chegando, livre de nuvens. Minha camisa já grudava nas costas.

Um reboque estava ligado ao trator John Deere e os mexicanos sentados nele. Meu pai foi falar com Miguel.

— Bom dia. Dormiram bem? Estão prontos para trabalhar?

Pappy foi chamar os Spruill.

Eu tinha um lugar certo, entre o pára-lama e o banco do John Deere, onde passava horas segurando com firmeza o cabo de metal do guarda-sol que protegia o motorista, meu pai ou Pappy, quando percorríamos os campos com o trator barulhento, plantando ou aplicando o fertilizante. Fui para meu lugar e olhei para o reboque lotado, mexicanos de um lado, Spruill do outro. Naquele momento me senti privilegiado porque podia ir no trator, e o trator era nosso. Mas esse orgulho logo desapareceria porque todos eram iguais entre as hastes do algodão.

Eu estava curioso para ver se Trot iria também para o campo. A colheita exigia bons braços. Pelo que eu tinha visto, Trot só podia usar um. Mas lá estava ele, sentado na ponta do reboque, de costas para todos, os pés dependurados, sozinho no seu mundo. E lá estava Tally, que ignorou minha presença, com o olhar perdido na distância.

Sem uma palavra, Pappy pisou na embreagem e o trator e o reboque deram um salto para a frente. Procurei verificar se ninguém tinha caído. Vi minha mãe observando nossa partida da janela da cozinha, enquanto lavava os pratos. Ela ia terminar suas tarefas, passaria uma hora na horta, depois se juntaria a nós para um dia nos campos, bem como a minha avó. Ninguém descansava quando o algodão estava pronto.

Passamos pelo celeiro, o motor diesel pulsando, o reboque rangendo e viramos para o sul, na direção dos baixos 16, uma trilha perto de Siler's Creek. Sempre colhíamos primeiro os 16 mais baixos porque era onde começavam as enchentes.

Tínhamos os 16 baixos e os 16 dos fundos. Cultivar 32 hectares não era uma pequena operação.

Em poucos minutos chegamos ao reboque do algodão e Pappy parou o trator. Antes de saltar, olhei para o leste e vi as luzes da nossa casa, a menos de um quilômetro. Atrás delas, o céu começava a tomar vida, com faixas alaranjadas e amarelas. Não se via uma nuvem, e isso significava que não haveria nenhuma enchente num futuro próximo. Significava também nenhum abrigo contra o sol escaldante.

Tally disse:

— Bom dia, Luke — quando passou por mim.

Retribuí a saudação. Ela sorriu para mim como se soubesse de algum segredo que jamais contaria.

Pappy não deu nenhuma orientação. Nenhuma era necessária. Escolham uma fileira em qualquer direção e comecem a colher. Nada de conversa fiada, nada de parar para relaxar os músculos, nenhuma previsão do tempo. Sem uma palavra, os mexicanos prenderam os sacos longos nos ombros, e seguiram em fila para o sul. O pessoal de Arkansas foi para o norte.

Por um segundo fiquei parado na semi-obscuridade da manhã já quente de setembro, olhando para uma fileira reta de pés de algodão que, de certa forma, me fora destinada. Pensei que nunca chegaria ao fim, e de repente me senti muito cansado.

Eu tinha primos em Mênfis, filhos e filhas das duas irmãs do meu pai, que nunca haviam colhido algodão. Crianças da cidade, de bairros elegantes, em belas casas pequenas com encanamento interno. Eles voltavam para Arkansas nos funerais — às vezes no dia de Ação de Graças. Olhando para a minha fileira infindável de algodão, pensei neles.

Duas coisas me motivavam para trabalhar. A primeira e mais importante é que eu tinha meu pai de um lado e meu avô do outro. Nenhum dos dois tolerava preguiça. Tinham trabalhado no campo na sua infância e eu certamente faria o mesmo. A segunda, eles me pagavam o mesmo que para os outros. Um dólar e sessenta por cinqüenta quilos. E eu tinha grandes planos para esse dinheiro.

— Vamos embora — meu pai disse, com voz firme, na minha direção.

Pappy já estava instalado no meio do algodoal, com 30 metros já colhidos. Dava para ver seu vulto e seu chapéu de palha. Ouvi os Spruill, algumas fileiras adiante, conversando. Os montanheses cantam muito, e era comum ouvir uma canção triste, em voz baixa, enquanto colhiam o algodão. Tally riu alto, sua voz rica e cheia ecoando nos campos.

Ela era só dez anos mais velha do que eu.

O pai de Pappy lutara na Guerra Civil. Seu nome era Jeremiah Chandler, e, segundo o folclore familiar, venceu quase sozinho a Batalha de Shiloh. Quando a segunda mulher de Jeremiah morreu, ele se casou outra vez com uma jovem local, trinta anos mais nova. Alguns anos depois, ela teve Pappy.

Uma diferença de trinta anos entre Jeremiah e sua terceira mulher. Dez anos entre Tally e mim. Podia dar certo.

Solenemente determinado, dependurei meu saco nas costas, com a correia sobre o ombro esquerdo, e ataquei o primeiro casulo de algodão. Estava úmido de orvalho, e essa era uma das razões pelas quais começávamos tão cedo. Mais ou menos durante a primeira hora, antes do sol estar muito alto, assando tudo, o algodão era macio e delicado nas nossas mãos. Mais tarde, depois de ser empilhado no reboque, poderia ser facilmente descaroçado e embalado. Algodão molhado com água da chuva não podia ser usinado, uma coisa que todo fazendeiro aprendia do modo mais difícil.

Comecei a colher o mais depressa possível, com as duas mãos e ia jogando no saco. Mas precisava ter cuidado. Pappy ou meu pai, ou possivelmente os dois, iam inspecionar minha fileira em algum momento da manhã. Se eu deixasse muito algodão nos casulos seria repreendido. A severidade da reprimenda dependeria do grau de proximidade de minha mãe no momento.

Com a maior presteza possível, trabalhei com minhas pequenas mãos entre o labirinto dos algodoeiros, evitando, sempre que possível, os ouriços, porque tinham pontas e podiam fazer sangrar os dedos. Eu me inclinava e me voltava para o lado, seguindo lentamente, ficando muito atrás do meu pai e de Pappy.

Nosso algodão era tão espesso que as hastes de uma fileira se entrelaçavam com as da outra. Raspavam meu rosto. Depois do incidente com a cobra, eu olhava com cuidado onde pisava em toda a fazenda, especialmente nos campos, pois havia serpentes piscívoras perto do rio. Eu tinha visto muitas delas, sentado no John Deere, quando arávamos e plantávamos.

Não demorou para que eu ficasse sozinho, uma criança deixada para trás pelos que tinham mãos mais rápidas e costas mais fortes. O sol era uma bola brilhante cor de laranja, subindo rapidamente para escaldar a terra por mais um dia. Quando meu pai e Pappy desapareceram, resolvi fazer minha primeira parada. Tally era a pessoa mais próxima. Estava a cinco fileiras e a cento e cinqüenta metros na minha frente. Eu via vagamente seu chapéu de lona desbotado, acima do algodão.

Na sombra dos pés de algodão, eu me deitei sobre o saco que, depois de uma hora, estava tristemente quase vazio. Havia alguns caroços macios, mas nada de importância. No ano anterior esperavam que eu colhesse 25 quilos por dia e eu tinha medo de que essa quota fosse aumentada neste ano.

Deitado de costas, olhei entre os pés de algodão para o céu completamente claro, desejando que aparecessem algumas nuvens e sonhei com dinheiro. Em agosto sempre recebíamos, pelo correio, a última edição do catálogo da Sears, Roebuck, e poucos eventos eram tão importantes, pelo menos na minha vida. Vinha de Chicago, envolto em papel pardo, e minha avó exigia que fosse deixado na extremidade da mesa da cozinha, ao lado do rádio e da Bíblia da família. As mulheres examinavam as roupas e os objetos de casa. Os homens procuravam as ferramentas e as peças de automóveis. Mas eu me interessava pelas seções importantes — brinquedos e artigos de esporte. Fazia mentalmente listas secretas de Natal. Tinha medo de escrever tudo com o que sonhava. Alguém podia encontrar a lista e pensar que eu era incuravelmente ambicioso ou doente da cabeça.

Na página 308 do último catálogo havia um anúncio incrível de jaquetas de beisebol para exercício. Havia quase uma para cada time profissional. O que fazia o anúncio tão especial era o fato do jovem modelo estar com a jaqueta dos Cardinals e a foto ser colorida. O vermelho vivo dos Cardinals, num tecido brilhante, botões brancos na frente, de alto a baixo. Entre todos os times, a Sears, Roebuck, com sobrenatural sabedoria, tinha escolhido os Cardinals para seu anúncio.

Custava 7,50 dólares, mais o transporte. E tinha tamanho para criança, o que era outro dilema porque eu certamente ia crescer e querer usar a jaqueta pelo resto da vida.

Dez dias de trabalho duro e eu teria dinheiro suficiente para comprar a jaqueta. Tinha certeza de que Black Oak, Arkansas, nunca vira nada parecido. Minha mãe achou a jaqueta um pouco berrante, fosse o que fosse que isso queria dizer. Meu pai disse que eu precisava de sapatos. Pappy achou um desperdício de dinheiro, mas percebi que, secretamente, ele a admirava.

Ao primeiro sinal de frio eu usaria a jaqueta para ir à escola todos os dias e à igreja, aos domingos. Eu a usaria na cidade aos sábados. Um raio de vermelho vivo entre as roupas de cores apagadas que enchiam a rua. Eu a usaria em toda a parte, e todos os garotos de Black Oak me invejariam (e muitos adultos também).

Eles nunca teriam a chance de jogar pelos Cardinals. Mas eu, por outro lado, ficaria famoso em St. Louis. Era importante começar a parecer um grande jogador.

— Lucas! — uma voz severa gritou quebrando o silêncio do campo. Ouvi as hastes do algodão estalando perto de mim.

— Sim, senhor — eu disse, levantando de um salto, inclinando o corpo, levando as mãos ao mais próximo casulo de algodão.

De repente meu pai estava de pé ao meu lado.

— O que está fazendo? — ele perguntou.

— Precisei fazer xixi — eu disse, sem parar com as mãos.

— Demorou um bocado de tempo — ele disse, sem acreditar.

— Sim, senhor. É todo aquele café. — Ergui os olhos para ele. Meu pai sabia a verdade.

— Tente nos acompanhar — ele disse, dando meia-volta e se afastando.

— Sim, senhor — eu disse para as costas dele, sabendo que eu jamais poderia acompanhá-lo.

Um saco de três metros e meio como os que os adultos usavam comportava cerca de trinta quilos de algodão, assim às oito e meia ou nove horas os homens estavam prontos para a pesagem. Pappy e meu pai se encarregavam das balanças, dependuradas nos reboques. Os sacos eram erguidos para uma delas. As alças eram presas aos ganchos na parte inferior da balança. A agulha girava como o ponteiro grande de um grande relógio. Todos podiam ver quanto a pessoa tinha colhido.

Pappy anotava os dados num pequeno livro que ficava perto da balança. Então o saco era erguido mais ainda e esvaziado no reboque. Sem tempo para um descanso. O saco era jogado para baixo e apanhado por seu dono. Outra fileira era escolhida e o trabalhador desaparecia por mais duas horas.

Eu estava no meio de uma fileira infindável, suando, fervendo com o sol, com os ombros inclinados para a frente, tentando mover rapidamente as mãos e parando ocasionalmente para monitorar os movimentos de Pappy e do meu pai, na esperança de conseguir outro cochilo. Mas nunca tinha oportunidade de largar meu saco de algodão. Continuei laboriosamente, trabalhando duro, esperando que o saco ficasse pesado e me perguntando, pela primeira vez, se eu precisava mesmo da jaqueta dos Cardinals.

Depois de uma eternidade sozinho no campo, ouvi o motor do John Deere ser ligado. Era a hora do almoço. Embora eu não tivesse completado minha primeira fileira, na verdade não me importei com essa falta de progresso. Nós nos encontramos ao lado do trator e vi Trot enrolado como uma bola na traseira do reboque. A senhora Spruill e Tally batiam de leve com as mãos nele. A princípio pensei que estivesse morto, mas então ele se mexeu um pouco.

— É o calor — meu pai murmurou, apanhando meu saco e jogando-o sobre os ombros, como se estivesse vazio.

Eu o acompanhei até a balança, onde Pappy pesou minha colheita rapidamente. Todo aquele trabalho de quebrar as costas para quinze quilos e meio de algodão.

Quando foram pesados os sacos dos mexicanos e dos Spruill, nós todos fomos para casa. O almoço era ao meio-dia em ponto. Minha mãe e minha avó tinham deixado o campo uma hora antes, para preparar a refeição.

Do meu posto no John Deere, segurei o cabo do guarda-sol com minha mão esquerda, dolorida e arranhada, e olhei para os trabalhadores que se aproximavam. O senhor e a senhora Spruill carregavam Trot, ainda imóvel e desmaiado e pálido. Tally estava sentada perto deles, suas pernas longas estendidas sobre o deque do reboque. Bo, Dale e Hank pareciam não se importar com o pobre Trot. Como todos os outros, estavam cansados, com calor e prontos para uma parada.

No outro lado, os mexicanos sentavam-se enfileirados, ombro a ombro, os pés pendurados para fora e quase arrastando no chão. Uns dois ou três não tinham sapatos nem botas.

Quando estávamos quase no celeiro, vi uma coisa que a princípio achei difícil de acreditar. Caubói, sentado na ponta do reboque curto, virou a cabeça rapidamente e olhou para Tally. Aparentemente ela esperava isso porque o brindou com um dos seus pequenos e belos sorrisos, exatamente como sorrira para mim. Caubói não retribuiu o sorriso, mas evidentemente gostou.

Aconteceu muito depressa, e só eu vi.

CAPÍTULO 5

SEGUNDO MINHA AVÓ e minha mãe, conspirando uma com a outra, o sono no começo da tarde era crucial para o bom crescimento de uma criança. Eu só acreditava nisso quando estávamos colhendo algodão. No resto do ano eu me rebelava contra essa idéia com o mesmo vigor que aplicava à minha carreira de jogador de beisebol.

Mas durante a colheita todo mundo descansava depois do almoço. Os mexicanos comiam rapidamente e deitavam debaixo de uma árvore de bordo, perto do celeiro. Os Spruill, depois de comer o que tinha restado do presunto e dos biscoitos da manhã, também procuravam a sombra.

Eu não tinha permissão para usar a minha cama porque estava sujo do trabalho no campo, por isso dormia no chão do meu quarto. Eu estava cansado e ainda dolorido do trabalho. Temia a parte da tarde porque sempre parecia mais longa e com certeza mais quente. Peguei no sono imediatamente e acordei meia hora mais tarde, mais dolorido ainda.

Trot preocupava os adultos na frente da casa. Minha avó, que se considerava uma espécie de curandeira rural, foi ver o que havia com ele, sem dúvida com intenção de empurrar pela garganta abaixo do menino uma das suas horríveis poções. Ele estava deitado num colchão velho debaixo de uma árvore, com um pano molhado na testa. Estava claro que ele não podia voltar ao algodoal e o senhor e a senhora Spruill relutavam em deixá-lo sozinho.

Eles precisavam colher algodão e ganhar o dinheiro para continuar vivendo. Eu não precisava. Na minha ausência eles fizeram um plano. Eu ficaria com Trot, enquanto todos voltavam para o calor do resto da tarde. Se Trot por acaso piorasse, eu devia correr para os 16 baixos e chamar o Spruill mais próximo. Tentei parecer descontente quando minha mãe me explicou esse plano.

— E a minha jaqueta dos Cardinals? — parecendo o mais aborrecido possível.

— Vai sobrar muito algodão para você — ela disse. — Fique com ele esta tarde. Amanhã ele estará melhor.

Evidentemente tínhamos 32 hectares de algodão para ser apanhado duas vezes, durante os dois próximos meses mais ou menos. Se eu perdesse minha jaqueta dos Cardinals, não seria por causa de Trot.

Vi o reboque sair outra vez, agora com minha mãe e minha avó junto com os trabalhadores. Afastou-se da casa, rangendo e estalando, passou pelo celeiro, entrou na estrada do campo e finalmente desapareceu entre as fileiras de algodão. Imaginei se Tally e Caubói estavam se olhando amorosamente. Se eu tivesse coragem, perguntaria à minha mãe.

Fui até o colchão. Trot estava completamente imóvel e com os olhos fechados. Parecia que nem respirava.

— Trot — eu disse em voz alta, de repente apavorado, imaginando que o menino tinha morrido enquanto eu tomava conta dele.

Ele abriu os olhos, sentou muito devagar e olhou para mim. Então, olhou em volta, como para se certificar de que estávamos sozinhos. O braço esquerdo aleijado não era muito mais grosso que um cabo de vassoura e pendia do ombro, quase sem se mover. O cabelo negro espetava-se em todas as direções.

— Você está bem? — perguntei. Ainda não tinha ouvido Trot falar e estava curioso para saber se ele podia.

— Acho que sim — ele murmurou, com voz espessa, as palavras confusas. Eu não sabia se era algum defeito da fala ou se ele estava somente cansado e atordoado. Ele continuou a olhar em volta, para ter certeza de que todos tinham ido embora e ocorreu-me que talvez Trot estivesse fingindo um pouco. Comecei a admirá-lo.

— A Tally gosta de beisebol? — perguntei, uma das centenas de perguntas que queria fazer. Achei que era uma pergunta simples, mas foi demais para ele e Trot imediatamente fechou os olhos e deitou de lado, encolheu as pernas com os joelhos encostados no peito e começou a dormir outra vez.

Uma brisa sussurrou no alto do carvalho. Procurei um lugar coberto de grama, na sombra, perto do colchão, e me deitei. Olhando as folhas e os galhos lá no alto, pensei na minha boa sorte. Todos estavam suando no sol enquanto as horas se arrastavam. Por um momento tentei me sentir culpado, mas não consegui. Minha sorte era só temporária, por isso resolvi aproveitar.

Como Trot estava fazendo. Enquanto ele dormia como um bebê, eu olhava para o céu. Porém logo fiquei chateado de não fazer nada. Fui até a casa para apanhar a bola e minha luva de beisebol. Treinei rebate de bola, perto da varanda da frente, uma coisa que eu podia fazer o dia inteiro sem me cansar. Em certo momento apanhei dezessete bolas seguidas.

Trot não saiu do colchão durante a tarde toda. Ele dormia, acordava, sentava, olhava em volta e me observava por um momento. Se eu tentava conversar, geralmente deitava outra vez e voltava a dormir. Pelo menos ele não estava morrendo.

A baixa seguinte do campo de algodão foi Hank. No fim da tarde, ele chegou andando devagar e queixando-se do calor. Disse que precisava ver como Trot estava.

— Eu colhi cento e cinqüenta quilos — ele disse, como se isso me impressionasse —, então, o calor me pegou. — Seu rosto estava vermelho, queimado de sol. Hank não usava chapéu, o que dizia muito sobre sua inteligência. Todas as cabeças deviam estar cobertas, no campo.

Ele olhou para Trot por um segundo, depois foi para a parte de trás da picape e começou a remexer nas caixas e nas sacolas como um urso faminto. Enfiou um biscoito frio na boca enorme, depois se deitou na sombra da árvore.

— Me traga um pouco d'água, moleque — ele resmungou bruscamente, olhando para mim.

A surpresa foi tamanha que fiquei imóvel. Nunca tinha ouvido uma pessoa das montanhas dar uma ordem para nós. Eu não sabia o que fazer. Mas ele era crescido e eu apenas um menino pequeno.

— Senhor? — eu disse.

— Vai buscar um pouco de água — ele repetiu, erguendo a voz.

Eu calculei que eles deviam ter água entre suas coisas. Dei alguns passos hesitantes na direção da picape. Isso o irritou.

— Água gelada, moleque! Da casa! E depressa! Estive trabalhando o dia todo. Você não fez nada.

Corri para a casa, entrei na cozinha, e fui até a geladeira, onde minha avó guardava a jarra de água de um galão. Minhas mãos tremiam quando derramei a água no copo. Sabia que quando eu contasse, ia dar encrenca. Meu pai ia discutir com Leon Spruill.

Dei o copo para Hank. Ele o esvaziou rapidamente, estalou os lábios e disse:

— Me dê outro copo.

Trot sentado, observava a cena. Voltei correndo para a cozinha e enchi o copo outra vez. Quando Hank terminou, cuspiu perto dos meus pés.

— Você é um bom garoto — ele disse e jogou o copo para mim.

— Obrigado — eu disse, pegando o copo no ar.

— Agora deixe-nos sozinhos — ele disse, deitando outra vez na grama. Eu me retirei para a casa e esperei minha mãe.

Quem quiser pode parar de colher o algodão às cinco horas. Era quando Pappy levava o reboque de volta para casa. Ou podia ficar no campo até escurecer, como os mexicanos. A resistência deles era incrível. Colhiam algodão até não poder mais enxergar os casulos, depois caminhavam os 800 metros até o celeiro, com os sacos pesados nas costas, acendiam uma pequena fogueira e comiam algumas *tortillas*, antes de dormir profundamente.

Os outros Spruill rodearam Trot, que conseguiu parecer mais doente durante o curto minuto em que o examinaram.

Uma vez verificado que ele estava vivo e de certo modo aler-
ta, voltaram a atenção imediatamente para o jantar. A senhora Spruill acendeu o fogo.

Então, minha avó apareceu para dar uma olhada. Ela parecia genuinamente preocupada com Trot e acho que os Spruill
gostaram disso. Mas eu estava sabendo que ela só queria experimentar seus remédios horríveis no pobre menino. Como
eu era a menor vítima disponível servia de cobaia para qualquer poção que ela inventava. Eu sabia que ela era capaz de
preparar uma poção tão curativa que Trot ia saltar do colchão
e correr como um gato escaldado. Depois de alguns minutos,
Trot ficou desconfiado e começou a observá-la com mais atenção. Agora ele parecia mais consciente das coisas e minha
avó interpretou esse fato como sinal de que o menino não
precisava de nenhum remédio, pelo menos não imediatamente. Mas ela o pôs sob vigilância e disse que voltaria no dia
seguinte.

Minha pior tarefa no fim da tarde era na horta. Eu achava
uma crueldade me obrigar, ou qualquer criança de sete anos,
a acordar antes do nascer do sol, trabalhar no campo o dia
inteiro e depois trabalhar na horta antes do jantar. Mas eu
sabia que tínhamos sorte por ter uma horta tão bonita.

Em algum momento, antes de eu ter nascido, as mulheres
determinaram pequenas áreas de território, tanto dentro
quanto fora da casa, e se apossaram delas. Não sei como minha mãe ficou com toda a horta, mas não havia dúvida que
pertencia a ela.

Ficava no lado leste da casa, o lado quieto, longe da porta
da cozinha, do galinheiro e do quintal. Longe da picape de
Pappy e da pequena entrada de carros para os raros visitantes.
Tinha uma cerca de arame de um metro e vinte de altura feita
por meu pai, sob orientação de minha mãe, para evitar a entrada de gamos e animais daninhos.

Milho era plantado em volta da cerca de modo que, quando se fechava o portão precário com a fechadura de couro,
entrava-se num mundo secreto escondido pelo milharal.

Minha tarefa consistia em carregar um cesto de palha e seguir minha mãe na horta enquanto ela colhia o que estava maduro. Ela também tinha uma cesta que enchia lentamente com tomates, pepinos, abobrinha, pimentões, cebola e berinjela. Ela falava em voz baixa, não necessariamente comigo, mas para a horta em geral.

— Dê uma olhada no milho, está bem? Vamos comer na semana que vem.

— Sim, senhora.

— As abóboras devem estar maduras para o dia das bruxas.

— Sim, senhora.

Ela estava sempre procurando ervas daninhas, pequenas invasoras que sobreviviam apenas momentaneamente na nossa horta. Ela se inclinava para a frente, apontava e dizia:

— Arranque aquele mato, Luke. Ao lado das melancias.

Eu punha o cesto na passagem de terra e arrancava o mato com toda a força.

O trabalho na horta não era tão pesado no fim do verão quanto na primavera, quando o solo tinha de ser lavrado e as ervas daninhas cresciam mais depressa do que os vegetais.

Uma cobra comprida e verde nos imobilizou por um segundo, depois desapareceu entre os pés de feijão-manteiga. A horta era cheia de cobras, todas inofensivas, mas ainda assim cobras. Minha mãe não tinha um medo mortal delas, mas procurávamos ficar bem longe. Eu vivia com medo de sentir as presas entrando nas costas da minha mão quando ia apanhar um pepino.

Minha mãe amava aquele pequeno pedaço de terra porque era dela — na verdade, ninguém mais queria. Ela o tratava como um santuário. Quando o espaço na casa parecia pequeno demais, eu sempre a encontrava na horta, falando com seus vegetais. Palavras ásperas eram raras na nossa família. Quando acontecia, eu tinha certeza de que minha mãe ia desaparecer no seu refúgio.

Eu mal podia carregar meu cesto quando ela terminava a seleção.

Parou de chover em St. Louis. Às oito horas em ponto, Pappy
ligou o rádio, girou os botões, ajeitou a antena e lá estava o
animado Harry Caray, a voz rascante dos Cardinals. Faltavam cerca de vinte jogos na temporada. Os Dodgers estavam
na frente e os Giants em segundo lugar. Os Cardinals em terceiro. Era mais do que podíamos suportar. Os torcedores dos
Cardinals naturalmente odiavam os Yankees, e ficar atrás de
dois times de Nova York na nossa liga era insuportável.

Para Pappy, o treinador do clube, Eddie Stanky devia ter
sido demitido há dois meses. Quando os Cardinals ganhavam
era por causa de Stan Musial. Quando perdiam, com os mesmos jogadores em campo, era sempre culpa do treinador.

Pappy e meu pai sentavam, um ao lado do outro, no balanço da varanda, as correntes enferrujadas rangendo com o
movimento lento. Minha mãe e minha avó debulhavam feijão-manteiga e ervilhas no outro lado da pequena varanda. Eu
estava no primeiro degrau, de onde podia ouvir o rádio, vendo o show dos Spruill enfraquecer aos poucos, esperando com
os adultos que o calor finalmente ficasse mais brando. Sentia
falta do zumbido do velho ventilador, mas estava cansado de
saber que não devia tocar no assunto.

O som das vozes das mulheres chegava suavemente até
nós. Elas falavam sobre a igreja — o ofício do outono e a
proximidade do piquenique. Uma jovem de Black Oak ia se
casar em Jonesboro, numa igreja grande, supostamente com
um rapaz rico, e isso tinha de ser comentado todas as noites
de um modo ou de outro. Eu não podia entender por que as
mulheres voltavam a esse assunto, noite após noite.

Os homens praticamente não tinham nada a dizer, pelo
menos nada que não fosse relacionado ao beisebol. Pappy podia ficar um longo tempo em silêncio e meu pai não era muito
melhor. Sem dúvida preocupavam-se com o tempo ou com os
preços do algodão. Mas estavam muito cansados para compartilhar essa preocupação em voz alta.

Eu me contentava simplesmente em ouvir, fechar os olhos e imaginar o Sportsman's Park, em St. Louis, um estádio magnífico, onde trinta mil pessoas podiam ver Stan Musial e os Cardinals. Pappy tinha estado lá, e durante a temporada eu o fazia descrever o lugar pelo menos uma vez por semana. Ele dizia que quando se vê o campo ele parece se expandir. A grama era verde e tão macia que dava para jogar bolinha de gude nela. A terra no centro do campo era alisada com um ancinho, até ficar perfeita. O painel marcador de pontos na ala esquerda era maior do que a nossa casa. E toda aquela gente, aquela gente de St. Louis, com a sorte incrível de ver os Cardinals e que não precisava colher algodão.

Dizzy Dean, Enos *"Country"* Slaughter e Red Schoendienst, todos os grandes Cardinals, toda a fabulosa Gashouse Gang tinham jogado lá. E porque meu pai, meu avô e meu tio jogavam beisebol, eu não tinha a menor dúvida de que um dia eu reinaria em Sportsman's Park. Deslizando pela grama perfeita do campo, na frente de trinta mil torcedores, eu, pessoalmente, arrasaria os Yankees.

O maior Cardinal de todos os tempos era Stan Musial, e quando ele chegou na base, no seu segundo turno com um corredor, para começar, vi Hank Spruill atravessar o gramado escuro e sentar mais perto, para ouvir melhor.

— Stan está no jogo? — minha mãe perguntou.

— Sim, senhora — eu disse. Ela fingia se interessar por beisebol, mas não entendia nada do jogo. Mas se fingisse se interessar por Stan Musial, podia sobreviver a qualquer conversa sobre o assunto, em Black Oak.

O ruído leve de amassar e abrir com um estalo as vagens do feijão, parou. O balanço ficou imóvel. Apertei minha luva de beisebol. Meu pai achava que a voz de Harry Caray ficava tensa quando Musial entrava no jogo, mas Pappy não concordava.

O primeiro arremesso dos Pirates foi uma bola rápida, baixa e perdida. Poucos arremessadores desafiavam Musial com bolas rápidas, no primeiro arremesso. No ano passado ele havia liderado a Liga Nacional com uma média de 355 rebatidas e em 1952, ele disputava o primeiro lugar, pescoço a pescoço, com Frankie Baumholtz, dos Cubs. Ele tinha força e velocidade, uma grande luva e jogava com afinco todos os dias.

Eu tinha uma carta de beisebol de Stan Musial escondida numa caixa de cigarro, na gaveta, e se a casa algum dia pegasse fogo, era a primeira coisa que eu salvaria.

O segundo arremesso foi uma bola curva e com duas bolas arremessadas, dava para ouvir os torcedores levantando-se das cadeiras. Uma bola de beisebol estava prestes a ser rasgada em alguma parte do Sportsman's Park. Nenhum arremessador ficava atrás de Stan Musial e sobrevivia ao momento. O terceiro arremesso foi uma bola rápida e Harry Caray hesitou o bastante para que ouvíssemos a pancada do taco. A multidão explodiu. Prendi a respiração esperando, naquela fração de segundo, que o velho Harry nos dissesse para onde a bola estava indo. Ela ricocheteou na parede no lado esquerdo do campo e a multidão rugiu mais alto ainda. A varanda da frente também se animou. Levantei-me de um salto, como se ficando de pé eu pudesse ver St. Louis. Pappy e meu pai se inclinaram para a frente quando Harry Caray gritava no rádio. Minha mãe se manifestou com uma espécie de exclamação.

Musial estava competindo com seu companheiro de time Schoendienst pelo primeiro lugar de duplas na Liga Nacional. No ano anterior, ele teve doze triplos, o primeiro entre os mais importantes. Quando ele terminou em segundo, eu mal podia ouvir Caray por causa da gritaria da multidão. O corredor da primeira base marcou o ponto com facilidade e Stan deslizou para a terceira, na terra, seus pés tocando a base e o infeliz homem da terceira base apanhou o arremesso atrasado e jogou de volta para o arremessador. Eu podia ver o homem se levantando enquanto a multidão delirava. Então, com as duas mãos, ele limpou a terra do uniforme branco debruado de vermelho.

O jogo tinha de continuar, mas para nós, os Chandler, pelo menos para os homens, o dia estava agora completo. Musial tinha rebatido uma bomba e porque tínhamos pouca esperança de que os Cardinals conquistassem o título, nos contentávamos em festejar nossas vitórias onde quer que elas aparecessem. A multidão se acalmou. Harry baixou a voz e eu me deixei cair no degrau da varanda, ainda vendo Stan na terceira base.

Se aqueles malditos Spruill não estivessem ali eu teria atravessado a escuridão e tomaria posição na minha base. Ia esperar a bola rápida, rebateria exatamente como o meu herói, depois, correndo, percorreria todas as bases e deslizaria majestosamente na terceira, na sombra da noite, onde o monstro Hank estava descansando.

— Quem está ganhando? — o senhor Spruill perguntou de algum lugar no escuro.

— Os Cardinals. Um a zero. Fim do segundo. Musial acaba de rebater um triplo — Hank respondeu. Se eles eram amantes do beisebol, por que tinham feito uma fogueira na minha base inicial e armado suas barracas esfarrapadas em volta do meu campo? Qualquer idiota podia olhar para nosso gramado na frente da casa e, a despeito das árvores, ver que era um campo de beisebol.

Se não fosse por Tally, eu dispensaria a turma toda. E por Trot. Eu tinha pena do pobre garoto.

Eu tinha resolvido não falar sobre Hank e a água gelada. Sabia que se contasse para meu pai, ou para Pappy, ia haver uma discussão séria com o senhor Spruill. Os mexicanos conheciam seu lugar, e era de esperar que os montanheses conhecessem o seu. Os mexicanos não pediam coisas da nossa casa e não davam ordens para mim ou para qualquer outra pessoa.

O pescoço de Hank era o mais grosso que eu já tinha visto. Seus braços e suas mãos eram também maciços, mas o que me amedrontava eram os olhos. Eu os achava inexpressivos e burros a maior parte do tempo, mas quando ele gritou comigo, e me mandou apanhar água gelada, eles se estreitaram e brilharam, cheios de maldade.

Eu não queria que Hank ficasse zangado comigo, nem que meu pai o desafiasse. Meu pai podia vencer quase qualquer pessoa, exceto Pappy, que era mais velho, mas, quando era preciso, muito mais perigoso. Resolvi esquecer o incidente, por enquanto. Se acontecesse outra vez, então eu não teria escolha senão contar para minha mãe.

Os Pirates marcaram dois na quarta parte do jogo, especialmente porque, segundo Pappy, Eddie Stank não trocou os lançadores quando devia. Então, eles marcaram três na quinta parte, e Pappy ficou tão furioso que foi dormir.

No sétimo jogo, o calor diminuiu o bastante para nos convencer de que poderíamos dormir um pouco. As ervilhas e os feijões estavam debulhados. Os Spruill estavam todos acomodados nas barracas, nós estávamos exaustos e os Cardinals não iam a parte alguma. Não era difícil deixar de ouvir o resto do jogo.

Depois que minha mãe me ajeitou na cama e fizemos nossas preces, chutei para longe as cobertas para poder respirar. Ouvi o coro estridente dos grilos, comunicando-se, de um lado ao outro do campo. Todas as noites eles nos faziam uma serenata, menos quando chovia. Ouvi uma voz distante — um Spruill perambulava no escuro, provavelmente Hank, à procura do último biscoito.

Na sala de estar tínhamos um exaustor, uma grande unidade instalada na janela que, teoricamente, devia sugar o ar quente da casa toda e lançá-lo para fora, no quintal. Funcionava mais ou menos a metade do tempo. Uma porta fechada por acaso ou pelo vento alterava os movimentos do ar e a gente ficava deitado, encharcado de suor até conseguir dormir. O vento vindo de fora às vezes confundia o exaustor e o ar quente se acumulava na sala de estar, depois se espalhava pela casa, sufocando todo mundo. O exaustor enguiçava constantemente — mas era uma das coisas que Pappy mais se orgulhava de possuir e eu só sabia de mais duas famílias, na igreja, que desfrutavam esse luxo.

Naquela noite, por acaso, o exaustor estava funcionando.

Deitado na cama de Ricky, ouvindo os grilos, sentindo com prazer a leve corrente de ar no corpo, enquanto o ar pegajoso e quente do verão era puxado para a sala de estar, meu pensamento divagou para a Coréia, um lugar que eu jamais queria ver. Meu pai nunca me contava coisa alguma sobre a guerra. Nenhuma pista. Havia algumas aventuras gloriosas do pai de Pappy e suas vitórias na Guerra Civil, mas quando se tratava das guerras do século, ele oferecia muito pouco. Eu queria saber quantas pessoas ele matou. Quantas batalhas ganhou. Queria ver suas cicatrizes. Queria fazer milhares de perguntas para ele.

— Não fale sobre a guerra — minha mãe me avisava muitas vezes —, é horrível demais.

E agora Ricky estava na Coréia. Nevava quando ele nos deixou, em fevereiro, três dias depois de completar dezenove anos. Fazia frio na Coréia também. Eu sabia disso pelas histórias que ouvia no rádio. Eu estava seguro e quente na sua cama enquanto ele estava numa trincheira, atirando e sendo alvo de tiros.

E se ele não voltasse?

Essa possibilidade me torturava todas as noites. Eu chegava a chorar, imaginando Ricky morrendo. Eu não queria sua cama. Não queria seu quarto. Queria Ricky em casa, para correr com ele pelas bases na frente da casa, atirar bolas na parede do celeiro e pescar no São Francisco. Ele era, na verdade, mais um irmão maior do que um tio.

Homens estavam sendo mortos na Coréia, uma grande quantidade. Na igreja, rezávamos por eles. Falávamos sobre a guerra, na escola. No momento, Ricky era o único rapaz de Black Oak que estava na Coréia, o que conferia a nós, os Chandler, uma estranha distinção que eu não desejava.

— Tem notícias de Ricky? — era a grande pergunta que nos faziam sempre que íamos à cidade.

Sim ou não, não importava. Nossos vizinhos estavam tentando ser atenciosos. Pappy não respondia. Meu pai dava uma resposta delicada. Minha avó e minha mãe conversavam em voz baixa por alguns minutos sobre sua última carta.

Eu sempre dizia:

— Temos. Ele logo estará em casa.

CAPÍTULO 6

LOGO DEPOIS DO CAFÉ DA MANHÃ, desci com minha avó os degraus da entrada e fomos até o meio do gramado da frente da casa. Ela era uma mulher com uma missão: doutora Vovó fazendo sua ronda matinal, vibrando porque havia uma pessoa doente de verdade na sua jurisdição.

Os Spruill estavam amontoados em volta da mesa precária, comendo rapidamente. Os olhos preguiçosos de Trot adquiriram vida quando minha avó disse, "bom dia", e foi direto para ele.

— Como vai Trot? — ela perguntou.

— Muito melhor — disse a senhora Spruill.

— Ele está ótimo — disse o senhor Spruill.

Minha avó tocou na testa do garoto.

— Teve febre? — ela perguntou. Trot balançou a cabeça com energia. Não teve febre nenhuma no dia anterior. Por que teria nessa manhã?

— Você está um pouco atordoado?

Trot não sabia ao certo o que era isso, nem o resto dos Spruill. Imaginei que a vida do garoto era um estado perpétuo de atordoamento.

O senhor Spruill se encarregou do problema, limpando com o braço o melado escorrido no canto da boca.

— Resolvemos que Trot vai para o campo e fica sentado no reboque, na sombra.

— Se aparecer alguma nuvem, ele pode ajudar na colheita — acrescentou a senhora Spruill. Evidentemente os Spruill já tinham planos formados para Trot.

— Diabos — pensei.

Ricky tinha me ensinado algumas palavras proibidas. Eu geralmente as praticava no bosque, perto do rio, e imediatamente rezava pedindo perdão.

Eu esperava outro dia preguiçoso debaixo das árvores na frente da casa, tomando conta de Trot enquanto jogava beisebol e descansava.

— Acho que estão certos — disse minha avó, abrindo um olho de Trot com o dedo indicador e o polegar. Trot olhou apavorado para ela com o outro olho.

— Estarei por perto — vovó disse, evidentemente desapontada.

No café da manhã eu a ouvi dizer para minha mãe que o remédio para Trot era uma boa dose de óleo de rícino, limão e um pouco da erva negra que ela cultivava num vaso. Parei de comer quando ouvi isso. Era seu velho recurso infalível, usado em mim várias vezes. Mais poderoso do que uma cirurgia. Minhas doenças eram curadas instantaneamente, enquanto o remédio queimava desde minha língua até meus dedos dos pés, e continuava a queimar.

Uma vez ela preparou um remédio infalível para Pappy porque ele estava com prisão de ventre. Meu avô passou dois dias na privada, sem poder trabalhar no campo, pedindo água, que eu levava de um lado para o outro numa jarra de leite. Pensei que ela o tinha matado. Quando ele saiu da privada, que ficava do lado de fora — pálido, emaciado, mais magro —, andou com passo decidido para a casa, mais zangado do que qualquer pessoa que eu já tinha visto. Meus pais me enfiaram na picape e saímos para um longo passeio.

Minha avó prometeu outra vez a Trot que ia vigiá-lo durante o dia. Ele não disse nada. Parou de comer e fitava com olhar parado o outro lado da mesa, na direção de Tally, que estava fingindo que eu não existia.

Voltamos para casa. Sentei no degrau da frente esperando ver Tally e amaldiçoando Trot em silêncio, por ele ser tão burro. Talvez ele tivesse outro colapso. Certamente, quando o sol estivesse a pino, ele ia sucumbir e então precisariam de mim para tomar conta dele no colchão.

Quando nos reunimos no reboque, cumprimentei Miguel. Seus homens saíram do celeiro e sentaram num dos lados do reboque. Os Spruill sentaram no outro lado. Meu pai sentou no meio, apertado entre os dois grupos. Pappy dirigiu o trator, e eu os observava do meu lugar privilegiado, perto do seu banco. Nessa manhã resolvi dar atenção especial à atividade entre o abominável Caubói e minha adorada Tally. Não vi nenhuma. Todos estavam aturdidos, olhos baixos, semi-abertos, temendo outro dia de sol e trabalho pesado.

O reboque balançava e meneava, seguindo lentamente para os campos brancos. Olhando para o algodoal, eu só pensava na minha jaqueta dos Cardinals. Tentei com esforço evocar imagens do grande Musial e dos seus musculosos companheiros de time correndo na grama verde e perfeita do Sportsman's Park. Tentei imaginar todos eles com seus uniformes vermelhos e brancos, e um ou outro, sem dúvida, usando a jaqueta exatamente como aparecia no catálogo da Sears, Roebuck. Tentei imaginar essas cenas porque sempre eram uma inspiração para mim, mas o trator parou e tudo que eu via era o algodão ameaçador, fileira após fileira, à nossa espera.

No ano passado, Juan havia me revelado os prazeres da comida mexicana, especialmente das *tortillas*. Os trabalhadores as comiam três vezes por dia, por isso imaginei que deviam ser boas. Certo dia almocei com Juan e seu grupo, depois de ter almoçado em casa. Ele me serviu duas *tortillas*, e eu as devorei. Três horas depois eu estava de quatro, debaixo do reboque de algodão, vomitando minhas entranhas. Fui severamente censurado por todos os Chandler presentes, minha mãe à frente da alcatéia.

— Você não pode comer a comida deles! — ela disse, com um desprezo que eu nunca ouvira em sua voz.

— Por que não?

— Porque não é limpa.

Fui expressamente proibido de comer qualquer coisa feita pelos mexicanos. E isso, é claro, fez com que as *tortillas* ficassem mais gostosas. Fui apanhado outra vez quando Pappy apareceu de surpresa no celeiro, para ver Isabel. Meu pai me levou para trás do galpão das ferramentas e me deu uma sova de cinto. Fiquei longe das *tortillas* o maior tempo possível.

Mas agora tínhamos um novo *chef* e eu estava ansioso para comparar a cozinha de Miguel com a de Juan. Depois do almoço, quando eu tinha certeza de que todos dormiam, saí sorrateiramente pela porta da cozinha e caminhei para o celeiro, como quem não quer nada. Era uma excursão pequena mas perigosa, porque Pappy e minha avó não dormiam bem de tarde, mesmo quando estavam cansados do trabalho no campo.

Os mexicanos estavam deitados à sombra, na extremidade norte do celeiro, a maioria deles dormindo sobre a relva. Miguel sabia que eu ia aparecer porque tínhamos conversado por um momento, de manhã, quando nos encontramos para pesar o algodão. Sua colheita foi de 35 quilos, a minha de 7,5.

Ele ajoelhou ao lado das brasas da pequena fogueira e esquentou uma *tortilla* na frigideira. Ele a jogou para cima algumas vezes e, quando ela ficou escura de um lado, acrescentou uma camada do tempero que eles chamam de *salsa* — tomate picado, cebola e a pimenta-vermelha que não dá no estado de Arkansas. Os mexicanos as traziam nas suas pequenas sacolas.

Dois mexicanos interessaram-se pelo fato de eu querer uma *tortilla*. O resto tratava de aproveitar a sesta. Não vi Caubói. De pé, num canto do celeiro, com plena visão da nossa casa e de qualquer Chandler que pudesse aparecer, comi a *tortilla*. Estava quente, bem temperada e mal enrolada. Não vi nenhuma diferença entre a de Miguel e a de Juan. Ambas eram deliciosas. Miguel perguntou se eu queria outra, e eu poderia comer uma segunda facilmente. Mas eu não queria gastar a comida deles. Eram todos pequenos e magros e extremamente pobres, e no ano anterior, quando fui apanhado e os adultos se revezaram na censura, enchendo-me de todo tipo de coisas vergonhosas, minha avó fora bastante criativa para inventar o pecado de tirar a comida dos menos afortunados. Como

66 JOHN GRISHAM

batistas, tínhamos uma boa coleção de pecados para nos atormentar.

Eu agradeci, voltei para casa e entrei pela varanda da frente, sem acordar nenhum Spruill. Enrodilhei no balanço da varanda como se estivesse dormindo o tempo todo. Ninguém estava acordado, mas eu não podia dormir. Uma brisa vinha de lugar nenhum e sonhei acordado com uma tarde preguiçosa na varanda, sem algodão para ser colhido, nada para fazer a não ser talvez pescar no São Francisco e apanhar bolas no gramado, na frente da casa.

Naquela tarde, o trabalho quase me matou. No fim do dia, claudiquei para o reboque, arrastando minha colheita, com calor e com sede, encharcado de suor, os dedos inchados por causa das pequenas espetadelas dos ouriços. Já tinha vinte quilos por aquele dia. Minha quota ainda era de vinte e cinco quilos e tinha certeza de que havia pelo menos cinco quilos no meu saco. Esperava que minha mãe estivesse perto da balança porque ela insistiria para que eu parasse e fosse para casa. Pappy e meu pai me mandariam de volta para o algodoal, com a quota completa, ou não.

Só eles dois tinham permissão para pesar o algodão, e se estivessem em algum lugar mais distante, então dava para descansar por um momento, enquanto eles voltavam para o reboque. Não vi nenhum dos dois e a idéia de um cochilo passou por minha cabeça.

Os Spruill estavam no lado leste do reboque, na sua sombra. Sentados sobre os sacos repletos de algodão, descansavam e olhavam para Trot que, ao que eu podia ver, não tinha se movimentado mais de três metros durante o dia todo.

Tirei as alças do saco do ombro e fui até o reboque.

— Como vai? — um dos Spruill disse.

— Como vai Trot? — perguntei.

— Acho que vai ficar bom — o senhor Spruill disse. Estavam comendo biscoitos com salsichas tipo Viena, um dos lanches favoritos no campo. Tally, sentada ao lado de Trot, me ignorou completamente.

— Você tem alguma coisa para comer, moleque? — Hank perguntou, de repente, com os olhos líquidos pregados em mim. Por um momento, a surpresa me impediu de falar. A senhora Spruill balançou a cabeça e olhou para o chão.

— Tem? — ele disse autoritariamente, mudando de posição, ficando de frente para mim.

— Uum, não — consegui dizer.

— Quer dizer, não senhor, não é moleque? — ele disse, zangado.

— Pára com isso, Hank — Tally disse. O resto da família parecia não estar ali. Todos olhando para o chão.

— Não, senhor — eu disse.

— Não, senhor, o quê? — perguntou com voz mais agressiva. Evidentemente, Hank gostava de provocar briga. Era provável que todos tivessem passado por aquilo muitas vezes.

— Não, senhor — eu repeti.

— Vocês, fazendeiros são muito superiores, sabe disso. Pensam que são melhores do que o pessoal da montanha porque têm a terra e porque nos pagam para trabalhar nela. Estou certo, moleque?

— Agora chega, Hank — o senhor Spruill disse, mas sem muita convicção. De repente desejei que Pappy ou meu pai aparecesse. Eu estava querendo que aquela gente fosse embora da nossa fazenda.

Senti um aperto na garganta e meu lábio inferior começou a tremer. Eu estava magoado e embaraçado, e não sabia o que dizer.

Hank não estava disposto a ficar quieto. Apoiado em um cotovelo, disse com um sorriso malévolo:

— Nós estamos apenas um ponto acima dos mexicanos, não estamos, moleque? Apenas mão-de-obra alugada. Somos só um grupo de caipiras que tomamos bebida feita em casa e nos casamos com nossas irmãs. Não estou certo, moleque?

Ele parou por uma fração de segundo, como se quisesse realmente uma resposta. Tive vontade de sair correndo, mas apenas olhei para minhas botas. O resto dos Spruill deve ter ficado com pena de mim, mas nenhum deles veio em minha defesa.

— Temos uma casa melhor do que a sua, moleque. Acredita nisso? Muito melhor.

— Fique quieto, Hank — disse a senhora Spruill.

— É maior, tem uma grande varanda na frente, telhado de zinco sem remendos de piche e sabe o que mais nós temos? Não vai acreditar, moleque, mas nossa casa é pintada. Pintada de branco. Já viu tinta alguma vez, moleque?

Nesse ponto, Bo e Dale, os dois adolescentes que raramente emitiam algum som, começaram a rir baixinho, como se quisessem concordar com Hank, sem ofender a senhora Spruill.

— Diga para ele parar, mamãe — Tally disse, e minha humilhação foi interrompida só por um segundo.

Olhei para Trot, e, para minha surpresa, ele estava apoiado num cotovelo, os olhos arregalados, absorvendo todo aquele confronto unilateral. Parecia estar se divertindo.

Hank sorriu idiotamente para Bo e Dale e os dois riram mais alto. O senhor Spruill parecia estar gostando agora da conversa. Talvez estivesse cansado de ser chamado de caipira.

— Por que vocês, seus brotos de grama, não pintam sua casa? — Hank disse, virando-se para mim.

As palavras broto de grama foi demais para eles. Bo e Dale se torciam de rir. Hank riu às gargalhadas da própria piada. Todos pareciam prestes a começar a dar palmadas nos joelhos quando Trot disse, tão alto quanto podia:

— Pare com isso, Hank!

Suas palavras eram indistintas e "Hank" saiu como "Hane", mas foram perfeitamente compreendidas por todos. Ficaram assustados e a alegria acabou bruscamente. Todos olharam para Trot, que olhava furioso para Hank com o maior desagrado possível.

Eu estava quase chorando, por isso virei e corri pela estrada até me sentir seguro, longe da vista deles. Então, me escondi no algodoal, esperando ouvir vozes amigas. Sentei no chão quente, no meio das hastes de um metro e meio de altura e chorei, uma coisa que realmente eu detestava fazer.

Os reboques das melhores fazendas tinham lonas para cobrir o algodão e impedir que o vento o espalhasse pela estrada que levava à usina. Nossa coberta de lona estava firmemente amarrada, protegendo o fruto do nosso trabalho, do qual faziam parte quarenta e cinco quilos colhidos por mim, nos dois últimos dias. Nenhum Chandler jamais levara o algodão para a usina com os casulos voando e cobrindo a estrada como neve. Mas muita gente fazia isso, e fazia parte do tempo da colheita ver o mato e as valas na rodovia 135 ficarem brancos à medida que os fazendeiros corriam para a usina com sua safra.

Com o reboque repleto de algodão muito mais alto do que a picape, Pappy dirigiu a menos de quarenta quilômetros a caminho da cidade. Sem dizer uma palavra. Nós dois digeríamos nosso almoço. Eu pensava em Hank, tentando decidir o que devia fazer. Tenho certeza de que Pappy estava preocupado com o tempo.

Se eu contasse meu caso com Hank, sabia o que ia acontecer. Ele ia me levar até "Spruillville", na frente da casa, e haveria uma briga feia. Como Hank era mais jovem e mais forte, Pappy certamente levaria um pedaço de pau, que ia usar com o maior prazer. Ia exigir que Hank se desculpasse, e se ele recusasse, Pappy começaria com as ameaças e os insultos. Hank ia subestimar seu oponente e logo o pedaço de pau entraria em cena. Hank não tinha a menor chance. Meu pai seria obrigado a dar cobertura aos flancos dos Chandler com sua calibre doze e minha mãe seria mais uma vez humilhada pela tendência dele para a violência.

Os Spruill lamberiam os ferimentos e arrumariam suas parcas coisas. Seguiriam para outra fazenda onde fossem necessários e apreciados e nós ficaríamos com pouca mão-de-obra.

Eu teria de colher mais algodão.

Por isso, eu não disse nada.

Seguimos lentamente pela pista direita da rodovia 135, conduzindo o algodão, vendo os campos onde um ou outro grupo de mexicanos ainda trabalhava, numa corrida contra a chegada da noite.

Resolvi simplesmente evitar Hank e o resto dos Spruill, até o fim da colheita e sua volta para as montanhas, para suas casas maravilhosamente pintadas e sua bebida feita em casa e seus casamentos entre irmãos. E em algum momento, no meio do inverno, quando sentávamos em volta do fogo na sala de estar e contávamos histórias da colheita, eu finalmente contaria todas as más ações de Hank. Teria muito tempo para organizar minhas histórias, e as ornamentar onde achasse necessário. Era uma tradição dos Chandler.

Porém, devia ter cuidado quando contasse a história das casas pintadas.

Quase chegando em Black Oak, passamos pela fazenda Clench, onde moravam Foy e Laverl Clench com seus oito filhos que, eu tinha certeza, estavam ainda no campo. Ninguém, nem os mexicanos, trabalhava mais arduamente do que os Clench. Os pais eram famosos feitores de escravos, mas os filhos aparentemente gostavam de apanhar algodão e das tarefas mais corriqueiras da fazenda. As cercas vivas estavam sempre perfeitamente aparadas. As cercas de madeira eram retas e não precisavam de nenhum conserto. A horta era enorme e com uma produção lendária. Até sua velha picape estava sempre limpa. Um dos filhos a lavava todos os sábados.

E a casa era pintada, a primeira na estrada para a cidade. Era branca com guarnição cinzenta nas beiradas e nos cantos. A varanda e os degraus da frente eram verde-escuros.

Depois de um curto tempo todas as casas foram pintadas.

A nossa, fora construída durante a Primeira Guerra, quando não se falava em encanamento interno e eletricidade. A parte externa era de tábuas de carvalho de 2,5 por 15 centímetros, provavelmente cortadas do campo que agora cultivávamos. Com o passar dos anos e a ação do tempo as tábuas tinham desbotado e eram agora marrom-claras, da mesma cor que todas as outras casas de fazenda em Black Oak. Não era necessário pintar. As tábuas eram mantidas limpas e perfeitas e, além disso, tinta custava dinheiro.

Mas logo depois que meus pais se casaram, minha mãe resolveu que a casa precisava de algumas melhorias. Procurou convencer meu pai, ansioso para agradar sua jovem mulher. Mas os pais dele não estavam nem um pouco ansiosos. Pappy e minha avó, com toda a teimosia que vem do solo, recusaram terminantemente pensar em pintar a casa. O preço foi a razão oficial transmitida à minha mãe, através de meu pai. Não houve briga — nenhuma troca de palavras. Apenas um período de tensão durante um inverno em que quatro adultos procuravam viver cordialmente numa pequena casa não pintada.

Minha mãe prometeu a si mesma que não criaria os filhos numa fazenda. Algum dia teria uma casa na cidade, pequena ou grande, uma casa com encanamento interno e arbustos plantados na frente da varanda, e com as tábuas pintadas, talvez até mesmo uma casa de tijolos.

"Pintura" era uma palavra muito sensível na fazenda dos Chandler.

Contei onze reboques na nossa frente quando chegamos à usina. Outros vinte, mais ou menos, estacionavam do lado de fora, vazios. Eram de fazendeiros ricos, que podiam ter dois reboques. Podiam deixar um para ser descaroçado e enfardado à noite, enquanto os outros ficavam no campo. Meu pai queria desesperadamente um segundo reboque.

Pappy estacionou e foi até um grupo de fazendeiros, perto de um reboque. Percebi, pelo modo deles, que estavam preocupados com alguma coisa.

Durante nove meses a usina permanecia inativa. Era uma estrutura longa e alta, como uma caixa, a maior construção do condado. No começo de setembro ela tomava vida, quando começava a colheita. No auge da temporada da colheita, funcionava dia e noite, só parando no sábado à noite e na manhã de domingo. Suas prensas e moinhos rugiam com uma barulhenta precisão ouvida em toda Black Oak.

Vi os gêmeos Montgomery jogando pedras no mato, ao lado da usina e me juntei a eles. Comparamos histórias sobre os mexicanos e contamos mentiras sobre a quantidade de algodão pessoalmente colhido. Estava escuro e a linha de reboques se movia devagar.

— Meu pai diz que os preços do algodão vão baixar — Dan Montgomery disse, jogando uma pedra na escuridão. — Ele diz que os negociantes de algodão em Mênfis estão baixando os preços porque há algodão demais. .

— É uma grande safra — eu disse. Os gêmeos Montgomery queriam ser fazendeiros quando crescessem. Eu tinha pena deles.

Quando a chuva inundava a terra e dizimava as plantações, os preços subiam porque os negociantes de Mênfis não conseguiam algodão suficiente. Mas os fazendeiros, é claro, não tinham nada para vender. E quando a chuva cooperava e as safras eram grandes, os preços baixavam porque os negociantes de Mênfis tinham algodão demais. Os pobres trabalhadores do campo não ganhavam bastante para pagar os empréstimos sobre a safra.

Boa colheita, má colheita, tanto fazia.

Falamos um pouco de beisebol. Os Montgomery não tinham rádio, de modo que seu conhecimento dos Cardinals era limitado. Mais uma vez tive pena deles.

Quando saímos da usina, Pappy não tinha nada para dizer. As linhas se juntavam na sua testa franzida e seu queixo estava um pouco belicoso, e isso me dava certeza de que ele tinha ouvido más notícias. Achei que devia ser sobre o preço do algodão.

Eu não disse nada quando saímos de Black Oak. Quando deixamos para trás as luzes da cidade, deitei a cabeça na beirada da janela para tomar o vento no rosto. O ar estava quente e parado, e eu queria que Pappy fosse mais depressa para nos refrescar um pouco.

Nos dias seguintes, procurei ficar atento às conversas. Dava aos adultos tempo para murmurar suas preocupações e depois perguntava para minha mãe o que estava acontecendo.

Se fossem más notícias sobre o algodão ela me diria.

CAPÍTULO 7

MANHÃ DE SÁBADO. Ao nascer do sol, com os mexicanos de um lado e os Spruill do outro, no reboque, saímos para o campo. Procurei ficar perto do meu pai, com medo que o monstro Hank me atacasse outra vez. Eu odiava todos os Spruill naquela manhã, talvez com exceção de Trot, meu único defensor. Eles me ignoraram. Eu esperava que estivessem envergonhados.

Tentei não pensar nos Spruill durante a viagem. Era sábado, um dia mágico para todas as pobres almas que trabalhavam no campo. Na fazenda dos Chandler trabalhávamos só meio dia, depois íamos para a cidade e nos juntávamos a todos os outros fazendeiros e suas famílias, que iam comprar alimento e suprimentos, e na rua Principal ouviam as fofocas, escapando por poucas horas do trabalho árduo dos campos de algodão. Os mexicanos e os montanheses iam também. Os homens se reuniam em grupos na frente da Loja de Chá e da Cooperativa, para comparar as safras e contar histórias de enchentes. As mulheres iam para a Pop e Pearl e levavam um tempo enorme comprando mantimentos. As crianças tinham permissão para andar na rua Principal e nas suas travessas, até as quatro horas, aquela hora maravilhosa quando o cinema Dixie abria, para a sessão da tarde.

Quando o reboque parou, saltamos e apanhamos nossos sacos de algodão. Eu estava meio adormecido, sem prestar atenção em coisa alguma, quando a voz mais doce do mundo disse:

— Bom dia, Luke.

Era Tally, ali parada, sorrindo para mim. Era seu modo de dizer que sentia muito o que tinha acontecido na véspera. Por ser um Chandler, eu podia ser profundamente obstinado. Dei as costas para ela e me afastei, dizendo a mim mesmo que odiava todos os Spruill. Ataquei a primeira fila de algodão como se estivesse disposto a colher quarenta hectares antes do almoço. Depois de alguns minutos, senti cansaço. Eu estava perdido no meio do algodoal, no escuro e podia ainda ouvir sua voz e ver seu sorriso.

Ela era só dez anos mais velha do que eu.

O banho de sábado era um ritual que eu detestava mais do que qualquer outro. Ocorria antes do almoço, sob a severa supervisão de minha mãe. A tina, pequena para mim, era usada mais tarde, no mesmo dia, por cada membro da família. Era guardada num canto distante da varanda dos fundos, escondida atrás de um lençol velho estendido como cortina.

Primeiro eu tinha de carregar a água da bomba até a varanda dos fundos, e encher um terço da tina. Isso era feito em oito viagens com um balde, e eu estava exausto antes do banho começar. Então eu puxava o lençol velho e tirava toda a roupa com a maior velocidade possível. A água era muito fria.

Com um sabão comprado no armazém e um esfregão, eu trabalhava arduamente para tirar a sujeira e fazer espuma, turvando a água para que minha mãe não visse minhas partes privadas quando ela chegasse para dirigir a operação. Ela aparecia primeiro para apanhar minha roupa suja, depois para levar a roupa limpa. Então, ela ia direto para as orelhas e para o pescoço. Nas suas mãos, o esfregão se tornava uma arma. Ela esfregava com força minha pele tenra como se a terra acumulada pelo trabalho no campo a ofendesse. Durante todo o processo, ela continuava a se admirar do quanto eu era capaz de me sujar.

Quando meu pescoço estava quase em carne viva, ela atacava meu cabelo com se estivesse cheio de piolho e insetos. Jogava água do balde na minha cabeça para tirar o sabão. Minha humilhação era completa quando ela acabava de esfregar meus braços e meus pés — misericordiosamente ela deixava a parte mediana do meu corpo por minha conta.

A água estava escura quando saí da tina — sujeira do delta do Arkansas, acumulada durante uma semana. Eu tirava a tampa do ralo e via a água se infiltrando entre as tábuas da varanda, enquanto me enxugava e vestia meu macacão limpo. Eu me sentia refrescado e limpo, com dois quilos e meio a menos, e estava pronto para a cidade.

Pappy resolveu que sua picape faria só uma viagem a Black Oak. Isso significava que minha avó e minha mãe iam na frente com ele e meu pai e eu atrás, com os dez mexicanos. Ficar amontoado numa caixa não queria dizer nada para os mexicanos, mas para mim era irritante.

Quando partimos, vi os Spruill derrubando as estacas e desamarrando as cordas para libertar a picape e ir à cidade. Todos estavam trabalhando, menos Hank, que comia alguma coisa, sentado à sombra.

Para evitar que a poeira que espiralava no pára-choque nos sufocasse atrás da picape, Pappy seguia por nossa estrada a menos de oito quilômetros por hora. Era muita consideração da parte dele, mas não fazia grande diferença. Estávamos morrendo de calor e sufocando. O banho de sábado era um ritual rural em Arkansas. No México, aparentemente não era.

No sábado, algumas famílias de fazendeiros chegavam à cidade ao meio-dia. Pappy achava que era pecado passar tanto tempo aproveitando o sábado, por isso levávamos tanto tempo para chegar lá. No inverno, ele chegava a ameaçar não ir à cidade, a não ser à igreja, aos domingos. Minha mãe me disse que certa vez ele passou um mês sem sair da fazenda e isso incluiu boicotar a igreja, porque o pastor o tinha ofendido. Não era preciso muita coisa para ofender Pappy. Mas nós tínhamos sorte. Muitos meeiros nunca saíam das fazendas. Não tinham dinheiro para comprar alimentos e não tinham carro para ir à cidade. E havia alguns que alugavam terras, como nós, e proprietários de terras, que raramente iam à cidade. Segundo minha avó, o senhor Clovis Beckly, de Caraway, há quatorze anos não ia à cidade. E não ia à igreja desde antes da Primeira Grande Guerra. Eu ouvia as pessoas rezando por ele durante o ofício religioso.

Eu adorava o movimento, as calçadas apinhadas de gente e a incerteza de quem você ia encontrar. Eu gostava dos grupos de mexicanos acampados debaixo das árvores, à sombra, tomando sorvete e cumprimentando seus conterrâneos das outras fazendas, em animadas explosões de espanhol. Eu gostava da multidão de estranhos, gente das montanhas que logo iria embora. Certa vez Pappy me disse que quando ele esteve em St. Louis, antes da Primeira Guerra, havia meio milhão de outras pessoas na cidade e que ele se perdeu numa das ruas.

Isso nunca aconteceria comigo. Quando eu andasse pelas ruas de St. Louis, todo mundo me conheceria.

Fui com minha mãe e minha avó para o armazém de Pop e Pearl Watson. Os homens foram para a Cooperativa porque era onde iam todos os fazendeiros, na tarde de sábado. Eu nunca soube o que eles faziam lá, além de se queixar do preço do algodão e se preocupar com o tempo.

Pearl estava ocupada na registradora.

— Oi, senhora Watson — eu disse, quando consegui chegar perto dela. O armazém estava cheio de mulheres e de mexicanos.

— Olá, como vai, Luke? — ela disse piscando um olho para mim. — Como vai o algodão? — perguntou. Era a pergunta que ouvíamos milhares de vezes.

— Estamos colhendo bem — eu disse, como se eu tivesse colhido uma tonelada.

Minha avó e minha mãe levaram uma hora para comprar um quilo e meio de farinha, um quilo de açúcar, um quilo de café, uma garrafa de vinagre, meio quilo de sal de mesa e duas barras de sabão. As passagens do armazém estavam cheias de mulheres mais preocupadas em cumprimentar umas às outras do que em comprar comida. Falavam sobre suas hortas, sobre o tempo, sobre a igreja e sobre quem definitivamente ia ter um filho e o que seria, menino ou menina. Comentavam um enterro aqui, um ofício da igreja ali e um casamento iminente.

Nem uma palavra sobre os Cardinals.

Minha única tarefa na cidade era levar as compras para a picape. Feito isso, eu estava livre para andar pela ruelas da cidade, sem ser supervisionado. Segui o passo lânguido dos pedestres para o norte de Black Oak, passei pela Cooperativa, pela loja de ferragens e pela Casa de Chá. Na calçada, grupos paravam para conversar, sem nenhuma intenção de se mexer para dar passagem. Telefones eram raros e havia poucas televisões no condado. Assim, o sábado era para se atualizar com as últimas notícias e acontecimentos.

Encontrei meu amigo Dewayne Pinter tentando convencer a mãe a deixá-lo andar sozinho pela cidade. Dewayne era um ano mais velho do que eu, mas estava ainda na segunda série. Seu pai o deixava dirigir o trator na fazenda, o que elevava seu *status* entre todos os alunos da segunda série da escola de Black Oak. Os Pinter eram batistas e fãs dos Cardinals. Mas por alguma razão desconhecida, Pappy não gostava deles.

— Boa tarde, Luke — disse a senhora Pinter.

— Olá, senhora Pinter.

— Onde está sua mãe? — ela perguntou, olhando para trás de mim.

— Acho que ela está ainda na farmácia, mas não tenho certeza.

Isso libertou Dewayne. Se minha mãe podia confiar em mim, deixando-me andar sozinho pela cidade, ela também podia. Quando nos afastamos, a senhora Pinter ainda estava dando instruções. Fomos para o Dixie, onde se reuniam os garotos mais velhos, para esperar as quatro horas. Eu tinha algumas moedas no bolso — cinco centavos para a sessão da tarde, cinco centavos para uma Coca-Cola, três centavos para pipoca. Minha mãe me dava o dinheiro por conta do que eu ia ganhar colhendo algodão. Eu devia pagar a ela algum dia, mas nós dois sabíamos que isso nunca ia acontecer. Se Pappy tentasse receber, teria de ser sem que minha mãe soubesse.

Evidentemente Dewayne tivera uma semana melhor do que a minha, com o algodão. Ele mal podia esperar para mostrar todas as moedas de dez centavos que tinha no bolso. Sua família também alugava a terra e possuía 16 hectares, muito mais do que os Chandler.

Uma garota sardenta, chamada Brenda, se aproximou de nós, tentando puxar conversa com Dewayne. Ela dizia a todas as amigas que queria se casar com ele. Estava fazendo a vida do pobre menino insuportável. Ia atrás dele na igreja, perseguindo-o todos os sábados para cima e para baixo, na rua Principal e sempre perguntando se ele queria sentar ao seu lado no cinema.

Dewayne a ignorava. Quando um grupo de mexicanos passou por nós, nos perdemos no meio dele.

Começaram uma briga atrás da Cooperativa, onde se reuniam os rapazes mais velhos para trocar socos. Acontecia todos os sábados, e nada animava tanto Black Oak como uma boa luta. O povo se empurrava na rua larga perto da Cooperativa e ouvi alguém dizer, "Aposto que é um Sisco".

Minha mãe me advertira contra assistir às lutas atrás da Cooperativa, mas não era uma proibição estrita porque eu sabia que ela não estaria lá. Nenhuma mulher que se prezava ousaria ser apanhada assistindo a uma luta. Dewayne e eu abrimos caminho no meio da multidão, ansiosos para ver alguma violência.

Os Sisco eram meeiros extremamente pobres que moravam a menos de um quilômetro da cidade. Estavam sempre em Black Oak aos sábados. Ninguém sabia ao certo quantos filhos tinham, mas todos sabiam lutar. O pai era bêbado e batia neles, e a mãe certa vez tinha posto para correr um policial armado que tentava prender seu marido. Quebrou o braço e o nariz dele. O policial saiu da cidade, humilhado. O Sisco mais velho estava na prisão por ter matado um homem em Jonesboro.

Os garotos Sisco não iam à escola nem à igreja, por isso eu procurava evitá-los. Quando chegamos perto e espiamos entre os espectadores, lá estava Jerry Sisco socando o rosto de um estranho.

— Quem é aquele? — perguntei para Dewayne. A multidão gritava, torcendo para que um ou outro acabasse depressa com o adversário.

— Não sei — Dewayne disse. — Provavelmente das montanhas.

Isso fazia sentido. Com o condado cheio de montanheses colhendo algodão, era lógico que os Sisco começassem uma briga com alguém que não os conhecia. O povo do condado não caía nessa. O rosto do estranho estava inchado e sangue escorria do seu nariz. Jerry Sisco acertou uma direita violenta nos dentes dele e o derrubou.

Um bando de Siscos com seus amigos assistiam, rindo, e provavelmente bebendo. Cabeludos e sujos, vestidos com farrapos, poucos usavam sapatos. Sua ferocidade era lendária. Todos magros e famintos, e usavam toda espécie de truque sujo que se podia imaginar. No ano anterior, Billy Sisco quase matou um mexicano numa luta atrás da usina.

No outro lado da arena improvisada estava um grupo de montanheses torcendo para seu homem — "Doyle" era seu nome — aos gritos dizendo a ele para se levantar e fazer alguma coisa. Ainda esfregando o queixo, Doyle levantou-se de um salto e foi para o ataque. Conseguiu dar uma cabeçada no estômago de Jerry Sisco, e os dois caíram ao chão. Os montanheses aplaudiram ruidosamente. O resto de nós queria gritar também, mas não queríamos irritar os Sisco. Aquele era o jogo deles e eram capazes de atacar qualquer um.

Os dois lutadores se agarravam, empurravam e rolavam na terra como animais selvagens, e os torcedores gritavam mais ainda. De repente, Doyle fechou o punho e acertou um murro perfeito no meio do rosto de Jerry Sisco. O sangue espirrou para todos os lados. Jerry ficou imóvel por uma fração de segundo, e nós todos secretamente esperávamos que talvez Sisco tivesse encontrado seu igual. Doyle se preparou para outro soco quando Billy Sisco, de fora da luta, o chutou no meio das costas. Doyle gritou como um cão ferido e rolou no chão. Imediatamente os dois Sisco estavam em cima dele, dando pontapés e socos.

Doyle estava prestes a ser massacrado. Não havia nada de justo na luta, mas esse era um risco que corria quem lutava com um Sisco. Os montanheses ficaram em silêncio e o povo da cidade assistia imóvel.

Então os dois Sisco levantaram Doyle, e, com a paciência de um carrasco, Jerry o chutou entre as pernas. Doyle gritou e caiu outra vez ao chão. Os Sisco riam delirantemente.

Os Sisco começaram a levantar Doyle outra vez quando o senhor Hank Spruill, ele, o do pescoço que parecia um tronco de árvore, saiu do meio do povo e atacou Jerry com violência, derrubando-o. Rápido como um gato, Billy Sisco atingiu o queixo de Hank com um murro de esquerda, mas aconteceu uma coisa curiosa. O soco não abalou Hank Spruill. Ele virou, agarrou Billy pelos cabelos, sem esforço aparente, o girou no ar e o atirou sobre o grupo de Siscos, ao lado da arena. Do bando surgiu outro Sisco, Bobby, que não devia ter mais de dezesseis anos, mas era tão feroz quanto os irmãos.

Três Siscos contra Hank Spruill.

Quando Jerry estava se levantando, Hank, com velocidade incrível, chutou suas costelas com tanta força que ouvimos o estalo dos ossos. Então Hank virou e atingiu Bobby com as costas da mão, derrubando-o e chutando seus dentes. A essa altura, Billy conseguiu preparar outro ataque, e Hank, como o homem forte do circo, ergueu no ar o garoto, muito mais magro, e o jogou para o lado da Cooperativa. Billy se chocou ruidosamente contra as tábuas e as janelas, antes de cair de cabeça na calçada. Eu não teria lançado uma bola de beisebol com tanta facilidade.

Quando Billy atingiu o chão, Hank o agarrou pelo pescoço e o arrastou de volta para o centro da arena, onde Bobby estava de quatro, esforçando-se para se levantar. Jerry estava encolhido de lado, apertando as costelas com a mão e choramingando.

Hank chutou a garganta de Billy e começou a socar seu rosto com as costas da mão direita. O sangue espirrava para todos os lados, cobrindo o rosto de Billy e escorrendo no seu peito.

Finalmente, Hank soltou Billy e se virou para o resto dos Siscos.

— Alguém quer mais! — ele gritou. — Venham! Eu arranjo um pouco para vocês.

Os outros Sisco se acovardaram, procurando se esconder uns atrás dos outros, enquanto seus três heróis se arrastavam na terra.

A luta devia ter acabado, mas Hank tinha outros planos. Com prazer, chutou deliberadamente os rostos e as cabeças dos três vencidos até eles ficarem imóveis, gemendo. A multidão começou a dispersar.

— Vamos embora — um homem disse, atrás de mim. — Vocês garotos não precisam ver isso. — Mas eu não podia me mexer.

Então Hank apanhou um pedaço de pau. Por um momento, os espectadores pararam, olhando com curiosidade mórbida.

Quando Hank bateu com o pedaço de pau no nariz de Jerry, alguém, na multidão, exclamou:

— Oh, meu Deus!

Outra voz disse alguma coisa sobre chamar o xerife.

— Vamos sair daqui — um velho fazendeiro disse, e o povo começou a sair, agora um pouco mais depressa.

Hank não tinha terminado ainda. Seu rosto estava vermelho de raiva e seus olhos faiscavam como os de um demônio. Continuou a bater até estraçalhar o pedaço de pau.

Não vi nenhum dos Spruill entre o povo. Quando a luta começou a se transformar numa carnificina, todo mundo fugiu. Ninguém em Black Oak queria se envolver com os Sisco. E agora ninguém queria enfrentar aquele louco das montanhas.

Quando voltamos para a calçada, todos os que tinham assistido à luta estavam silenciosos. Mas a luta continuava. Imaginei se Hank ia bater neles até matá-los.

Nem Dewayne nem eu dissemos uma palavra enquanto corríamos entre a multidão na direção do cinema.

O filme das tardes de sábado era um momento especial para todos os filhos de fazendeiros. Não tínhamos televisão, e qualquer entretenimento era considerado pecaminoso. Durante duas horas nos transportávamos da vida dura nos campos de algodão para uma terra de fantasia, onde os bons sempre saíam ganhando. No cinema aprendíamos como os criminosos agiam, como os policiais os apanhavam, como eram as guerras, as batalhas de uma guerra, como eram vencidas, como a história foi feita no Oeste selvagem. Foi também no cinema que aprendi que o triste sul não ganhara a Guerra Civil, ao contrário do que me diziam em casa e na escola.

Mas naquele sábado, eu e Dewayne achamos sem graça o faroeste de Gene Autry. Toda vez que havia uma luta de socos na tela, eu pensava em Hank Spruill e o via ainda atrás da Cooperativa massacrando os Sisco. As lutas de Autry pareciam mansas comparadas à carnificina que acabávamos de ver. O filme estava quase no fim quando tomei coragem para dizer a Dewayne:

— Aquele caipira grande que vimos bater nos Siscos — murmurei. — Ele trabalha na nossa fazenda.

— Você o conhece? — ele murmurou, incrédulo.

— Isso. Conheço muito bem.

Dewayne ficou impressionado e queria fazer mais perguntas, mas o cinema estava cheio e o senhor Starnes, o gerente, costumava patrulhar a sala com uma lanterna, procurando problemas. Quem fosse apanhado falando era seguro pela orelha e expulso do cinema. Além disso, Brenda, com as sardas, tinha conseguido sentar bem atrás de Dewayne, nos deixando embaraçados.

Havia alguns adultos espalhados na platéia, mas eram todos gente do lugar. O senhor Starnes fazia os mexicanos sentar no balcão, mas aparentemente eles não se importavam. Só um punhado deles gastava dinheiro com cinema.

Saímos apressadamente no fim do filme e em poucos minutos estávamos outra vez atrás da Cooperativa, esperando ver os cadáveres ensangüentados dos garotos Sisco. Mas não vimos ninguém. Nenhum sinal de luta — nenhum sangue, nenhum membro arrancado, nenhum pedaço de pau partido.

Pappy achava que as pessoas de respeito deviam sair da cidade, no sábado, antes do anoitecer. Coisas más aconteciam nas noites de sábado. Além das brigas, porém, nunca vi realmente nada de mal. Ouvi dizer que pessoas bebiam e jogavam dados atrás da usina, e que havia mais lutas à noite, mas tudo isso era feito às escondidas e por pouca gente. Mesmo assim Pappy tinha medo que fôssemos contaminados de algum modo.

Ricky era o criador de casos da família Chandler, e minha mãe me disse que ele tinha fama de ficar na cidade até muito tarde, nos sábados. Havia uma prisão em algum ponto da história recente da família, mas nunca consegui saber os detalhes. Minha mãe me disse que Pappy e Ricky sempre discutiam sobre a hora que deviam voltar. Lembro de várias ocasiões que fomos para casa, sem ele. Eu chorava porque tinha certeza de que nunca mais o veria, mas então, no domingo de manhã, lá estava ele, sentado na cozinha, tomando café, como se nada tivesse acontecido. Ricky sempre voltava para casa.

Nós nos encontramos ao lado da picape rodeada por dezenas de outros veículos, estacionados de qualquer modo em volta da igreja batista porque os fazendeiros ainda estavam aproveitando o sábado. A multidão na rua Principal começava a se concentrar na frente da escola, onde violinistas e tocadores de banjo às vezes faziam uma sessão de música folclórica. Eu não queria ir embora, e na minha opinião não tínhamos nenhuma pressa de ir para casa.

Minha avó e minha mãe tiveram de tratar de alguma coisa de última hora, na igreja, onde a maior parte das mulheres encontrava algo para fazer no dia anterior ao sabá. Eu ouvia meu pai e Pappy comentando uma luta, no outro lado da picape. Então ouvi o nome Sisco e fiquei imóvel. Miguel e alguns outros mexicanos chegaram e não paravam de conversar em espanhol, por isso perdi mais fofocas sobre a luta.

Alguns minutos depois, Stick Powers, um dos dois policiais de Black Oak, se aproximou e cumprimentou meu pai e Pappy. Supostamente Stick fora prisioneiro de guerra e ele claudicava um pouco, resultado de maus-tratos no campo de prisioneiros na Alemanha. Pappy dizia que ele nunca tinha saído do Condado de Craighead, nunca ouviu um tiro dado com raiva.

— Um daqueles garotos Sisco está "quase morto" — eu o ouvi dizer quando cheguei mais perto. Era quase noite e ninguém estava me vigiando.

— Não se perde grande coisa — Pappy disse.

— Disseram que aquele caipira está trabalhando na sua fazenda.

— Eu não assisti à luta, Stick — Pappy disse, começando a se irritar. — Você sabe o nome dele?

— Hank não sei do quê.

— Temos uma porção de não sei do quê.

— Se importaria se amanhã eu der uma olhada? — Stick perguntou.

— Não posso impedir.

— Não, não pode. — Stick girou sobre a perna boa e olhou para os mexicanos, como se fossem todos culpados de um grande pecado.

Passei para o outro lado da picape e disse:

— O que ele queria?

Como sempre, quando era alguma coisa que eu não devia saber ou ouvir, eles simplesmente me ignoravam.

Voltamos para casa no escuro, as luzes de Black Oak desaparecendo aos poucos atrás de nós, o vento frio da estrada soprando no nosso cabelo. No começo, eu queria contar a luta para meu pai, mas não na frente dos mexicanos. Então, resolvi não ser uma testemunha. Não contaria a ninguém, uma vez que de modo algum sairia ganhando se contasse. Qualquer envolvimento com os Sisco significava perigo de vida para mim, e eu não queria que os Spruill ficassem ofendidos e fossem embora. A colheita mal tinha começado e eu já estava farto dela. E o mais importante, eu não queria que Hank Spruill ficasse zangado comigo, com meu pai ou com Pappy.

Não vi a velha picape deles na frente da casa, quando chegamos. Estavam ainda na cidade, provavelmente visitando outros montanheses.

Depois do jantar, tomamos nossos lugares na varanda, enquanto Pappy sintonizava o rádio. Os Cardinals estavam na Filadélfia, jogando sob as luzes. Musial entrou para rebater no segundo arremesso, e eu comecei a sonhar.

CAPÍTULO 8

No DOMINGO ACORDAMOS de madrugada com o estalido do relâmpago e o troar do trovão. Uma tempestade trazida pelo vento de sudoeste atrasou o nascer do sol, e deitado no escuro, no quarto de Ricky, outra vez fiz a grande pergunta: "Por que sempre chovia nos domingos? Por que não durante a semana, para que eu não fosse obrigado a colher algodão? O domingo já era naturalmente um dia de descanso."

Minha avó foi me buscar para sentar com ela na varanda e ver a chuva. Ela preparou meu café com muito leite e açúcar e balançamos devagar, sentados um ao lado do outro, enquanto o vento uivava. Os Spruill corriam de um lado para o outro, guardando coisas nas caixas, tentando encontrar abrigo longe das suas barracas cheias de buracos.

A chuva caía em ondas, como para compensar as duas semanas de tempo seco. Uma garoa girou em redemoinho na varanda como uma neblina e acima de nós o telhado de zinco cantava sob a torrente.

Minha avó escolhia cuidadosamente seus momentos para falar. Às vezes, geralmente uma vez por semana, ela me levava para uma caminhada ou se encontrava comigo na varanda, só nós dois. Casada com Pappy há trinta e cinco anos, tinha aprendido a arte do silêncio. Podia caminhar ou balançar por um longo tempo, falando muito pouco.

— Como está o café? — ela perguntou, sua voz abafada pelo barulho da tempestade.

— Está ótimo, vovó — eu disse.

— O que você gostaria de comer no café da manhã?

— Biscoitos.

— Então vou fazer alguns biscoitos para nós.

A rotina dos domingos era um pouco menos rigorosa. Geralmente dormíamos até mais tarde, mas a chuva nos acordou cedo nesse dia. E para o café dispensávamos os ovos com presunto e procurávamos sobreviver com biscoitos e melado. O trabalho na cozinha era um pouco mais leve. Afinal era um dia de descanso.

Balançávamos devagar para a frente e para trás, indo a lugar algum, as correntes enferrujadas do balanço rangendo de leve acima de nossas cabeças. Um relâmpago fuzilou na estrada, em algum lugar da propriedade dos Jeter.

— Eu sonhei com Ricky a noite passada — ela disse.

— Um sonho bom?

— Sim, muito bom. Sonhei que a guerra tinha acabado de repente, mas eles esqueceram de nos dizer. E uma noite estávamos sentados aqui, ouvindo o rádio, e vimos ao longe na estrada um homem correndo para nós. Era Ricky. Vestia o uniforme do exército e começou a gritar, dizendo que a guerra tinha acabado.

— Eu queria ter um sonho como esse — eu disse.

— Acho que o Senhor está nos dizendo alguma coisa.

— Ricky está voltando para casa?

— Sim. Talvez não imediatamente, mas a guerra vai acabar logo. E um dia desses vamos erguer os olhos e ver Ricky atravessando o gramado.

Olhei para o gramado. Poças d'água e pequenos regatos começavam a se formar, correndo na direção dos Spruill. A grama tinha quase desaparecido e o vento soprava as primeira folhas mortas dos nossos carvalhos.

— Eu rezo por Ricky todas as noites, vovó — eu disse, orgulhoso.

— Eu rezo por ele todas as horas — ela disse, com a sugestão de lágrimas nos olhos.

Balançamos e olhamos a chuva. Meus pensamentos sobre Ricky raramente eram de um soldado de uniforme, com uma arma, sob fogo, saltando de um lugar seguro para outro. Minha lembrança era do meu melhor amigo, meu tio que era mais como um irmão, um companheiro com uma vara de pesca ou uma luva de beisebol. Ricky tinha só dezenove anos, uma idade que para mim o fazia parecer tanto velho quanto muito jovem.

Não demorou e minha mãe apareceu na porta. O banho de sábado era seguido pela esfregadela de domingo, um ritual rápido e brutal, no qual meu pescoço e minhas orelhas eram raspadas por uma mulher possessa.

— Precisamos nos aprontar — ela disse, e eu já podia sentir a dor.

Acompanhei minha avó até a cozinha, para mais café. Pappy estava sentado à mesa, lendo a Bíblia e preparando sua aula na escola dominical. Meu pai estava na varanda dos fundos, vendo a tempestade e olhando para longe, para o rio, sem dúvida começando a se preocupar com uma provável enchente.

A chuva parou muito antes de sairmos para a igreja. As estradas estavam enlameadas e Pappy dirigia mais devagar do que nunca. Seguimos lentamente, às vezes derrapando nos sulcos e nas poças d'água. Meu pai e eu estávamos na parte de trás, segurando com força nos lados da picape, e minha mãe e minha avó iam na frente, todos com suas melhores roupas. O céu tinha clareado e agora o sol estava alto, já escaldando o solo molhado, e podíamos ver a umidade subindo preguiçosa sobre o algodoal.

— Vai ser um dia quente — meu pai disse, anunciando a mesma previsão de todos os dias, de maio até setembro.

Quando chegamos à rodovia, nos levantamos e encostamos na cabine da picape, tomando o vento no rosto. Era muito mais fresco desse modo. Os campos estavam vazios. Nem mesmo um mexicano tinha permissão para trabalhar no sabá. Toda época de colheita trazia os vagos rumores de fazendeiros pagãos colhendo algodão aos domingos às escondidas, mas eu, pessoalmente, nunca presenciei esse comportamento pecaminoso.

Quase tudo era pecado na região rural de Arkansas, especialmente para um batista. E uma grande parte do nosso ritual religioso de domingo era conduzido pelo Reverendo Akers, um homem zangado e espalhafatoso que passava a maior parte do tempo inventando novos pecados. É claro que eu não dava a menor atenção ao sermão, como a maioria das crianças, porém, aos domingos, havia muito mais na igreja. Era tempo de se encontrar e de trocar novidades e fofocas. Era uma reunião festiva, com todos alegres, ou pelo menos fingindo que estavam. Fossem quais fossem os problemas do mundo — as enchentes próximas, a guerra na Coréia, a flutuação do preço do algodão — eram postos de lado quando se estava na igreja.

"O Senhor não queria que seu povo se preocupasse", vovó sempre dizia, especialmente quando estávamos em Sua casa. Isso sempre me pareceu estranho porque ela se preocupava tanto quanto Pappy.

Além da família e da fazenda, nada era tão importante para nós como a igreja batista de Black Oak. Eu conhecia todas as pessoas da nossa igreja e todas, é claro, me conheciam. Era uma família, para o melhor e para o pior. Todos se amavam, ou pelo menos professavam se amar, e se um dos nossos membros ficasse doente, por menor que fosse a doença, uma profusão de preces e de cuidados cristãos era posta em prática. Um funeral era um acontecimento de uma semana e quase sagrado. Os encontros para despertar a fé religiosa, no outono e na primavera, eram planejados durante meses e esperados com grande ansiedade. Pelo menos uma vez por mês tínhamos uma espécie de piquenique — a comida de todos os dias compartilhada debaixo das árvores, atrás da igreja —, que geralmente ia até o fim da tarde. Casamentos eram importantes, especialmente para as senhoras, mas não tinham o drama intenso dos funerais e dos enterros.

O estacionamento de cascalho da igreja estava quase cheio quando chegamos. A maioria dos carros era de velhas picapes de fazendeiros, como a nossa, cobertas de lama. Havia alguns carros de passeio, dirigidos por pessoas da cidade ou por fazendeiros donos de terras. Na mesma rua, na igreja metodista, era menor o número de picapes e de carros. Por via de regra, os negociantes e professores eram metodistas. Eles se consideravam um pouco superiores, mas, como batistas, sabíamos que tínhamos o caminho certo para Deus.

Saltei da picape e corri ao encontro dos meus amigos. Três dos meninos mais velhos jogavam uma bola de beisebol atrás da igreja, perto do cemitério, e caminhei para eles.

— Luke — alguém cochichou. Dewayne, escondido na sombra de uma árvore, parecia assustado: — Aqui.

Fui para onde ele estava.

— Você ouviu? — ele disse. — Jerry Sisco morreu esta manhã.

Senti como se tivesse feito alguma coisa errada e não consegui pensar em nada para dizer. Dewayne ficou olhando para mim. Finalmente, respondi:

— E daí?

— Daí que eles estão tentando encontrar pessoas que viram o que aconteceu.

— Uma porção de gente viu.

— É, mas ninguém quer dizer nada. Todo mundo tem medo dos Sisco, e todo mundo tem medo do seu caipira.

— Ele não é o meu caipira — eu disse.

— Tudo bem, mas eu tenho medo dele assim mesmo. Você não tem?

— É, eu tenho.

— O que vamos fazer?

— Nada. Não vamos dizer uma palavra, não agora, pelo menos.

Combinamos não dizer nada. Se fôssemos interrogados, íamos mentir. E se mentíssemos, faríamos uma oração extra.

As preces foram longas e tumultuadas naquela manhã de domingo. Bem como os rumores e as fofocas sobre o que tinha acontecido com Jerry Sisco. A notícia se espalhou rapidamente, antes do começo da escola dominical. Dewayne e eu ouvimos os detalhes da luta e não podíamos acreditar que alguém estivesse dizendo aquilo. Hank crescia a cada minuto. "Mãos grandes como um presunto do campo", alguém disse. "Ombros do tamanho de um touro Brahma", outro comentou. "Devia pesar cento e cinqüenta quilos."

Os homens e os rapazes mais velhos agruparam-se na frente da igreja e Dewayne e eu vagando por perto, só ouvindo. Ouvi a luta descrita como assassinato, depois como crime de morte, e não sabia a diferença até o senhor Snake Wilcox dizer:

— Não foi assassinato. Gente boa é assassinada. Lixo branco como os Sisco é morto.

Era o primeiro crime de morte em Black Oak desde 1947, quando um meeiro que morava ao leste da cidade se embriagou e provocou uma guerra entre famílias. Um adolescente se viu na ponta errada de uma espingarda, mas nenhuma queixa foi registrada. Os assassinos fugiram durante a noite, e nunca mais se soube deles. Ninguém lembrava do último assassinato "de verdade".

Os comentários sobre a luta me deixaram atordoado. Sentamos nos degraus da frente da igreja, olhando para a rua Principal, ouvindo os homens discutir acaloradamente sobre o que devia e o que não devia ser feito.

Eu avistava a frente da Cooperativa mais adiante e por um momento tive a impressão de ver Jerry Sisco outra vez, seu rosto destruído, enquanto Hank Spruill o espancava até a morte.

Eu tinha visto um homem ser morto. De repente, senti que precisava voltar ao santuário e começar a rezar. Sabia que era culpado de alguma coisa.

Entramos na igreja, onde as meninas e as mulheres já estavam, comentando em murmúrios as versões da tragédia. Quanto mais falavam mais Jerry crescia em estatura. Brenda, a menina sardenta, gamada por Dewayne, morava a quinhentos metros da casa dos Sisco, e, como eram praticamente vizinhos, ela estava recebendo mais atenção do que devia. As mulheres eram definitivamente mais compassivas do que os homens.

Dewayne e eu encontramos os biscoitos na sala da amizade, e depois fomos para a sala de aula, ouvindo comentários o tempo todo.

Nossa professora da escola dominical, a senhorita Beverly Dill Cooley, que lecionava no segundo grau da escola em Monette, começou a aula com um obituário longo e generoso de Jerry Sisco, um menino pobre de uma família pobre, um jovem que nunca teve uma chance na vida. Depois ela nos fez dar as mãos e fechar os olhos enquanto erguia sua voz para o céu e por um longo tempo pediu a Deus para receber Jerry no seu abraço caloroso e eterno. Fez Jerry parecer um cristão e uma vítima inocente.

Olhei de soslaio para Dewayne, que não tirava os olhos de mim.

Havia algo estranho em tudo aquilo. Como batistas aprendemos desde o berço que o único modo de chegar ao céu é acreditar em Jesus e tentar seguir seu exemplo, levando uma vida cristã, limpa e moral. Era uma mensagem simples, pregada do púlpito todas as manhãs de domingo e todo sábado à noite e por todos os pregadores das reuniões para despertar a fé dos cristãos que passavam por Black Oak, que a repetiam em alto e bom som. Nós a ouvimos na escola dominical, no ofício religioso de quinta-feira à noite e na Escola de Férias da Bíblia. Estava na nossa música, no nosso livro de orações, na nossa literatura. Era direta, sem vacilações e sem meios de evasão, conchavos ou espaço para má interpretação.

Todos aqueles que não aceitavam Jesus, e não levavam uma vida cristã e simples, iam para o inferno. Era onde Jerry Sisco estava, e nós todos sabíamos disso.

Mas a senhorita Cooley continuou a rezar. Rezou por todos os Sisco nesse tempo de dor e de perda e rezou por nossa pequena cidade, que estendia a mão para ajudar aquela família.

Eu não sabia de ninguém em Black Oak disposto a estender a mão para os Sisco.

Foi uma prece estranha, e quando finalmente ela disse "amém", eu estava completamente confuso. Jerry Sisco jamais esteve perto de uma igreja, mas a senhorita Cooley orava como se ele estivesse com Deus naquele momento. Se os fora da lei como os Sisco podiam ir para o céu, era melhor desistir da pressão sobre o resto de nós.

Então ela começou a falar sobre Jonas e a baleia outra vez, e durante algum tempo esquecemos a morte de Jerry.

Uma hora depois, durante o ofício religioso, sentei-me no meu lugar de sempre, no mesmo banco que os Chandler sempre sentaram, no meio da igreja, à esquerda, entre minha avó e minha mãe. Os lugares não eram marcados ou reservados, mas todos sabiam onde todo mundo devia sentar. Meus pais diziam que em três anos, quando eu tivesse dez, teria permissão para sentar com meus amigos, desde que, é claro, eu pudesse fazer isso sem me comportar mal. Essa promessa foi exigida de mim por minha mãe e meu pai. Para mim era como se fosse para dali a vinte anos.

As janelas estavam abertas, mas o ar era pesado e imóvel. As senhoras se abanavam enquanto os homens permaneciam estoicamente quietos e suavam. Quando o irmão Akers se levantou para fazer o sermão, minha camisa estava grudada nas costas.

Ele estava zangado, como de hábito, e começou a gritar quase imediatamente. Atacou o pecado sem hesitar. O pecado trouxera tragédia a Black Oak. O pecado trouxera morte e destruição, como sempre trouxe e sempre traria. Nós, os pecadores, bebíamos, jogávamos e praguejávamos e mentíamos e lutávamos e matávamos e cometíamos adultério porque nos permitíamos estar separados de Deus, e era por isso que um jovem da nossa cidade tinha perdido a vida. Deus não queria que tirássemos a vida uns dos outros.

Fiquei confuso outra vez. Pensava que Jerry Sisco morrera porque tinha finalmente encontrado alguém que era páreo para ele. Não tinha nada a ver com jogo e adultério e com a maior parte dos pecados que deixavam o irmão Akers tão zangado. E por que ele estava gritando conosco? Nós éramos os bonzinhos. Nós estávamos na igreja!

Eu raramente entendia o que o irmão Akers dizia nos sermões e ocasionalmente ouvia minha avó resmungar, durante o almoço de domingo, dizendo que ela também tinha ficado completamente confusa com uma das suas pregações. Ricky uma vez me disse que para ele o velho era meio louco.

Os pecados cresciam, amontoando-se uns em cima dos outros até meu ombros começarem a se curvar para a frente. Eu ainda não tinha mentido, negando ter assistido a luta, mas já começava a sentir os resultados.

Então o irmão Akers remontou à história do crime, começando com Caim e Abel, e nos conduziu através do caminho sangrento da carnificina bíblica. Minha avó fechou os olhos e eu sabia que ela estava rezando — ela sempre fazia isso. Pappy olhava para uma parede, provavelmente pensando como um Sisco morto podia afetar sua safra de algodão. Minha mãe parecia prestar atenção, e eu, misericordiosamente, comecei a cochilar.

Acordei com a cabeça no colo da minha avó, mas ela não se importou. Quando ficava preocupada com Ricky, minha avó me queria perto dela. O piano começou a tocar e o coro se levantou. Era a hora do convite. Nós todos ficamos de pé e cantamos cinco estrofes de "Assim como eu sou" e depois o reverendo nos dispensou.

Lá fora os homens se reuniram debaixo de uma árvore e começaram uma longa conversa sobre várias coisas. Pappy estava bem no meio de tudo, falando em voz baixa, sacudindo a mão com urgência. Eu sabia que não era hora de chegar perto dele.

As mulheres formaram pequenos grupos e fofocavam no gramado da frente, onde as crianças brincavam e os velhos se despediam. Ninguém jamais tinha pressa de deixar a igreja nos domingos. Tinham pouco que fazer em casa, a não ser almoçar, dormir a sesta e se preparar para outra semana de colheita de algodão.

Fomos vagarosamente para o estacionamento. Nos despedimos outra vez dos amigos e acenamos ao partir. Só com meu pai, na parte de trás da picape, tentei reunir coragem para contar que tinha assistido à luta. Os homens, na igreja, não falaram de outra coisa. Eu não sabia ao certo qual era meu papel em tudo aquilo, mas meu instinto me mandava contar tudo ao meu pai e depois me esconder atrás dele. Mas tinha prometido a Dewayne não dizer nada se me perguntassem. Assim, eu não disse nada naquela viagem de volta para casa.

Quando estávamos mais ou menos a um quilômetro da nossa fazenda, onde o cascalho ficava mais fino e por fim acabava dando lugar à terra, a estrada se juntava ao rio São Francisco, cruzado por uma ponte com uma só pista, construída nos anos 30 como um projeto do WPA, portanto bem forte, e podendo suportar o peso de tratores e de reboques carregados de algodão. Mas as tábuas da ponte sempre estalavam e rangiam quando passávamos, e quando se olhava para a água marrom diretamente em baixo, dava para jurar que a ponte estava balançando.

Atravessamos devagar, e no outro lado vimos os Spruill. Bo e Dale estavam no rio, sem camisa, as calças enroladas até os joelhos, pulando sobre as pedras. Trot estava sentado num galho grosso trazido pelo rio, com os pés na água. A senhora e o senhor Spruill estavam debaixo de uma árvore, ao lado da comida disposta em cima de uma manta.

Tally estava na água, suas pernas nuas até as coxas, o cabelo comprido solto sobre os ombros. Meu coração disparou quando a vi batendo com os pés na água, sozinha no seu mundo particular.

Rio abaixo, num lugar em que poucos peixes eram apanhados, estava Hank com uma pequena vara de pescar. Estava sem camisa e com a pele já rosada do sol. Imaginei se ele sabia que Jerry Sisco estava morto. Provavelmente não. Mas ia descobrir logo.

Nós acenamos lentamente para eles. Todos ficaram imóveis como se tivessem sido apanhados invadindo nossas terras, depois sorriram e acenaram também. Mas Tally não ergueu os olhos. Hank também não.

CAPÍTULO 9

O ALMOÇO DE DOMINGO era sempre galinha frita, biscoitos e milho. Embora as mulheres se apressassem o mais possível, levava uma hora para preparar. Estávamos famintos quando nos sentamos à mesa. Eu sempre pensava que, se o irmão Akers não gritasse esbaforido por tanto tempo, não ficaríamos com tanta fome.

Pappy fez a oração de graças. As travessas foram passadas de um para o outro, e estávamos começando a comer quando ouvimos a batida de uma porta de carro na frente da casa. Paramos de comer e nos entreolhamos. Pappy se levantou calado e foi até a janela da cozinha.

— É Stick Powers — ele disse, e meu apetite desapareceu. A lei chegou e nada de bom ia acontecer.

— Boa tarde, Eli.

— Stick. O que posso fazer por você?

— Com certeza ouviu dizer que o garoto Sisco morreu?

— Ouvi dizer — Pappy respondeu sem o menor sinal de tristeza.

— Preciso falar com um dos seus trabalhadores.

— Foi somente uma luta, Stick. A bobagem de sempre dos sábados, que os Sisco vêm fazendo há anos. Você nunca impediu. Agora, um deles mordeu mais do que podia mastigar.

— Mesmo assim vou investigar.

— Tem de esperar até depois do almoço. Acabamos de nos sentar. Algumas pessoas vão à igreja.

Minha mãe estremeceu quando Pappy disse isso. Minha avó balançou a cabeça devagar.

— Eu estava de plantão.

Segundo os rumores, Stick tinha um encontro rápido com o Espírito de quatro em quatro anos, na época das eleições. Depois, durante três anos e meio não via necessidade de ir à igreja. Em Black Oak, todos sabiam quem não ia à igreja. Era um modo de saber por quem rezar nas reuniões para despertar a fé.

— Fique à vontade, sente na varanda — Pappy disse e voltou para a mesa.

Quando sentou, todos recomeçaram a comer. Eu sentia um nó na garganta do tamanho de uma bola de beisebol e a galinha frita simplesmente não descia.

— Ele já almoçou? — minha avó perguntou em voz baixa.

Pappy deu de ombros, como se não desse a mínima. Eram quase duas e meia da tarde. Se Stick não tinha tido tempo de comer alguma coisa até essa hora, não tínhamos nada com isso.

Mas minha avó tinha. Ela se levantou, tirou um prato do armário de louças, encheu de batatas e de molho, rodelas de tomate e pepinos, dois biscoitos, nos quais passou manteiga cuidadosamente, uma coxa e um pedaço de peito do frango. Depois encheu um copo alto com chá gelado e levou tudo para a varanda dos fundos. Ouvimos toda a conversa.

— Tome, Stick — ela disse. — Ninguém fica sem comer por aqui.

— Obrigado, senhora Ruth, mas eu já comi.

— Pois então coma outra vez.

— Na verdade, acho que não devo.

A essa altura sabíamos que o nariz de Stick havia detectado o aroma da galinha e dos biscoitos.

— Muito obrigado, senhora Ruth. É muita bondade sua.

Não ficamos surpresos quando ela voltou com as mãos vazias. Pappy ficou zangado, mas controlou a língua. Stick estava ali para criar problemas, para interferir com nossos trabalhadores, o que significava uma ameaça para nossa colheita do algodão. Por que dar comida a ele?

Comemos em silêncio, o que me permitiu organizar meus pensamentos. Como eu não queria levantar suspeitas, com esforço levei a comida à boca e mastiguei devagar.

Não tinha certeza do que era verdade nem podia distinguir o certo do errado. Três Sisco estavam atacando o pobre caipira quando Hank entrou na briga. Hank sozinho contra os três. Ele os fez parar imediatamente e a luta devia ter terminado aí. Por que ele apanhou o pedaço de pau? Era fácil supor que os Sisco estavam sempre errados, mas Hank venceu a luta muito antes de começar a bater neles com o pedaço de pau.

Pensei em Dewayne e no nosso acordo secreto. Resolvi que silêncio e ignorância eram ainda as melhores estratégias.

Não queríamos que Stick ouvisse nossa conversa, por isso não dissemos nada durante toda a refeição. Pappy comeu mais devagar do que nunca porque queria que Stick ficasse esperando sentado por um longo tempo, assim talvez resolvesse ir embora. Duvido que Stick se importasse com a demora. Eu quase podia ouvi-lo lambendo o prato.

O olhar vago do meu pai, enquanto mastigava, era como se sua mente estivesse no outro lado do mundo, provavelmente na Coréia. Minha mãe e minha avó pareciam muito tristes, o que não era raro, depois da sova verbal aplicada pelo irmão Akers. Essa era outra das razões pelas quais eu sempre tentava dormir durante o sermão.

As mulheres tinham muito mais simpatia por Jerry Sisco. Com o passar das horas, sua morte ficava cada vez mais triste. Sua crueldade e outras qualidades indesejáveis eram aos poucos esquecidas. Afinal, ele era um garoto da cidade, alguém que conhecíamos, nem que fosse só de passagem, e teve um fim horrível.

E seu assassino dormia no gramado, na frente da nossa casa.

Ouvimos um barulho. Os Spruill voltavam do rio.

A investigação começou debaixo do nosso carvalho mais alto. Mais ou menos no meio do caminho entre nossa varanda e o acampamento Spruill. Os homens chegaram primeiro, Pappy e meu pai se espreguiçando e passando a mão no estômago e

Stick parecendo especialmente bem alimentado. Sua barriga forçava os botões da camisa marrom e era óbvio que ele não passava os dias nos campos de algodão. Pappy dizia que ele era preguiçoso como o diabo e dormia a maior parte do tempo no carro patrulha, à sombra de uma árvore, perto do estande de cachorro-quente de Gurdy Stone, na periferia da cidade.

Da outra extremidade do gramado vieram os Spruill, todos eles, com o senhor Spruill na frente do bando e Trot por último, se contorcendo e arrastando os pés, no seu passo agora meu conhecido. Eu fiquei atrás de minha avó e de minha mãe, espiando entre as duas e tentando manter distância. Só os mexicanos estavam ausentes.

Um grupo desarticulado se formou em volta de Stick, os Spruill de um lado, os Chandler do outro, mas, pensando bem, estávamos todos do mesmo lado. Não me agradava a posição de aliado de Hank Spruill, mas o algodão era mais importante do que qualquer pessoa.

Pappy apresentou Stick ao senhor Spruill, que apertou a mão do policial desajeitadamente e depois deu alguns passos para trás. Era como se os Spruill esperassem o pior, e tentei lembrar se algum deles tinha assistido à luta. Era uma multidão e as coisas aconteceram tão depressa. Dewayne e eu ficamos petrificados com o profuso derramamento de sangue. Na verdade não me lembrava dos rostos dos outros espectadores.

Stick mastigava uma haste de grama dependurada num canto da boca, e com os dois polegares enfiados nos bolsos da calça examinou nossos montanheses. Hank encostou no tronco do carvalho, sorrindo com desprezo para quem ousava olhar para ele.

— Houve uma grande briga ontem, atrás da Cooperativa — Stick anunciou, falando na direção dos Spruill. O senhor Spruill inclinou a cabeça assentindo, mas não disse nada. — Alguns garotos da cidade brigaram com um cara das montanhas. Um deles, Jerry Sisco, morreu esta manhã, no hospital em Jonesboro. Fratura do crânio.

Todos os Spruill começaram a se remexer, inquietos, exceto Hank, que ficou imóvel. Evidentemente eles não sabiam da morte de Jerry Sisco.

Stick cuspiu no chão e passou o peso do corpo de um pé para o outro. Parecia gostar de ser o homem do meio, a voz da autoridade com um distintivo e uma arma.

— Por isso estou procurando por aí, fazendo perguntas, tentando encontrar quem estava na briga.

— Nenhum de nós — o senhor Spruill disse. — Somos gente pacífica.

— É mesmo?

— Sim, senhor.

— Foram todos à cidade, ontem?

— Fomos.

Agora que as mentiras tinham começado, espiei entre as duas mulheres para ver melhor os Spruill. Estavam obviamente assustados. Bo e Dale, muito juntos, olhando para todos os lados. Tally examinava a terra nos pés descalços, recusando olhar para nós. O senhor e a senhora Spruill pareciam procurar rostos amigos. Trot, naturalmente, estava em outro mundo.

— Algum de vocês se chama Hank? — Stick perguntou.

— Talvez — o senhor Spruill disse.

— Não brinque comigo — Stick rosnou, de repente furioso. — Faço uma pergunta, você me dá uma resposta direta. Temos uma cadeia em Jonesboro com bastante espaço vazio. Posso levar toda a família para interrogatório. Compreendeu?

— Eu sou Hank Spruill! — disse uma voz trovejante. Hank passou por entre o grupo com passo decidido e ficou a uma pequena distância de Stick, que era menor, mas conseguiu manter seu ar de desafio.

Stick olhou atentamente para ele por um segundo e então perguntou:

— Você foi à cidade ontem à tarde?

— Fui.

— Entrou numa briga atrás da Cooperativa?

— Não. Eu parei uma briga.

— Você bateu nos garotos Sisco?

— Não sei os nomes deles. Dois estavam espancando um garoto das montanhas. Eu parei o espancamento.

A expressão de Hank era de superioridade. Não demonstrava medo, e relutantemente admirei o modo que ele enfrentava a lei.

Os olhos do policial percorreram os grupos e pararam em Pappy. Stick estava quente na pista e muito orgulhoso disso. Com a língua moveu a haste de grama de um canto para o outro da boca e olhou outra vez para Hank.

— Você usou um pedaço de pau?

— Não foi preciso.

— Responda à pergunta. Você usou um pedaço de pau?

Sem hesitar, Hank disse:

— Não. Eles tinham um pedaço de pau.

Isso, é claro, entrava em conflito com o que tinham contado para Stick.

— Acho melhor levar você para interrogatório — Stick disse, mas não fez nenhuma menção de apanhar as algemas dependuradas no seu cinto.

O senhor Spruill deu um passo à frente e disse para Pappy:

— Se ele for, nós vamos embora também. Agora mesmo.

Pappy estava preparado para isso. Os montanheses eram famosos por levantar acampamento e desaparecer rapidamente, e nenhum de nós duvidava que o senhor Spruill fosse cumprir a ameaça. Estariam longe dentro de uma hora, de volta a Eureka Springs, de volta às montanhas e ao seu contrabando de bebida. Seria praticamente impossível colher 32 hectares de algodão só com a ajuda dos mexicanos. Cada quilo era crucial. Cada mão-de-obra.

— Mais devagar, Stick — Pappy disse. — Vamos discutir o assunto. Você e eu sabemos que os Sisco não prestam. Estão sempre brigando e brigam sujo. Para mim, parece que escolheram o cara errado.

— Eu tenho um homem morto, Eli. Você compreende?

— Dois contra um me parece autodefesa. Nada justo numa briga de dois contra um.

— Mas veja o tamanho dele.

— Como eu disse, os Sisco escolheram o cara errado. Você e eu sabemos que um dia isso ia acontecer. Deixe o garoto contar sua história.

— Não sou nenhum garoto — Hank disse irritado.

— Conte o que aconteceu — Pappy disse, procurando ganhar tempo. Estique as coisas e talvez Stick encontre algum motivo para ir embora e voltar dentro de alguns dias.

— Vá em frente — Stick disse. — Vamos ouvir sua história. Deus sabe que ninguém mais está dizendo coisa alguma.

Hank deu de ombros e disse:

— Eu cheguei perto da luta, vi aqueles dois pequenos brotos de grama espancando Doyle, então acabei com a briga.

— Quem é Doyle? — Stick perguntou.

— Um garoto de Hardy.

— Você o conhece?

— Não.

— Então como sabe de onde ele é?

— Eu sei.

— Diabo! — Stick disse, e cuspiu perto dos pés de Hank. — Ninguém sabe de nada. Ninguém viu nada. Metade da cidade estava atrás da Cooperativa, mas ninguém sabe nenhuma maldita coisa.

— Me parece que eram dois contra um — Pappy disse outra vez. — E cuidado com sua linguagem. Está na minha propriedade e há senhoras presentes.

— Desculpem — Stick disse, tocando o chapéu com as pontas dos dedos e inclinando a cabeça na direção de mamãe e de minha avó.

— Ele estava apenas acabando com uma luta — meu pai disse, suas primeira palavras.

— Tem mais, Jesse. Ouvi dizer que depois que a luta acabou, ele pegou um pedaço de pau e bateu com ele nos garotos. Acho que foi quando fraturou o crânio de Jerry. Dois contra um não é direito, e eu sei como são os Sisco, mas não tenho certeza de que um deles precisava ser morto.

— Não matei ninguém — Hank disse. — Eu acabei com uma briga. E eram três, não dois.

Estava mais do que na hora de Hank acertar as coisas. Para mim parecia estranho Stick não saber que três dos Sisco ficaram machucados. Tudo que tinha a fazer era contar os rostos arrebentados. Mas provavelmente tinham sido escondidos em casa por sua gente.

— Três? — Stick perguntou incrédulo. Todos pareceram espantados.

Pappy aproveitou o momento.

— Três contra um, e de jeito algum você pode acusar o garoto de assassinato. Nenhum júri neste condado o condenaria se foram três contra um.

Por um momento, Stick pareceu concordar, mas não estava disposto a se dar por vencido.

— Isso se ele estiver dizendo a verdade. Vai precisar de testemunhas e neste momento elas são poucas. — Stick virou para Hank outra vez e disse: — Quem eram os três?

— Não perguntei os nomes, senhor — Hank disse com perfeito sarcasmo. — Não tivemos oportunidade de ser apresentados. Três contra um toma um bocado de tempo, especialmente quando você é o "um".

Risadas teriam irritado Stick e ninguém queria correr esse risco. Assim, apenas abaixamos a cabeça e sorrimos.

— Não banque o engraçadinho comigo, garoto! — Stick disse, tentando retomar sua autoridade. — Suponho que não tem testemunhas, tem?

O humor desapareceu num longo período de silêncio. Eu esperava que talvez Bo ou Dale se adiantasse dizendo que era uma testemunha. Uma vez que os Spruill acabavam de provar que mentiriam sob pressão, parecia sensato para mim que um deles procurasse imediatamente confirmar a versão de Hank. Mas ninguém se mexeu, ninguém falou. Eu me aproximei um pouco, ficando diretamente atrás de minha mãe.

Então ouvi as palavras que mudariam minha vida. Com a maior cara de pau do mundo, Hank disse:

— O pequeno Chandler assistiu.

O pequeno Chandler quase molhou a calça.

Quando abri os olhos, todos estavam olhando para mim, é claro. Minha avó e minha mãe espantosamente horrorizadas. Eu me sentia culpado e parecia culpado, e tive certeza de que todos ali acreditavam em Hank. Eu era uma testemunha! Eu tinha assistido à luta!

— Venha cá, Luke — Pappy disse, e eu caminhei o mais devagar possível para o centro. Olhei para Hank e seus olhos me fuzilaram. Com o sorriso superior de sempre, sua expressão deixava claro que ele sabia que eu fora apanhado. Todos deram um passo para o centro, como para me rodear.

— Você assistiu à luta? — Pappy perguntou.

Eu aprendi na escola dominical, desde o dia que comecei a andar, que quem mente vai direto para o inferno. Sem desvio. Sem segundas chances. Direto para o poço de fogo, onde Satanás espera com gente como Hitler, Judas Iscariote e o general Grant. Não deves dar falso testemunho, o que, naturalmente, não parecia proibir rigorosamente a mentira, mas era assim que os batistas a interpretavam. E eu tinha apanhado algumas vezes por contar pequenas mentiras.

— Conte a verdade e vamos acabar com isso — era uma das frases favoritas de minha avó.

Eu disse:

— Sim, senhor.

— O que você estava fazendo lá?

— Ouvi dizer que havia uma grande luta, por isso fui ver.

— Não ia pôr Dewayne no meio da coisa, pelo menos enquanto não fosse preciso.

Stick abaixou, apoiado num joelho, o rosto gorducho na altura do meu.

— Conte para mim o que você viu — ele disse. — E conte a verdade.

Olhei para meu pai, que pairava atrás de mim. E olhei para Pappy, que estranhamente não parecia zangado.

Enchi os pulmões de ar e olhei para Tally, que olhava atentamente para mim. Então, olhei para o nariz achatado de Stick e para seus olhos negros e inchados e disse:

— Jerry Sisco estava lutando com um homem das montanhas. Então Billy Sisco entrou na briga também. Estavam espancando o homem quando o senhor Hank entrou na briga para ajudar o homem das montanhas.

— Tudo bem, então eram dois contra um, ou dois contra dois?

— Dois contra um.

— O que aconteceu ao primeiro homem das montanhas?

— Eu não sei. Ele foi embora. Acho que estava muito machucado.

— Muito bem, continue. E diga a verdade.

— Ele está dizendo a verdade! — Pappy rosnou.

— Continue.

Olhei em volta para me certificar de que Tally ainda prestava atenção. Ela não só olhava para mim com atenção, como também com um sorriso maravilhoso.

— Então, de repente, Bobby Sisco saiu do meio do povo e atacou o senhor Hank. Eram três contra um, como o senhor Hank disse.

O rosto de Hank não mudou de expressão. Se tanto, seu olhar era ainda mais malvado. Ele estava pensando no futuro e não tinha ainda acabado comigo.

— Acho que isso encerra o caso — Pappy disse. — Não sou advogado, mas posso convencer um júri, se eram três contra um.

Stick o ignorou e se inclinou mais para mim.

— Quem estava com o pedaço de pau? — ele perguntou, entrecerrando os olhos como se fosse a pergunta mais importante de todas.

Hank explodiu de repente.

— Diga a verdade para ele, garoto! — ele gritou. — Um dos Sisco pegou aquele pedaço de pau, não foi?

Eu sentia os olhos de minha avó e de minha mãe atrás de mim. E sabia que Pappy queria me sacudir pelo pescoço para fazer sair as palavras certas da minha garganta.

Na minha frente, não muito longe, Tally implorava com os olhos. Bo, Dale e até Trot olhavam para mim.

— Não foi, garoto? — Hank vociferou outra vez.

Olhei nos olhos de Stick e comecei a sacudir a cabeça, assentindo devagar no começo, uma tímida e pequena mentira dita sem palavras. E continuei a dizer que sim, e continuei a mentir, e com isso fiz mais pela safra de algodão do que seis meses de tempo bom.

Eu caminhava na beirada do abismo de fogo. Satanás esperava e eu podia sentir o calor. Eu correria para o bosque para pedir perdão, logo que pudesse. Pediria a Deus para ser complacente comigo. Ele nos dera o algodão, competia a nós proteger e colher a safra.

Stick se levantou devagar, sem tirar os olhos dos meus, porque nós dois sabíamos que eu estava mentindo. Stick não queria prender Hank Spruill, pelo menos não naquele momento. Para começar, ele teria de algemá-lo, o que podia se tornar uma tarefa muito desagradável. Em segundo lugar, ia irritar todos os fazendeiros.

Meu pai agarrou meu ombro e me atirou para as mulheres.

— Você quase o matou de medo, Stick — ele disse com um riso forçado, tentando quebrar a tensão e me tirar dali antes que eu dissesse alguma coisa errada.

— Ele é um bom garoto? — Stick perguntou.

— Ele diz a verdade — meu pai respondeu.

— É claro que ele diz a verdade — Pappy disse com uma boa dose de fúria.

A verdade acabava de ser redefinida.

— Vou continuar a perguntar por aí — Stick disse, e começou a andar para seu carro. — Talvez eu volte mais tarde.

Ele bateu a porta do velho carro patrulha e saiu do nosso terreno. Nós o vimos se afastar até perdê-lo de vista.

CAPÍTULO 10

COMO NÃO TRABALHÁVAMOS aos domingos, a casa ficava pequena com meus pais e avós tratando das tarefas leves que eram permitidas. Sestas eram tentadas e abandonadas por causa do calor. Ocasionalmente, quando os ânimos ficavam tensos, meus pais me jogavam para a parte de trás da picape e saíamos para um longo passeio. Não havia nada para ver — toda a terra era plana e coberta de algodão. A vista era a mesma que tínhamos da varanda da frente. Mas era importante sair de casa.

Pouco depois de Stick ir embora, me levaram para a horta e me mandaram carregar vegetais. Um passeio pela estrada se anunciava. Encheram duas caixas de papelão com vegetais. Eram tão pesadas que meu pai teve de pôr as duas na parte de trás da picape. Quando saímos, os Spruill espalhavam-se no gramado da frente da casa em vários estágios de descanso. Eu não queria olhar para eles.

Sentei no meio das caixas de vegetais e vi a poeira entrando pela parte de trás da picape, formando nuvens cinzentas que se erguiam rapidamente e pairavam sobre a estrada, no ar pesado, antes de se dissipar lentamente por causa da falta de vento. A chuva e a lama do começo da manhã há muito esquecidas, tudo estava quente outra vez. As tábuas de madeira da picape, o chassi enferrujado e não pintado, até o milho, as batatas e os tomates que minha mãe acabava de lavar. Nevava duas vezes por ano naquela parte de Arkansas e eu ansiava por um lençol espesso e branco sobre os campos de inverno, sem algodão, sem nada.

A poeira finalmente parou quando chegamos à margem do rio e atravessamos a ponte. Levantei-me para ver a água lá embaixo, a corrente espessa e marrom mal se movendo entre as margens. Havia duas varas de pescar na parte de trás da picape e meu pai tinha prometido que íamos pescar por algum tempo depois que a comida fosse entregue.

Os Latcher eram meeiros e moravam a menos de um quilômetro de nossa casa, mas era como se morassem em outro país. Sua casa em ruínas ficava numa curva do rio, com olmos e salgueiros tocando o telhado e algodão crescendo quase até a varanda da frente. Não havia grama em volta da casa, somente um círculo de terra, onde um bando de pequenos Latcher brincavam. Secretamente eu me sentia feliz por eles morarem no outro lado do rio. Do contrário iam querer que eu brincasse com eles.

Eles cultivavam hectares de terra e dividiam a safra com o dono da terra. Metade de pouco é nada, e os Latcher eram extremamente pobres. Não tinham eletricidade, nem carro, nem picape. Ocasionalmente o senhor Latcher ia a pé até nossa casa e pedia a Pappy uma carona na sua próxima viagem a Black Oak.

A entrada para a casa deles era estreita, mal dando passagem para nossa picape, e, quando paramos, a varanda já estava cheia de rostinhos sujos. Certa vez contei sete filhos dos Latcher, mas um total exato era impossível. Era difícil distinguir os meninos das meninas, todos cabeludos e despenteados, rostos estreitos, olhos azuis pálidos e vestidos com trapos.

A senhora Latcher apareceu na varanda decrépita, enxugando as mãos no avental. Sorriu para minha mãe.

— Olá, senhora Chandler — ela disse, com voz suave. Estava descalça, e suas pernas eram magras como gravetos.

— É bom ver você, Darla — minha mãe disse. Meu pai estava tirando as caixas da picape, vagarosamente, dando tempo para que as senhoras conversassem um pouco. Não esperávamos ver o senhor Latcher. O orgulho o impedia de aparecer e aceitar os mantimentos. Deixe que as mulheres façam isso.

Enquanto falavam sobre a safra e o calor, eu me afastei da picape, sob os olhares atentos de todas aquelas crianças. Fui até o lado da casa, onde o menino mais alto da ninhada descansava à sombra, tentando nos ignorar. Seu nome era Percy e dizia ter doze anos, mas eu duvidava. Ele não parecia ter tamanho para essa idade, mas como os Latcher não iam à escola era impossível compará-lo com meninos da sua idade. Sem camisa e descalço, tinha a pele bronzeada por horas no sol.

— Oi, Percy — eu disse, mas ele não respondeu. Os meeiros eram todos esquisitos. Às vezes eles falavam, outras vezes apenas olhavam para a gente, como se quisessem que os deixássemos em paz.

Olhei para a casa deles, uma pequena caixa quadrada, e imaginei mais uma vez como tanta gente podia morar num lugar tão pequeno. Nosso galpão de ferramentas era maior. As janelas estavam abertas e os restos das cortinas rasgadas pendiam imóveis. Não havia telas para evitar a entrada de moscas e mosquitos e certamente não tinham ventiladores para movimentar o ar.

Eu tinha muita pena deles. Minha avó gostava de citar as escrituras. "Abençoados os pobres de espírito, pois deles é o reino do céu"; e "Os pobres sempre estarão com você". Mas parecia cruel viver naquelas condições. Eles não tinham sapatos. Suas roupas eram tão velhas e tão usadas que tinham vergonha de ir à cidade. E como não tinham eletricidade, não podiam ouvir os jogos dos Cardinals.

Percy nunca teve uma bola, uma luva ou um taco, nunca treinou apanhar a bola com o pai, nunca sonhou em derrotar os Yankees. Na verdade, provavelmente ele nunca sonhou em deixar os campos de algodão. Era um pensamento sempre amedrontador.

Meu pai tirou a primeira caixa de vegetais da picape enquanto minha mãe ia dizendo o que ela continha, e os pequenos Latcher foram para os degraus da frente da casa, olhando ansiosos, mas mantendo distância. Percy não se mexeu, olhando para alguma coisa nos campos, alguma coisa que nem ele nem eu podíamos ver.

Eles tinham uma menina crescida. Chamava-se Libby, tinha quinze anos. Era a mais velha da ninhada, e, segundo as últimas fofocas em Black Oak, estava grávida. Ninguém sabia o nome do pai da criança. Na verdade diziam que ela recusava dizer, inclusive para seus pais, o nome do homem responsável.

Era uma coisa acima da capacidade de compreensão de Black Oak. Notícias da guerra, uma briga de socos, um caso de câncer, um acidente de carro, um novo bebê a caminho, de pais regularmente casados — tudo isso era motivo de conversas infindáveis. Uma morte, seguida por um bom funeral e a cidade zumbia durante dias. A prisão do mais baixo dos cidadãos era um evento para ser dissecado durante semanas. Mas uma menina de quinze anos, mesmo sendo filha de um meeiro, ter um filho ilegítimo era algo tão extraordinário que a cidade estava perplexa. O problema era que a gravidez não fora confirmada. Só o que havia eram rumores. Uma vez que os Latcher nunca saíam da fazenda, era muito difícil conseguir qualquer evidência. E como nós morávamos perto deles, aparentemente minha mãe foi encarregada da investigação.

Ela me recrutou para ajudar. Tinha partilhado parte dos rumores comigo, e como eu já tinha visto animais da fazenda se reproduzindo durante toda minha vida, eu conhecia as bases do assunto. Mas ainda relutava em me envolver. Também não sabia ao certo por que tínhamos de confirmar a gravidez. Tinham falado tanto que toda a cidade já acreditava que a pobre menina estava esperando bebê. O grande mistério era a identidade do pai. "Não vão dizer que sou eu", ouvi meu avô dizer na frente da Cooperativa, e todos riram às gargalhadas.

— Como está o algodão? — perguntei para Percy. Como dois fazendeiros de verdade.

— Ainda no campo — ele disse, indicando com a cabeça o algodoal que começava a poucos metros de distância. Virei e olhei para o algodão que parecia igual ao nosso. Eu recebia

1,60 por cinqüenta quilos de algodão colhido. Os filhos dos meeiros não recebiam nada.

Então, olhei outra vez para a casa, para as janelas e as cortinas, para as tábuas empenadas e para o quintal, para a roupa lavada dependurada para secar. Olhei para a faixa de terra que ia além da privada e chegava no rio, e nem sinal de Libby Latcher. Provavelmente eles a tinham trancado num quarto, com o senhor Latcher de guarda na porta, com uma espingarda. Um dia ela teria o bebê e ninguém ia saber. Apenas outro Latcher correndo nu pelo quintal.

— Minha irmã não está aqui — ele disse, com o olhar ainda perdido na distância. — É isso que você está procurando.

Abri a boca e senti o rosto queimar. Tudo que consegui dizer foi:

— O quê?

— Ela não está aqui. Agora, volte para a sua picape.

Meu pai tinha carregado o resto da comida para a varanda, e eu deixei Percy.

— Você a viu? — minha mãe murmurou quando estávamos indo embora. Balancei a cabeça.

Quando saímos, os Latcher estavam amontoados em volta das caixas como se não comessem há uma semana.

Voltaríamos dentro de poucos dias com outra carga de vegetais, numa segunda tentativa de confirmar os rumores. Enquanto eles mantivessem Libby escondida, os Latcher não iam passar fome.

O rio São Francisco tinha quinze metros de profundidade, segundo meu pai, e no fundo do píer da ponte havia peixes-gatos que pesavam 30 quilos e comiam qualquer coisa que flutuasse por perto. Eram peixes grandes e sujos — carniceiros que se mexiam só quando havia alimento por perto. Alguns viviam vinte anos. Segundo a lenda da família, aos treze anos Ricky apanhou um dos monstros. O peixe pesava 22 quilos, e quando Ricky abriu a barriga dele com a faca, espalhou todo tipo de lixo na parte de trás da picape de Pappy: uma tomada, uma bola de gude, uma porção de peixes miúdos, duas moedas de um centavo, e uma matéria suspeita que foi reconhecida como excreções humanas.

Minha avó nunca mais fritou um peixe-gato. Pappy desistiu de uma vez de todo peixe do rio.

Usando minhocas vermelhas como isca eu pescava bremas e pequenas carpas, duas espécies abundantes no lugar e fáceis de pescar, no remanso raso em volta de um banco de areia. Eu entrava descalço na água morna e rodopiante e ocasionalmente ouvia minha mãe gritar: "Já está longe demais, Luke". O banco de areia era ladeado por carvalhos e salgueiros e o sol ficava atrás deles. Meus pais sentavam à sombra, sobre uma das muitas mantas que as senhoras da igreja faziam durante o inverno enquanto partilhavam um cantalupo da nossa horta.

Falavam em voz baixa, quase num murmúrio, e eu não tentava ouvir, porque era um dos poucos momentos durante a temporada da colheita que podiam ficar a sós. À noite, depois de um dia no campo, o sono chegava depressa e pesado e eu raramente os ouvia conversar na cama. Às vezes eles sentavam à varanda, no escuro, esperando o calor melhorar, mas não estavam realmente sozinhos.

O rio me assustava o bastante para me manter em segurança. Eu ainda não sabia nadar — estava esperando que Ricky voltasse para casa. Ele tinha prometido me ensinar no próximo verão, quando eu tivesse oito anos. Eu ficava perto da margem, com a água mal cobrindo meus pés.

Afogamentos não eram incomuns, e durante toda a vida ouvi histórias rebuscadas de homens adultos apanhados nos redemoinhos e sendo levados pelo rio, enquanto famílias inteiras assistiam horrorizadas. Águas calmas podiam ficar violentas, embora eu nunca tivesse visto isso. O maior afogamento supostamente aconteceu no São Francisco, mas o lugar exato variava, de acordo com o narrador do fato. Uma criança pequena estava sentada inocentemente num banco de areia quando, de repente, o banco mudou de lugar e a criança ficou rodeada de água, e começou a afundar rapidamente. Um irmão mais velho viu e se atirou nas águas revoltas, mas foi apanhado por uma corrente forte que o levou embora também. Então uma irmã mais velha ouviu os gritos dos dois primeiros, mergulhou no rio e estava com a água pela cintura quando lembrou que não sabia nadar. Sem se importar, bravamente começou a bater com os braços na água, gritando pelos irmãos para ficarem firmes, que ela chegaria lá. Mas o banco de areia afundou completamente, como num terremoto, e novas correntes apareceram, que iam em todas as direções.

As três crianças iam sendo levadas cada vez mais para longe da margem. A mãe, que podia estar ou não grávida, ou que podia ou não saber nadar, estava preparando o almoço debaixo de uma árvore quando ouviu os gritos dos filhos. Ela se atirou no rio e logo também estava com problemas.

O pai, que pescava numa ponte, ouviu os gritos, e em vez de perder tempo, correndo para a margem e entrando na água, simplesmente pulou de cabeça no São Francisco e quebrou o pescoço.

Toda a família morreu. Alguns dos corpos foram encontrados. Outros não. Alguns foram devorados pelos peixes-gatos do canal e outros foram levados para o mar alto, fosse onde fosse que ficava o mar. Não eram poucas as teorias quanto ao que finalmente aconteceu com os corpos dessa pobre família, que, estranhamente, permaneceu anônima através das décadas.

A história era repetida para que crianças, como eu, tomassem conhecimento dos perigos do rio. Ricky gostava de me assustar com ela, mas geralmente sua versão era confusa. Minha mãe dizia que tudo era ficção.

Até o irmão Akers conseguiu encaixá-la num sermão para ilustrar como Satanás sempre trabalhava para espalhar o sofrimento e a dor no mundo. Eu estava acordado e ouvia com atenção, e quando ele omitiu a parte sobre o pescoço quebrado do pai, concluí que ele também estava exagerando.

Mas eu estava resolvido a não me afogar. Os peixes estavam mordendo a isca, todos pequenos, que eu apanhava e devolvia ao rio. Sentado num tronco caído ao lado de um remanso, eu apanhava um peixe depois do outro. Era quase tão divertido quanto jogar beisebol. A tarde passou lentamente e eu agradecia minha solidão. Nossa fazenda estava cheia de estranhos. Os campos esperavam com a promessa de trabalho exaustivo. Eu tinha visto um homem ser morto e me metido no meio da confusão.

O leve marulho da água rasa era repousante. Por que eu não podia pescar o dia inteiro? Sentar à margem do rio, à sombra? Qualquer coisa, menos colher algodão. Eu não ia ser fazendeiro. Não precisava desse tipo de prática.

— Luke — veio a voz de meu pai, da margem. Tirei o anzol e a isca da água e fui para onde eles estavam.

— Sim, senhor — eu disse.

— Sente-se — meu pai disse. — Vamos conversar.

Sentei-me à beirada da manta, o mais longe possível dos dois. Não pareciam zangados; na verdade, minha mãe parecia satisfeita.

Mas a severidade na voz de meu pai era o bastante para me deixar preocupado.

— Por que não nos falou da luta? — ele perguntou.

A pergunta não me surpreendeu.

— Acho que estava com medo.

— Com medo do quê?

— Com medo de ser apanhado atrás da Cooperativa assistindo a uma luta.

— Porque nós dissemos que não devia ir, certo? — minha mãe perguntou.

— Sim, senhora. E eu peço desculpas.

Assistir a uma luta não era um ato de desobediência importante, e nós três sabíamos disso. O que um garoto ia fazer numa tarde de domingo quando a cidade estava cheia de gente, todos animados? Ela sorriu porque eu pedi desculpas. Eu estava tentando parecer o mais arrependido possível.

— Não me preocupa muito o fato de você assistir à luta — meu pai disse. — Mas segredos podem criar problemas para você. Devia ter me contado o que viu.

— Eu vi uma luta. Eu não sabia que Jerry Sisco ia morrer.

Minha lógica o fez pensar por um momento. Então ele disse:

— Você contou a verdade para Stick Powers?

— Sim, senhor.

— Um dos Sisco pegou um pedaço de pau primeiro? Ou foi Hank Spruill?

Se eu dissesse a verdade, estaria admitindo que minha primeira versão era mentirosa. Dizer a verdade ou mentir, essa era a questão que sempre aparecia. Resolvi confundir um pouco as coisas.

— Bem, para ser franco, papai, as coisas aconteceram muito depressa. Havia corpos caindo e voando por todo o lado. Hank estava girando aqueles garotos no ar como brinquedos. E a multidão se agitava e gritava. Então eu vi um pedaço de pau.

Surpreendentemente isso os satisfez. Afinal, eu tinha só sete anos e estava no meio de um bando de espectadores, todos assistindo a uma luta horrível, atrás da Cooperativa. Quem podia me culpar por não ter certeza do que aconteceu?

— Não fale com ninguém sobre isso, certo? Com ninguém.

— Sim, senhor.

— Meninos pequenos que guardam segredo dos pais têm grande problemas — minha mãe disse. — Você pode sempre nos contar tudo.

— Sim, senhora.

— Agora, vá pescar um pouco mais — meu pai disse, e corri de volta ao meu lugar no rio.

CAPÍTULO 11

A SEMANA COMEÇOU NO ESCURO da manhã de segunda-feira. Nos encontramos no reboque para a viagem aos campos, que a cada dia ficava mais curta, à medida que a colheita se movia lentamente do rio para mais perto da casa.

Nenhuma palavra foi dita. Cinco dias infindáveis de trabalho árduo e de calor nos esperavam, seguidos pelo sábado que, na segunda-feira, parecia tão distante quanto o Natal.

Do meu posto no trator, olhei para baixo e rezei pelo dia em que os Spruill fossem embora da nossa fazenda. Estavam todos juntos, tão cheios de sono quanto eu. Trot não estava com eles, nem se reuniria a nós, no campo. No domingo anterior, o senhor Spruill perguntou a Pappy se Trot podia ficar na frente da casa o dia inteiro.

— O garoto não agüenta o calor — o senhor Spruill explicou. Pappy pouco ligava para o que acontecia com Trot. Ele não valia um centavo no campo.

Quando o trator parou, apanhamos nossos sacos e desaparecemos entre as fileiras do algodoal. Todos silenciosos. Uma hora mais tarde, o sol estava nos escaldando. Pensei em Trot, passando o dia à sombra das árvores, cochilando quando tinha vontade, sem dúvida feliz por não ter ido trabalhar. Ele podia ser um pouco biruta, mas naquele momento era o mais esperto dos Spruill.

O tempo parava quando colhíamos algodão. Os dias se arrastavam, cada um mais devagar do que o outro.

Na quinta-feira, durante o jantar, Pappy anunciou que não iríamos à cidade no sábado.

Tive vontade de chorar. Já era duro trabalhar no campo a semana inteira, mas fazer isso sem a recompensa de pipoca e de um filme era uma crueldade. E a minha Coca-Cola semanal?

Seguiu-se um longo silêncio. Minha mãe olhou atentamente para mim. Não parecia surpresa, e tive a impressão de que os adultos já haviam conversado sobre o assunto. Agora, estavam somente aplicando o que tinham resolvido, para o meu bem.

Pensei: "O que posso perder?" Cerrei os dentes e perguntei:

— Por quê?

— Porque eu disse que não vamos — Pappy respondeu irritado, e percebi que estava em território perigoso.

Olhei para minha mãe. Vi um sorriso estranho nos seus lábios.

— Você não está com medo dos Sisco, está? — perguntei, esperando que um deles me agarrasse pela orelha.

Depois de um momento de silêncio mortal, meu pai pigarreou e disse:

— É melhor que os Spruill fiquem longe da cidade por algum tempo. Falamos com o senhor Spruill e concordamos em ficarmos todos em casa, no sábado. Até os mexicanos.

— Não tenho medo de ninguém, filho — Pappy rosnou, no outro lado da mesa. Não olhei para ele. — E não seja atrevido comigo — acrescentou para reforçar.

Minha mãe continuava a sorrir, e seus olhos cintilavam. Ela estava orgulhosa de mim.

— Preciso de algumas coisas do armazém — minha avó disse. — Farinha e açúcar.

— Eu vou — Pappy disse —, tenho certeza de que os mexicanos também precisam de alguma coisa.

Mais tarde, eles foram para a varanda para nosso ritual, mas eu estava muito magoado para ir também. Deitei no chão, no quarto de Ricky, no escuro, ouvindo os Cardinals pela janela aberta e tentando ignorar as vozes baixas e lentas dos adultos. Tentei pensar em novos modos de odiar os Spruill, mas logo me senti arrasado pelo volume das suas más ações. Em algum ponto do começo da noite fiquei completamente imóvel e adormeci no chão.

O almoço no sábado geralmente era uma ocasião feliz. A semana de trabalho tinha terminado. Íamos à cidade. Se eu sobrevivesse à esfregadela violenta na varanda dos fundos, então a vida era realmente maravilhosa, nem que fosse por poucas horas.

Mas naquele sábado ninguém estava animado.

— Vamos trabalhar até as quatro horas — Pappy disse, como se estivesse nos fazendo um grande favor. Grande coisa. Deixaríamos o trabalho uma hora mais cedo. Tive vontade de perguntar a ele se íamos trabalhar no domingo também, mas eu já tinha falado demais na quinta-feira. Pappy estava me ignorando e eu o ignorava também. Esse tipo de gelo podia durar dias.

Assim, voltamos para o campo, em vez de irmos a Black Oak. Até os mexicanos pareciam irritados. Quando o reboque parou, apanhamos nossos sacos e lentamente desaparecemos no algodoal. Colhi um pouco e fiz hora por longo tempo, e, quando a praça estava livre, encontrei um bom lugar e me deitei para um cochilo. Podiam não me levar à cidade, podiam me obrigar a ir para o campo, mas não podiam me fazer trabalhar. Acho que houve muito cochilo naquela tarde de sábado.

Minha mãe me encontrou e voltamos a pé para casa, só nós dois. Ela não estava se sentindo bem e também sabia da injustiça que estavam me infligindo. Apanhamos alguns vegetais da horta, mas poucos. Eu sofri e sobrevivi ao banho temido. E quando estava limpo, me aventurei na frente da casa, onde Trot passava os dias guardando o acampamento Spruill. Não tínhamos idéia do que ele fazia o dia todo, ninguém se importava realmente. Estávamos muito ocupados e muito cansados para nos preocupar com Trot. Eu o encontrei sentado atrás da direção da picape deles, fingindo que dirigia, fazendo um ruído estranho com os lábios. Ele olhou para mim e voltou a dirigir e a roncar.

Quando ouvi o trator chegando, entrei na casa e encontrei minha mãe deitada na cama, uma coisa que ela nunca fazia durante o dia. Ouvia as vozes à minha volta, vozes cansadas na frente, onde os Spruill se espalhavam, e nos fundos, onde os mexicanos se arrastavam para o celeiro. Eu me escondi no quarto de Ricky por algum tempo, com uma bola de beisebol em uma das mãos e a luva no outra, pensando em Dewayne, nos gêmeos Montgomery e no resto dos meus amigos, todos sentados no Dixie, assistindo ao filme de sábado e comendo pipoca.

A porta se abriu e Pappy apareceu.

— Vou ao armazém de Pop e Pearl comprar algumas coisas. Quer ir?

Balancei a cabeça sem olhar para ele.

— Compro uma Coca-Cola para você — ele disse.

— Não, obrigado — eu disse, ainda olhando para o chão.

Eli Chandler não era homem de pedir misericórdia, nem na frente de um esquadrão de fuzilamento, e não ia implorar para um garoto de sete anos. A porta se fechou e segundos depois o motor da picape foi ligado.

Cansado da parte da frente, fui para os fundos. Perto do silo, onde os Spruill deviam estar acampados, havia uma área coberta de relva onde se podia jogar beisebol. Não era tão longa e larga quando o campo na frente da casa, mas tinha uma boa abertura e ia até o começo do algodoal. Joguei a bola o mais alto possível várias vezes e só parei depois de ter apanhado dez seguidas.

Miguel apareceu no nada. Ele me observou por um minuto, e, sob a pressão de uma platéia, deixei cair três bolas, uma depois da outra. Atirei a bola para ele, devagar, porque Miguel não tinha luva. Ele a apanhou com facilidade e devolveu-a para mim. Joguei a bola com efeito, deixei cair, chutei, depois a segurei e atirei para ele, dessa vez com um pouco mais de força.

No ano anterior fiquei sabendo que muitos mexicanos jogavam beisebol, e era óbvio que Miguel conhecia o jogo. Suas mãos eram rápidas, ágeis e seus arremessos mais precisos do que os meus. Jogamos por alguns minutos, e então Rico e Pepe se juntaram a nós.

— Você tem um taco? — Miguel perguntou.

— Claro — eu disse e corri para a casa para apanhá-lo. Quando voltei, Roberto e Pablo estavam com os outros, e o grupo jogava minha bola em todas as direções.

— Você defende — Miguel disse, assumindo o controle do jogo. Pôs o pedaço de uma tábua velha no chão, a três metros do silo e disse: — Base do batedor.

Os outros se posicionaram no campo. Pablo, no centro lateral, estava perto do começo do algodoal. Rico agachou-se atrás de mim e eu tomei minha posição no lado direito da base do batedor. Miguel girou com força o braço e me assustou por um segundo, depois lançou uma bola suave que procurei rebater do melhor modo possível, mas errei.

Errei também as três bolas seguintes, então acertei duas seguidas. Os mexicanos aplaudiam e riam quando eu fazia contato, mas não diziam nada quando eu errava. Depois de treinar por algum tempo, dei o taco para Miguel e trocamos de lugar. Eu comecei arremessando bolas rápidas e ele não pareceu se intimidar. Ele rebateu bolas altas e baixas, algumas das quais eram interceptadas facilmente pelos mexicanos, enquanto que outras eram simplesmente resgatadas. Quase todos eles já tinham jogado antes, mas uns dois nunca haviam arremessado uma bola.

Os outros quatro, no celeiro, ouviram o barulho e saíram para ver. Caubói estava sem camisa, com a calça enrolada até os joelhos. Parecia ser uns trinta centímetros mais alto do que os outros.

Luís arremessou em seguida. Não era tão experiente quanto Miguel, e não tive dificuldade para rebater. Para minha alegria, vi Tally e Trot sentados debaixo de um olmo, assistindo ao jogo.

Então, meu pai apareceu.

Quanto mais jogávamos, mais animados os mexicanos ficavam. Eles gritavam e riam dos erros uns dos outros. Só Deus sabia o que estavam dizendo sobre meu arremesso.

— Vamos disputar uma partida — meu pai disse. Bo e Dale tinham chegado também, sem camisa e sem sapatos. Miguel foi consultado, e depois de alguns minutos de confabulação ficou resolvido que os mexicanos jogariam contra o pessoal de Arkansas. Rico seria o apanhador dos dois times, e outra vez fui mandado para casa, agora para apanhar a luva velha do meu pai e minha outra bola.

Quando voltei, Hank tinha aparecido e estava pronto para jogar. Não gostei de estar no mesmo time que ele, mas é claro que não podia dizer nada. Também não entendi onde Trot se encaixava. E Tally era mulher. Que desgraça. Uma mulher no meu time. Mesmo assim, os mexicanos eram em maior número.

Mais confabulação e foi mais ou menos determinado que nós rebateríamos primeiro.

— Você tem gente pequena — Miguel disse, com um sorriso. Mais tábuas foram postas em volta, como bases. Meu pai e Miguel estabeleceram as regras do campo, bastante criativas para um campo tão precário. Os mexicanos se posicionaram em volta das bases, e estávamos prontos para jogar.

Para minha surpresa, Caubói foi até a pequena elevação e começou a fazer aquecimento. Ele era magro, mas forte, e quando arremessava a bola os músculos do peito e dos ombros se retesavam e saltavam. O suor fazia brilhar sua pele morena.

— Ele é bom — meu pai disse em voz baixa. O movimento de braços era suave, o impulso uniforme, o arremesso quase indiferente, mas a bola saiu dos seus dedos e bateu com força na luva de Rico. Ele arremessou cada vez com mais força.

— Ele é muito bom — meu pai disse, balançando a cabeça. — Esse garoto já jogou muito beisebol.

— Meninas primeiro — alguém disse. Tally apanhou o taco e foi para a base. Estava descalça, com calça justa enrolada até os joelhos e uma camisa com as pontas amarradas na frente, com o estômago de fora. No começo, ela não olhou para Caubói, mas ele certamente estava olhando para ela. Ele deu alguns passos para a base e lançou o primeiro arremesso sem muita força. Ela girou o taco e errou, mas foi um movimento impressionante, pelo menos para uma mulher.

Então, os olhos deles se encontraram por uma fração de segundo. Caubói esfregava a bola, Tally balançava o taco, nove mexicanos tagarelavam como um bando de gafanhotos.

O segundo arremesso foi mais lento ainda e Tally fez contato. A bola rolou para Pepe, na terceira base, e fizemos nosso primeiro ponto de base.

— Rebata, Luke — meu pai disse. Fui para a base com a confiança de um Stan Musial, esperando que Caubói não fizesse jogo violento comigo. Ele deixou Tally rebater uma, sem dúvida faria o mesmo para mim. Fiquei esperando, ouvindo milhares de torcedores dos Cardinals cantando meu nome. Um estádio lotado, Harry Caray gritando ao microfone — então olhei para Caubói a nove metros de distância e meu coração parou. Ele não estava sorrindo, nem uma sugestão de sorriso. Segurou a bola com as duas mãos e olhou para mim como se pudesse me decapitar com uma bola rápida.

O que Musial faria? Balance o maldito taco!

O primeiro arremesso foi também sem muita força e eu comecei a respirar outra vez. A bola chegou alta e eu não brandi o taco, e os mexicanos tiveram muito que dizer a respeito disso. O segundo arremesso foi no centro e eu rebati para a cerca, para o lado esquerdo do campo, a 106 metros de distância. Fechei os olhos e brandi o taco para as trinta mil almas felizes do Sportsman's Park. Também rebati por Tally.

— Primeiro *strike*! — meu pai gritou, um pouco alto demais, eu pensei. — Você está tentando matar, Luke — ele disse.

É claro que eu estava. Tentei matar o terceiro arremesso também, e, quando Rico devolveu a bola, enfrentei o horror de perder dois *strikes*. Um *strike* anulado era inaceitável. Tally acabava de rebater bem a bola. Ela estava na primeira base, ansiosa para que eu pusesse a bola em jogo para poder avançar. Jogávamos no meu campo, com minha bola e meu bastão. Toda aquela gente estava assistindo.

Eu me afastei da base do batedor, apavorado com a possibilidade de anular um *strike*. O taco de repente ficou mais pesado. Meu coração disparou, minha boca ficou seca. Olhei para meu pai para ele me ajudar e ele disse:

— Vamos, Luke. Acerte a bola.

Olhei para Caubói e seu sorriso maldoso estava mais maldoso ainda. Eu não sabia se estava preparado para a bola que ele ia arremessar.

Voltei para a base, cerrei os dentes e tentei pensar em Musial, mas só conseguia pensar em derrota, e girei o taco baixo demais. Quando errei pela terceira vez, o silêncio foi total. Deixei cair o taco, apanhei-o do chão e, sem ouvir nada, voltei para o meu time, meu lábio tremendo, já dizendo a mim mesmo que não ia chorar. Eu não podia olhar para Tally, e certamente não podia olhar para meu pai.

Queria correr para casa e trancar as portas.

Chegou a vez de Trot, e ele segurou o taco com a mão direita logo abaixo do rótulo. Seu braço esquerdo pendia imóvel como sempre, e nos sentimos um pouco embaraçados vendo aquele pobre garoto tentando rebater a bola. Mas ele sorria, feliz por estar no jogo, e isso era o mais importante naquele momento. Ele errou as duas primeiras bolas e comecei a pensar que os mexicanos iam ganhar de vinte a zero. Porém Trot acertou o terceiro arremesso, com uma tacada leve que levou a bola à segunda base, onde pelo menos quatro mexicanos conseguiram perdê-la. Tally deu a volta na segunda e alcançou a terceira, enquanto Trot chegava na primeira.

Minha humilhação, já enorme, ficou maior ainda. Trot na primeira e Tally na terceira, só faltava uma.

O seguinte foi Bo, e como ele era um adolescente grande com nenhuma desvantagem visível, Caubói deu um passo atrás e arremessou com um giro completo do braço. Seu primeiro arremesso não foi muito rápido, mas Bo já estava tremendo quando a bola atravessou a base do batedor. Ele brandiu o taco depois que Rico já tinha apanhado a bola, e Hank deu uma gargalhada. Bo o mandou calar a boca. Hank respondeu alguma coisa, e pensei que íamos ter uma briga entre os Spruill por causa do jogo.

O segundo arremesso foi um pouco mais rápido. O movimento de Bo foi um pouco mais lento.

— Façam com que ele arremesse de leve — Bo gritou para nós, tentando levar a coisa na brincadeira.

— Que maricas — Hank disse. O senhor e a senhora Spruill estavam agora entre os espectadores e Bo olhou para eles.

Eu esperava que o terceiro arremesso fosse mais rápido ainda. Bo também. Mas Caubói arremessou uma bola com efeito e Bo atacou muito antes dela chegar.

— Ele é muito bom — meu pai disse, falando de Caubói.

— Eu vou arremessar agora — Hank anunciou, passando na frente de Dale, que não reclamou. — Vou mostrar para vocês, garotos, como se faz isso.

O taco parecia um palito quando Hank o experimentou, balançando e fazendo movimento de rebater, como se pudesse mandar a bola para o outro lado do rio. O primeiro arremesso de Caubói foi rápido, passou longe, e Hank não rebateu. A bola estalou na luva de Rico, e outra vez explodiu a zombaria dos mexicanos.

— Jogue a bola na base! — Hank gritou olhando para nós à procura de aprovação. Eu esperava que Caubói acertasse uma bola rápida na orelha dele.

O segundo arremesso foi muito mais violento. Hank girou o taco e errou. Caubói recebeu a bola de Rico e olhou para a terceira base, onde Tally esperava e observava.

Então Caubói arremessou uma bola curva, direta para a cabeça de Hank, mas ele se abaixou, deixou cair o taco, a bola pareceu parar no ar e caiu como por mágica na zona de *strike*. Os mexicanos rugiram, às gargalhadas.

— *Strike!* — Miguel gritou da segunda base.

— Não é nenhum *strike*! — Hank gritou, com o rosto muito vermelho.

— Sem juízes — meu pai disse. — Só é um *strike* quando ele rebate.

Estava bem para Caubói. Ele tinha outra bola curva no seu arsenal. O arremesso a princípio pareceu inofensivo, uma bola lenta na direção do centro da base. Hank levou o braço para trás para uma rebatida maciça. Porém a bola perdeu impulso longe dele e desceu, antes de Rico ter tempo de bloqueá-la. Hank não rebateu coisa alguma, a não ser o ar. Ele perdeu o equilíbrio, caiu em cima da base, e, quando o coro de espanhol explodiu outra vez, pensei que ia atacar todos os mexicanos. Hank levantou, olhou para Caubói, resmungou alguma coisa e retomou sua posição na base.

Dois foras, dois *strikes*, dois dentro. Caubói terminou com ele com uma bola rápida. Hank enterrou a bola no chão quando terminou o rebate.

— Não jogue o taco! — meu pai gritou. — Se você não tem espírito esportivo, não jogue. — Estávamos entrando no campo e os mexicanos saindo apressados.

Hank olhou para meu pai com desprezo, mas não disse nada. Por alguma razão estava determinado que eu ia arremessar.

— Arremesse o primeiro *inning*, Luke — meu pai disse. Eu não queria. Eu não era páreo para Caubói. Ficaríamos embaraçados com nosso jogo.

Hank estava na primeira, Bo na segunda, Dale na terceira. Tally estava no centro esquerdo, com as mãos na cintura, e Trot no lado direito procurando trevos de quatro folhas. Que defesa! Se eu ia arremessar precisávamos afastar tanto quanto possível da base do batedor os homens em campo.

Miguel mandou Roberto para a base primeiro, e eu fiquei certo de que foi deliberado, porque o pobre mexicano nunca tinha visto uma bola de beisebol na vida. Ele rebateu uma bola preguiçosa e irregular que meu pai apanhou entre a segunda e a terceira base. Pepe rebateu uma bola alta que meu pai apanhou atrás da segunda base. Dois a favor, dois foras, eu estava em maré de sorte, mas isso ia acabar logo. Os rebatedores sérios, um depois do outro, rebateram bolas por nossa fazenda inteira. Tentei bolas rápidas, bolas curvas, bolas com efeito, sempre a mesma coisa. Eles marcavam um ponto atrás do outro, e com imenso prazer. Eu me sentia péssimo porque estava sendo arrasado, mas ao mesmo tempo me divertia vendo os mexicanos dançar e comemorar quando o jogo chegou ao ponto crítico.

Minha mãe e minha avó, sentadas debaixo de uma árvore, assistiam ao espetáculo na companhia do senhor e da senhora Spruill. Todo mundo estava lá menos Pappy, ainda na cidade.

Quando chegaram mais ou menos a dez pontos, meu pai pediu tempo e foi até a base do batedor.

— Já chega para você? — ele perguntou.

Que pergunta ridícula.

— Acho que sim — eu disse.

— Descanse um pouco — ele disse.

— Eu posso arremessar — Hank gritou da primeira base. Meu pai hesitou por um segundo, depois jogou a bola para ele. Eu queria ir para a direita do campo, com Trot, onde não acontecia muita coisa, mas meu treinador disse:

— Vá para a primeira base.

Eu sabia por experiência que Hank Spruill era extremamente rápido. Ele tinha derrubado os três Sisco numa questão de segundos. Por isso não foi surpresa vê-lo lançar a bola como se jogasse beisebol há anos. Ele parecia confiante, girando o braço para trás e apanhando a bola de Rico. Ele arremessou três belas bolas rápidas para Luís e o massacre do primeiro *inning* acabou. Miguel informou meu pai que eles tinham marcado onze pontos. Para mim pareciam cinqüenta.

Caubói voltou para a base do batedor e continuou de onde tinha parado. Dale foi derrotado em *strikes* e meu pai entrou na base. Ele antecipou uma bola rápida, apanhou uma e rebateu com força uma bola longa e alta que fez uma curva e desapareceu no meio do algodoal. Pablo foi procurar a bola en-

quanto usávamos minha outra. Em nenhuma circunstância deixaríamos o jogo até sabermos onde estavam as duas bolas.

O segundo arremesso foi uma curva fechada, e os joelhos
do meu pai dobraram antes dele localizar para onde ela ia.

— Isso foi um *strike* — ele disse, balançando a cabeça,
admirado. — Foi também uma bola curva da Liga Profissional — ele disse, em voz alta, mas para ninguém em particular.

Ele correu para o centro, onde Miguel apanhou a bola
com as duas mãos e o time de Arkansas estava prestes a ser
derrotado outra vez. Tally caminhou lentamente para a base.
Caubói parou de sorrir com desprezo e foi até a metade da
distância da base. Ele arremessou duas bolas lentas, tentando
acertar o taco de Tally, e ela finalmente conseguiu rebater
para a segunda base, onde dois mexicanos disputaram a bola
o tempo suficiente para o corredor ficar livre.

Eu era o seguinte.

— Vá um pouco mais devagar — meu pai disse, e eu
obedeci. Eu faria qualquer coisa.

Caubói arremessou uma bola mais preguiçosa ainda que
eu mandei para o centro, fora do quadrado do campo. Os mexicanos vibraram. Todos aplaudiram. Fiquei um pouco embaraçado com todo aquele estímulo, mas, sem dúvida, foi melhor
do que acertar fora. A pressão desapareceu. Meu futuro como
jogador dos Cardinals estava outra vez a caminho.

Trot procurou rebater as três primeiras e errou todas por
pelo menos trinta centímetros.

— Quatro *strikes* — Miguel disse, e as regras foram mu-
dadas outra vez. Quando se está onze pontos na frente, na
segunda jogada, pode-se ser generoso. Trot cortou o arremesso e a bola voltou para Caubói que, só para se divertir atirou
para a terceira base, num esforço vão de alcançar Tally. Ela
estava a salvo, as bases estavam todas ocupadas. Os mexicanos tentavam fazer pontos. Bo foi para a base do batedor, mas
Caubói não voltou para a elevação do arremessador. Ele jogou uma bola lenta e baixa. Bo rebateu baixo, e Pablo des-

viou o corpo para evitá-la. Tally marcou um ponto e passou para a terceira base.

Hank apanhou o taco e o girou rapidamente no ar. Com as bases ocupadas, ele só pensava numa coisa — um grande *slam*. Caubói tinha outros planos. Ele deu um passo para trás e parou de sorrir. Hank parou na base do batedor. Olhando de cima para o arremessador, desafiando-o a lançar alguma coisa que ele não pudesse rebater.

O barulho no campo silenciou por um momento. Os mexicanos avançaram para a frente, nas pontas dos pés, ansiosos para tomar parte naquele encontro. O primeiro arremesso foi uma bola extremamente rápida que atravessou a base uma fração de segundo depois que Caubói a lançou. Hank nem pensou em girar o taco para trás, não teve tempo. Ele recuou, parecendo admitir que o outro era mais forte. Olhei para meu pai, que balançava a cabeça. Com que força Caubói podia arremessar?

Então ele arremessou uma bola curva, que parecia tentadora, mas se afastou da zona de *strike*. Hank tentou rebater com força, mas nem chegou perto. Então uma bola curva com força, que foi direto para a cabeça dele e no último momento caiu no outro lado da base. O rosto de Hank parecia em fogo.

Outra bola rápida que Hank tentou rebater. Dois *strikes*, as bases ocupadas, dois foras. Sem a menor sugestão de sorriso, Caubói resolveu brincar um pouco. Arremessou uma bola curva baixa que caiu no lado de fora; depois uma com mais força que fez Hank se abaixar. Outra ainda, lenta que ele quase rebateu. Tive a impressão de que, se quisesse, Caubói podia enrolar a bola na cabeça de Hank. A defesa foi arrasada outra vez completamente.

O terceiro *strike* foi uma bola jogada com a ponta dos dedos que flutuou sobre a base e parecia tão lenta que até eu poderia rebater. Mas ela girou e caiu. Hank desferiu uma tacada violenta, errou por trinta centímetros e outra vez caiu na terra. Ele gritou um palavrão e atirou o taco perto dos pés do meu pai.

— Cuidado com a linguagem — meu pai disse, apanhando o taco.

Hank resmungou alguma coisa e limpou a terra da roupa. Nosso tempo de rebater tinha acabado.

Miguel foi até a base, no fundo da segunda. O primeiro arremesso de Hank foi direto para a cabeça dele e quase acertou. A bola bateu no silo e rolou, parando perto da terceira base. Os mexicanos ficaram em silêncio. O segundo arremesso foi mais violento ainda, e sessenta centímetros dentro. Outra vez Miguel acertou no chão, e seus companheiros de time começaram a murmurar.

— Pare com essa bobagem! — meu pai disse, em voz alta. — Apenas arremesse *strikes*.

Hank o brindou com seu costumeiro sorriso de pouco caso. Arremessou a bola por cima da base e Miguel a desviou para o lado direito do campo, onde Trot estava na defesa, de costas para a base do batedor, olhando para a linha distante do rio São Francisco. Tally correu atrás da bola e parou quando chegou no começo do algodoal. Uma bola rasteira e o batedor correu três bases.

O arremesso seguinte era o último do jogo. Caubói era o rebatedor. Hank levou o braço para trás, com toda a força que tinha, e arremessou uma bola rápida diretamente em cima de Caubói. Ele abaixou a cabeça, mas não recuou em tempo e a bola o atingiu nas costelas com o som de um melão jogado sobre tijolos. Caubói deu um grito breve, mas rapidamente também atirou o taco como um tacape, com a maior velocidade possível. O taco não caiu onde devia — entre os olhos de Hank. Saltou aos seus pés e ricocheteou nas suas canelas. Ele gritou um palavrão e imediatamente atacou como um touro endoidecido.

Outros investiram também. Meu pai, de onde estava, entre a segunda e terceira base. O senhor Spruill, de trás do silo. Alguns dos mexicanos. Eu fiquei onde estava, na primeira base, apavorado demais para dar um passo. Todo mundo parecia gritar e correr para a base do batedor.

Caubói não recuou nem um passo. Ficou completamente imóvel por um segundo, a pele morena molhada de suor, os braços longos tensos, os dentes arreganhados. Quando o touro chegou a poucos metros de distância, as mãos de Caubói se moveram rapidamente para o bolso e apareceu um canivete. Ele o sacudiu e a lâmina apareceu — aço brilhante, sem dúvida muito afiado — abrindo-se com um estalo seco que eu ouviria durante muitos anos.

Ele o segurou com o braço levantado, e Hank parou de repente, derrapando no chão.

— Largue isso! — ele gritou a um metro e meio de Caubói.

Com um gesto da mão esquerda, Caubói o convidou a se aproximar, como quem diz: "Venha, grandalhão. Venha levar o que merece."

Todos ficaram chocados quando viram a faca e por alguns segundos fez-se silêncio. Ninguém se mexeu. O único som era de respiração pesada. Hank olhava para a lâmina, que parecia crescer. Ninguém duvidava de que Caubói a tinha usado antes, sabia usá-la bem e com prazer decapitaria Hank se ele desse mais um passo.

Então meu pai, com o taco na mão, ficou entre os dois e Miguel apareceu ao lado de Caubói.

— Largue isso — Hank disse outra vez. — Lute como um homem.

— Cala a boca! — meu pai disse, sacudindo o taco para os dois. — Ninguém vai lutar.

O senhor Spruill segurou o braço de Hank e disse:

— Vamos embora, Hank.

Meu pai olhou para Miguel e disse:

— Leve Caubói para o celeiro.

Lentamente, os outros mexicanos rodearam Caubói e começaram a empurrá-lo. Finalmente ele se virou e começou a andar, com a lâmina da faca ainda muito à vista. Hank, é claro, não queria sair de onde estava. Ficou parado, vendo os mexicanos se afastarem, como se com isso estivesse confirmando sua vitória.

— Vou matar aquele moleque — ele disse.

— Você já matou bastante — meu pai disse. — Agora, vá embora. E fique longe do celeiro.

— Vamos — o senhor Spruill disse outra vez e os outros, Trot, Tally, Bo e Dale, começaram a andar para a frente da casa. Quando os mexicanos desapareceram, Hank saiu também com passo firme.

— Eu vou matar ele — resmungou, para meu pai ouvir.

Eu apanhei as bolas, as luvas, e o taco e corri atrás dos meus pais e da minha avó.

CAPÍTULO 12

No FIM DA TARDE, ENCONTREI TALLY no quintal, nos fundos da casa. Era a primeira vez que eu a via andando pela fazenda, embora, com os passar dos dias, os Spruill mostrassem maior interesse pelas redondezas.

Ela carregava uma pequena sacola. Estava descalça mas usava agora o vestido justo de quando a vi pela primeira vez.

— Quer me fazer um favor, Luke? — ela perguntou docemente. Meu rosto ficou vermelho. Eu não tinha idéia de qual seria o favor, mas não tinha dúvida de que ia fazer.

— O que é? — perguntei, tentando ser difícil.

— Sua avó disse para minha mãe que existe um regato aqui perto onde podemos tomar banho. Você sabe onde fica?

— Sei. Siler's Creek. Mais ou menos a um quilômetro naquela direção. — Apontei para o norte.

— Tem cobra por lá?

Eu ri, como se ninguém devesse se importar com cobras.

— Talvez uma ou duas cobras d'água. Nenhuma serpente pescadora.

— E a água é limpa, não enlameada?

— Deve estar limpa. Não chove desde domingo.

Ela olhou em volta, certificando-se de que ninguém estava ouvindo e disse:

— Não quer vir comigo?

Meu coração parou e minha boca de repente ficou seca.

— Por quê? — consegui perguntar.

— Eu não sei — ela arrulhou. — Para garantir que ninguém vai me ver.

Ela podia ter dito: "Porque não sei onde fica o regato", ou "Para ter certeza de que não tem cobras". Ou qualquer coisa que não tivesse nada a ver com o fato dela tomar banho.

Mas não disse.

— Está com medo? — perguntei.

— Talvez um pouquinho.

Andamos pela estrada de terra até a casa e o celeiro desaparecerem, então entramos numa trilha estreita que usávamos para a plantação da primavera. Quando ficamos sozinhos, ela começou a falar. Eu não sabia o que dizer e fiquei aliviado quando vi que ela sabia manejar a situação.

— Eu sinto muito o que Hank fez — ela disse. — Ele está sempre arranjando encrenca.

— Você viu a luta? — perguntei.

— Qual delas?

— A da cidade.

— Não. Foi horrível?

— Se foi. Um horror. Ele bateu tanto naqueles garotos. Bateu neles muito depois da luta acabar.

Ela parou, então eu parei também. Tally se aproximou de mim, nós dois respirando pesadamente.

— Diga a verdade, Luke. Ele pegou aquele pedaço de pau primeiro?

Olhando para aqueles belos olhos castanhos, eu quase disse, "Sim". Mas de repente alguma coisa me impediu. Achei melhor me garantir. Afinal, ele era irmão dela e, no meio de uma das muitas brigas dos Spruill, ela podia repetir o que eu dissesse então. O sangue é mais espesso do que a água, Ricky sempre dizia. Eu não queria que Hank viesse atrás de mim.

— Aconteceu muito depressa. — Comecei a andar outra vez. Ela me alcançou imediatamente e ficou calada por alguns minutos.

— Acha que ele vai ser preso? — ela perguntou.

— Eu não sei.

— O que seu avô acha?

— Que diabo, eu não sei. — Pensei que a impressionaria se usasse algumas das palavras que Ricky usava.

— Luke, cuidado com a linguagem — ela disse, nem um pouco impressionada.

— Desculpe. — Continuamos a andar. — Ele já matou alguém antes? — perguntei.

— Não que eu saiba. Ele esteve no norte uma vez. — Ela continuou, quando nos aproximávamos do regato. — E houve algum problema. Mas nunca soubemos o que aconteceu.

Eu tinha certeza de que sempre havia problemas onde quer que Hank fosse.

Siler's Creek fica ao longo da divisa norte da nossa fazenda, de onde segue coleando para o São Francisco e em determinado trecho quase pode ser visto da ponte. Tem árvores copadas nas duas margens, por isso no verão era geralmente um lugar fresco para nadar e tomar banho. Porém, ele secava rapidamente e na maioria das vezes não tinha muita água.

Eu a levei pela margem até um banco de cascalho, onde a água era mais profunda.

— Este é o melhor lugar — eu disse.

— Qual a profundidade? — Tally perguntou, olhando em volta.

A água estava clara.

— Mais ou menos até aqui — eu disse, tocando um ponto não distante do meu queixo.

— Não tem ninguém por aqui, certo? — Ela parecia um pouco nervosa.

— Não. Todo mundo voltou para a fazenda.

— Você volta para a trilha e vigia para mim, está bem?

— Está bem — eu disse, sem me mexer.

— Vá andando, Luke — ela disse, pondo a sacola no banco de cascalho.

— Tudo bem — e comecei a me afastar.

— E Luke, nada de espiar, certo?

Eu me senti como se tivesse sido apanhado. Acenei para ela como se a idéia nunca tivesse passado por minha cabeça.

— É claro — eu disse.

Subi a margem e encontrei um lugar a alguns metros acima do solo, no galho de um olmo. Sentado no galho, eu podia quase ver o telhado do nosso celeiro.

— Luke! — ela chamou.

— O que é?

— Está tudo bem?

— Está!

Ouvi o barulho quando ela entrou na água, mas continuei a olhar para o sul. Depois de um ou dois minutos, virei lentamente e olhei para baixo, para o regato. Eu não podia ver Tally e isso me deixou um pouco aliviado. O banco de cascalho ficava numa pequena curva e os galhos das árvores eram bem fechados.

Outro minuto passou e comecei a me sentir inútil. Ninguém sabia que estávamos ali; portanto, ninguém ia tentar espiar. Quantas vezes eu teria oportunidade de ver uma bela mulher tomando banho? Não me lembrava de nenhuma proibição específica da igreja ou do Evangelho, mas sabia que era errado. Mas talvez não fosse um grande pecado.

Porque era uma travessura, me lembrei de Ricky. O que ele faria naquela situação?

Desci do olmo e atravessei sorrateiramente o mato e os arbustos até ficar acima do banco de cascalho. Então, me arrastei devagar entre os arbustos.

Seu vestido e a roupa de baixo estavam pendurados num galho. Tally, toda mergulhada na água, lavava a cabeça coberta de espuma. Eu estava suando, mas nem respirava. Deitado de bruços na relva, espiando entre dois grandes galhos, eu era invisível para ela. As árvores se moviam mais do que eu.

Ela cantarolava baixinho, apenas uma garota bonita tomando banho num regato, aproveitando a frescura da água. Não olhava em volta, com medo. Confiava em mim.

Ela mergulhou a cabeça para tirar o xampu e a espuma foi levada pela corrente branda. Então levantou a cabeça e estendeu a mão para o sabonete. Estava de costas para mim e eu vi seu traseiro, todinho. Tally estava completamente nua, exatamente como eu ficava nos meus banhos semanais e era o que eu esperava. Mas a confirmação me fez estremecer. Instintivamente levantei a cabeça, acho que para ver melhor, e logo a abaixei outra vez quando recuperei o juízo.

Se ela me pegasse, contaria para o pai, que contaria para meu pai, que ia bater em mim até eu não poder andar. Minha mãe ia ralhar comigo durante uma semana. Minha avó nem ia falar comigo, de tão magoada. Pappy ia me passar um pito daqueles, mas só em benefício dos outros. Eu estaria arruinado.

Com a água até a cintura, ela lavou os braços e o peito, que eu podia ver de lado. Nunca tinha visto os seios de uma mulher antes e duvidava que algum garoto de sete anos do Condado de Craighead já tivesse visto. Talvez algum garoto tivesse surpreendido a mãe, por acaso, mas eu tinha certeza de que nenhum menino da minha idade havia apreciado aquela vista.

Não sei por que pensei outra vez em Ricky, e uma idéia maliciosa veio não sei de onde. Tendo visto a maior parte das suas partes privadas, agora eu queria ver tudo. Se eu gritasse, "Cobra!" bem alto, ela ia gritar horrorizada. Ia esquecer o sabonete, o esfregão e sua nudez e correr para terra firme. Apanharia a roupa, mas por alguns poucos e gloriosos segundos eu veria tudo.

Engoli em seco para limpar a garganta, mas percebi o quanto minha boca estava seca. Com o coração disparado, eu hesitei e com isso aprendi uma valiosa lição sobre paciência.

Para lavar as pernas, Tally chegou mais perto da margem, com a água cobrindo apenas seus pés. Devagar, com o sabonete e o esfregão, ela se inclinou e estendeu e acariciou as pernas, as nádegas e a barriga. Meu coração batia descompassado contra o solo. E quando ela terminou e ficou de pé com a água até a altura dos tornozelos, maravilhosamente nua, Tally se virou e olhou diretamente para o lugar onde eu estava escondido.

Abaixei a cabeça e me enterrei mais ainda nos arbustos. Esperei que ela gritasse alguma coisa, mas ela não gritou. O pecado era imperdoável, tive certeza naquele momento. Recuei bem devagar, silenciosamente, até chegar no começo do algodoal. Então me arrastei furiosamente seguindo a linha das árvores e retomei minha posição perto da trilha, como se nada tivesse acontecido. Tentei parecer entediado quando ouvi os passos dela se aproximando.

Tinha trocado de vestido e estava com o cabelo molhado.

— Obrigada, Luke — ela disse.

— Ah, claro — consegui dizer.

— Eu me sinto muito melhor.

Eu também, pensei.

Caminhamos devagar de volta para casa. No princípio nada foi dito, mas quando estávamos no meio do caminho, ela perguntou:

— Você me viu, não viu, Luke? — perguntou suavemente, em tom divertido e eu não quis mentir.

— Sim.

— Está tudo bem. Não estou zangada.

— Não está?

— Não. Acho que é só natural, você sabe, os garotos olharem para as garotas.

Sem dúvida parecia natural. Não encontrei nada para dizer.

Ela continuou:

— Se você for comigo ao regato, da próxima vez, para vigiar, pode fazer outra vez.

— Fazer o que outra vez?

— Me espiar.

— Tudo bem — eu disse, um pouco depressa demais.

— Mas não pode contar para ninguém.

— Não vou contar.

Quase não comi ao jantar e tentei fingir que não tinha acontecido nada. Era difícil comer com meu estômago ainda dan-

do cambalhotas. Eu via Tally claramente, como se estivéssemos ainda no regato.

Eu tinha feito uma coisa terrível. E mal podia esperar para
fazer outra vez.

— No que está pensando, Luke? — minha avó perguntou.

— Em nada demais — eu disse, arrastado de repente para
a realidade.

— Ora, vamos — Pappy disse. — Você tem alguma coisa
na cabeça.

A inspiração chegou rapidamente.

— Aquela faca — eu disse.

Os quatro adultos balançaram as cabeças em desaprovação.

— Pense em coisas agradáveis — minha avó disse.

Pode deixar, pensei. Pode deixar.

CAPÍTULO 13

PELO SEGUNDO DOMINGO SEGUIDO, a morte dominou nosso ofício religioso. A senhora Letha Haley Dockery era uma mulher grande e espalhafatosa, abandonada há muitos anos pelo marido que fugiu para a Califórnia. Como era de se esperar, havia alguns rumores sobre o que ele fez quando chegou lá, e o favorito, que eu tinha ouvido algumas vezes, era que tinha se juntado a uma mulher jovem de outra raça — possivelmente chinesa, embora, como a maior parte das fofocas em Black Oak, não pudesse ser confirmada. Quem já estivera na Califórnia?

A senhora Dockery tinha criado dois filhos. Nenhum dos dois chegou a ser grande coisa, mas tiveram o bom senso de abandonar o algodão. Um estava em Mênfis; o outro, no Oeste, fosse onde fosse isso.

Ela tinha outra família espalhada na parte nordeste de Arkansas, especialmente uma prima distante que morava em Paragould, a trinta e cinco quilômetros de Black Oak. Muito longe, segundo Pappy, que não gostava nem um pouco da senhora Dockery. Essa prima de Paragould tinha um filho que também lutava na Coréia.

Quando Ricky foi mencionado na prece da nossa igreja, aconteceu uma coisa desagradável. A senhor Dockery se levantou de um salto e lembrou a congregação de que ela também tinha família na guerra. Ela importunava minha avó murmurando compungidamente sobre o peso de esperar notícias da frente de batalha. Pappy não falava com ninguém sobre a guerra e censurou a senhora Dockery quando ela tentou comiserar com ele. Como família, simplesmente tentávamos ignorar o que acontecia na Coréia, pelo menos em público.

Alguns meses antes, durante uma das suas freqüentes encenações para despertar simpatia, alguém perguntou para a senhora Dockery se ela tinha uma foto do sobrinho. A igreja toda estava rezando tanto para ele que todos queriam ver seu rosto. Humilhada, ela teve de confessar que não tinha nenhuma fotografia.

Quando ele embarcou na primeira vez, seu nome era Jimmy Nance, e era sobrinho de uma prima sua em quarto grau — sua prima "muito próxima". À medida que a guerra progredia, ele se tornou Timmy Nance e também não apenas um sobrinho, mas um primo genuíno, algo assim como em segundo ou terceiro grau. Nunca conseguimos saber ao certo. Embora ela preferisse o nome Timmy, ocasionalmente Jimmy entrava sorrateiramente na sua conversa.

Fosse qual fosse seu nome verdadeiro, ele foi morto. Ouvimos a notícia na igreja, no domingo, antes de descermos da picape.

A senhora Dockery estava no salão da amizade, rodeada de senhoras da sua classe de escola dominical, todas chorando e se lamentando. Eu vi de longe minha mãe e minha avó esperando na fila para dar os pêsames e senti pena da senhora Dockery. Fosse o parentesco chegado ou distante, a mulher estava numa verdadeira agonia.

Os detalhes eram comentados em murmúrios. Ele dirigia o jipe do comandante quanto passou por cima de uma mina terrestre. O corpo só voltaria para casa dentro de dois meses, ou talvez nunca. Ele tinha vinte anos, era casado com uma mulher também jovem e moravam em Kenneth, Missouri.

Enquanto toda essa conversa se desenrolava, o reverendo Akers entrou na sala e sentou ao lado da senhora Dockery. Segurou a mão dela e rezaram em silêncio por um longo tempo. Toda a congregação estava presente assistindo, esperando para dar os pêsames.

Depois de alguns minutos, vi Pappy sair da igreja.

Então é assim que vai ser, pensei, se nossos piores temores se realizarem. Do outro lado do mundo, virá a notícia de que ele está morto. Então os amigos vão se reunir em volta de nós e todo mundo vai chorar.

De repente senti um aperto na garganta e meus olhos começavam a ficar úmidos. Disse para mim mesmo: "Isso não pode acontecer conosco, Ricky não dirige um jipe, e, se dirigisse, teria o bom senso de não passar em cima de uma mina. Certamente, ele vai voltar para casa."

Eu não queria que me vissem chorando, por isso saí do prédio bem a tempo de ver Pappy entrar na picape, e eu entrei com ele. Ficamos sentados, olhando através do pára-brisa por um longo tempo, então, sem uma palavra, ele ligou o motor e fomos embora.

Passamos pela usina, silenciosa como sempre, nas manhãs de domingo, embora todos os fazendeiros desejassem em segredo que ela continuasse funcionando a todo vapor. A usina funcionava apenas três meses por ano.

Saímos da cidade, sem destino certo, pelo menos eu não sabia para onde estávamos indo. Seguimos pelas estradas secundárias, cobertas de cascalho e empoeiradas com as fileiras de pés de algodão a poucos metros do acostamento.

As primeiras palavras de Pappy foram:

— É aí que os Sisco moram. — Com a cabeça indicou o lado esquerdo da estrada, para não tirar a mão da direção. À distância, vagamente visível além dos hectares de algodão, vi a casa típica dos meeiros. O telhado de alumínio recurvado, a varanda meio caída de um lado, o quintal sujo e o algodão crescia quase até o varal de roupas. Não vi nenhum movimento, o que foi um alívio. Conhecendo Pappy eu sabia que ele podia, num impulso repentino, parar na frente da casa e começar uma briga.

Continuamos vagarosamente entre os campos planos dos algodoais. Eu estava faltando à escola dominical, um presente quase inacreditável. Minha mãe não ia gostar, mas não discutiria com Pappy. Foi minha mãe quem me contou que Pappy

e minha avó me procuravam quando ficavam muito preocupados com Ricky.

Ele viu alguma coisa e diminuiu a marcha, quase parando.

— Aquela é a casa dos Embry — ele disse, indicando
outra vez com a cabeça. — Está vendo aqueles mexicanos?

— Estiquei o pescoço, firmei a vista e finalmente vi quatro
ou cinco chapéus de palha no meio do mar branco, agachan-
do-se quando ouviram o motor do carro e viram para onde
estávamos indo.

— Estão colhendo no domingo — eu disse.

— Isso mesmo.

Pappy acelerou e finalmente não podíamos mais ver os
mexicanos.

— O que vai fazer? — perguntei, como se eles estivessem violando a lei.

— Nada. Isso é problema dos Embry.

O senhor Embry era membro da nossa igreja. Eu não podia imaginar que ele permitisse a colheita no sabá.

— Acha que ele sabe? — perguntei.

— Talvez não saiba. Creio que é fácil para os mexicanos
ir para o campo depois que ele sai para a igreja. — Pappy
disse, sem muita convicção.

— Mas eles não podem pesar o algodão — eu disse, e
Pappy sorriu.

— Não, acho que não. — Assim, isso determinava que o
senhor Embry permitia que os mexicanos fizessem a colheita
no domingo. Esses eram os rumores de todos os outonos, mas
eu não podia imaginar um ótimo diácono como o senhor Embry
tomando parte naquele pecado tão baixo. Fiquei chocado. Pappy
não ficou.

Aqueles pobres mexicanos. Eles os transportam como gado,
os fazem trabalhar como cães e roubam seu único dia de descanso enquanto o seu dono se esconde na igreja.

— Não vamos dizer nada — Pappy disse, satisfeito com
ele mesmo por ter confirmado um rumor.

Mais segredos.

Ouvimos a congregação cantando quando nos dirigimos à igreja. Eu nunca tinha estado do lado de fora quando não devia estar.

— Atrasados dez minutos — Pappy resmungou quando abriu a porta.

Estavam todos de pé, cantando, e conseguimos chegar aos nossos lugares sem chamar muita atenção. Olhei para meus pais. Eles me ignoraram. Quando a canção terminou, nos sentamos, eu acomodado entre meus avós. Ricky podia estar em perigo, mas eu, certamente, estava protegido.

O reverendo Akers sabia muito bem que não devia tocar nos assuntos de morte e guerra. Ele começou com a notícia solene da morte de Timmy Nance, que todos já sabiam. A senhora Dockery fora levada para casa, para se refazer. Foi planejada a refeição por sua classe da escola dominical. Estava na hora, ele disse, de a igreja cerrar fileiras e consolar seus membros.

Seria o melhor momento da senhora Dockery, e nós todos sabíamos disso.

Se ele falasse sobre a guerra, teria de enfrentar Pappy quando o serviço religioso terminasse, por isso ele foi fiel à mensagem preparada. Nós, batistas, temos grande orgulho em enviar missionários para o mundo todo, e a igreja estava no meio de uma grande campanha com o fim de angariar dinheiro para as missões. Era sobre isso que o irmão Akers estava falando — dar dinheiro para que pudéssemos enviar nossos missionários a lugares como a Índia, a Coréia, a África e a China. Jesus ensinou que devemos amar todos os povos, independente das suas diferenças. E competia a nós, como batistas, converter o resto do mundo.

Resolvi não dar nenhum centavo extra.

Eu aprendi a pagar o dízimo, isto é, um décimo do que ganhava; fazia isso a contragosto. Porém estava nas escrituras e era difícil contradizer o que estava escrito. Mas o irmão

Akers pedia uma coisa acima e além, uma coisa opcional, e no que me dizia respeito ele estava completamente sem sorte. Nem um centavo do meu dinheiro ia para a Coréia. Tenho certeza de que o resto dos Chandler também pensava assim. Provavelmente todos na igreja.

Ele estava moderado nessa manhã, falando de amor e caridade e não de pecado e de morte, e acho que isso não o entusiasmava. Com as coisas mais quietas que de hábito, comecei a cochilar.

Quando terminou, ninguém tinha vontade de conversar. Os adultos foram direto para a picape e saímos apressadamente. No limite da cidade, meu pai perguntou:

— Onde você e Pappy foram?

— Rodamos por aí.

— Por onde?

Apontei para o leste e disse:

— Por lá. Na verdade, por nenhum lugar. Acho que ele só queria sair da igreja.

Ele assentiu, com a cabeça, como se quisesse ter ido conosco.

Quando estávamos acabando o almoço de domingo, bateram discretamente na porta dos fundos. Meu pai estava mais perto, por isso saiu para a varanda e encontrou Miguel e Caubói.

— Mãe, precisam da senhora — ele disse e minha avó saiu apressadamente da cozinha. Nós todos fomos atrás dela.

Caubói estava sem camisa. Vi o lado esquerdo do seu peito inchado e horrível. Ele mal podia mover o braço esquerdo. Quando minha avó o mandou levantar o braço, fez uma careta. Fiquei com pena dele. Havia um pequeno ferimento onde a bola de beisebol o tinha atingido.

— Dá até para contar as costuras da bola — minha avó disse.

Minha mãe levou uma bacia com água e um pedaço de pano. Depois de poucos minutos, Pappy e meu pai se cansaram do espetáculo e saíram. Tenho certeza de que estavam preocupados pensando no quanto um mexicano machucado podia afetar a produção.

Os momentos mais felizes para minha avó eram quando ela bancava o médico, e Caubói recebeu o tratamento completo. Depois de fazer o curativo, ela o fez deitar na varanda dos fundos, com a cabeça apoiada numa almofada do nosso sofá.

— Ele precisa ficar imóvel — ela disse para Miguel. — Sente muita dor? — perguntou então.

— Não muita — Caubói balançou a cabeça. Seu inglês nos surpreendeu.

— Não sei se devo dar um analgésico — ela falou, olhando para minha mãe.

Os analgésicos de minha avó eram piores do que qualquer osso quebrado, e eu olhei para Caubói horrorizado. Ele compreendeu e disse:

— Não, nada de remédio.

Ela pôs gentilmente uma pequena bolsa de aniagem, com gelo, sobre as costelas dele.

— Segure aí — ela disse, pondo o braço esquerdo de Caubói sobre a bolsa. Quando o gelo o tocou, todo seu corpo ficou rígido, mas logo relaxou quando sentiu o alívio. Em poucos segundos a água escorria no peito dele e pingava no chão da varanda. Ele fechou os olhos e respirou fundo.

— Muito obrigado — Miguel disse.

— *Gracias* — eu disse, e Miguel sorriu para mim.

Nós os deixamos e nos reunimos na varanda da frente para um copo de chá gelado.

— As costelas estão quebradas — minha avó disse para Pappy, que estava no balanço da varanda, digerindo o jantar.

Ele na verdade não queria dizer nada, mas depois de alguns momentos de silêncio rosnou:

— É uma pena.

— Ele precisa consultar um médico.

— O que o médico vai fazer?

— Talvez haja hemorragia interna.

— Talvez não.

— Pode ser perigoso.

— Se ele estivesse com hemorragia interna estaria morto há muito tempo, certo?

— É claro que sim — meu pai disse.

Duas coisas estavam acontecendo. A primeira e mais importante, os homens estavam apavorados com a idéia de ter de pagar um médico. A segunda e quase com a mesma importância, os dois tinham lutado nas trincheiras. Tinham visto pedaços de corpo humano, cadáveres estraçalhados, homens sem um ou dois membros e não tinham paciência com as coisas pequenas. Cortes e fraturas comuns não eram os riscos da vida. Agüente firme.

Minha avó sabia que não ia convencer ninguém.

— Se ele morrer, a culpa é nossa.

— Ele não vai morrer, Ruth — Pappy disse. — E mesmo que morra, não será nossa culpa. Foi Hank quem quebrou as costelas dele.

Minha mãe entrou na casa. Não se sentia bem outra vez e eu começava a me preocupar com ela. A conversa passou para o algodão e eu saí da varanda.

Fui para a varanda de trás, onde Miguel estava sentado não muito longe de Caubói. Os dois pareciam estar dormindo. Voltei para dentro e fui ver minha mãe. Ela estava na cama, com os olhos abertos.

— A senhora está bem, mamãe? — perguntei.

— Sim, é claro, Luke. Não se preocupe comigo.

Ela teria dito isso, por pior que estivesse se sentindo. Sentei na beirada da cama por alguns momentos e, quando resolvi ir embora, perguntei:

— Tem certeza de que está bem?

Ela bateu de leve no meu braço e disse:

— Estou ótima, Luke.

Fui para o quarto de Ricky e apanhei minha luva e minha bola. Miguel já tinha ido embora quando saí da cozinha para a varanda. Caubói estava sentado na beirada do assoalho, com os pés dependurados para fora, o braço esquerdo segurando o gelo no ferimento. Ele ainda me assustava, mas naquelas condições eu duvidei que pudesse me fazer algum mal.

Engoli em seco e estendi para ele a minha bola de beisebol, a mesma que tinha quebrado suas costelas.

— Como você arremessa aquela curva? — perguntei. Ele relaxou os músculos do rosto nada bondoso e quase sorriu.

— Vá para lá — apontou para a grama perto da varanda.

Desci e fiquei perto dos joelhos dele.

Caubói segurou a bola com os dois primeiros dedos da mão bem em cima das costuras.

— Assim — ele disse. Do mesmo modo que Pappy tinha me ensinado.

— E então, você solta de repente — ele disse, girando o pulso de modo que seus dedos ficaram debaixo da bola, quando ele a soltou. Não era nada novo. Apanhei a bola e fiz exatamente como ele havia dito.

Ele olhou para mim sem dizer nada. Aquela sugestão de sorriso tinha desaparecido e tive a impressão de que ele estava sentindo muita dor.

— Obrigado — eu disse. Ele sacudiu a cabeça, assentindo.

Então vi a ponta do canivete aparecendo de um buraco no bolso da frente da calça de trabalho. Não pude evitar a curiosidade. Olhei para ele, e então nós dois olhamos para a arma. Devagar ele a tirou do bolso. O cabo era verde-escuro e macio, com entalhes. Ele a levantou para que eu visse, depois sacudiu, a lâmina saltou com um estalo e eu dei um passo para trás.

— Onde você arranjou isso? — perguntei. Uma pergunta idiota que não teve resposta.

— Faça outra vez — eu disse.

Rapidamente, ele apertou a lâmina contra a perna, fechando o canivete, depois a sacudiu perto do meu rosto e a lâmina saltou para fora outra vez.

— Posso fazer? — perguntei.

Não, ele balançou a cabeça com firmeza.

— Você já espetou alguém com isso?

Caubói puxou a faca para ele e olhou para mim com cara de mau.

— Muitos homens — ele disse.

Para mim chegava. Recuei, depois passei correndo pelo silo, para onde pudesse ficar sozinho. Treinei rebatidas de bola durante uma hora, esperando desesperadamente que Tally aparecesse a caminho do regato outra vez.

CAPÍTULO 14

NÓS NOS REUNIMOS SILENCIOSAMENTE no trator bem cedo na segunda de manhã. Eu queria voltar para casa, para a cama de Ricky e dormir durante alguns dias. Nada de algodão, nada de Hank Spruill, nada que fizesse a vida desagradável. "Podemos descansar no inverno", minha avó gostava de dizer, e era verdade. Quando o algodão estava colhido e os campos arados, nossa pequena fazenda hibernava durante os meses frios.

Mas no meio de setembro, o tempo frio era um sonho distante. Pappy, o senhor Spruill e Miguel se reuniram perto do trator e começaram a falar animadamente, enquanto todos nós nos esforçávamos para ouvir. Os mexicanos esperavam agrupados à distância. Tinham planejado começar com o algodão perto do celeiro, de modo que podiam ir a pé para o trabalho. Nós, os de Arkansas, trabalharíamos um pouco mais longe, e os reboques de algodão serviriam de linha divisória entre os dois grupos. Era preciso manter a distância entre Caubói e Hank, do contrário ia haver outra morte.

— Eu não quero mais encrencas — ouvi Pappy dizer.

Todo mundo sabia que a faca nunca saía do bolso de Caubói e duvidávamos que, por mais burro que fosse, Hank fizesse a bobagem de atacá-lo outra vez. No café, naquela manhã, Pappy sugeriu que Caubói não devia ser o único mexicano armado. Qualquer movimento imprudente de Hank e iam voar facas por todo lado. Essa opinião foi transmitida ao senhor Spruill, e ele garantiu que não haveria problema. A essa altura, ninguém acreditava que o senhor Spruill, ou outra pessoa qualquer, pudesse controlar Hank.

Tinha chovido tarde da noite, mas não havia nem sinal de chuva nos campos. O algodão estava seco, o solo era quase poeira. Mas a chuva foi vista por Pappy e meu pai como um aviso ameaçador da inevitável enchente, e a ansiedade dos dois era contagiosa.

Nossa safra era quase perfeita, e faltavam apenas poucas semanas para a colher toda, antes que o céu se abrisse. Quando o trator parou perto do reboque de algodão, em silêncio apanhamos nossos sacos e desaparecemos no algodoal. Não se ouvia nenhuma risada, nenhuma canção vinda dos Spruill. Nem um som dos mexicanos mais distantes. E nada de cochilos da minha parte. Colhi o algodão o mais depressa possível.

O sol se ergueu rapidamente cozinhando o orvalho dos casulos do algodão. O ar pesado grudava na minha pele, molhava minha roupa de trabalho e o suor escorria do meu queixo. Uma das poucas vantagens de ser tão pequeno era a de ficar parcialmente na sombra dos pés de algodão, mais altos do que eu.

Dois dias de trabalho pesado e o reboque de algodão estava cheio. Pappy o levou para a cidade. Sempre Pappy, nunca meu pai. Como minha mãe e a horta, era uma tarefa designada muito antes de meu nascimento. Eu devia ir com ele, uma coisa de que sempre gostei, porque significava uma viagem à cidade, nem que fosse só para ir à usina.

Depois de um jantar rápido, levamos a picape para o campo e atrelamos a ela o reboque de algodão. Depois subimos nas beiradas e ajeitamos a lona para que nenhum casulo escapasse. Parecia um crime desperdiçar nem que fossem 30 gramas de uma coisa que tínhamos trabalhado tão arduamente para colher.

Quando voltávamos para casa, vi um grupo cerrado de mexicanos atrás do celeiro, comendo suas *tortillas*. Meu pai, perto do galpão das ferramentas, consertando uma válvula do pneu da frente do John Deere. As mulheres lavavam pratos. Pappy parou a picape de repente.

— Fique aqui — ele disse. — Volto logo. — Tinha esquecido alguma coisa.

Quando ele voltou para a picape, trazia sua espingarda calibre 12, que pôs debaixo do banco, sem uma palavra.

— Vamos caçar? — perguntei, sabendo muito bem que não teria resposta.

O caso Sisco não foi discutido durante a refeição, ou na varanda da frente. Acho que os adultos tinham concordado em não falar no assunto, pelo menos na minha presença. Mas a espingarda sugeria abundantes possibilidades.

Imediatamente pensei em tiroteio, no estilo Gene Autry, na usina. Os homens bons, os fazendeiros — é claro —, de um lado, atirando sem parar, escondidos entre seus reboques de algodão. Os homens maus, os Sisco e seus amigos, no outro lado, atirando também. Algodão recém-colhido voando no ar quando os reboques eram atingidos um depois do outro. Janelas quebradas, picapes explodindo. Quando atravessássemos o rio, tinha gente morta e ferida por toda a usina.

— O senhor vai atirar em alguém? — perguntei, procurando obrigar Pappy a dizer alguma coisa.

— Cuide da sua vida — ele disse irritado, mudando a marcha do carro.

Talvez Pappy tivesse contas a ajustar com alguém que o havia ofendido. Isso me fez lembrar uma das histórias favoritas dos Chandler. Quando Pappy era muito mais novo, como todos os fazendeiros, trabalhava nos campos com uma parelha de mulas. Isso foi muito antes dos tratores, quando tudo era feito pelo homem e pelo animal. Um vizinho que não prestava, chamado Woolbright, viu Pappy no campo certo dia e percebeu que ele estava tendo dificuldade com as mulas. Segundo Woolbright, Pappy batia nas cabeças dos pobres animais com uma vara comprida. Quando, mais tarde, contou a história na Loja de Chá, Woolbright disse: "Se eu tivesse um saco de aniagem molhado, teria ensinado uma ou duas coisas para Eli Chandler". Essas palavras foram repetidas fora da loja e Pappy ficou sabendo. Alguns dias depois, no fim de um dia longo e quente no campo, Pappy apanhou um saco de aniagem, mergulhou numa tina de água e, sem jantar, andou cinco quilômetros até a casa de Woolbright. Sete ou doze quilômetros, dependendo de quem contava a história.

Quando chegou, chamou Woolbright de fora da casa para acertar as contas. Woolbright acabara de jantar e podia ter ou não ter uma casa cheia de crianças. Seja como for, Woolbright foi até a porta de tela, olhou para o terreno na frente da casa e resolveu que era mais seguro ficar lá dentro.

Pappy gritou várias vezes, chamando-o para fora.

— Aqui está seu saco de aniagem! Venha para fora e termine seu trabalho!

Woolbright recuou mais para o interior da casa, e quando se tornou evidente que ele não ia sair, Pappy atirou o saco molhado, que atravessou a tela da porta. Então, ele andou os sete ou doze quilômetros de volta à sua casa e foi dormir, sem jantar.

Ouvi essa história várias vezes, o bastante para saber que era verdadeira. Até minha mãe acreditava que Eli Chandler tinha sido briguento e de temperamento explosivo quando era jovem, e aos sessenta anos tinha ainda o pavio curto.

Mas ele não mataria ninguém, a não ser num caso de autodefesa. E preferia usar os punhos ou armas menos ameaçadoras como sacos de aniagem. A espingarda viajava conosco só para o caso de haver alguma coisa. Os Sisco eram doidos.

A usina estava cheia quando chegamos. Havia uma longa fila de reboques na nossa frente e eu sabia que íamos esperar horas. Estava escuro quando Pappy ligou o motor e grudou as mãos na direção. Os Cardinals jogavam naquela noite e eu estava ansioso para chegar em casa.

Antes de descer da picape, Pappy fez um reconhecimento dos reboques, picapes e tratores e observou a mão-de-obra das fazendas e os funcionários da usina. Ele estava esperando encrenca, e como não encontrou nenhuma, finalmente disse:

— Vou verificar lá dentro. Você espera aqui.

Eu o vi atravessar o chão de cascalho e parar junto a um grupo de homens, fora do escritório. Ficou algum tempo com eles, falando e ouvindo. Havia outro grupo perto de um reboque na nossa frente, homens jovens, fumando, conversando e esperando. Embora a usina fosse o centro de atividade, as coisas se moviam devagar.

Alguém passou por trás da nossa picape.

— Como vai, Luke — uma voz disse, me pregando um susto. Quando virei bruscamente, vi o rosto amigo de Jackie Moon, um garoto mais velho, de fora da cidade.

— Oi, Jackie — eu disse, muito aliviado. Por uma fração de segundo pensei que um dos Sisco tinha armado uma cilada para nós. Jackie encostou no pára-lama da frente da picape, de costas para a usina, e tirou um cigarro do bolso, já enrolado.

— Tem tido notícias de Ricky? — perguntou.

Olhei para o cigarro.

— Não ultimamente — eu disse. — Recebemos uma carta há umas duas semanas.

— Como vai ele?

— Bem, eu acho.

Ele passou o fósforo no lado da nossa picape e acendeu o cigarro. Jackie era alto e magro e uma estrela do basquete na Escola Monette de Segundo Grau, desde que eu podia lembrar. Ele e Ricky tinham jogado juntos, até Ricky ser apanhado fumando atrás da escola. O treinador, um veterano que perdera uma perna na guerra, expulsou Ricky do time. Pappy ficou furioso durante uma semana, jurando que ia matar seu filho mais novo. Ricky me contou em particular que de qualquer modo ele estava farto de basquete. Ele queria jogar futebol, mas a Monette não podia ter um time por causa da colheita do algodão.

— Eu talvez também vá para lá — Jackie disse.

— Para a Coréia?

— Isso.

Eu queria perguntar por que Jackie pensava que iam precisar dele na Coréia. Por mais que eu detestasse colher algodão, sem dúvida preferia isso a me arriscar a levar um tiro.

— E o basquete? — perguntei. Havia um boato de que o estado de Arkansas ia recrutar Jackie para seu time oficial.

— Vou deixar a escola — ele disse, e assoprou uma nuvem de fumaça no ar.

— Por quê?

— Estou cansado de escola. Já estudei durante doze anos, com pequenos intervalos. É mais do que qualquer pessoa da minha família estudou. Acho que já aprendi bastante.

Era comum as crianças deixarem a escola no nosso condado. Ricky tentou várias vezes, e Pappy já não se importava mais. Minha avó, por outro lado, foi intransigente, e por fim ele se formou.

— Muitos rapazes estão morrendo lá — ele disse, com olhar distante.

Não era uma coisa que eu queria ouvir, por isso não disse nada. Ele terminou o cigarro e enfiou as mãos nos bolsos.

— Estão dizendo que você viu a luta daquele Sisco — ele disse, ainda sem olhar para mim.

Eu tinha imaginado que a luta seria discutida de um modo ou de outro nessa ida à cidade. Lembrei da advertência severa do meu pai para não falar sobre o assunto com ninguém.

Mas eu podia confiar em Jackie. Ele e Ricky tinham crescido juntos.

— Uma porção de gente assistiu — eu disse.

— Eu sei, mas ninguém quer falar nada. Os caipiras não dizem uma palavra porque o caso foi com um deles. O pessoal da cidade não fala porque Eli mandou todo mundo calar a boca. Pelo menos é o que estão dizendo.

Acreditei nele. Nem por um segundo duvidei que Eli Chandler tinha usado seus irmãos batistas para fazer o círculo das carroças, isto é, para se defender, pelo menos até todo o algodão ser colhido.

— E os Sisco? — perguntei.

— Ninguém vê nenhum deles. Estão se escondendo. O funeral foi na última sexta-feira. Os Sisco mesmos cavaram a cova e o enterraram atrás da igreja Bethel. Stick está vigiando muito de perto.

Outro longo intervalo na conversa enquanto a usina rugia atrás de nós. Ele enrolou outro cigarro e finalmente disse:

— Eu vi você lá, na luta.

Eu senti como se tivesse sido apanhado praticando um crime. Tudo que consegui dizer foi:

— E daí?

— Vi você com o garoto Pinter. E quando aquele caipira apanhou aquele pedaço de pau, olhei para vocês dois e pensei: "Aqueles garotos não precisam ver isso", e eu estava certo.

— Eu gostaria de não ter visto.

— Eu também — ele disse e soltou um círculo de fumaça.

Olhei para a usina para me certificar de que Pappy não estava por perto. Ele ainda estava lá dentro, no pequeno escritório onde o dono da usina guardava a papelada. Outros reboques tinham chegado e estacionaram atrás de nós.

— Você falou com Stick? — perguntei.

— Não. Não pretendo falar. Você?

— Falei, ele foi à nossa casa.

— Ele falou com o cara das montanhas?

— Falou.

— Então Stick sabe o nome dele?

— Deve saber.

— Por que ele não o prendeu?

— Não tenho certeza. Eu disse que eram três contra um.

Ele resmungou e cuspiu na relva.

— Eram três contra um, de fato, mas ninguém precisava ser morto. Eu não gosto dos Sisco, ninguém gosta, mas ele não precisava bater neles daquele jeito.

Eu não disse nada. Jackie deu uma tragada no cigarro e começou a falar, com a fumaça saindo da boca e do nariz.

— O rosto dele estava vermelho como sangue e seus olhos brilhavam, e, de repente, parou e olhou para eles, como se um fantasma o tivesse agarrado, obrigando-o a parar. Então, recuou, endireitou o corpo e olhou outra vez para eles como se outra pessoa tivesse feito aquilo. Depois foi embora, voltou para a rua Principal e todos os outros Sisco e sua gente saíram correndo e foram apanhar os garotos. Pediram a picape de Roe Duncan emprestada e os levaram para casa. Jerry não chegou a acordar. O próprio Roe o levou para o hospital no meio da noite, mas disse que ele já estava morto. Crânio fraturado. Por sorte os outros dois não morreram. Ele os espancou como tinha espancado Jerry. Nunca vi nada parecido.

— Nem eu.

— Se eu fosse você, deixava de assistir às lutas por algum tempo. Você é muito pequeno.

— Não se preocupe. — Olhei para a usina e vi Pappy. — Aí vem Pappy — eu disse.

Ele jogou o cigarro no chão e pisou em cima.

— Não conte para ninguém o que eu falei, certo?

— Certo.

— Não quero nada com aquele caipira.

— Não vou dizer nem uma palavra.

— Diga alô ao Ricky por mim. Diga para ele segurar o inimigo até eu chegar.

— Vou dizer, Jackie. — Ele desapareceu, tão quieto como quando chegou.

Mais segredos para guardar.

Pappy desatrelou o reboque e sentou na frente da direção.

— Não vamos esperar três horas — resmungou e ligou o motor. Saímos devagar e deixamos a cidade.

Em algum momento, tarde da noite, um dos funcionários da usina ligaria um trator ao nosso reboque e o levaria para a frente. O algodão seria sugado para dentro da usina e uma hora depois dois fardos perfeitos apareceriam. Seriam pesados e amostras seriam tiradas de cada um e separadas para a avaliação do comprador. Depois do café da manhã, Pappy voltaria para apanhar nosso reboque, examinaria os fardos e as amostras e iria encontrar outra coisa qualquer com que se preocupar.

No dia seguinte chegou uma carta de Ricky. Minha avó a deixou sobre a mesa para que a víssemos quando entramos na cozinha, arrastando os pés e com as costas doloridas. Eu tinha colhido trinta e nove quilos de algodão naquele dia, um recorde de todos os tempos para um garoto de sete anos, embora fosse impossível monitorar recordes porque muita gente mentia. Especialmente os meninos. Pappy e meu pai estavam agora colhendo duzentos e cinqüenta quilos por dia.

Minha avó cantarolava e sorria, por isso ficamos sabendo que a carta trazia boas notícias. Ela a apanhou e leu alto para todos nós. A essa altura, ela já sabia de cor.

Mamãe querida, papai. Jesse, Kathleen e Luke.

Espero que tudo esteja bem em casa. Nunca pensei que fosse sentir saudade de colher algodão, mas podem estar certos de que queria estar em casa agora. Sinto saudade de tudo — da fazenda, da galinha frita, dos Cardinals. Dá para acreditar que os Dodgers ganharam a flâmula? Me deixa doente.

De qualquer modo, estou indo muito bem aqui. As coisas estão quietas. Não estamos mais na frente de batalha. Minha unidade está cerca de 10 quilômetros na retaguarda e estamos pondo o sono em dia. Estamos aquecidos e descansados e comendo bem, e neste momento ninguém está atirando em nós, e não estamos atirando em ninguém.

Na verdade, acho que logo estarei em casa. Parece que as coisas estão se acalmando um pouco. Ouvi falar em conferências de paz e coisas assim, por isso estamos com os dedos cruzados.

Recebi sua coleção de cartas, e elas significam muito para mim. Por isso, continuem a escrever. Luke, sua carta foi um pouco curta demais, portanto me escreva uma mais longa.

Tenho de ir. Amor para todos.

Ricky.

A carta passou de mão em mão e lemos outra e outra vez, então minha avó a guardou numa caixa de charutos, perto do rádio. Todas as cartas de Ricky estavam lá e não era raro entrar na cozinha, à noite, e encontrar Pappy ou minha avó lendo algumas delas.

A nova carta nos fez esquecer os músculos doloridos e a pele queimada, e comemos rapidamente para sentar em volta da mesa e escrever para Ricky.

Usando meu papel de carta do Grande Chefe e um lápis contei para ele tudo sobre Jerry Sisco e Hank Spruill, sem poupar detalhes. Sangue, madeira rachada, Stick Powers, tudo. Eu não sabia escrever grande parte das palavras, por isso simplesmente chutei. Se alguém podia perdoar meus erros de grafia, esse alguém era Ricky. Como eu não queria que soubessem que eu estava espalhando fofocas para a Coréia, cobri o papel do melhor modo possível.

Cinco cartas foram escritas ao mesmo tempo e tenho certeza de que cinco versões dos mesmos acontecimentos foram descritas para Ricky. Os adultos contavam histórias engraçadas enquanto escrevíamos. Era um momento feliz no meio da colheita. Pappy ligou o rádio, pegamos os Cardinals e nossas cartas foram ficando cada vez mais longas.

Sentados em volta da mesa da cozinha, rindo, escrevendo e ouvindo o jogo, ninguém tinha dúvida de que Ricky logo estaria em casa.

Ele disse que logo estaria.

CAPÍTULO 15

NA QUINTA-FEIRA À TARDE, minha mãe foi ao meu encontro no campo e disse que precisávamos ir até a horta. Satisfeito, tirei o saco das minhas costas e deixei os outros trabalhadores perdidos no meio do algodão. Fomos para casa, nós dois aliviados por terminar o trabalho.

— Precisamos visitar os Latcher — ela disse, no caminho. — Eu me preocupo tanto com eles. Podem estar passando fome, sabe?

Os Latcher tinham uma horta e, embora não fosse grande coisa, eu duvidava que alguém estivesse passando fome. Certamente não tinham nem uma migalha a mais, mas morrer de fome era uma coisa de que nunca se ouviu falar no Condado de Craighead. Até mesmo o mais pobre meeiro conseguia cultivar tomate e pepino. Todas as famílias de fazendeiros tinham galinhas que punham ovos.

Mas minha mãe estava resolvida a ver Libby para confirmar ou negar o que diziam.

Quando entramos na horta, compreendi o que minha mãe estava fazendo. Se nos apressássemos e conseguíssemos chegar à casa dos Latcher antes de terminar a hora da colheita, os pais e todas aquelas crianças estariam no campo. Libby, se estivesse mesmo grávida, estaria em casa, provavelmente sozinha. Teria de sair e aceitar nossos vegetais. Podíamos atraí-la com nossa bondade cristã, enquanto seus protetores estavam fora. Era um plano brilhante.

Sob a rigorosa supervisão de minha mãe, comecei a apanhar tomates, pepinos, ervilhas, feijão-manteiga, milho — quase tudo que havia na horta.

— Apanhe aquele pequeno tomate verde ali, Luke, à sua direita — ela dizia. — Não, essas ervilhas podem esperar. Não, esse pepino não está bem maduro.

Embora sempre apanhasse pessoalmente os vegetais, ela preferia dirigir a operação. Poderia ser mantido um equilíbrio na horta se ela pudesse se manter à distância, supervisionando todo o terreno e com seu olho de artista, dirigindo os meus esforços ou os de meu pai, para remover o alimento dos pés.

Eu detestava a horta, mas naquele momento detestava muito mais o campo. Qualquer coisa era melhor do que colher algodão.

Quando estendi a mão para uma espiga de milho vi alguma coisa no meio da plantação que me paralisou. Além da horta havia uma pequena e sombreada faixa de grama, muito estreita para treinar o rebate do beisebol e, portanto, inútil. Ao lado ficava a parede de leste da nossa casa, o lado distante de todo movimento. No lado oeste ficava a porta da cozinha, o lugar para estacionar nossa picape, as trilhas que levavam ao celeiro, as construções externas, e os campos. Tudo acontecia no lado oeste, nada no lado leste.

No canto, de frente para a horta e fora de vista, alguém tinha pintado uma parte da tábua mais baixa da casa. Estava pintada de branco. O resto da casa continuava com a mesma cor marrom desbotada de sempre, a cor neutra da madeira velha e forte.

— O que foi, Luke? — minha mãe perguntou. Ela nunca tinha pressa na horta, porque era seu santuário, mas nesse dia estava armando uma cilada, e o tempo era crucial.

— Não sei — eu disse, ainda petrificado.

Ela chegou perto de mim e espiou pelo meio do milharal que circundava e isolava sua horta, e quando viu a tábua pintada também ficou imóvel.

A tinta era espessa no canto, mas afinava na direção da casa, obviamente era um trabalho em progresso. Alguém estava pintando a nossa casa.

— É Trot — ela disse, suavemente, um sorriso aparecendo nos seus lábios.

Eu não tinha pensado nele, não tivera tempo ainda para pensar no culpado, mas imediatamente ficou claro que ele era o pintor. Quem mais podia ser? Quem mais ficava na parte da frente da nossa casa sem nada para fazer enquanto o resto de nós trabalhava como escravos no campo? Quem mais trabalharia tão devagar? Quem mais seria bastante confuso para pintar a casa de outro homem sem sua permissão?

E foi Trot quem gritou com Hank para parar de me torturar sobre nossa pequena casa não pintada, de brotos de grama. Trot veio em meu socorro.

Mas onde Trot ia arranjar dinheiro para comprar tinta? E por que ele faria isso, para começar. Eram muitas as perguntas.

Minha mãe deu um passo para trás e depois saiu da horta. Eu fui atrás dela até o canto da casa e examinamos a pintura. Sentimos o cheiro e a tinta parecia ainda estar grossa. Ela olhou para a parte da frente da casa. Trot não estava em nenhum lugar.

— O que vamos fazer? — perguntei.

— Nada, pelo menos não agora.

— A senhora vai contar para alguém?

— Vou falar com seu pai. Enquanto isso, vamos guardar segredo.

— A senhora me disse que segredos não são bons para meninos.

— Não são bons quando você os guarda dos seus pais.

Enchemos dois cestos de palha com vegetais e os levamos para a picape. Minha mãe dirigia mais ou menos uma vez por mês. Sem dúvida sabia manejar a picape de Pappy, mas não ficava calma atrás da direção. Ela a segurou com força, experimentou a embreagem e o freio e depois ligou o motor. A picape saltou de marcha a ré e nós rimos quando o velho carro fez a volta devagar. Quando saímos, vi Trot deitado debaixo da picape dos Spruill, nos espiando entre os pneus traseiros.

A alegria acabou momentos mais tarde, quando chegamos ao rio.

— Segure-se, Luke — ela disse, mudando a marcha e inclinando-se para a direção, os olhos arregalados de medo. Segurar no quê? Era uma ponte de pista única sem muretas de proteção. Se o carro saísse da ponte, nós dois nos afogaríamos.

— A senhora pode fazer isso, mamãe — eu disse.

— É claro que posso.

Eu já tinha atravessado a ponte com ela antes e era sempre uma aventura. Em marcha mais do que lenta continuamos a viagem, nós dois com medo de olhar para baixo. Só respiramos quando chegamos ao outro lado.

— Bom trabalho, mamãe.

— Não é nada demais — ela disse, finalmente soltando o ar dos pulmões.

No princípio não vi nenhum Latcher no campo, mas quando nos aproximamos da casa vi um grupo de chapéus de palha no meio do algodão, na extremidade mais distante da plantação. Não sei se eles nos ouviram chegar, mas não pararam a colheita. Estacionamos perto da varanda da frente enquanto a poeira baixava em volta da picape. Antes que tivéssemos tempo de sair do carro, a senhora Latcher desceu os degraus da frente, nervosa, enxugando as mãos num pedaço de pano. Tive a impressão de que ela falava sozinha e que estava muito preocupada.

— Olá, senhora Chandler — ela disse, sem olhar para nenhum de nós dois. Eu nunca soube por que ela não usava o primeiro nome de minha mãe. Ela era mais velha e tinha pelo menos mais seis filhos.

— Olá, Darla. Trouxemos alguns vegetais.

As duas mulheres se entreolharam.

— Estou feliz que esteja aqui — a senhora Latcher disse, com voz ansiosa.

— Qual é o problema?

A senhora Latcher olhou para mim, mas só por um segundo.

— Preciso da sua ajuda. É Libby. Acho que ela vai ter um bebê.

— Um bebê? — minha mãe perguntou, como se não tivesse a menor idéia.

— Sim, acho que ela está em trabalho de parto.

— Então vamos chamar um médico.

— Oh, não. Podemos tratar disso. Ninguém pode saber. Escondemos de todos.

Eu fui para trás da picape e me abaixei um pouco de modo que a senhora Latcher não podia me ver. Assim, pensei, ela falaria com mais liberdade. Alguma coisa grande estava para acontecer e eu não queria perder nada.

— Estamos envergonhados — ela disse, com a voz embargada. — Ela não quer dizer quem é o pai e neste momento pouco me importa quem seja. Só quero que o bebê chegue bem.

— Mas precisa de um médico.

— Não, senhora. Ninguém deve saber. Se o médico vier, todo o condado vai saber. Precisa guardar segredo, senhora Chandler. Pode me prometer isso?

A pobre mulher estava chorando, desesperada para manter um segredo que estava na boca de toda Black Oak há meses.

— Deixe-me ver Libby — minha mãe disse, sem responder à pergunta, e as duas dirigiram-se para a casa.

— Luke, você fica aqui na picape — ela disse, olhando para trás.

Assim que elas desapareceram, dei a volta à casa e espiei na primeira janela que vi. Era uma pequena sala de estar com colchões velhos e sujos no chão. Ouvi vozes vindas da outra janela. Fiquei imóvel, escutando. Os campos de algodão estavam atrás de mim.

— Libby, esta é a senhora Chandler — disse a senhora Latcher. — Ela está aqui para ajudar você.

Libby murmurou alguma coisa que não entendi. Ela parecia estar sentindo muita dor. Então eu a ouvi dizer:

— Eu sinto tanto.

— Tudo vai dar certo — minha mãe disse. — Quando começou a sentir as dores?

— Mais ou menos há uma hora — a senhora Latcher respondeu.

— Estou com medo, mamãe — disse Libby, em voz muito mais alta, e de puro terror. As duas mulheres tentaram acalmá-la.

Agora eu não era mais um novato no assunto de anatomia feminina. Estava ansioso para ver uma mulher grávida. Mas ela parecia estar muito perto da janela, e se eu fosse apanhado espiando, meu pai ia tirar meu couro durante uma semana inteira. A visão não autorizada de uma mulher em trabalho de parto era sem dúvida um pecado de grande magnitude. Eu podia até ficar cego ali mesmo.

Mas não pude evitar. Me agachei e fiquei com a cabeça na altura do parapeito da janela. Tirei meu chapéu de palha e estava levantando o corpo quando um pesado torrão de terra aterrissou a menos de sessenta centímetros da minha cabeça. Bateu no lado da casa, fazendo estremecer as tábuas velhas e as mulheres gritaram. Pedaços de terra se soltaram e atingiram o lado do meu rosto. Deitei no chão e rolei para longe da janela. Depois me levantei e olhei para o campo.

Percy Latcher estava entre duas filas de algodão, segurando outro torrão de terra com uma das mãos e apontando para mim com a outra.

— É o seu filho — alguém disse.

Olhei para a janela e vi a cabeça da senhora Latcher. Olhei outra vez para Percy e corri como gato escaldado para a picape. Subi para o banco da frente, fechei o vidro e esperei minha mãe.

Percy desapareceu no campo. Logo eles iam parar a colheita e eu queria ir embora antes que o resto dos Latcher começasse a chegar.

Duas crianças pequenas apareceram na varanda, ambas nuas, um menino e uma menina, e eu imaginei o que eles pensavam sobre sua irmã mais velha ter outro bebê. Eles apenas olharam para mim.

Minha mãe saiu da casa apressada, a senhora Latcher atrás dela, falando rapidamente, e as duas caminharam para a picape.

— Vou chamar Ruth — minha mãe disse, quer dizer, a minha avó.

— Por favor, vá depressa — a senhora Latcher disse.

— Ruth já fez isso muitas vezes.

— Por favor, vá buscá-la. E por favor, não conte para ninguém. Podemos confiar na senhora, senhora Chandler?

Minha mãe estava abrindo a porta, tentando entrar no carro.

— É claro que podem.

— Estamos tão envergonhados — a senhora Latcher disse, enxugando as lágrimas. — Por favor, não conte para ninguém.

— Tudo vai ficar bem, Darla — minha mãe disse, ligando o motor. — Volto dentro de meia hora.

Demos marcha a ré, e depois de alguns pulos e paradas o carro fez a volta e deixamos os Latcher. Ela estava dirigindo muito mais depressa e isso exigia toda sua atenção. Ou quase toda.

— Você viu Libby Latcher? — ela perguntou finalmente.

— Não, senhora — respondi rapidamente e com voz firme. Eu esperava a pergunta e estava preparado para dizer a verdade.

— Tem certeza?

— Sim, senhora.

— O que você estava fazendo do lado da casa?

— Estava só andando por ali, quando Percy atirou um torrão de terra em mim. Foi isso que bateu na parede. Não foi culpa minha, foi de Percy.

Minhas palavras eram rápidas e seguras, e eu sabia que minha mãe queria acreditar em mim. Tinha coisa mais importante para pensar.

Paramos na ponte. Ela passou para a primeira, prendeu a respiração e disse outra vez:

— Segura aí, Luke.

Minha avó estava no quintal, na bomba d'água, enxugando o rosto e as mãos, pronta para começar a fazer o jantar. Eu tive de correr para acompanhar minha mãe.

— Temos de ir à casa dos Latcher — ela disse. — A menina está em trabalho de parto e a mãe dela quer que você faça o parto.

— Oh, meu Deus — minha avó disse, os olhos cansados tomando vida de repente com a aventura. — Então ela estava mesmo grávida.

— Muito. Está em trabalho de parto há mais ou menos uma hora.

Eu ouvia atentamente, com imenso prazer por estar envolvido no drama, quando de repente e sem nenhuma razão que eu pudesse ver as duas mulheres olharam para mim.

— Luke, vá lá para fora — minha mãe falou severamente e começou a apontar, como se eu não soubesse onde ficava "lá fora".

— O que eu fiz? — perguntei, espantado.

— Vá — ela disse e começou a se afastar. Discutir não ia me levar a parte alguma. Retomaram a conversa em voz baixa, e eu estava na varanda dos fundos quando minha mãe me chamou.

— Luke, corra e vá chamar seu pai! Precisamos dele!

— Depressa! — minha avó disse. Ela vibrava com a perspectiva de bancar a médica com uma paciente de verdade.

Eu não queria voltar para o campo e teria reclamado se não fosse pelo fato de Libby Latcher estar tendo um bebê naquele momento. Eu disse:

— Sim, senhora — e passei correndo por elas.

Meu pai e Pappy estavam no reboque, pesando algodão pela última vez naquele dia. Eram quase cinco horas e os Spruill esperavam com seus sacos pesados. Não se via nenhum mexicano.

Consegui levar meu pai para um lado e expliquei a situação. Ele disse alguma coisa para Pappy e corremos para casa. Minha avó estava apanhando o que ia precisar — álcool para massagem, toalhas, analgésicos, vidros de remédios horríveis que fariam Libby esquecer as dores do parto. Estava arrumando seu arsenal na mesa da cozinha, e eu nunca a vi se mover com tanta rapidez.

— Vá se lavar! — ela disse para meu pai. — Você vai nos levar até lá. Pode demorar.

Vi que ele não estava nem um pouco entusiasmado com a idéia de deixar o campo daquele jeito, mas não ia discutir com a mãe.

— Vou me lavar também — falei.

— Você não vai a parte alguma — minha mãe ordenou. Ela estava na pia da cozinha, cortando um tomate. Pappy e eu íamos jantar sobras, além do prato costumeiro de pepinos e tomates.

Eles saíram apressadamente, meu pai na direção, minha mãe espremida entre ele e minha avó, os três salvadores de Libby. Fiquei na varanda da frente e os vi se afastarem, com uma nuvem de poeira rodopiando atrás da picape até chegar ao rio. Eu queria muito ter ido.

O jantar seria feijão e biscoitos. Pappy detestava comer assim. Achava que as mulheres deviam preparar o jantar antes de atender os Latcher, e na verdade ele era contra dar comida a eles.

— Não sei por que as duas mulheres tinham de ir — ele resmungou, sentando-se à mesa. — São curiosas como gatos, não são, Luke? Mal podem esperar para chegar lá e ver aquela menina grávida.

— Sim, senhor — eu disse.

Ele abençoou a comida com uma prece rápida e comemos em silêncio.

— Contra quem os Cardinals jogam hoje? — perguntou.

— Os Reds.

— Você quer ouvir?

— Claro! — Ouvíamos o jogo todas as noites. O que mais tínhamos para fazer?

Tiramos a mesa e pusemos os pratos sujos na pia. Pappy jamais pensaria em lavar pratos. Era trabalho de mulher. Quando a noite chegou, sentamos na varanda, nas nossas posições de sempre e esperamos Harry Caray e os Cardinals. O ar estava pesado e parado, e ainda extremamente quente.

— Quanto tempo demora para ter um bebê? — perguntei.

— Depende — Pappy respondeu, sentado no balanço. Foi tudo que ele disse e depois de esperar um tempo, perguntei:

— Depende do quê?

— Ah, de uma porção de coisas. Alguns bebês vêm depressa, outros levam dias para nascer.

— Quanto tempo eu levei?

Ele pensou por um momento.

— Acho que não me lembro. Os primeiros filhos geralmente levam mais tempo.

— O senhor estava por perto?

— Não. Eu estava num trator. — O nascimento de uma criança não era um dos assuntos preferidos de Pappy, e a conversa morreu.

Vi Tally atravessar o gramado da frente e desaparecer no escuro. Os Spruill começavam a se acomodar para a noite, o fogo que usavam para cozinhar estava quase apagado.

Os Reds marcaram quatro pontos no primeiro tempo. Pappy ficou tão irritado que foi dormir. Desliguei o rádio e me sentei na varanda, esperando Tally. Não demorou e ouvi Pappy roncando.

CAPÍTULO 16

RESOLVI SENTAR NA VARANDA até a volta dos meus pais e de minha avó da casa dos Latcher. Eu quase podia ver a cena. As mulheres no quarto dos fundos com Libby, os homens sentados fora da casa com todas aquelas crianças, o mais longe possível do que acontecia lá dentro. A casa ficava logo depois do rio, não muito longe da nossa, e eu estava perdendo tudo.

A fadiga chegou forte e quase adormeci. O acampamento Spruill estava quieto e escuro, mas eu ainda não tinha visto Tally voltar.

Entrei em casa nas pontas dos pés, ouvi Pappy num sono profundo e fui para a varanda de trás. Sentei na ponta do assoalho com os pés dependurados para fora. O campo além do celeiro e do silo ficava cinzento quando a lua aparecia entre as nuvens espalhadas. Sem a luz da lua, estavam escondidos na escuridão. Eu a vi andando sozinha na estrada do campo principal, no segundo em que o luar iluminou a terra. Ela não parecia com pressa. Então, tudo ficou negro outra vez. Não ouvi nenhum som por um longo tempo, até ela pisar num graveto, perto da casa.

— Tally — murmurei, o mais alto possível.

Depois de uma longa pausa, ela respondeu.

— É você, Luke?

— Aqui — eu disse. — Na varanda.

Descalça, ela não fazia nenhum barulho quando andava.

— O que está fazendo aqui fora, Luke? — perguntou, parando na minha frente.

— Aonde você foi? — perguntei.

— Só dar um passeio.

— Por que foi dar um passeio?

— Não sei. Às vezes tenho de ficar longe da minha família.

Isso certamente tinha sentido para mim. Tally sentou ao meu lado na varanda, ergueu a saia acima dos joelhos e começou a balançar as pernas.

— Às vezes simplesmente tenho de ficar longe deles — ela disse em voz baixa. — Você alguma vez quis fugir, Luke?

— Na verdade, não. Tenho só sete anos. Mas não vou morar aqui pelo resto da minha vida.

— Aonde vai morar?

— Em St. Louis.

— Por que St. Louis?

— É onde os Cardinals jogam.

— Vai ser um Cardinal?

— Pode estar certa que sim.

— Você é um garoto inteligente, Luke. Só um tolo ia querer colher algodão pelo resto da vida. Eu quero ir para o norte também, onde faz frio e cai muita neve.

— Onde?

— Não tenho certeza. Talvez Montreal.

— Onde fica isso?

— Canadá.

— Eles têm beisebol?

— Acho que não.

— Então esqueça.

— Não, é bonito. Nós estudamos na aula de história. Foi fundado pelos franceses, e todo mundo fala francês.

— Você fala francês?

— Não, mas posso aprender.

— É fácil. Eu já sei falar espanhol. Juan me ensinou no ano passado.

— É mesmo?

— *Sí*.

— Diga outra coisa qualquer.

— *Buenos días. Por favor. Adiós. Gracias. Señor. ¿Cómo está?*

— Minha nossa.

— Está vendo? Eu disse que era fácil. Montreal fica muito longe daqui?

— Não tenho certeza. Acho que muito longe. É uma das razões pelas quais quero ir para lá.

De repente uma luz se acendeu no quarto de Pappy. Iluminou uma extremidade da varanda e nos assustou.

— Fique quieta — murmurei.

— Quem é? — ela murmurou também, se abaixando como se fossem atirar em nós.

— Pappy vai tomar água. Ele levanta uma porção de vezes a noite inteira. — Pappy foi para a cozinha e abriu a geladeira. Eu o vi através da porta de tela. Tomou dois copos d'água, voltou para o quarto e apagou a luz. Quando tudo ficou escuro e silencioso outra vez, ela disse:

— Por que ele levanta a noite toda?

— Ele se preocupa muito. Com Ricky, que está lutando na Coréia.

— Quem é Ricky?

— Meu tio. Tem dezenove anos.

Ela pensou por um momento e depois disse:

— Ele é bonitinho?

— Não sei. Não penso nisso. Ele é meu melhor amigo, e eu queria que estivesse em casa.

Pensamos em Ricky por algum tempo, balançando os pés e a noite passando.

— Diga, Luke, a picape saiu antes do jantar. Aonde eles foram?

— À casa dos Latcher.

— Quem são?

— Uns meeiros que moram no outro lado do rio.

— Por que eles foram para lá?

— Não posso dizer.

— Por que não?

— Porque é segredo.

— Que tipo de segredo?

— Bem grande.

— Ora, deixa disso, Luke. Já temos segredos, não temos?

— Acho que sim.

— Eu não contei para ninguém que você me espiou no regato, contei?

— Acho que não.

— E se você contasse, ia se meter numa grande encrenca, certo?

— Sim, acho que sim.

— Pronto. Eu posso guardar um segredo, você pode guardar um segredo. Agora, o que está acontecendo na casa dos Latcher?

— Promete não contar?

— Prometo.

A cidade inteira já sabia que Libby estava grávida. De que adiantava fingir que era um segredo, afinal?

— Bem, uma menina, Libby Latcher, está tendo um bebê. Neste momento.

— Quantos anos ela tem?

— Quinze.

— Minha nossa.

— E eles estão tentando manter em segredo. Não quiseram chamar um médico de verdade porque então todo mundo ia ficar sabendo. Por isso pediram para minha avó ir até lá e fazer o bebê nascer.

— Por que querem guardar segredo?

— Porque ela não é casada.

— Não brinca. Quem é o pai?

— Ela não quer dizer.

— Ninguém sabe?

— Ninguém. Só Libby.

— Você a conhece?

— Eu a vi antes, mas tem uma porção de Latcher. Eu conheço o irmão dela, Percy. Ele diz que tem doze anos, mas não tenho certeza porque ele não vai à escola.

— Você sabe como as mulheres ficam grávidas?

— Confesso que não.

— Então, acho melhor eu não dizer.

Para mim estava bem, Ricky tinha tentado uma vez falar sobre mulheres mas achei enjoativo.

Ela balançou os pés mais depressa como se estivesse digerindo aquela maravilhosa fofoca.

— O rio não fica longe — ela disse.

— Mais ou menos dois quilômetros.

— Eles moram muito longe do rio?

— Logo depois, num caminho de terra.

— Você já viu uma criança nascer, Luke?

— Não. Já vi vacas e cachorros, mas nunca uma pessoa de verdade.

— Nem eu.

Ela desceu da varanda, agarrou minha mão e me puxou para baixo. Sua força foi uma surpresa para mim.

— Vamos, Luke. Vamos ver o que conseguimos ver. — Ela estava me puxando antes que eu pudesse imaginar alguma coisa para dizer.

— Você é louca, Tally — protestei, tentando detê-la.

— Não, Luke — ela murmurou. — É uma aventura, como no regato, no outro dia. Você gostou daquilo, não gostou?

— Pode apostar que sim.

— Então, confie em mim.

— E se eles nos pegarem?

— Como vão nos pegar? Todo mundo está dormindo por aqui. Seu avô acordou e nem pensou em olhar você. Venha, não seja medroso.

De repente tive certeza de que teria seguido Tally para qualquer lugar.

Escondidos pelas árvores, seguindo as marcas da picape na pequena entrada para carros, procurando ficar o mais longe possível dos Spruill. Ouvíamos roncos sonoros e a respiração pesada de gente exausta, que finalmente podia dormir. Chegamos à estrada silenciosamente. Tally era rápida e ágil, atravessando a noite. Viramos na direção do rio e a lua se livrou das nuvens e iluminou nosso caminho. A estrada de pista única mal dava para uma picape passar por outra e o algodão crescia muito perto dela. Sem lua, precisávamos olhar onde pisávamos, mas com o luar podíamos olhar para cima e para a frente. Nós dois estávamos descalços. Havia cascalho suficiente na estrada para fazer com que nossos passos fossem curtos, mas as solas dos nossos pés eram como o couro da minha luva de beisebol.

Eu estava com medo, mas resolvido a não demonstrar. Tally parecia não ter medo de nada — nem medo de ser surpreendida, nem do escuro, nem de espionar uma casa onde um bebê estava nascendo. Às vezes ela era distante, quase de mau humor e triste, e parecia ter a idade da minha mãe. Mas outras vezes podia ser uma criança que ria quando jogava beisebol, gostava que olhassem para ela quando tomava banho, dava longos passeios no escuro, e o mais importante, gostava da companhia de um menino de sete anos.

Paramos no meio da ponte e olhamos cautelosamente para a água lá embaixo. Falei do peixe-gato do canal, do seu tamanho e de como comia lixo e sobre o de 22 quilos que Ricky pegou. Ela segurou a minha mão até chegarmos ao outro lado da ponte, apertando-a levemente, um gesto de afeto, não de proteção.

O caminho para a casa dos Latcher estava muito mais escuro. Fomos bem mais devagar porque tentávamos ver a casa enquanto andávamos. Como os Latcher não tinham eletricidade, não havia luzes, nada além da escuridão no seu lado do rio.

Tally ouviu alguma coisa e parou imóvel. Vozes distantes. Paramos na borda do campo de algodão dos Latcher e esperamos pacientemente pela lua. Apontei, dando do melhor modo possível minha impressão de onde ficava a casa. As vozes eram de crianças, sem dúvida a ninhada dos Latcher.

Finalmente a lua cooperou e pudemos ver a paisagem. A sombra escura da casa estava à mesma distância que nosso celeiro ficava da nossa varanda dos fundos, uns 105 metros, a distância da base do batedor para o limite do campo em Sportsman's Park. A maioria das grandes distâncias da minha vida eram medidas por aquele limite. A picape de Pappy estava estacionada na frente.

— Acho melhor darmos a volta por aqui — ela disse, calmamente, como se estivesse acostumada a conduzir muitas operações daquele tipo. Entramos no meio do algodão e seguimos uma fileira, depois outra, silenciosamente, nos movendo num semicírculo. Em quase todos os lugares, o algodão dos Latcher era quase da minha altura. Quando chegamos a uma abertura, onde os pés de algodão eram menos espessos, paramos para estudar o terreno. Vimos uma luz fraca no quarto dos fundos, o quarto onde Libby estava. Quando estávamos diretamente a leste do quarto, começamos a cortar caminho no meio do algodão, muito quietos, nos aproximando da casa.

As chances de sermos vistos eram mínimas. Não nos esperavam, é claro, e estavam todos ocupados com outras coisas. E a plantação era tão espessa e escura à noite que uma criança podia engatinhar no meio dela sem que ninguém a visse.

Minha parceira no crime seguia desembaraçadamente, tão capaz quanto qualquer soldado que eu vira no cinema. Sempre olhando para a casa, ela cuidadosamente afastava os galhos do algodão, sempre abrindo caminho para mim. Nenhuma palavra foi dita. Não nos apressamos, avançando pelo lado da casa. O algodão crescia perto do quintal estreito e sujo, e, quando estávamos a dez fileiras de distância, nos instalamos num determinado ponto e examinamos a situação.

Ouvíamos os filhos dos Latcher perto da nossa picape, estacionada o mais longe possível da varanda. Meu pai e o senhor Latcher, sentados na parte de trás do carro, conversavam em voz baixa. As crianças pareciam muito quietas, então, de repente, todas falavam ao mesmo tempo. Todos pareciam estar esperando, e depois de alguns minutos tive a impressão de que estavam esperando há muito tempo.

O nosso esconderijo, bem na frente da janela, ficava mais próximo da ação do que o resto dos Latcher e da minha família. E estávamos maravilhosamente escondidos de tudo. Um holofote no telhado da casa não nos teria localizado.

Vi uma vela sobre a mesa perto da janela. As mulheres se moviam em volta, e a julgar pelas sombras que subiam e desciam, havia várias outras velas no quarto. A luz era fraca, as sombras pesadas.

— Vamos um pouco para a frente — Tally murmurou. A essa altura estávamos ali há cinco minutos, e, embora eu estivesse com medo, não acreditava que alguém pudesse nos encontrar.

Avançamos três metros, e nos instalamos em outro lugar seguro.

— Aqui está bom — eu disse.

— Talvez.

A luz do quarto iluminava o lado de fora da casa. A janela não tinha tela nem cortina. À medida que o tempo passava, meu coração batia mais devagar e minha respiração voltava ao normal. Olhei em volta e comecei a ouvir os sons da noite — o coro dos grilos, o coaxar dos sapos no rio, o murmúrio das vozes dos homens à distância.

Minha mãe, minha avó e a senhora Latcher também falavam em voz baixa. Podíamos ouvir, mas não dava para entender.

Quando tudo estava quieto e parado, Libby soltou um grito de agonia e eu quase morri de susto. A voz cheia de dor ecoou pelos campos e eu tive certeza de que ela estava morta. O silêncio caiu sobre a picape. Até os grilos pareceram parar por um segundo.

— O que aconteceu? — perguntei.

— Uma contração — Tally disse, sem tirar os olhos da janela.

— O que é isso?

Ela deu de ombros.

— Apenas parte do trabalho de parto. Vai ficar pior.

— Pobre menina.

— Ela pediu.

— Como assim? — perguntei.

— Deixa para lá — Tally disse.

Tudo ficou quieto por alguns minutos, então ouvimos Libby gritar. Sua mãe e minha avó tentavam consolá-la.

— Eu sinto tanto — Libby repetia.

— Tudo vai dar certo — sua mãe disse.

— Ninguém vai saber — minha avó disse. Obviamente era mentira, mas talvez servisse para dar um pouco de alívio a Libby.

— Você vai ter um belo bebê — minha mãe disse.

Um Latcher de tamanho médio desligou-se da ninhada e chegou perto da janela, do mesmo modo que eu tentara espiar por ela algumas horas atrás, momentos antes de Percy quase me acertar com o torrão de terra. Ele ou ela — não dava para ver a diferença — estava dando uma boa olhada, quando um dos irmãos mais velhos berrou de onde estava:

— Lloyd, saia dessa janela.

Lloyd se afastou imediatamente da janela e correu para o escuro. Seu delito foi imediatamente comunicado ao senhor Latcher e ouvimos o ruído de uma bela sova, em algum lugar perto de nós. O senhor Latcher usou uma vara ou coisa parecida. Ele repetia: "Da próxima vez vai ser com uma vara maior!" Para Lloyd, a que estava sendo usada tinha um bom tamanho. Seus berros podiam ser ouvidos na ponte.

Quando terminou o castigo, o senhor Latcher rugiu:

— Eu disse para vocês, crianças, ficarem perto de mim, longe da casa.

Não vimos esse episódio, nem precisávamos, para saber o efeito.

Porém, o que me apavorava era pensar na severidade e duração da sova que ia levar do meu pai se ele soubesse onde eu estava naquele momento. De repente, tive vontade de ir embora.

— Quanto tempo um bebê leva para nascer? — murmurei para Tally. Se ela estava cansada, não parecia. Continuava de joelhos, imóvel, os olhos grudados na janela.

— Depende. O primeiro sempre leva mais tempo.

— E o sétimo, quanto tempo demora?

— Eu não sei. A essa altura, eles apenas despencam, eu acho. Quem teve sete filhos?

— A mãe de Libby. Sete ou oito. Acho que ela tem um por ano.

Eu estava quase cochilando quando chegou a contração seguinte. Outra vez o grito estremeceu a casa e foi seguido, primeiro de choro, depois de palavras de consolo dentro da casa. As coisas se acalmaram outra vez e tive certeza de que ia demorar um longo tempo.

Quando eu não podia mais manter os olhos abertos, enrodilhei no solo, entre duas fileiras de algodão.

— Não acha que devemos ir embora? — murmurei.

— Não — ela disse, com voz firme, sem se mexer.

— Me acorde se acontecer alguma coisa — eu disse.

Tally mudou de posição. Sentou, cruzou as pernas e gentilmente pôs minha cabeça no seu colo. Acariciou meu ombro e minha cabeça. Eu não queria dormir, mas não pude evitar.

Acordei com a impressão de estar num mundo estranho, deitado num campo, completamente escuro. Fiquei imóvel. O solo à minha volta não era quente como antes e meus pés estavam frios. Abri os olhos e olhei para cima, apavorado, até compreender que eram pés de algodão. Ouvi vozes urgentes perto. Alguém disse, "Libby", e voltei à realidade. Estendi a mão para Tally, mas ela não estava.

Levantei e espiei entre os pés de algodão. A cena era a mesma. A janela continuava aberta, as velas acesas, mas minha mãe, minha avó e a senhora Latcher estavam muito ocupadas.

— Tally! — murmurei com urgência, alto demais, pensei, mas estava mais assustado do que nunca.

— Shhh! — veio a resposta. — Estou aqui.

Eu mal podia ver as costas de Tally, à direita, duas fileiras adiante. Naturalmente ela tinha procurado um melhor ângulo de visão. Passei entre os pés de algodão e logo estava ao lado dela.

A base do batedor fica a um metro e oitenta da elevação do arremessador. Estávamos muito mais perto da janela, só com duas fileiras de algodão entre nós e a estreita faixa de terra no lado da casa. Bem abaixado e espiando entre os pés de algodão finalmente vi vagamente os rostos suados de minha mãe, de minha avó e da senhora Latcher. Olhavam para baixo, para Libby, é claro, que não podíamos ver. Não sei se àquela altura eu queria ver Libby, mas minha companheira certamente queria.

As mulheres a incentivavam a empurrar e respirar, empurrar e respirar, garantindo que tudo ia ficar bem. As coisas não pareciam estar muito bem. A pobre menina gemia e grunhia, gritava ocasionalmente — gritos altos e estridentes mal abafados pelas paredes do quarto. Sua voz angustiada atravessava a noite quieta, e imaginei o que seus irmãos e irmãs pensavam de tudo aquilo.

Quando Libby não estava grunhindo e chorando, ela dizia: "Eu sinto muito. Eu sinto tanto." Repetia isso como o canto inconsciente de uma menina que sofria.

— Está tudo bem, queridinha — a mãe respondia milhares de vezes.

— Elas não podem fazer alguma coisa? — murmurei.

— Não, nada. O bebê vem quando ele quiser.

Eu queria perguntar para Tally exatamente como ela sabia tanto sobre o assunto, mas não perguntei. Não era da minha conta e provavelmente era o que ela ia dizer.

De repente, tudo ficou quieto e parado dentro do quarto. As mulheres Chandler recuaram, e então a senhora Latcher se aproximou com um copo de água. Libby estava em silêncio.

— O que aconteceu? — perguntei.

— Nada.

Aquele intervalo na ação me deu tempo para pensar em outras coisas, especialmente em sermos descobertos. Eu já tinha visto o bastante. A aventura tinha seguido seu curso. Tally a comparou à ida ao Siler's Creek, mas nem se comparava com aquela pequena escapada. Estávamos há horas fora de casa. E se Pappy entrasse no quarto de Ricky para ver se eu estava bem? E se um dos Spruill acordasse e resolvesse procurar Tally? E se meu pai ficasse cansado de tudo aquilo e voltasse para casa?

A sova ia doer durante muitos dias, se eu sobrevivesse a ela. Eu estava quase entrando em pânico quando Libby começou a gritar outra vez, enquanto as mulheres imploravam para que ela empurrasse e respirasse.

— Pronto, aqui está! — minha mãe disse e as mulheres correram freneticamente para a paciente.

— Continue a empurrar! — minha avó disse alto.

Libby gemeu mais. Estava exausta, mas pelo menos o fim estava próximo.

— Não desista, queridinha — a senhora Latcher disse. — Não desista.

Tally e eu estávamos completamente imóveis, mesmerizados pelo drama. Ela segurou minha mão e apertou com força. Estava com os dentes cerrados, os olhos arregalados, maravilhada.

— É um menino — minha avó disse, e ergueu o bebê pequenino, ainda coberto de sangue e com a placenta.

— É um menino — a senhora Latcher repetiu.

Nenhuma resposta de Libby.

Eu tinha visto mais do que queria.

— Vamos — eu disse, tentando tirar a mão, mas Tally não se mexeu.

Minha avó e minha mãe continuaram a cuidar de Libby enquanto a senhora Latcher limpava o bebê, que estava furioso com alguma coisa e gritava a plenos pulmões. Não pude deixar de pensar em como devia ser se tornar um Latcher, nascer naquela casa pequena e suja com um bando de outras crianças.

Depois de alguns minutos Percy se aproximou da janela.

— Podemos ver o bebê? — ele perguntou, quase com medo de olhar para dentro.

— Num minuto — a senhora Latcher respondeu.

Eles se amontoaram no lado de fora da janela, todos os Latcher, incluindo o pai, que era agora avô, querendo ver o bebê. Estavam bem na nossa frente, entre a base do batedor e a elevação do arremessador e parei de respirar com medo que me ouvissem. Mas eles não estavam pensando em intrusos. Olhavam pela janela aberta, todos maravilhados.

A senhora Latcher aproximou a criança da janela e se inclinou para fora para que ele pudesse conhecer sua família. O bebê lembrava a minha luva de beisebol. Era quase tão escuro quanto ela e estava enrolado numa toalha. Ficou quieto por um momento e não parecia impressionado pelo bando que olhava para ele.

— Como está Libby? — um deles perguntou.

— Está bem — a senhora Latcher disse.

— Podemos ver?

— Não, não já. Ela está muito cansada.

Ela se afastou da janela e os outros Latcher voltaram para a frente da casa. Eu não via meu pai, mas sabia que ele estava escondido em algum lugar, perto da picape. Nem todo dinheiro do mundo o faria olhar para um recém-nascido ilegítimo.

Durante alguns minutos, as mulheres pareciam tão ocupadas quanto antes do nascimento, mas, então, lentamente terminaram o trabalho.

Saí do transe e me dei conta de que estávamos muito longe de casa.

— Temos de ir, Tally! — murmurei urgentemente. Ela estava pronta e eu a segui, através dos pés de algodão até nos afastarmos da casa e então viramos para o sul e começamos a correr. Paramos para nos orientar. Não víamos mais a luz da janela. A lua tinha desaparecido. Não se via nenhum vulto, nenhuma sombra da casa dos Latcher. Escuridão completa.

Viramos para oeste, outra vez entre as filas de algodão, afastando os galhos para evitar que batessem no rosto. O algodoal terminou e encontramos a trilha que levava à estrada principal. Meus pés estavam machucados e minhas pernas doíam, mas não podíamos perder tempo. Corremos para a ponte. Tally queria ver a água rodopiando lá embaixo, mas eu a fiz continuar.

— Vamos andar — ela disse, já no nosso lado da ponte e por um momento paramos de correr. Andamos em silêncio, os dois tentando normalizar a respiração. O cansaço começava a nos dominar. A aventura valeu a pena, mas estávamos pagando um alto preço. Estávamos perto da nossa fazenda quando ouvimos um ronco atrás de nós. Faróis! Na ponte! Apavorados, disparamos. Tally podia facilmente correr mais do que eu, o que seria humilhante, a não ser pelo fato de que eu não tinha tempo para sentir vergonha e ela recuou um passo para não me deixar para trás.

Eu sabia que meu pai não dirigia com velocidade, não à noite, não na nossa estrada, com minha avó e minha mãe no carro, mas os faróis continuavam a ganhar distância sobre nós. Quando chegamos perto da nossa casa, pulamos a vala rasa e corremos por um campo. O barulho do motor ficava mais forte.

— Eu espero aqui, Luke — ela disse, parando perto do começo do terreno da frente. A picape estava quase nos alcançando. — Você corre para a varanda dos fundos e entra. Espero até eles entrarem. Depressa!

Continuei a correr e virei no canto da casa no momento exato em que a picape parou na frente. Atravessei a cozinha silenciosamente e entrei no quarto de Ricky, apanhei o travesseiro e deitei no chão, perto da janela. Eu estava sujo e molhado demais para deitar na cama e rezei para que eles estivessem cansados demais para ir ver se eu estava bem.

Entraram na cozinha quase sem fazer barulho. Enquanto tiravam os sapatos e as botas, falavam em voz baixa. Um raio de luz entrava no meu quarto. Suas sombras se moveram através dele, mas ninguém entrou para ver como estava o pequeno Luke. Em poucos minutos estavam em suas camas e a casa ficou quieta. Eu pretendia esperar um pouco, depois ir até a cozinha para lavar o rosto e as mãos. Depois iria para a cama e ia dormir para sempre. Se eles me ouvissem, eu diria simplesmente que tinham me acordado quando entraram.

Formular esse plano foi a última coisa de que me lembro antes de cair rapidamente no sono.

CAPÍTULO 17

NÃO SEI POR QUANTO TEMPO dormi, mas me pareceram apenas minutos. Pappy estava ajoelhado ao meu lado, perguntando por que eu estava no chão. Tentei responder, mas nada funcionava em mim. Estava paralisado de cansaço.

— Somos só nós dois — ele disse. — O resto dorme ainda. — Sua voz estava repleta de desprezo.

Ainda incapaz de pensar ou falar, eu o acompanhei até a cozinha, onde o café estava pronto. Comemos biscoitos frios e melado, em silêncio. Pappy, é claro, estava irritado porque esperava um café completo. E sentia-se furioso porque minha avó e meus pais estavam dormindo e não se preparando para o campo.

— Aquela menina Latcher teve um filho a noite passada — ele disse, limpando a boca com o guardanapo. Aquela menina Latcher e seu bebê interferiam com nosso algodão e com nosso café, e Pappy mal podia disfarçar o mau humor.

— Teve? — eu disse, fingindo surpresa.

— É, mas eles ainda não descobriram quem é o pai.

— Não descobriram?

— Não. Se eles querem manter segredo, tudo bem, portanto não diga nada.

— Sim, senhor.

— Apresse-se. Temos de ir.

— A que horas eles voltaram?

— Mais ou menos às três.

Ele saiu e ligou o trator. Levei os pratos para a pia e dei uma olhada nos meus pais. Estavam completamente imóveis, o único som era da respiração pesada. Tive vontade de tirar as botas, deitar na cama com eles e dormir por uma semana. Em vez disso, me arrastei para fora. O sol começava a aparecer sobre as árvores, no leste. À distância eu via as silhuetas dos mexicanos, caminhando para o campo.

Os Spruill começavam a deixar o acampamento. Não vi nem sinal de Tally. Perguntei ao Bo e ele disse que ela não estava se sentindo bem. Talvez o estômago. Pappy ouviu isso e sua frustração cresceu. Outro trabalhador na cama e não no campo.

Tudo que pensei foi: "Por que não pensei em dizer que estava passando mal do estômago?"

Fomos até o lugar onde um reboque de algodão cheio pela metade, a mais ou menos uns quatrocentos metros de distância, erguia-se como um monumento nos campos planos, chamando-nos para outro dia miserável. Vagarosamente apanhamos nossos sacos e começamos a colher. Esperei que Pappy se adiantasse na sua fileira, me afastei dele e dos Spruill.

Trabalhei com afinco por uma ou duas horas. O algodão molhado era macio ao toque e o sol ainda não estava alto. Eu não era motivado por dinheiro nem por medo, tudo que queria era um lugar tranqüilo para dormir. Quando cheguei ao meio do campo, onde ninguém podia me ver e tinha bastante algodão no meu saco para fazer um bom colchão, eu me deitei.

Meu pai chegou no meio da manhã, e entre os oitenta acres de algodão escolheu justamente a fileira ao lado da minha.

— Luke! — ele disse zangado, quando tropeçou em mim. O susto foi tão grande que ele esqueceu de me passar uma descompostura, e quando eu acordei de todo, comecei a me queixar do estômago, de dor da cabeça e, por segurança, disse que não tinha dormido muito a noite passada.

— Por quê? — ele perguntou, de pé ao meu lado.

— Eu fiquei esperando que todos voltassem para casa. — Havia um elemento de verdade na mentira.

— E por que estava nos esperando?

— Eu queria notícias de Libby.

— Bem, ela teve um bebê. O que mais você quer saber?

— Pappy me disse — levantei devagar tentando parecer o mais nauseado possível.

— Vá para casa — ele disse e eu fui, sem dizer uma palavra.

Os soldados chineses e norte-coreanos armaram uma cilada para o comboio americano perto de Pyonggang, matando pelo menos oitenta e fazendo muitos prisioneiros. O senhor Edward R. Murrow abriu o noticiário noturno com a história e minha avó começou a rezar. Como sempre ela estava sentada à mesa da cozinha, na minha frente. Minha mãe, inclinada sobre a pia, também parou e fechou os olhos. Ouvi Pappy tossir na varanda dos fundos. Ele também estava ouvindo.

As negociações de paz foram abandonadas outra vez e os chineses mandavam novas tropas para a Coréia. O senhor Murrow disse que a trégua, antes tão próxima, parecia agora impossível. Suas palavras eram um pouco mais pesadas nessa noite, ou talvez estivéssemos mais cansados do que nos outros dias. Depois do intervalo para os comerciais, ele voltou, falando sobre um terremoto.

Minha avó e minha mãe se moviam lentamente na cozinha quando Pappy entrou. Passou a mão na minha cabeça como se tudo estivesse bem.

— O que temos para o jantar? — ele perguntou.

— Costeletas de porco — minha mãe respondeu.

Então meu pai entrou e tomamos nossos lugares à mesa. Depois que Pappy abençoou a comida, nós todos rezamos por Ricky. Praticamente não houve nenhuma conversa, todos pensavam na Coréia, mas ninguém queria falar no assunto.

Minha mãe falava sobre um projeto da sua escola dominical quando ouvi o leve rangido da porta de tela da varanda dos fundos. Só eu ouvi. Não tinha vento, nada para mover a porta de um modo ou de outro. Parei de comer.

— O que foi, Luke? — minha avó perguntou.

— Pensei ter ouvido alguma coisa — eu disse.

Todos olharam para a porta. Nada. Voltaram a comer.

Então Percy Latcher entrou na cozinha e todos se assustaram. Ele deu dois passos para dentro e parou, com se estivesse perdido. Estava descalço, coberto de terra dos pés à cabeça e com os olhos vermelhos, como se estivesse chorando há horas. Olhou para nós, olhamos para ele. Pappy começou a se levantar para resolver a situação.

— É Percy Latcher — eu disse.

Pappy sentou outra vez, com a faca na mão direita. Os olhos de Percy estavam vidrados, e, quando ele respirou, um gemido surdo subiu da sua garganta como se estivesse tentando dominar a raiva. Ou talvez ele estivesse ferido, ou alguém no outro lado rio estava ferido e ele tinha corrido para nossa casa para pedir ajuda.

— O que aconteceu, garoto? — Pappy perguntou. — A cortesia manda que se bata na porta antes de entrar.

Percy olhou para Pappy e disse:

— Foi Ricky.

— O que que foi Ricky? — Pappy perguntou.

— O filho é dele — Percy disse. — É de Ricky.

— Cala a boca, garoto! — Pappy rosnou e segurou a borda da mesa como se preparando para saltar e bater no pobre menino.

— Ela não queria, mas ele a convenceu — Percy disse, olhando para mim e não para Pappy. — Então, ele foi para a guerra.

— É isso que ela está dizendo? — Pappy perguntou, furioso.

— Não grite, Eli — minha avó disse. — Ele é apenas um garoto. — Ela respirou fundo e parecia ser a primeira a pelo menos considerar a possibilidade de ter feito o parto do próprio neto.

— É isso que ela está dizendo — Percy retrucou. — E é a verdade.

— Luke, vá para seu quarto e feche a porta — meu pai disse, me arrancando do transe.

— Não — minha mãe disse, antes que eu tivesse tempo de me mexer. — Isto afeta a todos nós. Ele pode ficar.

— Ele não devia ouvir isso.

— Ele já ouviu.

— Ele deve ficar — minha avó disse, concordando com minha mãe e resolvendo o impasse. Estavam supondo que eu queria ficar. O que eu queria realmente naquele momento era correr para fora da casa, encontrar Tally e dar um longo passeio — longe da família maluca dela, longe de Ricky e da Coréia, longe de Percy Latcher. Mas não podia me mexer.

— Seus pais o mandaram vir aqui? — minha mãe perguntou.

— Não, senhora. Eles não sabem onde estou. O bebê chorou o dia inteiro. Libby ficou como louca, falando em "pular da ponte, em se matar", coisas assim, e me disse que o pai era Ricky.

— Ela contou aos seus pais?

— Contou, sim senhora. Todo mundo sabe agora.

— Quer dizer todo mundo da sua família.

— Sim, senhora. Não contamos para ninguém mais.

— Não contem — Pappy rosnou. Ele estava sentando outra vez, os ombros começando a se curvar para a frente, a derrota chegando. Se Libby Latcher afirmava que Ricky era o pai, então todo mundo ia acreditar. Ele não estava em casa para se defender. E num confronto de verdades, Libby provavelmente teria mais defensores do que Ricky, dada sua fama de criar problemas.

— Você jantou, filho? — minha avó perguntou.

— Não, senhora.

— Está com fome?

— Sim, senhora.

Na mesa havia muita comida que não seria tocada. Nós, os Chandler, sem dúvida tínhamos perdido o apetite. Pappy se afastou da mesa e disse:

— Ele pode comer a minha. — Levantou-se, saiu da cozinha e foi para a varanda da frente. Meu pai fez o mesmo, sem uma palavra.

— Sente aqui, filho — minha avó disse, indicando a cadeira de Pappy.

Serviram um prato para ele e um copo de chá com açúcar.
Percy sentou e comeu devagar. Minha avó saiu para a varanda da frente, deixando eu e minha mãe para fazer companhia a Percy, que só falava quando falavam com ele.

Depois de uma longa conversa na varanda, que eu e Percy perdemos porque fomos banidos para a varanda dos fundos, Pappy e meu pai puseram o menino na picape e o levaram para casa. Quando eles se foram, sentei no balanço ao lado da minha avó. A noite chegava. Minha mãe debulhava feijão-manteiga.

— Pappy vai falar com o senhor Latcher? — perguntei.

— Estou certa que sim — minha mãe disse.

— O que vão falar?

Eu estava cheio de perguntas porque achava agora que tinha o direito de saber de tudo.

— Bem, tenho certeza de que vão falar sobre o bebê — minha avó disse. — E sobre Ricky e Libby.

— Vão brigar?

— Não. Chegarão a um acordo.

— Que tipo de acordo?

— Todos vão concordar em não falar sobre o bebê e em deixar o nome de Ricky fora disso.

— Incluindo você, Luke — minha mãe disse. — É um segredo muito sério.

— Não vou contar para ninguém — eu disse com convicção. A idéia de alguém saber que os Chandler e os Latcher eram de certa forma parentes me apavorava.

— Ricky fez mesmo isso? — perguntei.

— É claro que não — minha avó disse. — Os Latcher não são dignos de confiança. Não são bons cristãos. Foi por isso que ela ficou grávida. Provavelmente eles querem algum dinheiro.

— Dinheiro?

— Não sabemos o que eles querem — minha mãe disse.

— Mamãe, a senhora acha que ele fez isso?

Ela hesitou por um segundo antes de dizer, em voz baixa:

— Não.

— Eu também acho que não — eu disse, tornando a opinião unânime. Eu defenderia Ricky por toda a vida, e se alguém mencionasse o bebê Latcher, eu estaria pronto para brigar.

Mas Ricky era o suspeito mais provável, nós todos sabíamos. Os Latcher raramente saíam da sua fazenda. A uns três quilômetros morava um garoto Jetet, mas eu nunca o vi perto do rio. Ninguém morava perto dos Latcher a não ser nós. Ricky era o mais próximo.

De repente, as atividades da igreja se tornaram importantes e as mulheres falaram sobre o assunto sem parar. Eu tinha muitas perguntas mais sobre o bebê Latcher, mas não consegui dizer nem uma palavra. Finalmente desisti e fui ouvir na cozinha o jogo dos Cardinals.

Eu queria muito estar na parte de trás da picape na casa dos Latcher, ouvindo como os homens resolviam o problema.

Muito depois de me mandarem para a cama, fiquei acordado, lutando contra o sono porque o ar vibrava com vozes. Quando meus pais conversavam na cama o som suave e baixo chegava ao meu quarto vindo pelo corredor estreito. Não dava para entender uma palavra e eles faziam questão de não ser ouvidos por ninguém. Mas às vezes, quando estavam preocupados ou pensando em Ricky, eram obrigados a conversar tarde da noite. Deitado na cama de Ricky, ouvindo os sons das vozes abafadas, tive certeza de que o caso era sério.

Meus pais foram para a varanda da frente e sentaram nos degraus, esperando uma brisa e um descanso do calor implacável. No começo falaram em voz baixa, mas o peso era demais e era difícil controlar as palavras. Certos de que eu dormia, falavam mais alto que de costume.

Saí da cama e rastejei no chão, como uma cobra. Na janela, olhei para fora e os vi nos lugares de sempre, a poucos passos, de costas para mim.

Absorvi cada som. As coisas não tinham ido bem na casa
dos Latcher. Libby estava nos fundos da casa, com o bebê,
que chorava sem parar. Todos os Latcher pareciam exaustos
e cansados de ouvir o choro. O senhor Latcher estava zangado com Percy por ele ter vindo à nossa casa, mas ficou mais
zangado quando falou sobre Libby. Ela disse que não queria
nada com Ricky, mas que ele a convenceu a aceitá-lo. Pappy
disse que isso não era verdade, mas não tinha nenhuma prova
em contrário. Ele negou tudo e afirmou que duvidava que Ricky
conhecesse Libby.

Mas eles tinham testemunhas. O próprio senhor Latcher
disse que por duas vezes, logo depois do Natal, Ricky apareceu na casa dos Latcher com a picape de Pappy e levou Libby
para um passeio. Foram a Monette, onde Ricky pagou uma
soda para ela.

Meu pai sugeriu que se isso tinha realmente acontecido,
então Ricky escolheu Monette porque poucas pessoas o conheciam lá. Não ia querer ser visto em Black Oak com a filha
de um meeiro.

— Ela é uma menina muito bonita — minha mãe disse.

A outra testemunha era um garoto que não devia ter mais
de dez anos, do bando que se amontoava perto dos degraus de
entrada. O senhor Latcher o chamou e ele testemunhou que
vira a picape de Pappy estacionada no fim do algodoal, perto
da mata. Ele se aproximou sorrateiramente e viu Ricky e Libby
se beijando. Não disse para ninguém porque ficou com medo,
e só tinha contado há poucas horas.

Os Chandler, é claro, não tinham testemunhas. No nosso
lado do rio não houve a menor indicação do começo de um
romance. Certamente Ricky não ia contar para ninguém. Levaria uma sova de Pappy.

O senhor Latcher disse que sempre suspeitou que Ricky
fosse o pai da criança, mas Libby tinha negado. E na verdade
dois outros rapazes demonstravam interesse nela. Mas agora
Libby estava contando tudo — que Ricky a tinha obrigado,
que ela não queria o filho.

— Eles querem dar o bebê para nós? — minha mãe perguntou.

Eu quase gemi de dor.

— Não, acho que não — meu pai disse. — Que diferença faz outra criança naquela casa?

Minha mãe achava que o bebê merecia um bom lar. Meu pai disse que isso estava fora de cogitação até Ricky dizer que o filho era seu. O que, para quem conhecia Ricky, era pouco provável.

— Você viu a criança? — minha mãe perguntou.

— Não.

— Ele é a cara de Ricky — ela disse.

Minha única lembrança do mais novo Latcher era de um pequeno objeto que, quando vi, parecia com minha luva de beisebol. Mal parecia humano. Mas minha mãe e minha avó passavam horas analisando os rostos das pessoas para determinar com quem se pareciam e de onde vinham os olhos, o nariz, o cabelo. Olhavam para bebês na igreja e diziam: "Definitivamente ele é um Chisenhall", ou, "Veja aqueles olhos, ele herdou da avó".

Para mim todos pareciam bonequinhas.

— Então, você acha que ele é um Chandler? — meu pai disse.

— Não tenho a menor dúvida.

CAPÍTULO 18

ERA SÁBADO OUTRA VEZ, mas sábado sem o entusiasmo habitual de ir à cidade. Eu sabia que íamos porque nunca tínhamos deixado de ir dois sábados seguidos. Minha avó precisava comprar alimentos, especialmente farinha e café, e minha mãe tinha de ir à farmácia. Meu pai há duas semanas não ia à Cooperativa. Eu não tinha voto no assunto, mas minha mãe sabia o quanto a matinê de sábado era importante para o bom desenvolvimento de uma criança, especialmente um garoto da fazenda com pouco contato com o resto do mundo. Sim, nós íamos à cidade, mas sem o entusiasmo habitual.

Um novo horror nos ameaçava, muito mais assustador do que todos os problemas com os Spruill. E se alguém tivesse ouvido o que os Latcher estavam dizendo? Bastava uma pessoa, um murmúrio no fim da rua Principal e a fofoca se espalharia pela cidade como um incêndio na mata. As senhoras no armazém de Pop e Pearl deixariam cair seus cestos de compras e cobririam a boca, incrédulas. Os velhos fazendeiros na Cooperativa iam sorrir maliciosamente e diriam "Não estou surpreso". Os meninos mais velhos da igreja apontariam para mim como se de algum modo eu fosse o culpado. A cidade aceitaria o rumor como se fosse a verdade das escrituras e o sangue dos Chandler seria maculado para sempre.

Por isso eu não queria ir à cidade. Queria ficar em casa, jogar beisebol e talvez dar um passeio com Tally.

Pouco se falou durante o café da manhã. Estávamos ainda muito desanimados e acho que era porque sabíamos a verdade. Ricky deixara para trás uma pequena lembrança. Imaginei se ele sabia de Libby e do bebê, mas não tinha intenção de tocar no assunto. Perguntaria à minha mãe mais tarde.

— O parque de diversões está na cidade — Pappy disse. De repente o dia ficou melhor. Meu garfo parou no ar.

— A que horas nós vamos? — perguntei.

— A mesma de sempre. Logo depois do almoço — Pappy disse.

— Até que horas podemos ficar?

— Isso veremos depois — ele respondeu.

O parque de diversões era um grupo de ciganos itinerantes com sotaques engraçados que moravam na Flórida durante o inverno e apareciam nas pequenas cidades rurais no outono, no auge da colheita, quando o pessoal tinha dinheiro no bolso. Geralmente chegavam de repente numa quinta-feira, instalavam-se no campo de beisebol, sem permissão, e ficavam durante todo o fim de semana. Nada animava tanto Black Oak como o parque de diversões.

Cada ano era um grupo diferente. Um deles tinha um elefante e uma tartaruga-marinha gigante. Outro não tinha animais mas se especializava em humanos diferentes — anões acrobatas, a mulher com seis dedos, o homem com uma perna extra. Mas todos tinham roda-gigante, um carrossel e dois ou três brinquedos que guinchavam, e estalavam e geralmente apavoravam todas as mães. O *slinger* era um desses brinquedos, um círculo de balanços presos com correntes que rodava cada vez mais depressa até as pessoas voarem paralelas ao solo, gritando e pedindo para parar. Uns dois anos atrás em Monette, uma corrente arrebentou, uma menina pequena foi atirada na rodovia e bateu no lado de um reboque. Na semana seguinte, o *slinger* estava em Black Oak, com correntes novas e o pessoal fez fila para andar nele.

Havia barracas para jogar dardos e argolas, e atirar com pistolas de chumbo onde se ganhavam prêmios. Alguns tinham cartomantes, outros, cabines de fotografia, outros ainda, tinham mágicos. Eram todos espalhafatosos, pitorescos e animados. A notícia se espalhava rapidamente pelo condado e o povo logo comparecia em massa. Black Oak devia estar cheia de gente e eu desesperado para ir.

Talvez, pensei, o entusiasmo com o parque de diversões abafasse um pouco a curiosidade sobre Libby Latcher. Comi meus biscoitos apressadamente e corri para fora.

— O parque de diversões está na cidade — murmurei para Tally, quando nos encontramos perto do trator, a caminho dos campos.

— Vocês todos vão? — ela perguntou.

— É claro. Todo mundo vai.

— Eu tenho um segredo — ela murmurou, olhando inquieta para todos os lados.

— O que é?

— Uma coisa que ouvi ontem à noite.

— Onde você ouviu?

— Na varanda da frente.

Não gostei do modo que ela procurava despertar minha curiosidade.

— Qual é o segredo?

Ela chegou mais perto.

— Sobre Ricky e aquela menina Latcher. Acho que você tem um novo primo.

As palavras eram cruéis e os olhos dela pareciam maldosos. Não era a Tally que eu conhecia.

— O que você estava fazendo perto da varanda? — perguntei.

— Não é da sua conta.

Pappy saiu da casa e veio na direção do trator.

— Acho melhor você não contar para ninguém — eu disse, com os dentes cerrados.

— Nós guardamos nossos segredos, está lembrado? — ela disse, se afastando.

— É, eu sei.

Almocei depressa depois, e rapidamente, cumpri a tarefa de ser esfregado e lavado. Minha mãe sabia que eu estava ansioso para chegar à cidade, por isso não perdeu muito tempo com o banho.

Os dez mexicanos se amontoaram na parte de trás da picape comigo e meu pai e saímos da fazenda. Caubói tinha colhido algodão a semana toda com as costelas quebradas, um fato que não deixou de ser notado por Pappy e meu pai. Eles o admiraram muito por isso. "Eles são durões", Pappy tinha dito. Os Spruill se apressavam, tentando nos alcançar. Tally os avisara do parque de diversões e até Trot parecia se mover com entusiasmo.

Quando atravessamos o rio, olhei demoradamente para a estrada que levava à casa dos Latcher, que não se via dali. Olhei para meu pai. Ele também estava olhando, muito sério, quase zangado. Como aquela gente podia ter se introduzido nas nossas vidas?

Seguimos vagarosamente pela estrada de cascalho e deixamos para trás os campos dos Latcher. Quando entramos na rodovia, eu estava outra vez sonhando com o parque de diversões.

Nosso motorista, é claro, nunca se apressava. Lotada como estava duvido que a picape andasse a mais de sessenta quilômetros por hora, e Pappy certamente não tinha intenção de forçar o carro. Tive a impressão de que levamos uma hora para chegar.

O carro patrulha de Stick estava parado ao lado da igreja batista. O tráfego na rua Principal já era lento, a calçada vibrando de atividade. Estacionamos e os mexicanos desceram e se espalharam. Stick deixou a sombra de uma árvore e andou direto para nós. Minha avó e minha mãe foram para as lojas. Eu fiquei com os homens, certo de que a conversa ia ser sobre coisas sérias.

— Como vão, Eli, Jesse — Stick disse, o chapéu inclinado para um lado, uma haste de grama no canto da boca.

— Boa tarde, Stick — Pappy disse. Meu pai apenas inclinou a cabeça. Não tinham ido à cidade para passar o tempo com Stick e era aparente a irritação dos dois.

— Estou pensando em prender aquele garoto Spruill —
ele disse.

— Não me importa o que você pretende fazer — Pappy
disse, cada vez mais zangado. — Apenas espere acabar a colheita.

— Sem dúvida você pode esperar um mês — meu pai
disse.

Stick mastigou a haste de grama, cuspiu e disse:

— Acho que sim.

— Ele é um bom trabalhador — meu pai disse. — E temos bastante algodão. Se o prender agora, perdemos seis mãos-
de-obra. Você sabe como é essa gente.

— Acho que posso esperar — Stick disse. Parecia ansioso para chegar a um acordo. — Estive falando com uma porção de gente e não tenho muita certeza de que seu garoto disse a verdade. — Olhou para mim demoradamente quando disse
isso, e eu chutei o cascalho do chão.

— Deixe meu filho fora disso — meu pai disse. — Ele é
só um garoto.

— Ele tem sete anos! — Pappy disse, irritado. — Por que
você não procura uma testemunha de verdade?

Stick retesou os ombros, como se tivesse levado um tiro.

— Vamos fazer o seguinte — Pappy disse. Você deixa
Hank em paz até terminar a colheita. Então, eu venho à cidade e aviso você que não precisamos mais dele. Nessa altura,
pouco me importa o que você vai fazer.

— Está bem — Stick disse.

— Mas eu ainda penso que você não tem um caso. Eram
três contra um, Stick, e nenhum júri vai condenar Hank.

— Veremos — Stick disse, muito confiante. Ele nos deixou então, com os polegares nos bolsos e a arrogância suficiente para nos aborrecer.

— Posso ir ao parque de diversões? — perguntei.

— É claro que pode — Pappy disse.

— Quanto dinheiro você tem? — meu pai perguntou.

— Quatro dólares.

— Quanto vai gastar?

— Quatro dólares.
— Acho que dois chegam.
— Que tal três?
— Dois e cinqüenta então, certo?
— Sim, senhor.

Saí correndo pela calçada, desviando das pessoas e logo estava no campo de beisebol, que ficava na frente da Cooperativa, do cinema Dixie e do salão de bilhar, no outro lado da rua. O parque de diversões ocupava todo o campo. A roda-gigante, no centro circundada pelos brinquedos menores, as barracas e a passagem principal. Música estridente soava nos alto-falantes e no carrossel. As pessoas já esperavam em longas filas. Senti o cheiro de pipoca, de pão de milho e de alguma coisa sendo frita.

Encontrei a carrocinha com o algodão-doce. Custava dez centavos, mas eu teria pago muito mais. Dewayne me viu na passagem central quando eu olhava alguns garotos mais velhos atirando em pequenos patos que nadavam num pequeno lago. Eles nunca acertavam porque, segundo Pappy, as miras das armas eram defeituosas.

Maçãs em calda também custavam dez centavos. Cada um comprou uma e continuamos passeando. Havia uma feiticeira com um vestido preto comprido, cabelos negros, tudo negro, e por vinte e cinco centavos ela lia o futuro. Uma velha senhora de olhos escuros fazia isso também, pelo mesmo preço, com cartas de tarô. Um homem bombástico, com um microfone, por dez centavos adivinhava a idade ou o peso de qualquer pessoa. Se ele não chegasse a três anos ou cinco quilos de diferença, a pessoa ganhava um prêmio. Na passagem central estavam os jogos de sempre — bolas de *softball* jogadas em jarras de leite, bolas de basquete atiradas em aros muito pequenos para elas, dardos atirados em bolas de ar, argolas em gargalos de garrafas.

Passeamos pelo parque de diversões, saboreando o barulho e a animação. Havia uma porção de gente na extremidade do parque, perto da barreira do campo de beisebol e fomos até lá. Uma tabuleta grande anunciava a presença de "Sansão, o Maior Lutador de Luta Livre do Mundo, diretamente do Egito". E debaixo dela um tablado quadrado, com postes forrados e cordas a toda volta. Sansão não estava no ringue, mas logo ia aparecer, segundo Dalila, uma mulher alta de corpo bem-feito, com um microfone. Sua fantasia deixava à mostra as pernas e grande parte do seu busto e eu tinha certeza de que nunca antes tanta pele fora exposta em público em Black Oak. Ela explicava, para a platéia silenciosa, quase toda de homens, que as regras eram simples. Sansão pagava dez por um a qualquer pessoa capaz de ficar no ringue, com ele, durante um minuto.

— Só sessenta segundos — ela gritava. — E o dinheiro é seu! — O sotaque era suficientemente estranho para nos convencer que eles eram realmente de outro país. Eu nunca vira ninguém do Egito, mas aprendera na escola dominical que Moisés teve alguma aventura por lá.

Ela desfilava de um lado para o outro, na frente do ringue. Todos os olhos acompanhavam seus movimentos.

— Na sua turnê atual, Sansão ganhou trezentas lutas seguidas — ela disse, provocantemente. — Na verdade, a última vez que Sansão perdeu foi na Rússia, quando enfrentou três homens e eles tiveram de roubar para conseguir a vitória.

A música começou estridente, num alto-falante dependurado na tabuleta.

— E, agora, senhoras e senhores — ela gritou, acima do som da música —, apresento a vocês, o único, o maior lutador do mundo, o incrível Sansão.

Prendi a respiração.

Ele apareceu de trás de uma cortina e saltou no ringue sob aplausos moderados. Por que devíamos aplaudir? Ele estava ali para nos espancar. O cabelo foi a primeira coisa que notei. Era negro e ondulado e descia até os ombros, como os de uma mulher. Eu tinha visto ilustrações de histórias do Velho Testamento em que os homens usavam cabelo comprido, mas isso era há cinco mil anos. Era um homem gigantesco. O corpo maciço e músculos fortes nos ombros e no peito. Os braços eram cobertos de pêlos negros e pareciam ter força suficiente para levantar uma casa. Para nos mostrar devidamente seu físico, Sansão estava sem camisa. Mesmo depois de passar meses no campo, nossa pele era muito mais clara que a dele e agora eu estava realmente convencido de que o lutador vinha de algum lugar desconhecido. Tinha lutado com russos!

Ele desfilou no ringue, ao compasso da música, retesando os braços e flexionando os músculos enormes. Fez isso até nos ter mostrado tudo que tinha, o que, na minha opinião, era mais do que suficiente.

— Quem é o primeiro? — Dalila gritou no microfone e a música parou. — Dois dólares é o mínimo!

Os espectadores ficaram imóveis e em silêncio, de repente. Só um louco entraria naquele ringue.

— Eu não tenho medo! — alguém gritou e incrédulos vimos um homem completamente desconhecido se adiantar e dar dois dólares para Dalila. Ela apanhou o dinheiro e disse:

— Dez por um. Se ficar sessenta segundos no ringue, ganha vinte dólares. — Pôs o microfone na frente do jovem e disse: — Qual é o seu nome?

— Farley.

— Boa sorte, Farley.

Ele subiu ao ringue como se não tivesse medo de Sansão, que o observava sem o menor sinal de preocupação. Dalila bateu com um martelo no sino ao lado do ringue.

— Sessenta segundos — ela disse.

Farley se moveu um pouco no ringue e depois foi para o corner, quando Sansão deu um passo na sua direção. Os dois homens estudaram-se mutuamente, Sansão olhando para baixo, Farley olhando para cima, esperando.

— Quarenta e cinco segundos! — ela anunciou.

Sansão chegou mais perto e Farley foi para o outro lado do ringue. Muito menor, ele era também mais rápido e aparentemente empregava a estratégia da fuga. Sansão se aproximava cuidadosamente e Farley continuava a evitar que ele o apanhasse.

— Trinta segundos!

O ringue não tinha tamanho suficiente para correr muito e Sansão estava acostumado a apanhar coelhos assustados. Deu uma rasteira em Farley durante uma das suas fugas e quando o levantou, passou um braço com força em volta da cabeça do jovem iniciando um *headlock*, um golpe no qual a cabeça do adversário fica presa sob o braço do lutador.

— Oh, parece uma guilhotina! — Dalila disse, um pouco dramaticamente demais. — Vinte segundos!

Sansão torceu a presa, sorrindo sadicamente, enquanto o pobre Farley esperneava ao seu lado.

— Dez segundos!

Sansão girou o corpo e atirou Farley para o outro lado do ringue. Antes que Farley tivesse tempo de se levantar, o Maior Lutador do Mundo agarrou um dos seus pés, ergueu-o no ar, acima das cordas e quando faltavam dois segundos, o atirou no chão, para a vitória.

— Nossa, essa foi por pouco, Sansão! — Dalila disse no microfone.

Farley saiu andando, atordoado, mas inteiro, parecendo muito orgulhoso de si mesmo. Acabava de provar sua masculinidade, sem demonstrar medo e conseguiu chegar a dois segundos de ganhar vinte dólares. O voluntário seguinte era também um estranho, um jovem musculoso chamado Claude, que pagou três dólares para tentar ganhar trinta. Pesava duas vezes mais do que Farley mas era muito mais lento, e em dez segundos Sansão o prendeu numa tesoura voadora e fez dele um *pretzel*, o pão-doce em forma de laço. Quando faltavam dez segundos, ele ergueu Claude acima da cabeça e numa magnífica mostra de força, andou até a beirada do ringue e o atirou no chão.

Claude também saiu andando, muito orgulhoso. Aparentemente Sansão, apesar de sua atitude teatral e ameaçadora era um bom desportista, incapaz de machucar qualquer pessoa. E como a maioria dos jovens queria algum contato com Dalila, logo se formou uma fila ao lado dela.

Foi um espetáculo e tanto, e Dewayne e eu, por um longo tempo, ficamos vendo Sansão eliminar uma vítima depois da outra com todos os golpes do seu repertório. O *Boston crab*, a tesoura, o bate-estacas, o quebra-pedra, o quebra-corpo. Bastava Dalila mencionar uma das manobras no seu microfone que Sansão imediatamente a demonstrava.

Depois de uma hora, Sansão estava encharcado de suor e precisava de um descanso, e Dewayne e eu saímos e fomos dar duas voltas na roda-gigante. Enquanto procurávamos resolver se comprávamos ou não mais algodão-doce ouvimos alguns jovens falando sobre o espetáculo das mulheres.

— Ela tira tudo! — um deles dizia quando passaram por nós, e esquecemos o algodão-doce. Nós os seguimos até o fim da passagem central onde estavam estacionados os trailers dos ciganos. Atrás dos trailers havia uma pequena barraca evidentemente erguida onde não podia ser vista. Alguns homens esperavam, fumando, todos com cara de culpados. Música vinha da barraca.

Alguns parques de diversão têm espetáculos de mulheres jovens. Há um ano Ricky fora visto saindo de um deles, o que não era surpresa, mas provocou um escândalo em nossa casa. Ele não teria sido visto se o senhor Ross Lee Hart não fosse apanhado. O senhor Hart era intendente da igreja metodista, um fazendeiro dono de terras, um cidadão correto, casado com uma mulher tagarela. Ela foi procurá-lo tarde da noite, no sábado, no parque de diversões e o viu saindo da barraca proibida. Ela começou a gritar lamentosamente quando viu o marido transgressor, e ele se escondeu atrás dos trailers. Ela foi atrás, gritando e ameaçando, e Black Oak ganhou uma nova história.

A senhora Hart, por algum motivo, contou para todo mundo o que o marido tinha feito e o pobre homem se tornou um pária durante muitos meses. Ela informou também que saindo da barraca, logo atrás dele, estava Ricky Chandler. Nós sofremos em silêncio. Nunca vá a um espetáculo de garotas na sua cidade natal, foi a regra aprendida. Vá de carro até Monette, Lake City ou Caraway, mas nunca em Black Oak.

Dewayne e eu não conhecíamos nenhum dos homens que estavam em volta da barraca das garotas. Demos a volta nos trailers e saímos do lado oposto, mas um cachorro enorme, acorrentado, guardava a barraca contra abelhudos como nós. Recuamos e resolvemos esperar que escurecesse.

Quase às quatro horas tivemos de tomar uma dolorosa decisão — ir à matinê ou ficar no parque. Estávamos inclinados a ir ao cinema quando Dalila apareceu no ringue. Trocara de roupa e agora vestia duas peças vermelhas muito mais reveladoras. Os espectadores se aproximaram dela em bando, e em pouco tempo Sansão estava outra vez atirando para fora do ringue garotos fazendeiros e caipiras das montanhas e até um ou outro mexicano.

Seu único verdadeiro desafio chegou no começo da noite. O senhor Horsefly Walker tinha um filho surdo-mudo que pesava cento e cinqüenta quilos. Nós o chamávamos de Grunhido, não por falta de respeito ou crueldade, mas porque ele sempre foi chamado assim. Horsefly apostou cinco dólares e Grunhido subiu vagarosamente no ringue.

— Ele é grande, Sansão — Dalila ronronou no microfone.

Sansão sabia que levaria um pouco mais de tempo para atirar cento e cinqüenta quilos para fora do ringue, por isso atacou imediatamente. Atacou por baixo, com um *take-down* chinês, um golpe destinado a bater um tornozelo do oponente no outro derrubando-o. Grunhido caiu, mas caiu em cima de Sansão, que não pôde evitar um gemido de dor. Alguns dos espectadores gritaram também e começaram a incentivar Grunhido que, é claro, não podia ouvir nada. Os dois homens rolaram esperneando pelo ringue até Grunhido prender Sansão por um segundo.

— Quarenta segundos! — Dalila disse, o relógio agora muito mais lento, com Sansão deitado de costas. Ele esperneou em vão, algumas vezes, então aplicou o *Jersey Flip*, um movimento rápido no qual seus pés subiram prendendo Grunhido pelas orelhas e fazendo-o rolar para trás. Sansão ficou de pé, enquanto Dalila narrava os movimentos. Uma tesoura voadora ou pontapé no ar deixou Grunhido atordoado.

— Quinze segundos! — ela disse, o relógio outra vez andando depressa. Grunhido atacou como um touro ensandecido e os dois homens caíram outra vez. Os espectadores aplaudiram novamente. Horsefly delirava, dando pulos, no lado de fora do ringue. Eles ficaram agarrados por algum tempo, então Dalila disse:

— Dez segundos.

Houve algumas vaias dirigidas à marcadora do tempo. Sansão girou o corpo e prendeu os braços de Grunhido nas costas, agarrou um pé e atirou o pobre adversário através do ringue e por cima das cordas. Grunhido aterrissou aos pés do pai. Horsefly gritou:

— Seu ladrão filho da mãe!

Sansão se ofendeu com a linguagem e fez sinal para Horsefly entrar no ringue. Horsefly deu um passo para diante e Sansão abriu as cordas. Dalila, que evidentemente já vira esse tipo de ameaça muitas vezes, disse:

— Se fosse você, eu não faria isso. Ele machuca as pessoas quando está zangado.

A essa altura, Horsefly procurava um motivo para ficar onde estava. Sansão parecia ter três metros de altura, de pé na beirada do ringue, olhando para baixo com desprezo. Horsefly se inclinou para examinar Grunhido, que esfregava o ombro e parecia que ia chorar. Sansão riu dos dois quando eles se afastaram, depois nos provocou, flexionando os bíceps desfilando no ringue. Houve algumas vaias, exatamente o que ele queria.

Sansão liquidou mais alguns desafiantes e então Dalila anunciou que seu homem precisava jantar. Voltariam em uma hora para o último espetáculo.

Já estava escuro, o ar cheio do barulho do parque de diversões, os gritos alegres das crianças nos brinquedos, os brados de vitória dos que ganhavam nas tendas da passagem central, uma dúzia de alto-falantes berrando, cada um uma música diferente, o constante palavrório dos que procuravam convencer as pessoas a gastar dinheiro para ver a maior tartaruga do mundo ou para ganhar outro prêmio, e, acima de tudo, a esmagadora eletricidade do povo. A multidão era tão compacta que parecia impossível "mexer com uma vareta para separar" como dizia minha avó. Grupos enormes se amontoavam em volta das tendas, vendo e aplaudindo. Filas longas serpenteavam em volta dos brinquedos, bandos de mexicanos andavam devagar pelo parque, maravilhados, mas quase todos evitando gastar dinheiro. Eu nunca tinha visto tanta gente num só lugar.

Encontrei meus pais perto da rua, tomando limonada e apreciando o espetáculo a uma distância segura. Pappy e minha avó já estavam na caminhonete, prontos para ir embora, mas dispostos a esperar. O parque de diversões só aparecia uma vez por ano.

— Quanto dinheiro você tem? — meu pai perguntou.

— Mais ou menos um dólar — respondi.

— Aquela roda-gigante não parece segura, Luke — minha mãe disse.

— Eu andei nela duas vezes. Está boa.

— Eu te dou um dólar se não andar outra vez.

— Feito.

Ela me deu um dólar. Combinamos que eu voltaria dentro de mais ou menos uma hora. Encontrei Dewayne outra vez e resolvemos que estava na hora de investigar o espetáculo das garotas. Corremos entre o povo, na passagem central e diminuímos a marcha quando chegamos perto dos trailers dos ciganos. Era muito mais escuro ali. Na frente da tenda, estavam os mesmos rapazes fumando e na porta uma mulher jovem, vestida sumariamente, rebolava e dançava com gestos maliciosos.

Como batistas sabíamos que qualquer dança era não só inerentemente má, mas um grande pecado. Ocupava o alto da lista das principais transgressões, junto com a bebida e a baixa linguagem.

A dançarina não era tão atraente quanto Dalila, nem mostrava tanta coisa, nem tinha tanta graça de movimentos. É claro que Dalila tinha anos de experiência e viajara pelo mundo todo.

Protegidos pelas sombras, avançamos devagar até uma voz estranha dizer atrás de nós: "Parem aí. Vocês, garotos, dêem o fora daqui!" Paramos petrificados e olhamos em volta, e nesse momento uma voz conhecida berrou atrás de nós: "Arrependam-se, vocês culpados de iniqüidade! Arrependam-se!"

Era o reverendo Akers, empertigado, com a Bíblia numa das mãos e apontando com um dedo longo e curvo, da outra.

— Vocês, ninhada de víboras! — ele berrou a todo pulmão.

Eu não sei se a jovem senhora parou de dançar ou se os homens fugiram. Não me dei ao trabalho de olhar. Dewayne e eu nos atiramos de quatro no chão e engatinhamos como caça perseguida pelo labirinto de trailers e picapes até avistarmos a luz entre duas tendas da passagem central. Saímos do escuro e nos misturamos com a multidão.

— Acha que ele nos viu? — Dewayne perguntou quando estávamos a salvo.

— Não sei. Mas duvido.

Demos uma volta e voltamos devagar para um lugar perto dos trailers dos ciganos. O irmão Akers estava em ótima forma. Tinha chegado a dez metros da tenda e berrava, enumerando demônios. E estava tendo sucesso. A dançarina tinha desaparecido, bem como os homens que estavam por perto fumando. O reverendo matou o espetáculo, embora eu desconfiasse que estavam todos dentro da tenda, esperando que ele fosse embora.

Mas Dalila estava de volta, com outra roupa. Era feita de pele de leopardo e mal cobria os essenciais e eu sabia que o irmão Akers teria algo a dizer sobre isso, na manhã seguinte. Ele gostava do parque de diversões porque criava muito material para o púlpito.

Um grupo mais ou menos grande rodeava o ringue, olhando maravilhado para Dalila e esperando Sansão. Outra vez ela o apresentou do mesmo modo. Finalmente ele saltou no ringue, também vestido com pele de leopardo. Short justo, sem camisa, botas negras de couro brilhante. Ele desfilou e posou, tentando provocar vaias.

Meu amigo Jackie Moon foi o primeiro a entrar no ringue e como muitas vítimas, começou a usar o método de fuga. Ele conseguiu se esquivar durante vinte segundos até Sansão se cansar da brincadeira. Uma guilhotina, depois um *Roll-Down* Turco, como Dalila explicou, e Jackie estava na relva, não longe de nós dois. Ele riu.

— Não foi tão ruim.

Sansão não tinha intenção de machucar ninguém. Não era bom para seu negócio. Mas quase no fim da última exibição, ele começou a ficar muito mais arrogante e gritava constantemente para nós: "Será que existe um homem entre vocês?" Seu sotaque era exótico, a voz profunda e assustadora. "Não existem guerreiros em Black Oak, Arkansas?"

Eu desejei ter dois metros e meio de altura. Então eu saltaria para o ringue e atacaria Sansão, enquanto a multidão delirava. Eu o espancaria de verdade, o faria voar e me tornaria o grande herói de Black Oak. Mas, por enquanto, tudo que eu podia fazer era vaiar o lutador.

Hank Spruill entrou em cena. Andou em volta do ringue, entre os intervalos das lutas e parou o tempo suficiente para chamar a atenção de Sansão. Os espectadores ficaram em silêncio enquanto os dois se olhavam. Sansão foi até a beirada do ringue e disse, "Venha, pequenino".

Hank, é claro, apenas sorriu com desdém. Então foi até Dalila e tirou dinheiro do bolso.

— Oh, lá, lá, Sansão — ela disse, apanhando o dinheiro. — Vinte e cinco dólares.

Todos pareciam estar murmurando, incrédulos.

— Vinte e cinco dólares — disse um homem atrás de nós. — Uma semana de trabalho.

— É, mas ele pode ganhar duzentos e cinqüenta — disse outro.

A multidão se comprimiu para ver melhor. Dewayne e eu fomos para a frente, olhando entre os adultos.

— Qual é o seu nome? — Dalila perguntou, pondo o microfone perto da boca de Hank.

— Hank Spruill — ele rosnou. — Você ainda está pagando dez por um?

— Esse é o combinado, grandalhão. Tem certeza de que quer apostar vinte e cinco dólares?

— Tenho. E tudo que tenho de fazer é ficar no ringue durante um minuto?

— Sim, sessenta segundos. Você sabe que há cinco anos Sansão não perde uma luta? A última vez que perdeu foi na Rússia e eles roubaram.

— Não quero saber da Rússia — Hank disse, tirando a camisa. — Mais alguma regra?

— Não. — Ela se voltou para os espectadores e com a maior dramaticidade possível, gritou: — Senhoras e senhores. O grande Sansão foi desafiado para esta maior luta de todos os tempos. O senhor Hank Spruill apostou vinte e cinco dólares na luta que paga dez por um. Nunca antes na história alguém fez uma aposta tão alta.

Sansão estava desfilando em volta do ringue, balançando a cabeleira e esperando ansiosamente a luta.

— Deixe-me ver o dinheiro — Hank rosnou para Dalila.

— Aqui está — ela disse, usando o microfone.

— Não. Eu quero ver os duzentos e cinqüenta.

— Não vamos precisar deles — ela disse, rindo, um riso baixo com uma leve sugestão de nervosismo. Mas abaixou o microfone e eles discutiram os detalhes. Bo e Dale saíram do meio do povo e Hank os fez tomar posição perto da pequena mesa onde Dalila guardava o dinheiro. Uma vez convencido de que o dinheiro estava no lugar, entrou no ringue onde o grande Sansão esperava com os braços maciços cruzados no peito.

— Não foi ele que matou o garoto Sisco? — alguém perguntou atrás de nós.

— Ele mesmo — foi a resposta.

— É quase do tamanho de Sansão.

Hank era alguns centímetros mais baixo e seu peito não era tão forte, mas parecia nem pensar em perigo. Sansão começou a dançar em volta de um lado do ringue enquanto que Hank o observava e esticava os braços.

— Está pronto? — Dalila gritou ao microfone e a multidão se comprimiu procurando ir mais para a frente. Hank ficou no seu canto. O relógio ficava naquele lado. Depois de alguns segundos Sansão, que, eu suspeito, sabia que ia ter trabalho, se aproximou, dançando e balançando como um verdadeiro lutador deve fazer. Hank estava imóvel.

— Venha, garoto! — Sansão vociferou a um metro e meio de distância, mas Hank continuou parado.

— Quarenta e cinco segundos! — Dalila disse.

O erro de Sansão foi pensar que era uma luta livre e não uma briga. Ele investiu por baixo, procurando aplicar um dos seus muitos golpes paralisantes e por uma fração de segundo deixou o rosto aberto. Hank atacou como uma cascavel. Sua mão direita se adiantou com um murro quase rápido demais para ser visto e atingiu diretamente a poderosa mandíbula de Sansão.

A cabeça de Sansão foi lançada para trás, o belo cabelo voou em todas as direções. O impacto provocou o som de alguma coisa se quebrando. Stan Musial não podia ter lançado uma bola com mais força.

Os olhos de Sansão giraram para dentro da cabeça gigantesca. Por causa do tamanho, o corpo de Sansão levou um segundo para perceber que sua cabeça estava danificada. Uma perna fraquejou e dobrou. Então a outra perna entrou em colapso e o Maior Lutador do Mundo, direto do Egito, aterrissou de costas com um baque surdo. O pequeno ringue pareceu dar um pulo e as cordas estremeceram. Sansão parecia morto.

Hank relaxou no seu canto, com os braços apoiados nas cordas. Ele não tinha pressa. A pobre Dalila estava sem fala. Ela tentou dizer alguma coisa para garantir que aquilo era só arte da exibição, mas ao mesmo tempo queria saltar no ringue e socorrer Sansão. Os espectadores estavam assombrados.

No centro do ringue, Sansão começou a tentar se levantar. Conseguiu se apoiar nas mãos e nos joelhos, e balançou para a frente e para trás algumas vezes, antes de pôr um pé para a frente. Com um impulso procurou ficar de pé, mas seus pés não estavam com ele. Atirou-se para as cordas e conseguiu evitar a queda. Olhava diretamente para nós, mas o pobre homem não via nada. Com os olhos muito vermelhos ele parecia não ter idéia de onde estava. Ficou agarrado nas cordas, cambaleando, tentando recuperar a consciência, ainda procurando ficar de pé.

O senhor Horsefly Walker correu para o ringue e gritou para Hank:

— Mate o filho da mãe! Vá em frente, acabe com ele!

Mas Hank não se mexeu. Apenas gritou:

— Tempo! — Mas Dalila tinha esquecido o relógio.

Houve alguns aplausos e vaias, mas a maior parte dos espectadores estava em estado de choque vendo Sansão tropeçar, quase inconsciente.

Sansão se virou e tentou focalizar Hank. Agarrado às cordas, deu alguns passos trôpegos, e fez uma última e desesperada investida. Hank simplesmente se desviou e Sansão bateu no poste do canto do ringue. As cordas estavam esticadas com seu peso e os outros três postes pareciam prestes a se partir. Sansão gemia e cambaleava como um urso ferido. Conseguiu se levantar e se equilibrar o suficiente para fazer uma volta. Devia ter ficado no chão. Hank investiu com um direto que começou no centro do ringue e acabou exatamente onde o primeiro havia acabado. Como o alvo estava indefeso, ele recarregou e acertou o terceiro e último golpe. Sansão desmoronou. Dalila gritou e entrou correndo no ringue. Hank relaxou no seu canto, os braços sobre as cordas, sorrindo, nem um pouco preocupado com seu oponente.

Eu não sabia o que fazer e a maioria dos espectadores estava quieta também. Por um lado era bom ver um garoto de Arkansas liquidar completamente aquele gigante egípcio. Mas por outro lado, ele era Hank Spruill e tinha usado os punhos. Sua vitória era ilegal, não que isso importasse para ele. Nós todos nos sentiríamos melhor se um garoto local tivesse derrotado Sansão legalmente.

Quando teve certeza de que o tempo tinha acabado, Hank passou entre as cordas e saltou para o chão. Bo e Dale estavam com o dinheiro e os três desapareceram.

— Ele matou Sansão — alguém disse. O Maior Lutador do Mundo estava deitado de costas, braços e pernas abertos, sua mulher agachada junto dele, tentando acordá-lo. Tive pena deles. Eles eram maravilhosamente vistosos. Um ato que eu não veria outra vez por um longo tempo, se visse outra vez. Na verdade, eu duvidava que Sansão e Dalila voltassem a Black Oak, Arkansas.

Quando ele sentou, todos relaxaram. Alguns o aplaudiram discretamente, e então o povo começou a dispersar.

Por que Hank não entrava para o parque de diversões? Podia ser pago para bater nas pessoas, e isso o faria ir embora da nossa fazenda. Resolvi dar essa sugestão para Tally.

O pobre Sansão trabalhou duro o dia inteiro, com aquele calor e numa fração de segundo perdeu toda a féria do dia. Que modo de ganhar a vida. Finalmente eu tinha visto um trabalho pior do que colher algodão.

CAPÍTULO 19

NA PRIMAVERA E NO INVERNO, as tardes de domingo eram geralmente dedicadas às visitas. Terminávamos o almoço, fazíamos a nossa sesta, depois nos amontoávamos na picape e íamos para Lake City ou Paragould e sem nenhum aviso prévio aparecíamos na casa de parentes ou amigos, que sempre ficavam felizes com a nossa visita. Ou eram eles que chegavam de surpresa em nossa casa. "Venham nos visitar", era a frase comum que todos interpretavam literalmente. Não eram necessários planos ou avisos, mesmo quando possíveis. Não tínhamos telefone e nossos parentes e amigos também não.

Mas visitar não era prioridade no fim do verão e no outono porque o trabalho era mais pesado e as tardes tão quentes. Esquecíamos tias e tios por algum tempo, mas sabíamos que essa falta seria compensada mais tarde.

Sentado na varanda da frente, eu ouvia os Cardinals e via minha mãe e minha avó debulhar ervilhas e feijões, quando avistei uma nuvem de poeira vindo da ponte.

— Um carro vem para cá — eu disse, e todos olharam para a ponte.

Era raro o movimento de carros na nossa estrada. Quase sempre era um dos Jeter, do outro lado, ou um dos Tolliver, que moravam a leste de nós. Ocasionalmente, uma picape estranha passava e nós a observávamos sem uma palavra até a poeira baixar, e então falávamos sobre ela durante o jantar especulando quem podia ser e o que estavam fazendo naquela parte do Condado de Craighead. Pappy e meu pai mencionavam o fato na Cooperativa e minha mãe e minha avó contavam para as senhoras antes da escola dominical, e mais cedo

ou mais tarde encontravam alguém que tinha visto também o
veículo estranho. Em geral o mistério era resolvido, mas ocasionalmente passava algum carro e nunca descobríamos de
onde vinha ou para onde ia.

Esse carro vinha devagar. Vi uma sugestão de vermelho
que foi aumentando e ficando mais brilhante e logo um sedã
duas portas aparecia na nossa entrada de veículos. Nós três
estávamos agora de pé na varanda, imobilizados pela surpresa. O motorista estacionou atrás da nossa picape. No gramado da frente, os Spruill também olhavam espantados.

O motorista abriu a porta e desceu do carro. Minha avó
disse.

— Ora, ora, é Jimmy Dale.

— É mesmo — minha mãe disse, perdendo um pouco do
entusiasmo da surpresa.

— Luke, corra e vá chamar Pappy e seu pai — minha avó
disse. Atravessei a casa correndo, gritando por eles, mas os
dois tinham ouvido a batida da porta do carro e já vinham do
quintal.

Nós todos nos encontramos na frente do carro novo e limpo,
sem dúvida o mais belo veículo que eu já tinha visto. Todos
se abraçaram e trocaram apertos de mão, e então Jimmy Dale
nos apresentou sua mulher, uma coisinha magra que parecia
ter menos idade do que Tally. Chamava-se Stacy. Era de
Michigan, e, quando falava, as palavras saíam pelo nariz. Ela
as abreviava rápida e eficientemente, e em poucos segundos
começou a me dar arrepios.

— Por que ela fala desse jeito? — murmurei para minha
mãe quando o grupo se moveu para a varanda.

— Ela é ianque — foi a explicação simples.

O pai de Jimmy Dale era Ernest Chandler, o irmão mais
velho de Pappy. Ernest fora fazendeiro em Leachville até morrer
de enfarte alguns anos antes. Eu não me lembrava de Ernest
nem de Jimmy Dale, mas tinha ouvido muitas histórias sobre
os dois. Sabia que Jimmy Dale tinha fugido da fazenda e mi-
grado para Michigan, onde arranjou emprego numa fábrica
de carros Buick, ganhando dez dólares por hora, um ordena-

do incrível para os padrões de Black Oak. Ele ajudou outros rapazes da cidade a arrumar empregos na fábrica. Dois anos atrás, depois de outra má safra, meu pai tinha passado um inverno miserável em Flint, instalando pára-brisas nos novos Buicks. Voltou para casa com mil dólares e gastou tudo pagando dívidas atrasadas da fazenda.

— Um carro e tanto — meu pai disse quando sentaram nos degraus da frente. Minha avó estava na cozinha preparando chá gelado. Coube a minha mãe a tarefa desagradável de conversar com Stacy, considerada uma anomalia desde o momento que desceu do carro.

— Novinho em folha — Jimmy Dale disse, com orgulho. — Comprei na semana passada, justamente a tempo de voltar para casa. Eu e Stacy nos casamos há um mês, e esse é nosso presente de casamento.

— Stacy e eu, não eu e Stacy — disse a nova mulher, interrompendo-o, do outro lado da varanda. Houve uma pausa breve na conversa enquanto nós todos absorvíamos o fato de que Stacy acabava de corrigir o marido na presença de outras pessoas. Eu nunca tinha visto isso em toda a minha vida.

— É cinqüenta e dois? — Pappy perguntou.

— Não, é cinqüenta e três, a mais nova coisa na estrada. Eu mesmo o construí.

— Não diga.

— Isso mesmo. A Buick nos permite fazer nossos carros sob medida, e depois temos de observar quando chegam à linha de montagem. Eu desenhei este.

— Quanto custou? — perguntei e pensei que minha mãe ia me estrangular.

— Luke! — ela exclamou. Meu pai e Pappy olharam furiosos para mim, e eu ia dizer alguma coisa quando Jimmy Dale respondeu:

— Dois mil e setecentos dólares. Não é segredo. Todos os concessionários do país sabem o preço.

Agora os Spruill tinham se aproximado e examinavam o carro — todos menos Tally, que não apareceu. Era uma tarde de domingo e, na minha opinião, um bom momento para um banho em Siler's Creek. Eu estava há algum tempo na varanda à espera dela.

Trot, Bo e Dale andavam em volta do carro. Hank olhava a parte interna, provavelmente à procura das chaves. O senhor e a senhora Spruill o admiravam de longe.

Jimmy Dale olhou atentamente para eles.

— Gente das montanhas?

— Sim, são de Eureka Springs.

— Boa gente?

— Quase todos — Pappy disse.

— O que o grandalhão está fazendo?

— Nunca se sabe.

Naquela manhã tínhamos ouvido na igreja que Sansão havia finalmente se levantado e saiu andando do ringue, portanto Hank não tinha acrescentado mais uma casualidade na sua lista. O irmão Akers pregou durante uma hora sobre a natureza pecaminosa do parque de diversões — apostas, lutas, obscenidades, costumes vulgares, mistura com ciganos, todo o tipo de sujeira. Dewayne e eu ouvimos cada palavra, mas nossos nomes não foram mencionados.

— Por que eles vivem desse jeito? — Stacy perguntou, olhando para o acampamento Spruill. Suas palavras sincopadas cortaram o ar.

— De que outro jeito podiam viver? — Pappy perguntou. Ele também já tinha decidido que não gostava da nova senhora Jimmy Dale Chandler. Como um passarinho empoleirado na beirada de uma rocha, ela olhava com desprezo para tudo.

— Vocês não podem providenciar casa para eles? — ela perguntou.

Vi que Pappy começava a ferver.

— A Buick nos permite financiar os carros por vinte e quatro meses — Jimmy Dale disse.

— É mesmo? — disse meu pai, ainda olhando para o carro. — Acho que é o carro mais bonito que já vi.

Minha avó chegou com uma bandeja e serviu copos de chá gelado com açúcar. Stacy recusou.

— Chá com gelo? — ela disse. — Não para mim. A senhora tem chá quente?

Chá quente? Quem já tinha ouvido falar nessa besteira?

— Não, não tomamos chá quente por aqui — Pappy disse, sentado no balanço, olhando zangado para Stacy.

— Bem, em Michigan não tomamos chá gelado — ela disse.

— Isto não é Michigan — Pappy disse secamente.

— Quer ver a minha horta? — minha mãe perguntou, de repente.

— Sim, grande idéia — Jimmy Dale disse. — Vá, querida, Kathleen tem a mais bela horta de Arkansas.

— Vou com vocês — minha avó disse, procurando afastar Stacy da varanda e da controvérsia. As três mulheres desapareceram e Pappy esperou apenas o tempo suficiente para dizer:

— Pelo amor de Deus, onde você a encontrou, Jimmy Dale?

— Ela é uma doçura, tio Eli — ele respondeu, sem muita convicção.

— Ela é uma maldita ianque.

— Os ianques não são tão maus. São bastante inteligentes para evitar o algodão. Moram em belas casas com encanamento interno, telefones e televisão. Ganham um bom dinheiro e constroem boas escolas. Stacy fez dois anos do colegial. A família dela tem televisão há três anos. Na semana passada assistiram ao jogo entre os Indians e os Tigers. Dá para acreditar, Luke? Assistir beisebol na televisão?

— Não, senhor.

— Pois eu assisti. Bob Lemon arremessou pelos Indians. Os Tigers não são grande coisa, estão em último lugar outra vez.

— Eu não gosto muito da Liga Americana — eu disse, repetindo as palavras que ouvia do meu pai e do meu avô desde que me conhecia por gente.

— Isso não é surpresa — Jimmy Dale disse, rindo. — Falou como um verdadeiro torcedor dos Cardinals. Eu também pensava assim até ir para o norte. Este ano assisti a onze jogos no estádio dos Tigers, e a Liga Americana aos poucos conquista a gente. Os Yankees estiveram na cidade duas semanas atrás. Estádio lotado. Eles têm um cara novo, Mickey Mantle, o mais perfeito que já vi. Grande força, grande velocidade, faz muitos *strikes*, mas quando ele acerta, acabou. Vai ser um grande jogador. E eles têm Berra e Rizzuto.

— Mesmo assim eu os odeio — eu disse, e Jimmy Dale riu outra vez.

— Ainda pretende jogar com os Cardinals? — ele perguntou.

— Sim, senhor.

— Vai ser fazendeiro?

— Não, senhor.

— Garoto esperto.

Eu tinha ouvido falar de Jimmy Dale. Ele se julgava superior por ter deixado o algodão e conseguido uma vida melhor no norte. Gostava de falar no dinheiro que tinha. Encontrou uma vida melhor e não hesitava em aconselhar os jovens das fazendas e fazer o mesmo.

Para Pappy, ser fazendeiro era o único trabalho honroso para um homem, com a possível exceção de jogar beisebol profissionalmente.

Tomamos nosso chá por algum tempo, e então Jimmy disse:

— Então, como está o algodão?

— Por enquanto muito bem — Pappy disse. — A primeira colheita foi boa.

— Agora vamos recomeçar a colher — meu pai disse. — Provavelmente acabaremos dentro de um mês, mais ou menos.

Tally surgiu das profundezas do acampamento Spruill, segurando uma toalha ou coisa parecida. Passou longe do carro vermelho, perto do qual sua família continuava em transe e nem notou sua presença. Ela olhou para mim de longe mas não fez nenhum sinal. De repente fiquei farto de beisebol, do algodão, de carros e coisas parecidas, mas não podia sair dali. Seria falta de educação deixar as visitas e meu pai ia desconfiar. Fiquei ali sentado vendo Tally passar pela casa e desaparecer.

— Como vai Luther? — meu pai perguntou.

— Vai indo bem — Jimmy Dale disse. — Eu arranjei lugar para ele na fábrica. Está ganhando três dólares por hora, trabalhando quarenta horas por semana. Luther nunca viu tanto dinheiro antes.

Luther era outro primo, outro Chandler de um ramo distante. Eu o vi uma vez, num enterro.

— Então ele não vai voltar para casa? — Pappy perguntou.

— Duvido que volte.

— Vai se casar com uma ianque?

— Não perguntei. Na verdade, ele pode fazer o que quiser.

Fez-se uma pausa e a tensão pareceu diminuir por um momento. Então, Jimmy Dale disse:

— Não podem culpá-lo por ficar por lá. Quero dizer, que diabo, eles perderam a fazenda. Ele estava por aqui, colhendo algodão para os outros, ganhando mil dólares por ano, não tinha nem vinte centavos de sobra. Agora ganha mais do que seis mil dólares por ano, além de um bônus e aposentadoria.

— Ele entrou para o sindicato? — meu pai perguntou.

— Pode estar certo que sim. Fiz todos daqui entrarem para o sindicato.

— O que é um sindicato? — perguntei.

— Luke, vá ver onde está sua mãe — meu pai disse. — Vá agora.

Mais uma vez eu fazia uma pergunta inocente e por causa disso era excluído da conversa. Saí da varanda e corri para trás da casa, esperando ver Tally. Mas ela já tinha desaparecido. Sem dúvida estava no regato, tomando banho sem sua fiel sentinela.

Minha avó, no portão da horta, encostada na cerca, via minha mãe e Stacy indo de planta para planta. Fiquei ao seu lado e ela passou os dedos na minha cabeça.

— Pappy disse que ela é uma maldita ianque — eu disse, em voz baixa.

— Não comece a praguejar.

— Não estou praguejando. Só estou repetindo.

— Eles são boa gente, apenas diferentes — minha avó estava pensando em outra coisa qualquer. Às vezes, naquele verão ela falava comigo sem me ver. Seus olhos cansados iam para longe e seus pensamentos deixavam nossa fazenda.

— Por que ela fala desse jeito? — perguntei.

— Ela acha que nós falamos engraçado.

— Ela acha?

— É claro.

A cabeça de uma cobra verde, com menos de trinta centímetros, apareceu no canteiro de pepinos e correu pela terra diretamente para minha mãe e Stacy. Elas a viram mais ou menos ao mesmo tempo. Minha mãe apontou e disse, calmamente:

— Lá está uma pequena cobra verde.

A reação de Stacy foi diferente. Escancarou a boca, mas estava tão apavorada que levou um ou dois segundos para emitir um som. Então soltou um berro que os Latcher devem ter ouvido, um grito horrorizado de gelar o sangue, muito mais apavorante do que a cobra mais letal.

— Uma cobra — ela gritou outra vez e pulou para trás de minha mãe —, Jimmy Dale! Jimmy Dale!

A cobra parou imóvel e parecia estar olhando para ela. Era apenas uma pequena cobra verde inofensiva. Como alguém podia ter medo dela? Entrei correndo na horta e peguei a cobra, pensando que estava ajudando as coisas. Mas ver um menino pequeno segurando aquela criatura tão letal foi demais para Stacy. Ela desmaiou e caiu em cima do feijão-manteiga, enquanto os homens corriam da casa para a horta.

Jimmy Dale a levantou nos braços enquanto tentávamos explicar o que tinha acontecido. A pobre cobra estava mole e imóvel. Pensei que tivesse desmaiado também. Pappy não conteve um sorriso quando acompanhamos Jimmy Dale e sua mulher para a varanda de trás, onde ele a deitou num banco, e minha avó foi apanhar seus remédios.

Finalmente Stacy voltou a si, muito pálida, a pele úmida. Minha avó pairava sobre ela com panos molhados e sais para cheirar.

— Eles não têm cobras em Michigan? — murmurei para meu pai.

— Acho que não.

— Era só uma cobrinha verde — eu disse.

— Graças a Deus ela não viu uma cobra venenosa. Estaria morta agora — meu pai disse.

Minha mãe ferveu água e derramou numa xícara com um saquinho de chá. Stacy sentou, tomou e pela primeira vez na história chá quente foi consumido na nossa fazenda. Ela queria ficar sozinha, por isso voltamos para a varanda da frente.

Não demorou muito para que os homens fossem para o Buick. Levantaram o capô e juntaram as cabeças, examinando o motor. Quando ninguém prestava atenção me afastei da varanda e fui para os fundos da casa, procurar Tally. Eu me escondi ao lado do silo, num lugar favorito onde ninguém podia me ver. Ouvi o motor ser ligado, um som macio e poderoso e sabia que não era da nossa picape. Eles iam dar um passeio e meu pai me chamou. Não tendo resposta, eles saíram.

Desisti de Tally e voltei para casa. Stacy estava sentada num banquinho, debaixo de uma árvore, olhando tristemente para nossos campos, braços cruzados, e parecia muito infeliz. O Buick não estava mais na frente da casa.

— Você não foi passear? — ela perguntou.

— Não, senhora.

— Por que não?

— Apenas não fui.

— Já andou de automóvel alguma vez? — Seu tom era de zombaria, por isso comecei a mentir.

— Não, senhora.

— Quantos anos você tem?

— Sete.

— Tem sete anos e nunca andou de automóvel?

— Não, senhora.

— Já viu uma televisão?

— Não, senhora.

— Alguma vez usou um telefone?

— Não, senhora.

— É incrível. — Balançou a cabeça com desagrado e eu pensei que devia ter ficado no silo. — Você vai à escola?

— Sim, senhora.

— Graças a Deus. Sabe ler?

— Sim, senhora. Sei escrever também.

— Vai terminar o primeiro grau?

— Certamente.

— Seu pai terminou?

— Terminou.

— E seu avô?

— Não, senhora.

— Foi o que pensei. Alguém faz o segundo grau, por aqui?

— Ainda não.

— Como assim?

— Minha mãe diz que eu vou fazer.

— Eu duvido. Como podem pagar o curso?

— Minha mãe diz que eu vou.

— Vai crescer para ser mais um pobre plantador de algodão, como seu pai e seu avô.

— A senhora não sabe disso.

Ela balançou a cabeça, completamente frustrada.

— Eu fiz dois anos do segundo grau — ela disse, com orgulho.

Isso não a fez mais inteligente, tive vontade de dizer. Houve uma longa pausa. Eu queria ir embora mas não sabia como sair adequadamente da conversa. Sentada no banquinho, ela olhava para longe, juntando mais veneno.

— Eu nem posso acreditar o quanto vocês são atrasados — ela disse.

Olhei para meus pés. Com exceção de Hank Spruill, eu nunca tinha conhecido uma pessoa de quem gostasse menos do que Stacy. O que Ricky faria? Provavelmente ia começar a praguejar, e como eu não podia fazer isso, resolvi ir embora.

O Buick voltava, com meu pai na direção. Ele o estacionou e todos os adultos desceram. Jimmy Dale chamou os Spruill. Bo e Dale entraram no carro, com Trot no banco de trás,

Hank na frente e saíram, voando pela estrada de terra, a caminho do rio.

Só no fim da tarde Jimmy Dale fez menção de ir embora. Estávamos prontos para nos despedir e eu, especialmente, morrendo de medo que resolvessem ficar para o jantar. Eu não podia me imaginar à mesa tentando comer, enquanto Stacy comentava sobre nossa comida e nossos hábitos. Até aquele momento ela havia desprezado tudo na nossa vida. Por que ia ser diferente durante o jantar?

Caminhamos lentamente para o Buick, nossas despedidas demorando uma eternidade, como sempre.

Ninguém tinha pressa quando era hora de ir embora. Anunciavam que era tarde, depois repetiam e então alguém fazia o primeiro movimento para o carro ou para a picape, entre os primeiros acenos de despedida. Mãos eram apertadas, abraços eram dados, promessas eram trocadas. Progrediam até estarem todos no veículo, e a procissão parava quando alguém lembrava de outra breve história. Mais abraços, mais promessas de voltar logo. Depois de um esforço considerável, os que partiam estavam seguros, acomodados dentro do veículo, então os que ficavam esticavam o pescoço para outra rodada de despedidas. Talvez outra história rápida. Alguns protestos finalmente permitiam que o motor fosse ligado e o carro ou a picape dava marcha a ré devagar, e todo mundo acenava.

Quando a casa desaparecia de vista, alguém, que não o motorista dizia:

— Por que a pressa?

E alguém de pé, no gramado da frente da casa, ainda acenando, dizia:

— Queria saber por que eles estavam com tanta pressa de ir embora.

Quando chegamos ao carro, Stacy murmurou alguma coisa para Jimmy Dale. Ele, então, virou para minha mãe e disse suavemente:

— Ela precisa ir ao banheiro.

Minha mãe ficou preocupada. Não tínhamos banheiros dentro da casa. Usávamos a privada externa, um pequeno cubículo de madeira com um buraco, escondido atrás do galpão das ferramentas, entre a varanda de trás e o celeiro.

— Venha comigo — minha mãe disse.

Jimmy Dale de repente lembrou de outra história sobre um rapaz de Black Oak que foi a Flint e foi preso na saída de um bar, acusado de embriaguez em público. Eu atravessei a casa, saí pela varanda dos fundos e corri entre dois galinheiros, de onde podia ver minha mãe levando Stacy para a privada. Ela parou, olhou para o cubículo e parecia relutante em entrar. Mas não tinha escolha.

Minha mãe a deixou e voltou para a frente da casa.

Ataquei rapidamente. Assim que minha mãe ficou fora de alcance, bati na porta da privada. Ouvi um grito abafado, depois um desesperado, "Quem é?"

— Senhora Stacy, sou eu, Luke.

— Eu estou aqui dentro! — ela disse, as palavras habitualmente claras, abafadas, na umidade sufocante do cubículo. A única luz vinha de pequenas rachaduras nas tábuas.

— Não saia agora! — eu disse fingindo o maior pânico possível.

— O quê?

— Tem uma cobra negra enorme aqui!

— Meu Deus! — ela exclamou. Teria desmaiado outra vez se não estivesse sentada.

— Fique quieta — eu disse —, senão ela vai saber que está aí dentro.

— Jesus Santíssimo! — ela disse, com voz embargada.

— Faça alguma coisa.

— Não posso. Ela é grande e pode me picar.

— O que ela quer? — ela implorou, como se estivesse prestes a cair no choro.

— Eu não sei. É uma cobra venenosa. Está sempre por aqui.

— Vá chamar Jimmy Dale!

— Está bem, mas não saia daí. Ela está bem na frente da porta. Acho que sabe que a senhora está aí dentro.

— Meu Deus — ela repetiu e começou a chorar. Voltei abaixado entre os dois galinheiros, dei volta na horta e segui para o lado leste da casa. Segui silenciosa e vagarosamente, acompanhando as cercas vivas que marcavam o limite da nossa propriedade, até chegar a um ponto em que podia me esconder e vigiar o gramado da frente. Jimmy Dale, encostado no carro, contava sua história, esperando que sua jovem mulher terminasse o que tinha ido fazer.

O tempo se arrastou. Meus pais, Pappy e minha avó ouviam, rindo, uma história depois da outra. Ocasionalmente, um deles olhava para a parte de trás da casa.

Finalmente minha mãe ficou preocupada e deixou o grupo para ver o que estava acontecendo com Stacy. Um minuto depois ouvi vozes e Jimmy Dale correu para a privada. Eu mergulhei mais ainda na moita de arbustos.

Estava quase escuro quando entrei na casa. Espiando de longe, de trás do silo, sabia que minha mãe e minha avó preparavam o jantar. Eu estava bastante encrencado — me atrasar para uma refeição só ia piorar as coisas.

Pappy ia começar a abençoar a comida, todos já sentados à mesa quando entrei pela porta da varanda dos fundos e tomei meu lugar, em silêncio. Olharam para mim, mas eu preferi olhar para o meu prato. Pappy fez uma oração breve e as travessas foram passadas de mão em mão. Depois de um silêncio suficientemente longo para criar tensão, meu pai disse:

— Por onde andou, Luke?

— Estive no regato.

— Fazendo o quê?

— Nada. Só olhando.

Isso pareceu suspeito, mas eles deixaram passar. Quando tudo estava quieto, Pappy, com perfeita noção do momento propício e com o demônio na voz, disse:

— Viu alguma cobra venenosa no regato?

Ele mal acabou de falar e caiu na risada.

Olhei em volta. Minha avó apertava a boca, com se estivesse resolvida a não sorrir. Minha mãe cobriu a boca com o guardanapo, mas os olhos a traíam. Ela queria rir, também. Meu pai pôs na boca uma grande garfada e conseguiu mastigar, muito sério.

Mas Pappy não pretendia disfarçar o riso. Na cabeceira da mesa, ele ria às gargalhadas, enquanto os outros se esforçavam para manter a compostura.

— Foi muito bom, Luke! — ele conseguiu dizer, quando parou para respirar. — Bem feito para ela.

Finalmente eu ri também, mas não do que tinha feito. Achei engraçado ver Pappy rindo daquele jeito, enquanto os outros três procuravam mostrar que não tinha graça alguma.

— Agora, chega, Eli — minha avó falou, finalmente conseguindo mexer a boca sem rir.

Levei à boca uma garfada de ervilhas e olhei para meu prato. Tudo ficou quieto outra vez e comemos em silêncio por algum tempo.

Depois do jantar, meu pai me levou para um passeio até o galpão de ferramentas. Tinha pendurada na porta uma vara de nogueira cortada e polida por ele. Era reservada para mim.

Eu aprendera a suportar o castigo como um homem. Chorar era proibido, pelo menos abertamente. Naqueles momentos terríveis, Ricky sempre me inspirava. Tinha me contado histórias medonhas de sovas dadas por Pappy e nunca, segundo seus pais e os meus, ele chorou. Quando Ricky era pequeno, uma sova era um desafio.

— Foi uma coisa muito cruel o que você fez para Stacy — meu pai começou —, ela estava nos visitando na nossa fazenda, e é casada com seu primo.

— Sim, senhor.

— Por que fez aquilo?

— Por que ela disse que somos burros e atrasados. — Um pequeno retoque não ia fazer mal algum.

— Ela disse isso?

— Sim, senhor. Não gostei dela, o senhor também não, nem ninguém.

— Pode ser verdade, mas você ainda tem de respeitar os mais velhos. Quantas varadas você acha que isso merece? — O crime e o castigo eram sempre discutidos com antecedência. Quando me inclinava eu sabia exatamente quantas varadas ia receber.

— Uma — eu disse. Era minha avaliação de sempre.

— Acho que duas — meu pai disse. — Agora, o que me diz do uso de palavras proibidas?

— Não acho que é tão ruim — eu disse.

— Você usou uma palavra inaceitável.

— Sim, senhor.

— Quantas varadas por isso?

— Uma.

— Podemos concordar com três, no total? — ele perguntou. Meu pai nunca batia em mim quando estava zangado, portanto sempre havia tempo para negociar. Três parecia um número justo, mas eu sempre tentava. Afinal, eu estava no lado de quem recebe. Por que não pechinchar?

— Duas é mais do que justo — eu disse.

— Três. Agora, prepare-se.

Engoli em seco, cerrei os dentes, virei de costas para ele, me inclinei para a frente e segurei meus tornozelos. Ele deu três varadas no meu traseiro, mas sem muita convicção. Eu já tinha recebido piores.

— Vá para a cama agora mesmo — ele disse, e corri para a casa.

CAPÍTULO 20

AGORA COM OS 250 DÓLARES de Sansão no bolso, Hank estava muito menos entusiasmado para colher algodão.

— Onde está Hank? — Pappy perguntou para o senhor Spruill quando apanhamos nossos sacos e começamos o trabalho, na segunda-feira de manhã.

— Dormindo, eu acho — foi a resposta brusca, e nada mais foi dito no momento.

Ele chegou no campo mais ou menos no meio da manhã. Eu não sei exatamente a que horas porque estava na outra extremidade da fileira de algodão, mas logo ouvi vozes indicando que os Spruill estavam outra vez em guerra.

Mais ou menos uma hora antes do almoço, o céu começou a escurecer e uma leve brisa soprou do oeste. Quando o sol desapareceu, parei de colher e olhei para as nuvens. A cem metros de onde eu estava, vi Pappy fazer o mesmo — mãos na cintura, o chapéu de palha inclinado para o lado, erguendo o rosto para o céu, com a testa franzida. O vento ficou mais forte e o céu mais escuro, e não demorou para o calor ir embora. Todas as nossas tempestades vinham de Jonesboro, conhecida como Estrada de Tornado.

O granizo chegou primeiro, pedras duras, do tamanho de uma ervilha e fui direto para o trator. O céu a sudoeste estava azul, quase negro, e as nuvens baixas caminhavam para nós. Os Spruill se moviam rapidamente entre as fileiras, correndo para o reboque. Os mexicanos corriam para o celeiro.

Comecei a correr também. O granizo açoitava minha nuca e me fazia correr mais depressa. O vento uivava entre as árvores, ao longo do rio, e inclinava os pés de algodão. Um relâmpago estalou em algum lugar atrás de mim e ouvi um dos Spruill, Bo, provavelmente, dar um grito.

— Não precisamos chegar perto do reboque de algodão — Pappy dizia, quando cheguei —, não com esses relâmpagos.

— É melhor irmos para casa — meu pai disse.

Entramos apressadamente na parte de trás da picape e no momento em que Pappy fez a volta com o trator, a chuva despencou com fúria, fria e contundente, quase horizontal por causa da fúria do vento. Logo estávamos encharcados. Eu não teria me molhado tanto se tivesse mergulhado no regato.

Os Spruill sentavam muito juntos, com Tally no centro. Depois de um momento, meu pai me apertou contra o peito, como se eu pudesse ser carregado pelo vento. Minha mãe e minha avó tinham voltado para casa um pouco antes da tempestade.

A chuva caía em ondas. Era tão cerrada que eu mal podia ver as fileiras de algodão a poucos metros da picape.

— Depressa, Pappy! — eu repetia. Com o barulho da chuva, mal se ouvia o motor do trator. Outro relâmpago cortou o céu, e dessa vez muito mais perto, tão perto que meus ouvidos doeram. Pensei que íamos morrer.

Levamos uma eternidade para chegar em casa, mas quando chegamos, a chuva parou de repente. O céu estava mais escuro ainda, negro em todas as direções.

— É um funil! — o senhor Spruill disse em voz alta quando descíamos do reboque. A oeste, muito além do rio e muito acima da linha das árvores, uma nuvem estreita, em forma de funil, descia para o solo, cinza-clara, quase branca, contra o céu negro e crescia, e o barulho aumentava à medida que descia lentamente. Estava a vários quilômetros da fazenda, e por causa da distância não parecia perigosa.

Tornados eram comuns naquela parte de Arkansas, e durante toda a vida eu ouvira histórias a respeito. Há algumas décadas, o pai de minha avó supostamente sobreviveu a um horrível tornado que corria em círculos e atingiu a mesma pequena fazenda mais de uma vez. Era uma "história de pescador" que minha avó contava sem muita convicção. Furacões faziam parte da vida, mas aquele era o primeiro que eu via.

— Kathleen! — meu pai gritou na direção da casa. Não queria que minha mãe perdesse aquele espetáculo. Olhei para o celeiro, onde os mexicanos, imóveis, pareciam tão espantados quanto nós. Alguns deles apontavam para a nuvem.

Olhamos fascinados para o funil, sem medo ou terror, porque estava longe da nossa fazenda e se afastava cada vez mais para o norte e para o leste. Movia-se devagar, como procurando o lugar perfeito para tocar o solo. Sua cauda era claramente visível acima do horizonte, bem acima da terra, e saltava no ar, dançando às vezes, enquanto decidia quando e onde atacar. O corpo do funil girava, um perfeito cone invertido, rodando numa espiral feroz.

A porta de tela bateu atrás de nós. Minha mãe e minha avó estavam nos degraus, enxugando as mãos com panos de prato.

— Ele vai para a cidade — Pappy disse com grande autoridade, como se pudesse prever onde o tornado ia atacar.

— Acho que vai — meu pai acrescentou, de repente outro especialista na previsão do tempo.

A cauda do tornado desceu mais e parou de pular. Parecia que tinha tocado algum lugar distante, porque não mais víamos sua ponta.

A igreja, a usina, o cinema, o armazém de Pop e Pearl — eu contava as avarias quando, de repente, o tornado subiu e pareceu desaparecer por completo.

Ouvimos outro rugido atrás de nós. No outro lado da estrada, no meio da propriedade dos Jeter, acabava de chegar outro tornado. Chegou sorrateiro, enquanto olhávamos para o primeiro. Estava a uns dois ou três quilômetros e parecia se dirigir direto para nossa casa. Horrorizados, ficamos imóveis por um ou dois segundos.

— Vamos para o celeiro! — Pappy gritou. Alguns Spruill já corriam para o acampamento, como se fosse mais seguro dentro das barracas.

— Por aqui! — o senhor Spruill gritou e apontou para o celeiro. De repente, todo mundo gritava, apontava e corria. Meu pai segurou a minha mão e começamos a correr. O chão estremecia e o vento gritava. Os mexicanos corriam. Alguns acharam melhor se esconder no campo, outros correram para nossa casa, até perceber que corríamos para o celeiro. Hank passou velozmente por mim com Trot nas costas. Tally também passou à nossa frente.

Antes de chegarmos ao celeiro, o furacão subiu rapidamente para o céu. Pappy, como todos os outros, parou e olhou. O funil foi um pouco para o leste da nossa fazenda e, em vez de um assalto frontal, deixou para trás somente uma chuva fina, marrom e pedaços de lama. Nós o vimos saltar no ar, procurando outro ponto para aterrissar, exatamente como o primeiro.

Por alguns minutos ficamos assustados e petrificados demais para dizer muita coisa.

Observei as nuvens em todas as direções, resolvido a não ser enganado outra vez. Eu não era o único que olhava para as nuvens.

Então começou a chover de novo, e fomos para casa.

A tempestade desabou durante duas horas e atirou quase tudo que havia no arsenal da natureza para cima de nós: ventos com força incrível e chuva intensa, furacões, granizo e relâmpagos tão rápidos e tão próximos que às vezes nos escondíamos debaixo das camas. Os Spruill se refugiaram na nossa sala de estar, enquanto nos refugiávamos no resto da casa. Minha mãe fez questão de ficar perto de mim. Ela tinha pavor de tempestades, e isso piorava mais ainda a situação.

Eu não sabia ao certo como íamos morrer — levados pelo vento ou cremados por um relâmpago, ou ainda carregados pela água —, mas era claro que o fim estava perto. Meu pai dormiu durante quase todo o tempo que durou a tempestade e sua indiferença nos confortava. Ele tinha vivido em buracos durante a guerra e fora alvo dos tiros dos alemães, por isso nada o assustava. Nós três, deitados no chão do quarto deles — meu pai roncando, minha mãe rezando, e eu no meio, ouvindo os sons da tempestade. Pensei em Noé e seus quarenta dias de chuva e esperei que nossa pequena casa simplesmente fosse erguida do solo e começasse a flutuar.

Quando a chuva e o vento passaram finalmente, saímos para verificar a destruição. Além de algodão molhado, as avarias eram surpreendentemente poucas — vários galhos de árvores espalhados, os regos feitos pela água e alguns pés de tomate arrancados na horta. O algodão estaria seco na manhã seguinte e estaríamos de volta ao trabalho.

Durante o almoço atrasado, Pappy disse:

— Acho bom eu ir ver a usina.

Estávamos ansiosos para ir à cidade. E se Black Oak tivesse sido arrasada pelo furacão?

— Eu gostaria de ver a igreja — minha avó disse.

— Eu também — eu disse.

— Por que você quer ver a igreja? — meu pai quis saber.

— Quero ver se o tornado a pegou.

— Vamos — Pappy disse, e saltamos das nossas cadeiras. Os pratos foram empilhados na pia, sem lavar, uma coisa que eu nunca tinha visto antes.

Nossa estrada era só lama, e em alguns lugares grande parte dela fora levada pela água. A picape deslizou e derrapou por uns quatrocentos metros até chegarmos a uma cratera. Pappy engatou a primeira e tentou passar pela vala no lado esquerdo, perto do algodão dos Jeter. A picape parou e atolou, e ficamos presos na lama. Meu pai voltou a pé para casa para pegar o John Deere e nós esperamos. Como de hábito, eu estava na parte de trás da picape, por isso tinha muito espaço para me mover. Minha mãe estava na frente, com minha avó e Pappy. Acho que foi minha avó que disse alguma coisa no sentido de que afinal não era uma boa idéia ir à cidade. Pappy apenas continha a frustração.

Quando meu pai voltou, prendeu uma corrente de sete metros no pára-choque da frente e lentamente nos tirou da vala. Os homens resolveram que era melhor o trator nos puxar até a ponte. Quando chegamos, Pappy soltou a corrente e meu pai afastou o trator. Então atravessamos a ponte com a picape. A estrada no outro lado estava pior ainda, segundo os homens, por isso prenderam outra vez a corrente e o trator puxou a picape por três quilômetros até chegarmos à estrada de cascalho. Deixamos o John Deere e seguimos para a cidade, se é que ela ainda estava lá. Só Deus sabia a destruição que nos esperava. Eu mal podia conter a excitação.

Finalmente chegamos à rodovia, e quando viramos na direção de Black Oak, deixamos uma longa esteira de lama no asfalto. Por que todas as estradas não eram asfaltadas?, perguntei para mim mesmo.

As coisas pareciam normais no caminho. Nada de árvores derrubadas ou plantações destruídas, nenhum escombro, nenhum buraco enorme na paisagem. Todas as casas pareciam em ordem. Os campos estavam vazios por causa do algodão molhado, mas a não ser isso, a vida não parecia ter sido perturbada.

De pé, na parte de trás da picape, eu procurava ansiosamente vislumbrar a cidade. Não demorou muito. A usina rugia como sempre. Deus tinha protegido a igreja. As lojas na rua Principal estavam intatas.

— Graças a Deus — meu pai disse. Ver os prédios intocados não me deixou infeliz, mas as coisas podiam ter sido mais interessantes.

Não éramos os únicos curiosos. O tráfego era intenso na rua Principal, e as pessoas formavam grupos nas calçadas. Era uma coisa jamais vista numa segunda-feira. Estacionamos na frente da igreja, e uma vez verificado que não fora atingida eu fui para a Pop e Pearl, onde o movimento parecia especialmente denso. O senhor Red Fletcher falava para um grupo, e eu cheguei bem na hora.

Segundo o senhor Red, que morava a oeste da cidade, ele sabia da aproximação do tornado porque seu velho cão *beagle*

foi se esconder debaixo da mesa da cozinha, um péssimo sinal. Seguindo o aviso do cachorro, o senhor Red começou a
observar o céu e não ficou surpreso quando tudo escureceu.
Ele ouviu o tornado antes de vê-lo. Apareceu do nada, caminhou direto para sua fazenda e ficou no solo o tempo suficiente para arrasar dois galinheiros e arrancar o telhado da
casa. Um pedaço de vidro feriu sua mulher, portanto ele tinha
uma vítima *bona fide*. Atrás de mim ouvi as pessoas sugerindo uma visita à fazenda dos Fletcher, para ver a destruição.

— Como é o tornado? — alguém perguntou.

— Negro como carvão — o senhor Red disse —, o barulho é como de um trem de carga.

Isso era ainda mais interessante, porque nossos tornados
eram cinza-claros, quase brancos. O dele era preto. Aparentemente, todos os tipos de tornados tinham passado por nosso
condado.

A senhora Fletcher apareceu ao lado do marido, com um
grande curativo e o braço numa tipóia, e não podíamos deixar
de olhar com curiosidade. Parecia que ela estava prestes a
desmaiar na calçada. Ela exibiu o ferimento e monopolizou a
atenção de todos, até o senhor Red perceber que tinha perdido a audiência. Ele deu um passo à frente e retomou a narrativa. Disse que seu tornado se levantou do solo e começou a
saltar por toda a parte. Então, o senhor Fletcher entrou na sua
picape e tentou ir atrás dele. Ele o perseguiu debaixo de uma
pesada chuva de granizo e estava quase alcançando quando o
tornado voltou para trás.

A picape do senhor Red era mais velha que a de Pappy.
Alguns dos ouvintes começaram a olhar em volta, incrédulos.
Eu queria que um dos adultos perguntasse: "O que você ia
fazer, Red, se alcançasse o tornado?" Ele disse que abandonou a perseguição e voltou para casa para cuidar da senhora
Fletcher. A última vez que o viu, seu tornado dirigia-se direto
para a cidade.

Mais tarde Pappy me disse que o senhor Red Fletcher
preferia contar uma mentira, mesmo quando a verdade soava
melhor.

Houve muitas mentiras naquela tarde em Black Oak, ou talvez apenas muito exagero. Histórias do tornado eram contadas e recontadas de uma ponta à outra da rua Principal. Na frente da Cooperativa, Pappy descrevia o que tínhamos visto, e na maior parte ele se limitou a relatar os fatos. A história do tornado duplo captou a atenção de todos, até o senhor Dutch Lamb se adiantar e afirmar ter visto três! Sua mulher confirmou, e Pappy foi para a picape.

Quando saímos da cidade, era um milagre o fato de centenas de pessoas não terem morrido.

Quando escureceu, a última nuvem tinha desaparecido, mas o calor não voltou. Sentamos na varanda depois do jantar e esperamos os Cardinals. O ar estava claro e leve — a primeira sugestão de outono.

Faltavam seis jogos, três contra os Reds e três contra os Cubs. Todos seriam no Sportsman's Park, mas com os Dodgers no primeiro lugar em sete jogos a temporada tinha acabado. Stan *the Man* Musial liderava a liga em rebate e tinha também mais bastonadas e duplas do que qualquer outro. Os Cardinals não ganhariam a flâmula, mas tínhamos ainda o maior jogador. Em casa, depois da turnê por Chicago, os rapazes sentiam-se felizes por estar de volta, segundo Harry Caray, que distribuía fofocas e cumprimentos como se todos os jogadores morassem em sua casa.

Musial fez um simples e um triplo, e a contagem estava empatada em três, depois de nove jogadas. Era tarde, mas não estávamos cansados. A tempestade nos expulsou do campo e a temperatura fresca era algo para ser saboreado. Os Spruill sentavam em volta de um fogo, falando em voz baixa, deleitando-se com um momento sem Hank. Ele geralmente desaparecia depois do jantar.

No fim da décima etapa Red Schoendienst fez um simples, e quando Stan Musial foi para a base os torcedores enlouqueceram, segundo Harry Caray, que, como Pappy dizia, sempre assistia a um jogo e descrevia outro. O público era de menos de dez mil, dava para perceber que havia pouca gente. Mas Harry fazia barulho suficiente para compensar os outros vinte mil que faltavam. Depois de 148 jogos, ele parecia tão entusiasmado quanto no dia da abertura do campeonato. Musial fez um duplo, seu terceiro do jogo, massacrando Schoendienst e ganhando de quatro a três.

Um mês atrás teríamos comemorado, junto com Harry, na varanda da frente. Eu ia sair saltando de base em base, no gramado, deslizando para a segunda, exatamente como Stan, *the Man*. Uma vitória dramática como essa nos faria ir para a cama felizes, embora Pappy ainda quisesse despedir o treinador.

Mas agora as coisas eram diferentes. Essa vantagem pouco significava, pois a temporada estava no fim, com os Cardinals em terceiro lugar. O espaço na frente da nossa casa estava tomado pelos Spruill. Era o fim do verão.

Pappy desligou o rádio quando Harry começava a se acalmar.

— De jeito nenhum Baumholtz pode alcançá-lo — Pappy disse. Frankie Baumholtz, dos Cubs, estava seis pontos atrás de Musial na disputa do título de melhor batedor.

Meu pai resmungou assentindo. Os homens haviam ficado mais quietos que de hábito, durante o jogo. A tempestade e o tempo mais frio os atingiram como uma doença. Chegávamos a outra estação e o algodão ainda estava no campo. Tivemos tempo quase perfeito por sete meses, e sem dúvida era hora de uma mudança.

CAPÍTULO 21

O OUTONO DUROU MENOS DE VINTE e quatro horas. No dia seguinte ao meio-dia o calor estava de volta, o algodão seco, o solo duro e todos os pensamentos agradáveis sobre dias frescos e folhas levadas pelo vento foram esquecidos. Voltamos para a margem do rio, para a segunda colheita. Uma terceira aconteceria no fim do outono, "a colheita de Natal", como era chamada, quando era apanhado o que restava do algodão. A essa altura, os montanheses e os mexicanos teriam ido embora há muito tempo.

Fiquei perto de Tally grande parte do dia e trabalhei arduamente para acompanhar seu ritmo. Ela esteve distante o tempo todo e eu estava louco para saber por quê. Os Spruill estavam extremamente tensos. Não cantavam mais nem riam no campo e trocavam poucas palavras entre eles. Hank apareceu para trabalhar no meio da manhã e começou a colher sem nenhuma pressa. O resto dos Spruill parecia evitá-lo.

No fim da tarde eu me arrastei para o reboque — pela última vez, eu esperava. Faltava uma hora para terminar a colheita daquele dia e comecei a procurar minha mãe. Mas só vi Hank com Bo e Dale, no outro lado do reboque, na sombra, esperando por Pappy ou meu pai para pesar seu algodão. Eu me abaixei entre os pés de algodão para não ser visto e esperei a chegada das vozes amigas.

Hank falava alto, como de hábito.

— Estou cheio de colher algodão — ele disse. — Mais do que farto. Por isso, estive pensando em um outro emprego e descobri um novo modo de fazer dinheiro. Muito dinheiro. Vou acompanhar aquele parque de diversões de cidade em cidade, assim como que escondido nas sombras enquanto Sansão e sua mulher juntam dinheiro. Espero até o dinheiro amontoar, vejo Sansão jogar para fora do ringue aqueles pobres brotos de grama e então, tarde da noite, quando ele estiver cansado, apareço do nada, aposto cinqüenta dólares, dou outra sova nele e vou embora com todo o dinheiro. Se fizer isso uma vez por semana, ganharei dois mil dólares em um mês, vinte e quatro mil dólares por ano. Tudo em dinheiro. Diabo, vou ficar rico.

Ouvi a malícia na sua voz, e Bo e Dale riram, quando ele terminou de falar. Até eu tinha de admitir que era engraçado.

— E se Sansão se cansar disso? — Bo perguntou.

— Está brincando? Ele é o maior lutador do mundo, direto do Egito. Sansão não teme nenhum homem. Que diabo, talvez eu roube sua mulher também. Ela parecia um bocado boa, não parecia?

— Vai ter de deixar que ele vença a luta uma vez ou outra — Bo disse. — Do contrário não vai querer lutar com você.

— Gosto da parte de roubar a mulher dele — Dale disse. — Eu gostei das pernas dela.

— O resto também não era nada mau — Hank disse. — Esperem — já sei. Eu ponho ele para correr e serei o novo Sansão! Deixo o cabelo crescer até chegar ao meu traseiro, tinjo de preto, arranjo um short de pele de leopardo, falo de um jeito engraçado e esses fazendeiros ignorantes daqui vão pensar que sou do Egito também. Dalila não vai poder tirar as mãos de cima de mim.

Eles riram com vontade e seu divertimento era contagioso. Eu ri baixinho com a idéia de Hank desfilando pelo ringue com um short justo, tentando convencer as pessoas que era do Egito. Mas ele era burro demais para ser um artista. Ia machucar as pessoas e fazer fugir seus desafiantes.

Pappy chegou e começou a pesar o algodão. Minha mãe apareceu também e me disse em voz baixa que estava pronta para voltar para casa. Fizemos juntos a longa caminhada, em silêncio, ambos felizes porque mais um dia tinha acabado.

A pintura da casa recomeçou. Nós a vimos da horta, e examinando de perto notamos onde o pintor — Trot, ainda pensávamos — havia chegado. À quinta tábua, de baixo para cima, e aplicou a primeira demão de tinta numa área mais ou menos do tamanho de uma pequena janela. Minha mãe a tocou de leve e a tinta grudou nos seus dedos.

— Está fresca — ela disse, olhando para o gramado na frente da casa onde, como de hábito, não se via nem sinal de Trot.

— A senhora ainda acha que é ele? — perguntei.

— Sim, eu acho.

— Onde ele arranja tinta?

— Tally compra para ele, com seu dinheiro da colheita.

— Quem contou isso para a senhora?

— Perguntei para a senhora Foley, na loja de ferragens. Ela disse que um garoto aleijado das montanhas e a irmã compraram dois quartos de galão de esmalte branco para pintar casas e um pequeno pincel. Ela achou estranho gente das montanhas comprando tinta para pintar casa.

— Dois quartos de tinta dá para pintar quanto?

— Não muito.

— Vai contar para o Pappy?

— Sim, vou.

Passamos rapidamente pela horta, apanhando apenas o essencial — tomates, pepinos e dois pimentões-vermelhos que chamaram a atenção de minha mãe. O resto dos colhedores de algodão logo estaria de volta e eu estava ansioso para ver a explosão quando Pappy soubesse que sua casa estava sendo pintada.

Logo ouvimos murmúrios e breves conversas no lado de fora. Fui obrigado a cortar os pepinos na cozinha, uma tática para me afastar das controvérsias. Minha avó ouviu o noticiário no rádio enquanto minha mãe cozinhava. Então, meu pai e Pappy foram para o lado leste da casa e inspecionaram o trabalho de Trot.

Entraram na cozinha, onde todos sentamos à mesa, a comida foi abençoada e começamos a comer sem uma palavra sobre qualquer coisa que não fosse o tempo. Se Pappy estava zangado com a pintura da casa, não demonstrou. Talvez estivesse cansado demais.

No dia seguinte, minha mãe me segurou em casa durante o maior tempo possível. Ela lavou a louça do café e alguma roupa e juntos observávamos o gramado na frente. Minha avó saiu para o campo, mas minha mãe e eu ficamos, muito ocupados com as tarefas da casa.

Não havia nem sinal de Trot. Tinha desaparecido da frente da casa. Hank saiu de uma barraca mais ou menos às oito horas e remexeu barulhentamente nas panelas e nos vidros até encontrar os restos de biscoitos. Comeu até não sobrar nada, arrotou e olhou para nossa casa como se pretendesse assaltá-la à procura de comida. Finalmente, passou pelo silo, a caminho do reboque de algodão.

Esperamos, espiando pela janela da frente. Ainda nada de Trot. Finalmente desistimos e fomos a pé para o campo. Quando minha mãe voltou, três horas depois, para preparar o almoço, havia uma área de tinta fresca em algumas tábuas, debaixo da janela do meu quarto. Trot pintava devagar, na direção dos fundos da casa, o trabalho limitado pelo que podia alcançar e por seu desejo de privacidade. Naquele passo terminaria mais ou menos a metade do lado leste antes da hora dos Spruill fazerem as malas e voltarem para as montanhas.

Depois de três dias de paz e trabalho duro, estava na hora de mais conflitos. Miguel se encontrou com Pappy no trator, depois do café da manhã, e seguiram na direção do celeiro, onde alguns mexicanos esperavam. Na semi-obscuridade do nascer do dia eu fui atrás, perto deles o suficiente para ouvir o que diziam sem ser notado. Luís sentado num tronco caído, estava de cabeça baixa e parecia doente. Pappy o examinou com cuidado. Luís estava ferido.

A história, como Miguel explicou em um inglês rápido e atrapalhado, era que alguém atirara torrões de terra no lado do sótão do celeiro logo depois que os mexicanos foram dormir. Parecia um tiro — as tábuas estalaram e todo o celeiro pareceu estremecer. Alguns minutos passaram e outro torrão de terra foi atirado. Depois de dez minutos, quando pensaram que tinha acabado, outro se chocou contra o telhado de zinco, bem acima das suas cabeças. Furiosos e assustados, os mexicanos não podiam dormir. Através das frestas da parede eles olharam para o campo de algodão atrás do celeiro. O seu atormentador estava lá, em algum lugar, no meio do algodoal, invisível na escuridão da noite, escondendo-se como um covarde.

Luís abriu devagar a porta do sótão para ver melhor e nesse momento um míssil o acertou no rosto. Era uma pedra da estrada da frente da casa. Fosse quem fosse, a tinha reservado para aquela ocasião, um tiro direto em um dos mexicanos. Os torrões de terra serviam para fazer barulho, mas a pedra era para machucar.

O nariz de Luís estava cortado, quebrado e inchado, duas vezes o tamanho normal. Pappy gritou para meu pai chamar minha avó.

Miguel continuou a história. Depois que trataram de Luís, aliviando de algum modo a dor, o ataque recomeçou. A cada dez minutos mais ou menos outro torrão de terra lançado do escuro, chocava-se com a parede do celeiro. Eles espiaram cautelosamente pelas frestas mas não viram movimento no campo. Estava escuro demais para ver qualquer coisa. Finalmente, o assaltante cansou da diversão e o ataque cessou. Quase todos os mexicanos dormiram um sono inquieto.

Minha avó chegou e tomou conta da situação. Pappy saiu pisando duro, praguejando em voz baixa. Eu estava dividido entre dois dramas: queria ver vovó tratar de Luís ou preferia ouvir o desabafo de Pappy?

Voltei com Pappy para o trator, onde ele resmungou para meu pai algo que não entendi. Então ele levou o reboque aberto para onde os Spruill esperavam, ainda sonolentos.

— Onde está Hank? — Pappy rosnou para o senhor Spruill.

— Dormindo, eu acho.

— Ele vai trabalhar hoje? — Pappy perguntou agressivamente.

— Vá perguntar a ele — o senhor Spruill disse, levantando-se e enfrentando Pappy.

Meu avô deu um passo para a frente.

— Os mexicanos não puderam dormir a noite passada porque alguém ficou jogando torrões de terra na parede do celeiro. Tem idéia de quem pode ter sido?

Meu pai, com a cabeça muito mais fria, se pôs entre os dois.

— Nenhuma. Está acusando alguém? — o senhor Spruill perguntou.

— Eu não sei — Pappy disse —, todos os outros estão trabalhando duro, dormindo pesado, mortos de cansaço à noite. Todo mundo, menos Hank. Para mim parece que ele é o único com tempo de sobra nas mãos. E é o tipo de estupidez que Hank faria.

Não gostei desse conflito aberto com os Spruill. Estavam tão fartos de Hank quanto nós, mas ainda eram uma família. E eram gente das montanhas também — bastava irritá-los e eles iam embora. Pappy estava a ponto de falar demais.

— Vou falar com ele — o senhor Spruill disse, com a voz um pouco mais branda, como se soubesse que Hank era o culpado. Desanimado, olhou para a senhora Spruill. A família estava com problemas por causa de Hank e não se achava preparada para defendê-lo.

— Vamos trabalhar — meu pai disse. Estavam todos ansiosos para terminar o confronto. Olhei para Tally, mas ela olhava para longe, perdida nos seus pensamentos, me ignorando e a todos mais. Pappy subiu no trator e fomos colher algodão.

Luís passou a manhã toda deitado na varanda dos fundos com um bolsa de gelo no rosto. Minha avó tentou várias vezes fazer com que ele tomasse um dos seus remédios, mas Luís ficou firme. A essa altura ele estava farto do tratamento à moda americana e ansioso para voltar ao trabalho, nariz quebrado ou não.

A produção de algodão de Hank caiu de cerca de duzentos quilos para menos de cem. Pappy estava furioso com isso. Com o passar dos dias a situação piorava e aumentavam os murmúrios entre os adultos. Pappy nunca teve nas mãos 250 dólares livres e sem ônus.

— Quanto ele colheu hoje? — ele perguntou para meu pai, durante o jantar. A oração terminada, começávamos a passar as travessas de comida.

— Noventa e cinco quilos.

Minha mãe fechou os olhos, frustrada. O jantar devia ser um momento agradável para a família conversar e refletir. Ela detestava controvérsias durante as refeições. Comentar as fofocas — falar sobre as idas e vindas das pessoas que conhecíamos — estava bem, mas ela não gostava de conflito. A comida só era bem digerida quando o corpo estava livre de tensão.

— Estou pensando em ir até a cidade amanhã e dizer para Stick Powers que não preciso mais de Hank — Pappy disse, sacudindo o garfo no ar.

Nós todos sabíamos que de jeito algum ele faria isso. Pappy também sabia. Se Stick conseguisse de algum modo algemar Hank e jogá-lo no banco traseiro do carro patrulha, um espetáculo que gostaríamos de assistir, o resto dos Spruill faria as malas e iria embora numa questão de minutos. Pappy não ia arriscar uma safra de algodão por causa de um idiota como Hank. Cerraríamos os dentes e procuraríamos suportar sua presença na nossa fazenda. Esperaríamos e rezaríamos para que ele não matasse mais ninguém e que ninguém o matasse, e dentro de algumas poucas semanas a colheita estaria terminada e ficaríamos livres dele.

— Você não sabe se foi ele — minha avó disse. — Ninguém o viu atirar torrões de terra no celeiro.

— Algumas coisas você não precisa ver — Pappy respondeu, zangado. — Não vimos Trot com o pincel, mas estamos certos de que é ele quem está pintando a casa.

Minha mãe entrou na conversa no momento exato.

— Luke, com quem os Cardinals vão jogar? — Era sua fala padrão, um modo não muito sutil de informar a todos que ela queria comer em paz.

— Os Cubs — respondi.

— Quantos jogos ainda faltam?

— Só três.

— Quantos pontos Musial está na frente?

— Seis pontos. Ele está com três-trinta e seis. Baumholtz está com três-trinta. Não dá mais para alcançar Musial.

Nesse ponto, meu pai sempre ajudava a mulher a manter a conversa livre de assuntos pesados. Ele pigarreou e disse:

— Encontrei Lou Jeffcoat no último sábado, esqueci de contar para vocês. Ele disse que os metodistas têm um novo arremessador para o jogo de domingo.

Pappy tinha se acalmado o suficiente para dizer:

— É mentira. Dizem isso todos os anos.

— Para que precisam de um novo arremessador? — minha avó perguntou, com um sorriso, e pensei que minha mãe fosse rir.

Domingo era o dia do Piquenique de Outono, um acontecimento glorioso em Black Oak. Depois do ofício religioso, geralmente bastante longo, pelo menos para nós, os batistas, nos encontrávamos na escola, onde os metodistas se reuniam. As senhoras arrumavam, debaixo das árvores, comida suficiente para alimentar o estado inteiro, e depois de um longo almoço os homens jogavam uma partida de beisebol.

Não era um jogo comum, porque valia o direito de retaliar. O vencedor durante o ano inteiro provocava o perdedor. Em pleno inverno ouvi homens na Loja de Chá provocarem os outros sobre O Jogo.

Os metodistas ganhavam há quatro anos seguidos; mesmo assim sempre começavam os boatos sobre um novo arremessador.

— Quem vai arremessar para nós? — meu pai perguntou.
Pappy fazia as vezes de treinador do time dos batistas todos
os anos, embora, depois de perder quatro anos seguidos, o
pessoal estivesse começando a reclamar.

— Ridley, eu acho — Pappy disse hesitante. Há um ano
que ele vinha pensando no jogo.

— Eu posso rebater Ridley — eu disse.

— Você tem uma idéia melhor? — Pappy perguntou, irritado.

— Sim, senhor.

— Muito bem, mal posso esperar para ouvir.

— Escale Caubói — eu disse, e todos sorriram. Que idéia
maravilhosa.

Mas o mexicano não podia fazer parte d'O Jogo, nem o
pessoal das montanhas. Cada time era formado somente por
membros legítimos da igreja — nada de mão-de-obra do campo,
nenhum parente de Jonesboro, ninguém de fora. As regras
eram tantas que se fossem escritas dariam um livro maior do
que a Bíblia. Os árbitros eram trazidos de Monette e recebiam cinco dólares por jogo, mais tudo que pudessem comer
no almoço. Supostamente ninguém conhecia os árbitros, mas
depois da derrota do ano anterior houve rumores, pelo menos
na nossa igreja, de que eles eram metodistas ou casados com
metodistas.

— Isso seria ótimo, não seria? — meu pai disse, sonhando, vendo Caubói arrasar nossos rivais. Um *strike* depois do
outro. Bolas curvas caindo de todos os lados.

Com a conversa outra vez em território agradável, as mulheres tomaram conta; o beisebol foi deixado de lado e começaram a falar sobre o piquenique, a comida, como as mulheres metodistas estariam vestidas, e assim por diante. O jantar
chegou ao fim, tranqüilo como sempre, e fomos todos para a
varanda.

Eu resolvi escrever uma carta para Ricky contando tudo sobre Libby Latcher. Tinha certeza de que nenhum dos adultos

faria isso. Estavam muito ocupados tentando enterrar o segredo. Mas Ricky precisava saber que Libby o tinha acusado. Precisava responder de algum modo. Se soubesse o que estava acontecendo, talvez conseguisse ser mandado para casa para resolver a situação. Quanto antes, melhor. Ao que sabíamos, os Latcher continuavam em silêncio, sem contar para ninguém, mas era difícil guardar segredo em Black Oak.

Antes de Ricky ir para a Coréia, ele nos contou a história de um amigo, um cara do Texas, que conheceu no campo de treinamento do exército. Esse rapaz tinha só dezoito anos, mas já era casado e sua mulher estava grávida. O exército o mandou para a Califórnia, para fazer trabalho de escritório durante alguns meses, mas sem correr perigo de levar um tiro. Era um caso excepcional e ele estaria de volta ao Texas antes da sua mulher dar à luz.

Agora Ricky tinha um caso excepcional, só que não sabia. Eu ia contar. Deixei a varanda, pretextando cansaço, e fui para o quarto de Ricky, onde guardava meu bloco de papel do Grande Chefe. Levei o bloco para a mesa da cozinha — a luz era melhor — e comecei a escrever devagar, com letras grandes e maiúsculas.

Falei brevemente de beisebol, da competição, depois do parque de diversões e de Sansão e escrevi algumas sentenças sobre os tornados no começo da semana. Eu não tinha tempo nem estômago para falar de Hank, por isso passei para a parte principal da história. Contei que Libby Latcher teve um filho, mas não confessei que estava muito perto quando o bebê chegou.

Minha mãe entrou na cozinha e perguntou o que eu estava fazendo.

— Escrevendo para Ricky.

— Isso é ótimo — ela disse. — Você precisa ir para a cama.

— Sim, senhora — Eu tinha escrito uma página inteira, o que me deixou muito orgulhoso. Amanhã escreveria outra página. Então, talvez outra. Estava resolvido a escrever a carta mais longa que Ricky já tinha recebido.

CAPÍTULO 22

EU TERMINAVA UMA LONGA FILA de algodão perto da moita, na margem do Siler's Creek, quando ouvi vozes. Os pés de algodão eram bem altos e eu estava no meio da folhagem densa. O saco de algodão estava pela metade e eu sonhava com uma tarde na cidade, com um filme no Dixie, com Coca-Cola e pipoca. O sol estava quase a pino, devia ser quase meio-dia. Eu pretendia fazer a volta e caminhar na direção do reboque, trabalhando com afinco e terminando o dia vitorioso.

Quando ouvi as vozes, dobrei um joelho e depois sentei no chão silenciosamente. Por um longo tempo não ouvi nada e começava a pensar que talvez tivesse me enganado, quando uma voz de mulher chegou fracamente até onde eu estava, através dos pés de algodão. Vinha de algum lugar à minha direita, mas eu não podia dizer a que distância.

Levantei devagar e espiei entre o algodão, mas não vi nada. Então me agachei outra vez e comecei a avançar para o fim da fileira, abandonando por um momento o saco de algodão. Silenciosamente eu avançava e parava, avançava e parava, até ouvir a voz outra vez. Ela estava algumas fileiras na minha frente, escondendo-se, eu pensei, entre o algodoal. Fiquei imóvel por alguns minutos até ouvir o riso dela abafado pelo algodão e tive certeza de que era Tally.

Por um longo tempo balancei devagar de quatro no chão, tentando imaginar o que ela fazia, escondida no campo, o mais longe possível do reboque de algodão. Então ouvi outra voz, uma voz de homem. Resolvi chegar mais perto.

Encontrei a maior abertura entre os pés de algodão e avancei pela primeira fileira sem fazer o menor ruído. Não tinha vento para farfalhar as folhas e os casulos, por isso eu precisava me mover o mais silenciosamente possível. E ter paciência. Então, passei pela segunda fileira e esperei as vozes.

Eles ficaram quietos por um longo tempo e pensei que talvez tivessem me ouvido. Então, ouvi um riso, as duas vozes juntas e uma conversa em voz baixa e abafada que eu mal podia ouvir. Deitei de bruços e fiz um levantamento da situação, no chão, onde as hastes dos pés de algodão se entrelaçavam, e onde não havia casulos nem folhas. Quase dava para ver alguma coisa algumas fileiras adiante, talvez o cabelo escuro de Tally, talvez não. Resolvi que tinha chegado tão perto quanto podia.

Não havia ninguém por perto. Os outros — os Spruill e os Chandler — trabalhavam caminhando de volta para o reboque. Os mexicanos estavam longe, nada visível, a não ser seus chapéus de palha.

Mesmo na sombra, eu suava profusamente, com o coração disparado e a boca seca. Tally estava com um homem, escondida bem no meio do algodão, fazendo alguma coisa errada, do contrário, por que se escondiam? Pensei em impedir que continuassem, mas não tinha esse direito. Eu era apenas um menino, um espião que me intrometia nas suas vidas. Pensei em voltar, mas as vozes me fizeram ficar onde estava.

A cobra era uma mocassim, que se alimentava de peixes, uma das muitas que existiam naquela parte de Arkansas. Elas faziam ninho em volta dos regatos e dos rios e ocasionalmente se aventuravam para o interior, para tomar sol ou se alimentar. Toda primavera, quando plantávamos, era comum aparecerem, retiradas do solo por nossos discos e pelas lâminas do arado. Eram curtas, negras, grossas, agressivas e cheias de veneno. Sua picada raramente era fatal, mas eu tinha ouvido muitas histórias de mortes horríveis.

Se você encontra uma delas, simplesmente a mata com um pedaço de pau, uma enxada ou o que encontrar. Elas não são tão rápidas quanto as cascavéis, nem têm o mesmo alcance do bote, mas são malvadas e asquerosas.

Essa, arrastava-se na minha direção, pela passagem entre os pés de algodão, a menos de um metro e meio de onde eu estava de bruços, nossos olhos na mesma altura. Ocupado com Tally, e fosse o que fosse que ela fazia, eu tinha esquecido de tudo o mais. Com uma exclamação abafada de horror, levantei-me de um salto e corri por uma fileira de algodão, depois por outra.

Um homem disse alguma coisa em voz alta, mas no momento eu estava mais preocupado com a cobra. Atirei-me no chão, pendurei meu saco de algodão no ombro e comecei a rastejar na direção do reboque. Quando tive certeza de que a serpente estava longe, parei para escutar. Nada. Silêncio completo. Ninguém me perseguia.

Levantei-me devagar e espiei entre os pés de algodão. À direita, várias fileiras adiante e já de costas para mim, estava Tally, o saco de algodão preso ao ombro e o chapéu de palha inclinado para um lado, andando naturalmente, como se nada tivesse acontecido.

E à esquerda, atravessando agachado a fileira e escapando como um ladrão, estava Caubói.

Em geral, nas tardes de sábado Pappy encontrava algum motivo para atrasar nossa ida à cidade. Almoçávamos, eu sofria a indignidade do banho e ele encontrava alguma coisa para fazer, porque estava resolvido a nos obrigar a esperar. Um defeito no trator que de repente precisava da sua atenção. Com a chave inglesa na mão, ele insistia que precisava verificar qual era o defeito, para comprar na cidade as peças necessárias. Ou a picape não estava boa, e sábado depois do almoço era o momento perfeito para examinar o motor. Ou a bomba d'água exigia sua atenção. Às vezes ele sentava à mesa da cozinha e cuidava da pequena quantidade de papéis necessários para dirigir a fazenda.

Finalmente, quando todo mundo estava furioso e cansado de esperar, ele tomava um longo banho e íamos para a cidade.

Minha mãe estava ansiosa para ver o mais novo membro do condado de Craighead, mesmo ele sendo um Latcher, por isso, enquanto Pappy se ocupava no galpão das ferramentas, pusemos quatro caixas com vegetais na picape e seguimos na direção do rio. Meu pai conseguiu escapar dessa viagem. O suposto pai do bebê era seu irmão, o que fazia do meu pai seu suposto tio, o que de modo algum ele estava preparado para aceitar. Eu estava certo de que ele não tinha nenhum interesse em se encontrar outra vez com o senhor Latcher.

Minha mãe dirigia a picape, e eu rezei para que conseguíssemos atravessar a salvo a ponte. Paramos no outro lado do rio. O motor da picape engasgou e morreu. Enquanto minha mãe respirava fundo, resolvi dizer:

— Mamãe, preciso contar uma coisa para a senhora.

— Não pode esperar? — ela perguntou, estendendo a mão para a chave da picape.

— Não.

Estávamos numa picape quente, um pouco antes da ponte, numa estrada de terra com só uma pista, sem uma casa ou outro veículo por perto. Para mim parecia o lugar e a situação ideal para uma conversa importante.

— O que é? — ela disse cruzando os braços, como se tivesse certeza de que eu tinha feito alguma coisa terrível.

Eram muitos os segredos. Hank e o espancamento de Sisco. Tally e o regato. O nascimento do filho de Libby. Mas tudo isso ficaria aguardando por algum tempo. Eu tinha resolvido guardar só para mim. Mas o mais recente tinha de ser partilhado com minha mãe.

— Acho que Tally e Caubói se gostam — eu disse, e imediatamente me senti mais leve.

— É mesmo? — Ela sorriu, como se eu não soubesse das coisas porque era ainda um menino. Então, o sorriso desapareceu vagarosamente quando ela pensou mais no assunto. Imaginei se minha mãe também sabia alguma coisa sobre o romance secreto.

— Sim, senhora.

— E por que você acha isso?

— Eu os peguei no campo de algodão esta manhã.

— O que eles estavam fazendo? — ela perguntou, agora um pouco assustada com a idéia de que talvez eu tivesse visto alguma coisa que não devia.

— Eu não sei, mas estavam juntos.

— Você os viu?

Contei a história, começando com as vozes, depois a cobra, e, então, a fuga dos dois. Não omiti os detalhes e incrivelmente não exagerei em nada. Talvez no tamanho da cobra, mas no resto, fui fiel à verdade.

Ela absorveu a informação e parecia genuinamente surpresa.

— O que eles estavam fazendo, mamãe? — perguntei.

— Não sei. Você não viu nada, viu?

— Não, senhora. Acha que estavam se beijando?

— Provavelmente — ela disse, depressa.

Estendeu a mão para a chave da picape outra vez e disse:

— Muito bem, vou falar com seu pai.

Seguimos viagem apressadamente. Depois de alguns momentos eu não tinha tanta certeza de estar me sentindo melhor. Ela dizia sempre que meninos não devem guardar segredos dos pais. Mas toda vez que eu confessava algum, ela logo o descartava como se não tivesse importância e contava para meu pai. Eu não entendia o que ganhava em ser sincero. Mas era tudo que podia fazer. Agora os adultos sabiam sobre Tally e Caubói. Eles que se preocupassem com o problema.

Os Latcher colhiam algodão perto da casa, de modo que quanto chegamos a platéia estava completa. A senhora Latcher saiu da casa com um sorriso forçado e nos ajudou a levar a comida para a varanda.

— Imagino que a senhora quer ver o bebê — ela disse suavemente para minha mãe.

Eu também queria, mas tinha certeza de que as chances eram poucas. As mulheres entraram na casa. Encontrei um lugar debaixo de uma árvore, perto da nossa picape, e resolvi passar o tempo sozinho, tratando da minha vida, enquanto esperava minha mãe. Eu não queria ver nenhum dos Latcher.

Pensar que provavelmente éramos parentes me deixava nauseado.

Três deles apareceram de repente no outro lado da picape — três garotos, Percy liderando o grupo. Os outros dois eram mais novos e menores, mas tão magros quanto Percy. Eles se aproximaram sem uma palavra.

— Como vai, Percy — eu disse, tentando pelo menos ser educado.

— O que está fazendo aqui? — ele rosnou. Tinha um irmão de cada lado, os três me enfrentando.

— Minha mãe me fez vir — eu disse.

— Você não tem nada que fazer aqui. — As palavras foram praticamente sibiladas entre os dentes e eu tive vontade de recuar. Na verdade, eu queria pôr o rabo entre as pernas e correr.

— Estou esperando minha mãe.

— Nós vamos socar seu traseiro — Percy disse, e os três fecharam os punhos.

— Por quê? — consegui dizer.

— Porque você é um Chandler e seu Ricky fez isso com Libby.

— Não foi culpa minha.

— Não importa. — O menor dos três parecia especialmente feroz. Com os olhos entrecerrados, torcia os lábios, como se estivesse rosnando para mim e eu imaginei que o primeiro murro viria dele.

— Três contra um não é justo — eu disse.

— Não foi justo o que aconteceu com Libby — Percy disse e então, rápido como um gato, ele me deu um murro no estômago. Um cavalo não teria escoiceado com tanta força e eu caí no chão com um grito.

Eu tivera algumas brigas leves na escola — empurra-empurra no recreio, logo interrompido pelos professores antes de golpes mais fortes. Levei três palmadas da senhora Emma Enos, professora da terceira série, por tentar brigar com Joey Stallcup e Pappy ficou extremamente orgulhoso. Ricky costumava fazer jogo bruto comigo, encenando luta livre e boxe

e coisas assim. A violência não me era estranha. Pappy adorava uma luta e enquanto eu caía no chão, pensei nele. Alguém me chutou. Agarrei um pé e imediatamente um monte
de pequenos guerreiros caiu em cima de mim, chutando, arranhando e praguejando. Agarrei o cabelo de um de tamanho
médio enquanto outros dois socavam minhas costas. Eu estava resolvido a arrancar a cabeça dele quando Percy acertou
meu nariz com um murro. Fiquei cego por um segundo e eles,
gritando como animais selvagens, se amontoaram outra vez
em cima de mim.

Ouvi os gritos das mulheres na varanda. Até que enfim,
pensei. A senhora Latcher chegou primeiro e começou a puxar os garotos da pilha, gritando com eles e atirando-os para
longe. Como eu estava embaixo de todos, fui o último a levantar. Minha mãe olhou para mim, horrorizada. Minha roupa antes limpa estava suja de terra. Do meu nariz escorria
sangue quente.

— Luke, você está bem? — Ela segurou meus ombros.

Meus olhos estavam cheios de água e eu começava a sentir dor. Inclinei a cabeça, assentindo, sem problema.

— Vá cortar uma vara! — a senhora Latcher gritou para
Percy. Ela rosnava furiosa, atirando para longe os dois menores. — O que significa isso, bater desse jeito num menino
pequeno? Ele não fez nada.

O sangue jorrava agora, pingando do queixo na minha
camisa. Minha mãe me fez deitar e inclinar a cabeça para
trás, e, enquanto fazíamos isso, Percy apareceu com uma vara.

— Quero que veja isto — a senhora Latcher disse, olhando para mim.

— Não, Darla — minha mãe disse —, nós já vamos.

— Não. Eu quero que seu garoto veja isto — ela disse. —
Agora, dobre o corpo para a frente, Percy.

— Não vou fazer isso — Percy disse, apavorado.

— Dobre o corpo ou chamo seu pai. Vou ensinar bons
modos a você. Bater naquele garotinho que veio nos visitar!

— Não — Percy disse e ela deu uma varada na cabeça
dele. Percy gritou e ela deu outra varada, dessa vez na orelha.

Ela o obrigou a se dobrar para a frente e segurar os tornozelos.

— Se você largar, apanha durante uma semana — ameaçou. Ele já estava chorando quando ela começou a bater. Minha mãe e eu olhávamos, espantados com tanta raiva e brutalidade. Depois de oito ou dez varadas, Percy começou a gritar.

— Cala a boca — ela disse.

Os braços e as pernas da senhora Latcher eram finos como a vara, mas o que faltava em tamanho era compensado pela rapidez. Ela acertava os golpes como uma metralhadora, rápidos e certeiros, estalando como um relho. Dez, vinte, trinta tiros e Percy gritando.

— Por favor, pare, mãe! Desculpe!

A sova continuou, muito além do ponto de castigo. Quando seu braço cansou ela o jogou no chão e Percy se enrodilhou como uma bola, chorando. A essa altura os outros dois já estavam chorando. Ela agarrou o do meio pelos cabelos, chamando-o de Rayford, e disse:

— Dobre o corpo.

Rayford lentamente segurou os tornozelos e de algum modo suportou o ataque.

— Vamos — minha mãe murmurou —, você pode deitar na parte de trás da picape.

Ela me ajudou a subir na picape, e a essa altura a senhora Latcher estava puxando o terceiro garoto pelos cabelos. Percy e Rayford estavam deitados no chão de terra, vítimas da batalha que tinham começado. Minha mãe fez a volta com a picape e quando partimos, a senhora Latcher estava espancando o mais novo. Ouvimos vozes altas e eu ergui o corpo o bastante para ver o senhor Latcher correndo ao lado da casa com uma porção de crianças atrás. Ele gritou com a mulher, ela o ignorou e continuou batendo. Ele a segurou então. Crianças apareciam de todos os lados, todas gritando e chorando.

A poeira rodopiava atrás de nós e perdi os Latcher de vista. Deitei outra vez, procurando uma posição confortável e rezei, prometendo nunca mais pôr os pés naquela fazenda.

Não queria ver nunca mais nenhum deles pelo resto da minha vida. E rezei longa e fervorosamente para que ninguém ouvisse dizer que os Chandler e os Latcher eram parentes.

Minha volta para casa foi triunfante. Os Spruill estavam limpos e prontos para ir à cidade, sentados debaixo de uma árvore, tomando chá gelado com Pappy, minha avó e meu pai, quando a picape parou a menos de seis metros deles. Com a maior dramaticidade possível, me levantei e com grande satisfação vi como todos reagiram, chocados quando me viram. Lá estava eu — espancado, ensangüentado, sujo de terra, a roupa rasgada, mas ainda de pé.

Desci da picape e todos me rodearam. Minha mãe se adiantou e disse furiosa:

— Não vão acreditar no que aconteceu. Três deles atacaram Luke! Percy e dois outros o pegaram quando eu estava dentro da casa. Os pequenos criminosos! Nós levando comida e eles fazem uma coisa dessas.

Tally estava preocupada também e acho que queria estender a mão e tocar em mim, para se certificar de que eu estava bem.

— Três? — Pappy perguntou, seus olhos dançando.

— Três, e todos maiores do que Luke — minha mãe disse e a lenda começou a crescer. O tamanho dos três atacantes ia aumentar à medida que os dias e os meses passavam.

Minha avó examinava meu rosto, o pequeno corte no meu nariz.

— Pode estar quebrado — ela disse, e embora a idéia me agradasse, não estava ansioso por seu método de tratamento.

— Você não fugiu, fugiu? — Pappy perguntou. Ele também estava chegando mais perto.

— Não, senhor — eu disse, com orgulho. Eu estaria ainda correndo se tivesse tido a chance.

— Ele não fugiu — minha mãe disse severamente —, estava esperneando e arranhando tanto quanto eles.

Pappy riu, feliz, e meu pai sorriu.

— Vamos lá amanhã e acabamos com eles — Pappy disse.

— Não vão fazer nada disso — minha mãe discordou. Ela estava irritada porque Pappy gostava de uma briga. Mas afinal ela vinha de uma casa cheia de mulheres. Não entendia nada de briga.

— Você acertou um bom murro? — Pappy perguntou.

— Estavam todos chorando quando saí — eu disse.

Minha mãe revirou os olhos para o céu.

Hank abriu caminho entre o grupo e veio inspecionar a avaria.

— Disse que eram três, hein? — ele rosnou.

— Sim, senhor — eu disse balançando a cabeça afirmativamente.

— Muito bem, garoto. Isso vai fazer de você um homem durão.

— Sim, senhor — eu disse.

— Se você quiser, posso ensinar alguns truques bons para uma situação como essa — ele disse, com um sorriso.

— Venha, vamos tratar de se limpar — minha mãe resolveu.

— Acho que está quebrado — minha avó afirmou.

— Você está bem, Luke? — Tally perguntou.

— Estou — eu disse, com o ar mais decidido possível.

Eles me levaram para casa numa marcha triunfal.

CAPÍTULO 23

O PIQUENIQUE DE OUTONO ERA SEMPRE no último domingo de setembro, ninguém sabia ao certo por quê. Era simplesmente uma tradição em Black Oak, um ritual tão enraizado como o parque de diversões e as reuniões de primavera para reavivar a fé dos fiéis. Supostamente tinha como objetivo ligar o começo da nova estação, o começo do fim da colheita e o fim do beisebol. Não ficava claro se tudo isso podia ser realizado com um piquenique, mas pelo menos era feito o esforço.

Compartilhávamos o dia com os metodistas, com nossos amigos e com os nossos rivais amistosos. Black Oak era pequena demais para ser dividida. Não havia grupos étnicos, não havia negros, judeus ou asiáticos, nenhum estranho permanente de qualquer tipo. Éramos todos de ascendência anglo-irlandesa, talvez uma linhagem ou duas de sangue alemão e todos eram fazendeiros ou negociavam com os fazendeiros. Todo mundo era cristão, ou dizia que era. Discussões se acaloravam quando um torcedor dos Cubs falava demais na Casa de Chá ou quando algum idiota afirmava que o John Deere era inferior a qualquer outra marca de tratores, mas de um modo geral a vida em comum era pacífica. Os garotos mais velhos e os homens mais novos gostavam de lutar atrás da Cooperativa no sábado, mas era mais por esporte do que por qualquer outra coisa. Um espancamento como o que Hank infligiu aos Sisco era tão raro que a cidade ainda comentava.

Ressentimentos individuais duravam a vida toda. Pappy tinha vários. Mas não havia inimigos sérios. Havia uma ordem social clara, com os meeiros na última linha e os negociantes na primeira, e esperava-se que cada um conhecesse seu lugar. Mas o povo vivia bem.

A linha entre batistas e metodistas nunca era definida e real. O culto religioso era um pouco diferente, sendo o ritual de batizar bebês o desvio mais flagrante das Escrituras, na opinião de todos. E eles não se reuniam com tanta freqüência, o que demonstrava que não encaravam sua fé com a mesma seriedade. Ninguém se reunia tantas vezes quanto os batistas. Tínhamos muito orgulho na nossa constante devoção. Pearl Watson, minha metodista favorita, dizia que gostaria de ser batista, mas que fisicamente não era possível.

Ricky me disse certa vez, em particular, que quando deixasse a fazenda ia ser católico porque eles só se reuniam uma vez por semana. Eu não sabia o que era um católico e ele tentou explicar, mas Ricky falando sobre teologia era, no mínimo, uma conversa um tanto confusa.

Minha mãe e minha avó levaram mais tempo do que de hábito passando a ferro nossa roupa, na manhã de domingo. E eu, é claro, fui escovado com mais entusiasmo. Para meu grande desapontamento, meu nariz não estava quebrado, não inchou e mal se via o corte.

Tínhamos de caprichar na aparência porque as senhoras metodistas usavam vestidos um pouco mais bonitos. Apesar de todo esse alvoroço, eu mal podia esperar para chegar à cidade.

Tínhamos convidado os Spruill. Embora fosse por uma questão de amizade e espírito cristão, eu preferia selecionar cuidadosamente nossos convidados. Tally seria bem-vinda, o resto podia ficar no gramado da frente da nossa casa. Mas quando olhei para o acampamento, depois do café da manhã, vi pouco movimento. A picape não fora desligada dos vários fios e cordas que sustentavam a tenda.

— Eles não vão — informei Pappy, que estudava suas lições da escola dominical.

— Ótimo — ele disse, em voz baixa.

A idéia de Hank no piquenique, indo de mesa em mesa, enchendo-se de comida e procurando uma briga, não me agradava.

Os mexicanos, na verdade, não tiveram escolha. Minha mãe os convidou, por meio de Miguel, no começo da semana, depois acompanhou o convite lembrando várias vezes, gentilmente, que o domingo estava perto. Meu pai explicou para Miguel que ia haver um serviço religioso especial em espanhol e depois muita comida. Eles tinham pouco mais que fazer na tarde de sábado.

Nove deles se amontoaram na parte de trás da nossa picape. Só Caubói estava ausente. Isso acendeu minha imaginação. Onde ele estava e o que estava fazendo? Onde estava Tally? Eu não a vi no acampamento quando saímos. Meu coração se apertou quando pensei nos dois de volta ao campo, escondidos e fazendo fosse o que fosse que queriam fazer. Em vez de ir à igreja conosco, provavelmente Tally estava se escondendo, fazendo coisas proibidas. E se agora ela estivesse usando Caubói como sentinela, enquanto tomava banho em Siler's Creek? Eu não suportava essa idéia e me preocupei com isso durante toda a viagem para a cidade.

O irmão Akers, com um raro sorriso, subiu ao púlpito. O santuário estava lotado, com pessoas sentadas nas passagens e de pé, encostadas na parede de trás. As portas estavam abertas, e no lado norte da igreja, debaixo de um carvalho alto, estavam os mexicanos, sem chapéu, as cabeças um mar escuro.

O irmão Akers cumprimentou nossos visitantes das montanhas e também os mexicanos. Os montanheses eram poucos. Como sempre, ele pediu a eles para ficar de pé e se identificar. Eram de lugares como Hardy, Mountain Home e Calico Rock, todos tão bem vestidos quanto nós.

Por um alto-falante, instalado numa janela, as palavras do irmão Akers eram transmitidas para fora do santuário e na direção geral dos mexicanos, e o senhor Carl Durbin traduzia para o espanhol. O senhor Durbin era um missionário aposentado de Jonesboro. Trabalhou no Peru durante trinta anos entre os índios peruanos das montanhas e uma vez ou outra fazia palestras para nós, na semana das missões, mostrando fotos e *slides* da terra estranha que tinha deixado. Além de espanhol ele falava também o dialeto dos índios, e isso sempre me fascinou.

O senhor Durbin estava de pé, debaixo da árvore, com os mexicanos sentados à sua volta. De terno branco e chapéu branco, de palha, sua voz chegava até a igreja, quase com o mesmo volume da voz do irmão Akers através do alto-falante. Ricky disse certa vez que o senhor Durbin fazia muito mais sentido do que o irmão Akers e durante o almoço de domingo expressou essa opinião, criando problemas outra vez. Era pecado criticar seu pastor, pelo menos em voz alta.

Sentei no fim do banco, perto da janela, para ver e ouvir o senhor Durbin. Não entendia uma palavra do que ele dizia, mas percebi que seu espanhol era mais lento que o dos mexicanos. Eles falavam tão depressa que muitas vezes me perguntei como se entendiam. As frases do senhor Durbin eram suaves, deliberadas e carregadas de um forte sotaque de Arkansas. Mesmo sem saber o que ele estava dizendo, para mim era muito mais interessante do que o irmão Akers.

Como era de esperar, com tanta gente, o sermão matinal adquiriu vida própria e se transformou numa maratona. Pouca gente, sermão curto. Muita gente, como acontecia na Páscoa, no Dia das Mães e no Piquenique de Outono, e o irmão Akers precisava ser teatral. Em determinado momento, no meio das divagações do pregador, o senhor Durbin pareceu ficar farto de tudo aquilo. Ignorou a mensagem transmitida de dentro do santuário e começou a fazer o próprio sermão. E quando o fogo e o enxofre do inferno do irmão Akers estava no auge, o senhor Durbin descansava, tomando um copo d'água. Sentou no chão com os mexicanos e esperou acabar a gritaria dentro da igreja.

Eu esperei também. Passei o tempo sonhando com o que íamos comer — pratos cheios de galinha frita e quilos de sorvete feito em casa.

Os mexicanos começaram a olhar para as janelas da igreja. Tenho certeza de que pensaram que o irmão Akers tinha enlouquecido. "Descansem", eu queria dizer a eles, "é sempre assim."

Cantamos cinco estrofes de *Como eu sou* para a bênção. Ninguém caminhou pela passagem central e o irmão Akers nos dispensou com relutância. Encontrei Dewayne na porta da frente e corremos para o campo de beisebol para ver se os metodistas estavam lá. É claro que estavam, eles nunca ficavam na igreja tanto tempo quanto nós.

Atrás do lugar do *backstop,* debaixo dos três olmos que já tinham aparado milhões de bolas perdidas, a comida estava sendo arrumada em mesas de piquenique cobertas com toalhas de xadrez vermelho e branco. Os metodistas se movimentavam de um lado para o outro, homens e crianças carregando travessas de comida que as senhoras preparavam. Encontrei Pearl Watson e conversamos um pouco.

— O irmão Akers continua com o sermão? — ela perguntou.

— Acaba de nos soltar. Ela deu dois biscoitos de chocolate, um para Dewayne, um para mim. Comi o meu em duas mordidas.

Finalmente, os batistas começaram a chegar, no meio de um coro de "olás" e "onde vocês estavam" e "por que demoraram tanto?" Carros e picapes foram trazidos para perto do campo e logo estavam estacionados pára-choque com párachoque ao longo das cercas, em volta do campo. Pelo menos um, ou talvez dois, seriam atingidos com bolas perdidas. Dois anos atrás, o Chrysler novinho em folha do senhor Wilber Shifflett perdeu o pára-brisa quando Ricky lançou uma bola acima da cerca esquerda. A explosão foi terrível — um forte baque surdo, depois o barulho do vidro estilhaçado. Mas o senhor Shifflett tinha dinheiro, por isso ninguém se preocupou muito. Ele sabia dos riscos quando estacionou naquele lugar. Os metodistas ganharam de nós naquele ano, também, de sete a cinco, e Ricky achava que o treinador, Pappy, devia ter mudado o arremessador no terceiro lançamento.

Os dois ficaram sem falar um com o outro por algum tempo.

Logo as mesas estavam repletas de grandes tigelas de vegetais, travessas de galinha frita e cestos cheios de pão de milho, rosquinhas e outros tipos de pão. Sob a direção da senhora Orr, mulher do ministro metodista, as travessas eram levadas de um lugar para outro até ficarem numa ordem determinada. Uma mesa tinha somente vegetais raros — tomates de doze variedades, pepinos, cebolas brancas e amarelas, no vinagre. Ao lado estavam os feijões — feijão-fradinho, feijão comum, feijão-verde cozido com presunto e feijão-manteiga. Em todos os piqueniques havia salada de batata e cada cozinheira tinha uma receita diferente. Dewayne e eu contamos onze tigelas grandes dessa especialidade, não havia duas iguais. Ovos à la diable eram quase tão populares, e as travessas cobriam metade de uma mesa. Por último, e o mais importante, estava a galinha frita, suficiente para alimentar a cidade por um mês.

As senhoras se atarefavam, verificando a comida, enquanto os homens conversavam, riam e se cumprimentavam, mas sempre com o olho na galinha. Havia crianças por toda a parte, e Dewayne e eu fomos para debaixo de uma árvore onde estavam arrumadas as sobremesas. Contei seis recipientes especiais com sorvete, todos cobertos com toalhas e cercados de gelo.

Quando tudo foi aprovado pela senhora Orr, seu marido, o reverendo Vernon Orr, ficou de pé no centro das mesas com o irmão Akers e todos pararam, em silêncio. No ano anterior, o irmão Akers agradecera as bênçãos de Deus. Nesse ano, a honra foi para os metodistas. O piquenique tinha um padrão tácito. Inclinamos a cabeça e ouvimos o reverendo Orr agradecer a Deus sua bondade, toda aquela comida maravilhosa, o tempo, o algodão, e assim por diante. Ele não omitiu nada. Black Oak era, sem dúvida, grata por tudo aquilo.

Eu sentia o cheiro da galinha. Podia sentir o gosto dos biscoitos e do sorvete. Dewayne me deu um pontapé de leve e tive vontade de partir para cima dele. Mas não fiz nada porque levaria uma sova por arranjar briga durante as preces.

Quando o reverendo Orr terminou, os homens juntaram os mexicanos e os fizeram fazer fila para serem servidos. Isso era tradicional. Mexicanos primeiro, montanheses em segundo lugar, crianças em terceiro e depois os adultos. Stick Powers apareceu do nada, de uniforme, é claro, e conseguiu furar a fila entre os mexicanos e os montanheses. Eu o ouvi explicar que estava de plantão e não tinha muito tempo. Saiu com dois pratos — um cheio de galinha e outro com tudo o mais que conseguiu empilhar. Sabíamos que ia comer até não poder mais, depois encontraria uma árvore na periferia da cidade para dormir à sua sombra e digerir o almoço.

Vários metodistas me perguntaram sobre Ricky — como ele estava e se tínhamos tido notícias. Tentei ser amável e responder às perguntas, mas, como família, nós, os Chandler, não gostávamos desse tipo de atenção. E agora, horrorizados com o segredo sobre os Latcher, qualquer menção a Ricky, em público, nos assustava.

— Diga a Ricky que pensamos muito nele — eles diziam. Sempre diziam isso, como se tivéssemos telefone para nos comunicar com Ricky todas as noites.

— Estamos rezando por ele — diziam.

— Muito obrigado — eu sempre respondia.

Um momento perfeito, como o Piquenique do Outono, podia ser arruinado por uma pergunta inesperada sobre Ricky. Ele estava na Coréia, nas trincheiras, em plena guerra, se esquivando de balas e matando gente, sem saber se algum dia voltaria para casa para ir à igreja conosco, para fazer piquenique com o pessoal da cidade, para jogar contra os metodistas outra vez. No meio de toda aquela animação, de repente me senti sozinho e muito assustado.

"Agüente firme", Pappy diria. A comida ajudava imensamente. Dewayne e eu, com nossos pratos, sentamos atrás da marca da primeira base, onde havia uma pequena sombra. Mantas eram estendidas no campo e famílias sentavam ao sol. Guarda-sóis eram abertos, as senhoras abanavam o rosto, as crianças pequenas e os pratos. Os mexicanos estavam amontoados debaixo de uma árvore, no lado esquerdo do campo, longe de nós. Juan confessou certa vez que não tinham certeza de gostar de galinha frita. Nunca ouvi bobagem maior. Era muito melhor do que *tortillas*, pensei então.

Meus pais e avós estavam sentados numa manta, perto da terceira base. Depois de muita conversa e negociação, me deixaram comer com meus amigos, um passo enorme para um menino de sete anos.

A fila nunca parava. Quando os homens chegaram à última mesa, os adolescentes voltaram para uma segunda porção. Um prato bastava para mim. Eu queria guardar espaço para o sorvete. Logo nos aproximamos da mesa das sobremesas, onde a senhora Irene Flanagan montava guarda, para evitar vandalismo de gente como nós.

— Quantos de chocolate a senhora tem? — perguntei, olhando para a coleção de recipientes de sorvete que esperavam na sombra.

Ela sorriu e disse:

— Oh, eu não sei. Muitos.

— A senhora Cooper trouxe seu sorvete de manteiga de amendoim? — Dewayne perguntou.

— Trouxe — a senhora Flanagan disse apontando para um recipiente no meio dos outros. A senhora Cooper misturava chocolate e manteiga de amendoim no seu sorvete e o resultado era incrível. O pessoal pedia o sorvete o ano inteiro. No ano anterior, dois rapazes adolescentes, um batista e o outro metodista, quase chegaram às vias de fato disputando quem seria servido primeiro. Enquanto o reverendo Orr tratava de restaurar a paz, Dewayne conseguiu pegar duas taças do sorvete. Ele saiu correndo pela rua, escondeu-se num galpão e devorou as duas porções. Dewayne não falou em outra coisa durante um mês.

A senhora Cooper era viúva. Morava numa casa pequena e bonitinha dois quarteirões atrás do armazém de Pop e Pearl, e quando precisava de algum trabalho no jardim, bastava fazer uma caixa de sorvete de manteiga de amendoim. Os adolescentes apareciam de todo canto, e seu jardim era o mais limpo da cidade. Até homens adultos se ofereciam para arrancar algumas ervas daninhas.

— Vocês têm de esperar — a senhora Flanagan disse.

— Até quando? — perguntei.

— Até todos terminarem.

Esperamos uma eternidade. Alguns garotos mais velhos e alguns homens jovens começaram a alongar os músculos e a jogar bola no campo. Os adultos conversavam e se visitavam, e eu tinha certeza de que o sorvete estava derretendo. Os dois árbitros chegaram de Monette, provocando uma nova onda de animação em todos. É claro que eles teriam de se alimentar antes, e durante algum tempo se preocuparam mais com a galinha frita do que com o beisebol. Sem pressa, as mantas e os guarda-sóis foram sendo retirados do campo. O piquenique estava no fim. Era quase hora do jogo.

As senhoras se reuniram em volta da mesa da sobremesa e começaram a nos servir. Finalmente, Dewayne conseguiu seu sorvete de manteiga de amendoim. Eu preferi duas bolas de chocolate em cima de um dos biscoitos de chocolate com amêndoas, da senhora Lou Kiner. Durante vinte minutos houve uma pequena confusão em volta da mesa, mas a ordem foi mantida. Os dois pastores estavam no meio, tomando tanto sorvete quanto todo mundo. Os árbitros declinaram, atribuindo ao calor o fato de finalmente parar de comer.

Alguém gritou: "Vamos jogar!", e todos se encaminharam na direção do ponto de partida. Os metodistas tinham como treinador o senhor Duffy Lewis, um fazendeiro do oeste da cidade e, segundo Pappy, um homem de limitada inteligência para o beisebol. Mas depois de quatro derrotas seguidas, Pappy deixou de expor essa opinião. Os árbitros chamaram os dois treinadores para uma reunião atrás da base do batedor, e por um longo tempo discutiram a versão das regras de beisebol de Black Oak. Apontavam para as cercas, para os postes e para os galhos que se debruçavam em volta do campo — cada um tinha suas regras e suas histórias. Pappy discordava de quase tudo que os árbitros diziam, e a discussão não acabava mais.

Os batistas haviam feito as honras da casa no ano anterior, portanto íamos arremessar primeiro. O batedor dos metodistas era Buck Prescott, filho do senhor Sap Prescott, um dos maiores proprietários de terras do condado de Craighead. Buck tinha vinte e poucos anos e cursara a Estadual de Arkansas por dois anos, uma coisa bastante rara. Tentou arremessar quando estava na faculdade, mas houve alguns problemas com o treinador. Ele era canhoto, só atirava bolas curvas e nos tinha derrotado no ano anterior por nove a dois. Quando ele caminhou para a base do batedor, eu sabia que ia ser um longo dia. Seu primeiro arremesso foi uma bola lenta, curva e alta que foi fora, mas foi *strike* assim mesmo e Pappy já estava gritando com o árbitro. Buck arremessou as duas primeiras bolas, as duas seguintes foram para fora, depois, com uma bola alta, fez meu pai se retirar para o centro do campo.

Nosso arremessador era Duke Ridley, um jovem fazendeiro com sete filhos e uma bola rápida que até eu podia rebater. Ele afirmava que fora arremessador no Alasca, durante a guerra, mas isso nunca foi confirmado. Pappy achava que era mentira, e depois de ter visto o senhor Ridley ser bombardeado no ano anterior eu também tinha minhas dúvidas. Ele passou pelos primeiros três rebatedores arremessando apenas um *strike*, e pensei que Pappy ia invadir a base e bater nele. O batedor deles mandou uma bola alta para o apanhador. O homem seguinte arremessou baixo para a esquerda. Tivemos sorte quando o sexto batedor deles, o senhor Lester Hurdle, de cinqüenta e dois anos, o mais velho jogador nos dois times, rebateu uma bola alta e longa para a direita, onde nosso interceptador do meio de campo, Ben Jenkins, sem luva e sem sapatos, a apanhou com as mãos nuas.

O jogo se transformou num duelo de arremessos, não pela perfeição dos arremessos, mas porque nenhum time conseguia rebater. Nós voltamos para o sorvete, onde eram servidos os restos finais, derretidos. Na terceira fase do jogo, as senhoras das duas igrejas conversavam em pequenos grupos e, para elas, o jogo não tinha importância. Não longe dali, o rádio de um carro estava ligado e eu ouvi Harry Caray. Os Cardinals jogavam contra os Cubs o último jogo da temporada.

Quando Dewayne e eu deixamos a mesa das sobremesas, com nossas últimas taças de sorvete, passamos por trás de uma manta onde uma meia dúzia de jovens mulheres descansavam e conversavam.

— Quanto anos Libby tem? — ouvi uma delas perguntar.

Parei, tomei um pouco do sorvete e olhei para além delas, para o jogo, como se não estivesse nem um pouco interessado no que diziam.

— Só quinze — outra disse.

— Ela é uma Latcher. Logo vai ter outro.

— É menino ou menina?

— Ouvi dizer que é menino.

— E o pai?

— Nenhuma pista. Ela não quer dizer para ninguém.

— Vamos — Dewayne disse, me acotovelando. Fomos para perto da primeira base. Eu não sabia ao certo se estava aliviado ou assustado. Todos sabiam da chegada do bebê Latcher, mas o pai não fora identificado.

Não ia demorar, pensei. E estaremos arruinados. Eu teria um primo que era um Latcher e todo mundo ia saber.

O duelo cerrado de arremessos terminou na quarta etapa do jogo quando os dois times explodiram para seis pontos. Durante trinta minutos bolas voavam em todas as direções — na linha do campo, arremessos fortes, bolas nas aberturas do campo. Mudamos duas vezes de arremessador e percebi que estávamos com problemas quando Pappy foi até a base e apontou para meu pai. Ele não era arremessador, mas naquela altura não havia mais nenhum. Ele arremessou bolas baixas e logo estávamos fora do *inning*.

"Musial arremessando!", alguém gritou. Só podia ser uma piada ou um erro. Stan Musial era muita coisa, mas nunca tinha arremessado. Passamos correndo por trás das arquibancadas até onde os carros estavam estacionados. Uma pequena multidão estava em volta do Dodge 48 do senhor Rafe Henry. No rádio, a todo volume, Harry Caray estava eufórico — Stan *the Man* estava realmente na base do arremessador, arremessando contra os Cubs, contra Frankie Baumholtz, o homem com quem disputara o ano inteiro o título de rebatedor. A multidão no Sportsman's Park delirava. Harry gritava ao microfone. A idéia de Musial na base do arremessador nos deixou chocados. Baumholtz rebateu uma bola baixa e mandaram Musial de volta para o centro do campo. Corri para a primeira base e contei para Pappy que Stan *the Man* tinha realmente arremessado, mas ele não acreditou. Contei para meu pai e ele também pareceu não acreditar. Os metodistas estavam ganhando de oito a seis, no fim da sétima etapa e o campo dos batistas estava tenso. Uma boa enchente provocaria menor preocupação, pelo menos naquele momento.

A temperatura devia estar em pelo menos trinta e nove graus. Os jogadores encharcados de suor, com os macacões e as camisas brancas de domingo grudados no corpo, moviam-se lentamente — pagando o preço de toda aquela galinha frita e salada de batata —, e sem atacar com entusiasmo como Pappy queria.

O pai de Dewayne não estava jogando, por isso eles foram embora depois de algumas horas. Alguns outros foram também. Os mexicanos, na sombra da árvore do lado direito do campo, deitados, pareciam dormir. As senhoras mais interessadas nas fofocas, na sombra das árvores, não se importavam a mínima com o resultado do jogo.

Sentei sozinho na arquibancada e vi os metodistas marcarem mais três na oitava etapa. Sonhei com o dia em que eu estaria em campo, rebatendo e fazendo pontos, e fazendo coisas incríveis no centro. Aqueles miseráveis metodistas não teriam uma chance quando eu tivesse tamanho suficiente.

Eles ganharam de onze a oito, e pelo quinto ano seguido. Pappy tinha conduzido os batistas para a derrota. Os jogadores trocaram apertos de mãos e riram quando o jogo acabou, depois foram para a sombra, onde os esperava chá gelado. Pappy não sorriu nem riu, nem apertou a mão de ninguém. Desapareceu por algum tempo, e eu sabia que ia ficar de mau humor por uma semana.

Os Cardinals também perderam de três a zero. Terminaram a temporada quatro jogos atrás dos Giants e oito jogos atrás dos Brooklyn Dodgers, que enfrentariam os Yankees na Série New York World.

O que restou da comida foi levado para os carros e picapes. As mesas foram limpas e o lixo juntado. Ajudei o senhor Duffy Lewis a limpar a base do batedor, e quando terminamos o campo parecia ótimo, como sempre. Levamos uma hora para nos despedir de todos. Não faltaram as ameaças de sempre do time vencedor, sobre o que ia acontecer no próximo ano. Pelo que eu podia ver, ninguém estava aborrecido, a não ser Pappy.

Quando deixamos a cidade, pensei no fim da temporada. O beisebol começava na primavera, quando plantávamos e quando eram muitas as esperanças. Ele nos mantinham durante todo o verão, geralmente nossa única diversão do trabalho pesado do campo. Ouvíamos todos os jogos, depois comentávamos as jogadas, os jogadores e as estratégias, até ouvir a partida seguinte. Era parte importante da nossa vida durante seis meses, e então desaparecia. Exatamente como o algodão.

Eu estava triste quando chegamos em casa. Não tínhamos mais jogos para ouvir na varanda da frente. Seis meses sem a voz de Harry Caray. Seis meses sem Stan Musial. Apanhei minha luva e saí para um longo passeio por uma estrada do campo, jogando a bola para o ar, imaginando o que ia fazer até abril.

Pela primeira vez na minha vida o beisebol partiu meu coração.

CAPÍTULO 24

O CALOR DIMINUIU NOS PRIMEIROS DIAS de outubro. As noites ficaram frias e quando saíamos para o campo, antes do nascer do dia, o ar estava gelado. A umidade abafada desapareceu e o sol perdeu o brilho. Ao meio-dia fazia calor outra vez, mas não o calor de agosto e ao escurecer o ar era leve. Esperamos, mas o calor não voltou. As estações estavam mudando, os dias ficavam mais curtos.

Como o sol não afetava mais tanto nossa força, trabalhávamos com maior afinco e colhíamos mais. E naturalmente, a mudança no tempo era o que Pappy precisava para passar a outro nível de preocupação. Com a proximidade do inverno, ele agora lembrava histórias onde havia filas e filas de algodão enlameado, apodrecido e não colhido no dia de Natal.

Depois de um mês no campo, eu sentia falta da escola. As aulas começariam no fim de outubro e comecei a pensar em como seria bom sentar numa carteira o dia todo, rodeado de amigos em vez de pés de algodão e sem nenhum Spruill com que me preocupar. Agora que o beisebol tinha acabado, eu precisava sonhar com alguma coisa. Era um tributo ao meu desespero ser deixado só com a escola para sonhar.

Minha volta à escola seria gloriosa porque eu estaria usando minha nova jaqueta de beisebol dos Cardinals. Escondida na caixa de charutos, na primeira gaveta da minha mesa estava a grande soma de 14,50 dólares, resultado de trabalho árduo e frugalidade nos gastos. Eu pagava o dízimo à igreja com relutância e investia sensatamente aos sábados, no cinema e na pipoca, mas a maior parte do meu pagamento estava guardada em segurança, ao lado da minha carta de beisebol de Stan

Musial e do canivete com cabo de madrepérola que Ricky me deu no dia em que foi para a Coréia.

Eu queria encomendar a jaqueta à Sears, Roebuck, mas minha mãe insistiu para que eu esperasse até o fim da colheita. Estávamos ainda negociando isso. Eles levavam duas semanas para entregar a jaqueta e eu estava resolvido a voltar para a escola vestindo o vermelho dos Cardinals.

Stick Powers esperava por nós no fim da tarde. Eu estava com minha avó e minha mãe e acabávamos de chegar do campo, de onde saímos um pouco antes dos outros. Como sempre, Stick estava sentado debaixo de uma árvore, perto da picape de Pappy, e seus olhos sonolentos diziam que ele acabava de tirar uma soneca.

Levou a mão à aba do chapéu, cumprimentando minha mãe e minha avó e disse:

— Boa tarde, Ruth, Kathleen.

— Olá, Stick — minha avó disse. — O que podemos fazer por você?

— Procuro Eli ou Jesse.

— Eles não vão demorar. Algum problema?

Stick mastigou a haste de grama e olhou demoradamente para o campo, como se estivesse sobrecarregado de más notícias que podiam ou não ser próprias para senhoras.

— O que houve, Stick? — minha avó perguntou. Com um filho na guerra, cada visita de um homem de uniforme era assustadora. Em 1944, um dos predecessores de Stick foi portador da notícia que meu pai fora ferido em Anzio.

Stick olhou para as mulheres e resolveu que podia confiar nelas. Disse:

— O Sisco mais velho, Grady, o que está preso por matar um homem em Jonesboro, bem, ele fugiu na semana passada. Dizem que voltou para cá.

Por um momento ninguém disse nada. Minha avó, aliviada porque não era nada sobre Ricky. Minha mãe estava farta de toda aquela história dos Sisco.

— Acho melhor falar com Eli — minha avó disse —, temos de preparar o jantar.

— Quem ele matou? — perguntei para Stick, assim que as mulheres entraram.

— Eu não sei.

— Como ele matou?

— O que ouvi foi que espancou com uma pá.

— Nossa, deve ter sido uma luta e tanto.

— Sim, deve.

— Você acha que ele está procurando Hank?

— Olhe, acho melhor eu ir procurar Eli. Onde exatamente ele está?

Apontei para um lugar no meio do campo. Mal dava para ver o reboque de algodão.

— Um bocado longe — Stick, resmungou. — Acha que posso ir de carro até lá?

— Claro — eu disse, já me encaminhando para o carro patrulha. Entramos no carro.

— Não toque em nada — Stick disse, quando nos sentamos no banco da frente. Encantado, olhei para os botões e para o rádio, e é claro que Stick tinha de dar a máxima importância ao momento. — Isto é o rádio — ele disse, pegando o microfone —, isto aqui liga a sirene, isto as luzes. — Segurou uma alavanca no painel e disse: — Isto é o holofote.

— Com quem você fala no rádio? — perguntei.

— Especialmente com o QG, ou quartel-general.

— Onde fica?

— Em Jonesboro.

— Pode ligar para eles agora?

Com relutância, Stick pegou o microfone, aproximou-o da boca, inclinou a cabeça para um lado e franzindo a testa, disse:

— Unidade quatro para a base. Responda — falou em voz mais baixa e rapidamente, com muita importância.

Esperamos. Quando o QG não respondeu, inclinando a cabeça para o outro lado, ele apertou o botão do microfone e repetiu:

— Unidade quatro para base. Responda.

— Você é unidade quatro? — perguntei.

— Sim, sou eu.

— Quantas unidades vocês têm?

— Depende.

Olhei para o rádio e esperei a resposta do QG. Para mim parecia impossível que uma pessoa sentada em Jonesboro pudesse falar diretamente com ele e que Stick pudesse responder.

Teoricamente era assim que devia funcionar, mas ao que parecia, o QG não estava se preocupando com a localização de Stick. Pela terceira vez ele disse no microfone: "Unidade quatro para base. Responda." Seu tom de voz agora insinuava uma leve irritação.

E pela terceira vez o QG o ignorou. Depois de alguns longos segundos, ele pôs o microfone de volta no lugar e disse:

— Provavelmente o velho Theodore está dormindo outra vez.

— Quem é Theodore? — perguntei.

— Um dos encarregados de receber as mensagens. Ele está sempre dormindo.

Você também, pensei.

— Pode ligar a sirene?

— Não. Posso assustar sua mãe.

— E as luzes?

— Também não, gastam muito a bateria. — Girou a chave, o motor roncou e tossiu mas não pegou.

Stick tentou outra vez e quando parecia que ia morrer completamente, o motor ligou, tossindo e reclamando. Sem dúvida o QG dera a Stick o pior carro da frota. Black Oak não era exatamente um foco de grande atividade criminal.

Antes que ele tivesse tempo de engatar a marcha, vi o trator que se aproximava lentamente pela estrada do campo.

— Aí vêm eles — eu disse.

Stick olhou para a estrada com atenção e desligou o motor. Saímos do carro e voltamos para debaixo da árvore.

— Você quer ser assistente de delegado? — Stick perguntou.

E dirigir um velho carro patrulha, dormir a metade do dia e lidar com gente como Hank e os Sisco?

— Eu vou jogar beisebol — respondi.

— Onde?

— St. Louis.

— Ah, entendo — ele disse com um daqueles sorrisos que os adultos dão para garotos sonhadores. — Todos os garotos querem ser um Cardinal.

Eu queria perguntar muitas outras coisas para ele, especialmente sobre sua arma e as balas que usava. E eu sempre quis examinar as algemas, para ver como fechavam e como abriam. Enquanto ele olhava para o reboque que se aproximava, examinei o revólver e o coldre, ansioso por fazer as perguntas.

Mas Stick já tinha passado muito tempo comigo. Ele queria que eu fosse embora. Desisti da minha barragem de perguntas.

Quando o trator parou, os Spruill e alguns mexicanos desceram do reboque. Pappy e meu pai vieram direto para nós e quando pararam debaixo da árvore já dava para sentir a tensão.

— O que você quer, Stick? — Pappy rosnou.

Pappy, especialmente, irritava-se com Stick e com sua presença importuna na nossa vida. Tínhamos uma safra para colher, e nada mais importava. Stick estava nos perseguindo, na cidade e na nossa propriedade.

— O que há, Stick? — Pappy disse. O desprezo era evidente na sua voz. Acabava de passar dez horas colhendo duzentos e cinqüenta quilos de algodão, e sabia que nosso policial há anos não fazia trabalho pesado.

— Aquele garoto Sisco, o mais velho, o que cumpria pena por assassinato, fugiu na semana passada e acho que voltou para cá.

— Então, vá pegá-lo — Pappy disse.

— Estou procurando por ele. Ouvi dizer que ele pode criar algum problema.

— Como o quê?

— Com os Sisco nunca se sabe. Mas eles podem vir atrás de Hank.

— Deixe que venham — Pappy disse, ansioso por uma boa luta.

— Ouvi dizer que eles estão armados.

— Eu também estou, Stick. Pode dizer para os Sisco que se eu vir um deles perto deste lugar, estouro sua cabeça burra com um tiro. — Pappy estava praticamente sibilando para Stick quando terminou de falar. Até meu pai parecia gostar da idéia de proteger sua propriedade e sua família.

— Não vai acontecer aqui — Stick disse. — Diga ao seu garoto para ficar longe da cidade.

— Diga você — Pappy retrucou. — Ele não é meu garoto. Não me importo com o que pode acontecer com ele.

Stick olhou para o gramado na frente da casa, onde os Spruill preparavam o jantar. Ele não tinha nenhuma vontade de se aventurar por aqueles lados.

Olhou para Pappy e disse:

— Você diz, Eli. — Fez meia-volta e voltou para o carro.

O motor rosnou e tossiu e finalmente pegou e nós o vimos voltar para a estrada e desaparecer.

Depois do jantar eu estava vendo meu pai consertar uma câmara de ar do trator quando Tally apareceu ao longe. Era tarde, mas ainda não estava muito escuro e ela caminhava na direção do silo, parecendo se confundir com as sombras. Eu olhei atentamente e a vi parar, e fazer um sinal para que eu a seguisse. Meu pai estava resmungando, o conserto não estava saindo como ele queria e eu andei na direção da casa. Depois passei correndo por trás da picape, encontrei as sombras e em poucos segundos, estávamos andando entre as filas de algodão, na direção geral de Siler's Creek.

— Onde você vai? — perguntei finalmente, quando me convenci de que ela não ia falar primeiro.

— Não sei. Só andando.

— Vai ao regato?

Ela riu baixinho e disse:

— Você bem que gostaria, certo, Luke? Quer me ver outra vez, não quer?

Meu rosto pegou fogo e não consegui pensar em nada para dizer.

— Talvez mais tarde — ela disse.

Eu queria perguntar sobre Caubói, mas o assunto parecia tão feio e particular que não tive coragem. E eu queria perguntar como ela sabia que Libby Latcher andava dizendo que Ricky era o pai do seu filho, mas também era um assunto que eu não podia tocar. Tally era sempre misteriosa, sempre melancólica e eu a adorava completamente. Andando com ela na trilha estreita eu me sentia como se tivesse vinte anos.

— O que o policial queria? — ela perguntou.

Contei tudo. Stick não tinha pedido nenhum segredo. Os Sisco eram metidos a valentes e bastante loucos para tentar alguma coisa. Eu disse tudo isso para Tally.

Ela pensou por algum tempo, enquanto andávamos e então perguntou:

— Stick vai prender Hank por ter matado aquele garoto?

Eu tinha de ser cuidadoso com a resposta. Os Spruill estavam em guerra entre eles, mas a qualquer sinal de ameaça externa eles cerrariam fileiras.

— Pappy tem medo que vocês vão embora — ele disse.

— O que isso tem a ver com Hank?

— Se ele for preso, vocês todos podem ir embora.

— Não vamos embora, Luke. Precisamos do dinheiro.

Tínhamos parado de andar. Ela olhava para mim e eu olhava para meus pés descalços.

— Acho que Stick vai esperar até o fim da colheita — eu disse.

Ela não disse nada. Então virou-se e começou a voltar para casa. Fui atrás, certo de ter falado demais. Tally disse boanoite quando chegamos ao silo e desapareceu na escuridão.

Horas depois, quando eu devia estar dormindo, ouvi, pela janela aberta, os Spruill brigando. Hank estava no meio de todas as brigas. Eu nem sempre podia ouvir o que diziam ou do que reclamavam uns dos outros, mas parecia que cada nova discussão era causada por alguma coisa que Hank dizia ou fazia. Estavam cansados e ele não. Eles tinham acordado antes do nascer do sol e passado pelo menos dez horas no campo. Ele dormiu até tarde, depois colheu algodão sem se apressar.

E evidentemente ele estava saindo à noite outra vez. Miguel esperava nos degraus dos fundos quando meu pai e eu abrimos a porta da cozinha, e saímos para apanhar ovos e leite para o café da manhã. Ele pediu ajuda. Os ataques contra o celeiro tinham recomeçado. Alguém bombardeara as paredes com pesados torrões de terra até a meia-noite. Os mexicanos estavam exaustos e furiosos, prestes a começar uma briga de verdade.

Foi o único tópico da nossa conversa no café da manhã e Pappy estava tão revoltado que mal conseguia comer. Ficou resolvido que Hank tinha de ir embora e se o resto dos Spruill fosse também, nós daríamos um jeito. Dez mexicanos trabalhadores e descansados eram muito mais valiosos do que os Spruill.

Pappy começou a se levantar da mesa para ir direto ao gramado da frente e dar o ultimato, mas meu pai o acalmou. Resolveram que esperaríamos até o fim da colheita do dia, desse modo aproveitando um dia inteiro de trabalho dos Spruill. Além disso, era menos provável que levantassem acampamento durante a noite.

Eu só ouvia. Eu queria entrar na conversa e contar o que Tally tinha dito, especialmente a parte dos Spruill precisarem do dinheiro. Na minha opinião, eles não iriam embora, mas ficariam satisfeitos por se livrarem de Hank. Porém, a minha opinião nunca era bem recebida nas tensas discussões da família. Comi meu biscoito, prestando atenção a cada palavra.

— E Stick? — minha avó perguntou.

— O que tem Stick? — Pappy disse, agressivamente.

— Você ia avisar Stick quando não precisasse mais de Hank.

Pappy levou à boca um pedaço de presunto e pensou por um momento.

Minha avó estava um passo na frente, mas afinal, tinha a vantagem de pensar sem ficar zangada. Ela tomou um gole de café e disse:

— Eu acho é que devemos dizer ao senhor Spruill que Stick vem prender Hank. Deixe que o garoto fuja durante a noite. O importante é que ele vá embora e os Spruill ficarão agradecidos se você evitar que ele seja preso.

O plano de minha avó tinha sentido. Minha mãe sorriu. Mais uma vez as mulheres tinham analisado a situação mais depressa do que os homens.

Pappy não disse mais nada. Meu pai terminou de comer rapidamente e saiu. O sol mal chegava acima das árvores distantes, mas o dia já começava acidentado.

Depois do almoço, Pappy disse, bruscamente:

— Luke, vamos à cidade. O reboque está cheio.

O reboque não estava completamente cheio e nunca o levávamos à usina no meio do dia. Mas eu não ia colocar objeções. Alguma coisa estava para acontecer.

Havia só quatro reboques na frente do nosso quando chegamos. Geralmente, naquele ponto da colheita, devia haver pelo menos dez, mas o caso é que sempre íamos depois do jantar, quando a usina estava cheia de trabalhadores dos campos.

— O meio do dia é uma boa hora para vir à usina — Pappy disse.

Deixou as chaves na picape e quando descemos ele disse:

— Preciso ir à Cooperativa. Vamos pela rua Principal. — Para mim parecia ótimo.

A cidade de Black Oak tinha trezentos habitantes e praticamente todos moravam a cinco minutos da rua Principal. Eu sempre imaginei como seria maravilhoso ter uma pequena casa naquela rua cheia de árvores, perto do armazém de Pop e Pearl e do cinema Dixie, sem nenhum algodão à vista.

No meio do caminho para a rua Principal bruscamente mudamos de rumo.

— Pearl quer ver você — ele disse, apontando para a casa dos Watson à nossa direita. Eu nunca tinha estado na casa deles, nunca tive nenhum motivo para entrar, só conhecia a casa por fora. Era uma das poucas da cidade com alguns tijolos.

— O quê? — perguntei, completamente atônito.

Ele não disse nada e eu o acompanhei.

Pearl esperava na porta. Quando entramos senti o cheiro doce e forte de alguma coisa no forno, mas estava confuso demais para compreender que ela preparava um petisco para mim. Pearl bateu de leve na minha cabeça e piscou para Pappy. Num canto da sala, Pop, inclinado para a frente, de costas para nós, parecia arrumar alguma coisa..

— Venha cá, Luke — ele disse, sem se voltar.

Eu tinha ouvido dizer que eles tinham televisão. A primeira no nosso condado fora comprada há um ano pelo senhor Harvey Gleeson, o dono do banco, mas ele era um recluso e ao que sabíamos, ninguém a tinha visto. Vários parentes de membros da igreja, que moravam em Jonesboro, tinham televisão e sempre que eles os visitavam voltavam falando o tempo todo dessa maravilhosa nova invenção. Dewayne vira uma na vitrine de uma loja em Blytheville, e passou um insuportável período se gabando, na escola.

— Sente aqui — Pop disse, apontando para um lugar no chão, bem na frente do aparelho. Ele ainda estava regulando os botões.

— É a série mundial — ele disse. — Terceiro jogo, os Dodgers no Estádio Yankee.

Meu coração quase parou, abri a boca. Eu estava maravilhado demais para fazer qualquer movimento. A um metro de distância estava uma pequena tela com linhas dançando nela. Estava no centro de um gabinete escuro de madeira com a palavra Motorola gravada em cromo debaixo de uma fila de botões. Pop girou um dos botões e de repente ouvimos a voz raspante de um apresentador descrevendo uma bola baixa no limite do campo. Então Pop girou dois botões ao mesmo tempo e a imagem ficou clara.

Era um jogo de beisebol. Ao vivo, no Estádio Yankee, e estávamos assistindo em Black Oak, Arkansas!

Cadeiras foram arrumadas atrás de mim e senti que Pappy chegava mais perto. Pearl não era grande fã de beisebol. Ela se ocupou por alguns minutos na cozinha e apareceu com um prato cheio de biscoitos de chocolate e um copo de leite. Eu aceitei e agradeci. Os biscoitos acabavam de sair do forno e o cheiro era delicioso. Mas eu não podia comer, não naquele momento.

Ed Lopat arremessava para os Yankees, Preacher Roe para os Dodgers, Mickey Mantle, Yogi Berra, Phil Rizzuto, Hank Bauer, Billy Martin jogavam pelos Yankees e Pee Wee Reese, Duke Snider, Roy Campanella, Jackie Robinson e Gil Hodges pelos Dodgers. Estavam todos ali, na sala de Pop e Pearl, jogando para sessenta mil torcedores, no Estádio Yankee. Eu estava mesmerizado a ponto de ficar mudo. Simplesmente olhava para a televisão, assistindo, mas não acreditando.

— Coma os biscoitos, Luke — Pearl disse, passando pela sala. Era mais uma ordem do que um convite e eu comecei a comer.

— Para quem está torcendo? — Pop perguntou.

— Eu não sei — murmurei e na verdade, não sabia. Tinha aprendido a odiar os dois times. E isso era fácil quando eles estavam longe, em Nova York, em outro mundo. Mas agora estavam em Black Oak, jogando o jogo que eu amava, ao vivo, no Estádio Yankee. Meu ódio desapareceu. — Para os Dodgers, eu acho.

— Sempre torça para a Liga Nacional — Pappy disse, atrás de mim.

— Acho que tem razão — Pop disse, com relutância —, mas é difícil demais torcer pelos Dodgers.

O jogo era transmitido para nosso mundo pelo Canal 5, em Mênfis uma filial da Companhia Transmissora Nacional, fosse o que fosse que isso significava. Havia comerciais de cigarros Lucky Strike, Cadillac, Coca-Cola e Texaco, nos intervalos. Entre uma etapa e outra, o jogo desaparecia e aparecia o comercial e quando acabava, a tela mudava outra vez e estávamos outra vez dentro do Estádio Yankee. Foi uma experiência eletrizante que me cativou completamente. Durante uma hora fui transportado para um outro mundo.

Pappy tinha de tratar de negócios e saiu da pequena casa, e foi a pé pela rua Principal. Eu não ouvi quando ele saiu, e só percebi durante um comercial.

Yogi Berra fez um ponto e eu o vi passar por todas as bases na frente de sessenta mil fanáticos. Eu sabia que nunca mais poderia odiar os Yankees. Eles eram uma lenda, os maiores jogadores do maior time de todos os que eu conhecia. Meu ódio diminuiu consideravelmente, mas resolvi guardar segredo disso. Pappy não permitiria que um simpatizante dos Yankees morasse em sua casa.

Quase no fim da nona etapa, Berra deixou passar um arremesso. Os Dodgers marcaram dois pontos e ganharam o jogo. Pearl embrulhou os biscoitos em papel de alumínio para eu levar. Agradeci a Pop por me deixar compartilhar aquela aventura incrível e perguntei a ele se podia voltar quando os Cardinals estivessem jogando.

— Claro — ele disse —, mas isso pode demorar muito.

Voltando para a usina, fiz algumas perguntas para Pappy sobre os pontos básicos da televisão. Ele falou sobre os sinais e as torres, de modo muito vago e confuso, e finalmente admitiu que sabia pouco a respeito, sendo como era uma invenção tão nova. Perguntei quando poderíamos ter uma.

— Num desses dias — ele disse, como se nunca fosse acontecer. Fiquei envergonhado por ter perguntado.

Levamos o reboque vazio para a fazenda e colhi algodão até o fim do dia de trabalho. Durante o jantar os adultos me deram a palavra. Falei sem parar sobre o jogo e os comerciais e tudo que tinha visto na televisão de Pop e Pearl.

A América Moderna, invadia lentamente Arkansas.

CAPÍTULO 25

UM POUCO ANTES DE ESCURECER, meu pai e o senhor Leon Spruill saíram para uma breve caminhada. Meu pai explicou que Stick Powers estava se preparando para prender Hank pelo assassinato de Jerry Sisco. Uma vez que de qualquer modo Hank estava criando tantos problemas, seria o momento ideal para ele desaparecer durante a noite e voltar para as montanhas. Tally estava certa, eles precisavam do dinheiro. E estavam fartos de Hank. Parecia que iam ficar até o fim da colheita.

Sentados na varanda da frente, observávamos e escutávamos. Não houve palavras exaltadas, nenhum sinal de levantar acampamento. Nem evidência de que Hank ia embora. No escuro, nós o víamos uma vez ou outra, andando no acampamento, sentado perto da figueira, procurando mais restos de comida. Um a um os Spruill foram para a cama. Nós fizemos o mesmo.

Terminei minhas orações e estava deitado na cama de Ricky, completamente desperto, pensando sobre os Yankees e os Dodgers, quando ouvi uma discussão ao longe. Agachado fui até a janela. Tudo estava escuro e quieto e por um momento não vi ninguém. As sombras se moveram e perto da estrada vi o senhor Spruill e Hank, de pé, face a face, os dois falando ao mesmo tempo. Não dava para entender o que diziam mas era evidente que estavam zangados.

Era bom demais para perder. Saí para o corredor e parei o tempo suficiente para me certificar de que os adultos dormiam. Então, atravessei a sala de estar, saí pela porta de tela da frente, para a varanda, desci os degraus e escondido pelas cercas vivas cheguei no lado leste do terreno. Era noite de meia-lua e de nuvens esparsas e depois de alguns minutos andando silenciosamente, cheguei perto da estrada. A senhora Spruill tinha entrado na discussão. Discutiam sobre a luta com Sisco. Hank afirmava sua inocência. Os pais não queriam que ele fosse preso.

— Vou matar aquele policial gordo — ele rosnou.

— Apenas volte para casa, filho, deixe tudo esfriar — a senhora Spruill repetia.

— Os Chandler querem que você vá — o senhor Spruill disse.

— Eu tenho mais dinheiro no bolso do que aqueles brotos de grama jamais viram — Hank disse, com desprezo.

A discussão girava em várias direções. Hank se referiu com palavras pesadas aos mexicanos, a Stick Powers, aos Sisco, à população de Black Oak e até mesmo a seus pais, Bo e Dale. Só Tally e Trot escaparam. Sua linguagem piorou e sua voz ficou mais alta, mas o senhor e a senhora Spruill não reagiram.

— Tudo bem, eu vou — ele disse, finalmente e furioso foi para uma das barracas apanhar algumas coisas. Eu fui até a beira da estrada e atravessei para o outro lado, para o meio do algodão dos Jeter. Tinha uma visão perfeita da frente da nossa casa. Hank enchia uma velha sacola de lona com comida e roupas. Imaginei que ele iria a pé até a rodovia para pedir carona. Cortei caminho entre as fileiras de algodão e segui as valas rasas, na direção do rio. Queria ver Hank quando ele passasse.

Trocaram mais palavras exaltadas, e então o senhor Spruill disse:

— Estaremos em casa dentro de poucas semanas — Pararam de falar e Hank passou por mim, com passo decidido, no centro da estrada, com a sacola no ombro. Fui com cuidado até o fim da fileira de pés de algodão e o vi caminhar para a ponte.

Não contive um sorriso. A paz voltaria à nossa fazenda. Fiquei ali sentado por um longo tempo, muito depois de Hank desaparecer e agradeci às estrelas por ele ter finalmente ido embora.

Resolvi voltar quando notei um movimento no outro lado da estrada. Os pés de algodão farfalharam de leve, um homem se levantou e deu alguns passos. Ele andava rapidamente, meio curvado, obviamente procurando não ser visto. Ele olhou para trás para a estrada e por um momento o luar iluminou seu rosto. Era Caubói.

Por alguns segundos fiquei parado, assustado demais para me mover. Estava a salvo no lado dos Jeter, escondido pelo algodão. Eu queria voltar por onde tinha vindo, correr para casa, me enfiar na cama de Ricky.

E também queria ver o que Caubói estava tramando.

Caubói andava rápido e silenciosamente na vala, que ia até seus joelhos. Ele dava alguns passos, então parava e escutava. Ia para a frente e parava. Eu estava a uns trinta metros atrás dele, ainda na propriedade dos Jeter, andando o mais depressa possível. Se ele me ouvisse, eu me esconderia entre os pés de algodão.

Não demorou para que eu visse o vulto grande de Hank, ainda no centro da estrada, voltando para casa sem pressa. Caubói diminuiu o passo e eu fiz o mesmo.

Eu estava descalço e se pisasse numa cobra do algodão, teria morte horrível. Vá para casa, algo me dizia. Saia daqui.

Se Caubói queria brigar, por que esperava? Nossa fazenda estava agora fora da vista e do ouvido. Mas o rio ficava logo adiante, e talvez fosse isso que Caubói queria.

Quando Hank se aproximou da ponte, Caubói apressou o passo e começou a andar no centro da estrada. Fiquei na borda da plantação de algodão, suando, ofegante, me perguntando por que estava sendo tão tolo.

Hank chegou ao rio e começou a atravessar a ponte. Caubói começou a correr. Quando Hank estava mais ou menos no meio da ponte, Caubói parou apenas o tempo suficiente para erguer o braço e atirar uma pedra. Acertou as tábuas, perto de Hank, que parou e virou para trás rapidamente.

— Venha, seu mexicaninho ilegal — ele rosnou.

Caubói não parou. Estava na ponte, dirigindo-se para a leve inclinação, sem demonstrar medo. Hank esperava dizendo palavrões. Ele parecia duas vezes maior do que Caubói. Iam se encontrar no meio da ponte e sem dúvida um deles ia se molhar.

Quando estavam próximos, Caubói, de repente, ergueu o braço e atirou outra pedra, quase à queima-roupa. Hank se abaixou e evitou o impacto. Então, avançou para Caubói. A faca se abriu e num instante entrou na briga. Caubói a segurava com o braço levantado. Hank teve tempo de se virar e se defender com a sacola que passou de raspão por Caubói, tirando seu chapéu da cabeça. Os dois circularam na ponte estreita, procurando uma posição vantajosa. Hank rosnava e xingava, sem tirar os olhos da faca, então, enfiou a mão na sacola e tirou um vidro pequeno. Segurou o vidro como se fosse uma bola de beisebol e se preparou para atirar. Caubói continuou meio abaixado, com os joelhos dobrados, esperando o momento perfeito. Enquanto circulavam lentamente, cada um chegava a poucos centímetros da beirada da ponte.

Rugindo, Hank atirou o vidro com toda a força em Caubói, que estava a menos de três metros de distância. O vidro o atingiu em algum lugar do pescoço, não consegui ver com clareza, e por um segundo, Caubói cambaleou como se fosse cair. Hank atirou a sacola e avançou. Mas com rapidez incrível, Caubói passou a faca para a outra mão, tirou uma pedra do bolso direito da calça e a atirou com mais força do que qualquer bola de beisebol que já tivesse arremessado. Atingiu o rosto de Hank. Eu não podia ver direito, mas ouvi o impacto. Hank gritou e levou a mão ao rosto e quando conseguiu se refazer era tarde demais.

Caubói se inclinou para a frente e enfiou a faca, e a puxou de baixo para cima, na barriga e no peito de Hank. Com um grito de dor, de horror e de choque, Hank ficou parado.

Então Caubói tirou a faca e a enfiou outra vez e outra vez. Hank caiu apoiado em um joelho, depois nos dois. Sua boca estava aberta, mas não emitiu nenhum som. Apenas olhou para Caubói, paralisado de terror.

Com golpes rápidos e ferozes, Caubói terminou o trabalho. Quando Hank estava deitado e imóvel, Caubói rapidamente roubou tudo que ele tinha nos bolsos. Então o arrastou para o lado da ponte e o atirou no rio. O corpo caiu, espirrando água e afundou imediatamente. Caubói revistou a sacola, não encontrou nada que queria e a jogou no rio, também. Ficou parado na beirada da ponte olhando para a água, por um longo tempo.

Eu não queria fazer companhia a Hank, por isso corri entre duas fileiras de algodão, tão agachado que nem eu teria me encontrado, com o coração disparado como nunca antes. Eu tremia, suava, chorava e rezava. Devia estar na cama, a salvo e dormindo, com meus pais no quarto ao lado e meus avós na outra extremidade do corredor. Mas eles pareciam tão longe. Eu estava sozinho numa trincheira rasa, sozinho e assustado, correndo grande perigo. Ainda não acreditava no que tinha visto.

Não sei por quanto tempo Caubói ficou parado na ponte, olhando para a água, certificando-se de que Hank tinha desaparecido. As nuvens passavam na frente da lua e eu mal podia vê-lo. Quando a lua apareceu lá estava ele, ainda de pé, o chapéu sujo de caubói na cabeça, inclinado para o lado. Depois de um longo tempo, ele saiu da ponte e parou na margem do rio para lavar a faca. Olhou para o rio mais um pouco, então fez meia-volta e começou a andar pela estrada. Passou a seis metros de mim e me senti como se estivesse enterrado a pelo menos sessenta centímetros debaixo do solo.

Esperei uma eternidade, até ele desaparecer, até ele não poder me ouvir, e então saí da minha pequena trincheira e comecei a jornada para casa. Eu não sabia ainda o que ia fazer quando chegasse, mas estaria a salvo. Então, pensaria em alguma coisa.

Caminhei abaixado, no meio da relva Johnson, alta, seguindo a beira da estrada. Como fazendeiros, detestávamos a relva Johnson, mas pela primeira vez na minha vida eu agradeci sua existência. Eu queria andar depressa, correr no meio da estrada e chegar em casa o mais depressa possível, mas estava apavorado e senti os pés pesados. A fadiga e o medo tomaram conta de mim, e às vezes eu mal podia fazer um movimento. Depois do que pareceu um longo tempo vi os contornos da nossa casa e do celeiro. Olhei para a estrada na minha frente, certo de que Caubói estava lá em algum lugar, vigiando sua retaguarda, seus flancos. Tentei não pensar em Hank. Estava preocupado demais em chegar em casa.

Quando parei para respirar, senti o cheiro inconfundível do mexicano. Eles raramente tomavam banho, e depois de alguns dias de colheita adquiriam um cheiro especial.

Passou rapidamente e depois de alguns minutos ansioso e ofegante, pensei que estava imaginando coisas. Por segurança, voltei para o abrigo do algodão dos Jeter e segui lentamente para o leste, atravessando fileira após fileira, em silêncio. Quando vi as barracas brancas do acampamento Spruill, tive certeza de que estava quase em casa.

O que eu ia dizer sobre Hank? A verdade, nada além da verdade. Eu estava sobrecarregado com tantos segredos, que não havia lugar para mais um, especialmente um segredo pesado como aquele. Ia entrar cautelosamente no quarto de Ricky, tentar dormir um pouco, e quando meu pai me chamasse para apanhar ovos e leite, contaria a ele toda a história. Cada passo, cada movimento, cada golpe da faca — meu pai ia ouvir tudo. Ele e Pappy iriam à cidade para comunicar o crime a Stick Powers e antes do almoço Caubói estaria preso. Provavelmente o enforcariam antes do Natal.

Hank estava morto. Caubói ia para a prisão. Os Spruill fariam as malas e iriam embora, mas eu não me importava. Nunca mais queria ver outro Spruill, nem mesmo Tally. Eu queria todos fora da nossa fazenda e da nossa vida.

Eu queria que Ricky voltasse para casa e que os Latcher fossem para outro lugar qualquer, e então tudo estaria bem outra vez.

Quando cheguei perto da nossa varanda da frente, resolvi fazer meu jogo. Meus nervos estavam em petição de miséria, minha paciência no fim. Estava cansado de ficar escondido durante horas. Fui até o fim da fileira de algodão, pulei a vala e entrei na estrada. Agachado, escutei por um segundo e então comecei a correr. Depois de dois passos, talvez três, ouvi um som atrás de mim, a mão de alguém juntou meus dois pés e eu caí. Caubói estava em cima de mim, um joelho no meu peito, a faca a um centímetro do meu nariz. Seus olhos faiscavam.

— Silêncio! — ele sibilou.

Nós dois, ofegantes, suávamos profusamente e o cheiro dele me atacou em cheio, sem dúvida o mesmo que eu sentira há poucos minutos. Parei de espernear e rilhei os dentes. Ele estava me esmagando com o joelho.

— Esteve no rio? — ele perguntou.

Balancei a cabeça. Suor do queixo dele pingava nos meus olhos, queimando como fogo. Ele sacudiu um pouco a faca, como se eu não a estivesse vendo bem.

— Então, onde esteve?

Balancei a cabeça outra vez. Eu não podia falar. Então percebi que todo meu corpo tremia, gelado de medo.

Quando ficou evidente que eu não podia dizer uma palavra, ele bateu na minha testa com a ponta da faca.

— Se você diz uma palavra sobre esta noite — ele falou devagar, mais com os olhos do que com a boca —, eu mato sua mãe. Compreendeu?

Fiz que sim com a cabeça. Ele se levantou e foi embora, desaparecendo rapidamente no escuro, deixando-me na poeira e na terra da nossa estrada. Chorando, me arrastei até a nossa picape, antes de desmaiar.

Eles me encontraram debaixo da cama dos meus pais. Na confusão do momento, com meus pais gritando comigo e fazendo milhares de perguntas — minha roupa suja, as marcas sangrentas nos meus braços, por que exatamente eu estava dormindo debaixo da cama —, consegui inventar a história de um sonho horrível. Hank tinha se afogado. E eu saí para ver se era verdade.

— Você estava sonambulando! — minha mãe disse, incrédula e eu me agarrei a isso imediatamente.

— Acho que sim — eu disse, balançando a cabeça afirmativamente. Tudo depois disso ficou confuso — eu estava morto de cansaço, assustado e sem saber se o que acabava de ver no rio era verdade ou era de fato um sonho. Me apavorava a idéia de ficar frente a frente com Caubói outra vez.

— Ricky fazia isso — minha avó disse, do corredor —, uma noite eu o peguei no silo.

Isso ajudou a acalmá-los um pouco. Levaram-me para a cozinha e me fizeram sentar à mesa. Minha mãe me lavou com o esfregão, enquanto minha avó tratava dos pequenos ferimentos nos meus braços. Os homens viram que tudo estava sob controle e saíram para apanhar ovos e leite.

Uma enorme tempestade desabou quando estávamos começando a comer e os sons eram um grande alívio para mim. Não iríamos para o campo durante algumas horas. Eu não precisaria ficar perto de Caubói.

Todos me observavam, notando que eu quase não comia.

— Eu estou bem — garanti.

A chuva caiu forte e barulhenta no nosso telhado de zinco, abafando a conversa, por isso comemos em silêncio, os homens preocupados com o algodão, as mulheres preocupadas comigo.

Eu tinha preocupações suficientes para esmagar as de todos eles.

— Posso acabar mais tarde? — perguntei, empurrando um pouco o prato — Estou caindo de sono.

Minha mãe resolveu que eu devia voltar para a cama e descansar o tempo que fosse preciso. Quando as mulheres tiravam a mesa, num murmúrio pedi à minha mãe para se deitar comigo. É claro que ela concordou.

Ela adormeceu antes de mim. Estávamos na cama dos meus pais, no quarto quase completamente escuro, imóveis, ouvindo a chuva, os homens não muito longe, na cozinha, tomando café, esperando a chuva passar e me senti seguro.

Eu queria que chovesse para sempre. Os mexicanos e os Spruill iriam embora. Caubói seria mandado para casa, de volta para onde ele podia cortar e esfaquear quanto quisesse, e eu nunca ia saber de nada. E em algum tempo, no próximo verão, quando fossem feitos os planos para a colheita, ia me certificar de que Miguel e seu bando de mexicanos não fossem trazidos de volta ao nosso país.

Eu queria minha mãe perto de mim e meu pai não muito longe. Eu queria dormir, mas quando fechava os olhos via Hank e Caubói na ponte. De repente tive esperança de que Hank ainda estivesse na fazenda, ainda no acampamento Spruill, ainda atirando pedras no celeiro, à meia-noite. Então, tudo teria sido um sonho.

CAPÍTULO 26

FIQUEI PERTO DE MINHA MÃE o dia inteiro, depois que a tempestade passou, depois do almoço, depois que o resto deles foi para o campo e nós dois ficamos em casa. Meus pais trocaram palavras em voz baixa, vi meu pai franzir a testa, mas ela foi inflexível. Há momentos em que meninos pequenos precisam ficar com suas mães. Eu tinha medo de perdê-la de vista.

A simples idéia de contar o que tinha visto na ponte me fazia sentir fraqueza. Tentei não pensar no crime nem em contar para alguém, mas era impossível pensar em outra coisa.

Apanhamos vegetais na horta. Eu a acompanhei com o cesto, olhando para todos os lados, pronto para ver Caubói aparecer do nada e matar nós dois. Eu sentia o cheiro dele, sentia seu peso, ouvia sua voz. Via seus olhos líquidos e malvados controlando todos os nossos movimentos. O peso da faca na minha testa era maior à medida que o tempo passava.

Só pensei nele e fiquei perto de minha mãe.

— Qual é o problema, Luke? — ela perguntou mais de uma vez. Eu estava vigilante mas não estava falando, não tinha forças para falar. Havia um leve zumbido nos meus ouvidos. O mundo se movia mais devagar. Eu só queria um lugar para me esconder.

— Não é nada — eu dizia. Até a minha voz estava diferente — baixa e raspante.

— Você ainda está cansado?

— Sim, senhora.

E eu ficaria cansado por um mês se isso evitasse minha ida para o campo e permitisse que eu ficasse longe de Caubói.

Paramos para examinar a pintura de Trot. Como estávamos ali e não colhendo algodão, não víamos Trot em lugar algum. Se saíssemos de casa, ele voltaria ao seu projeto. A parede do lado leste tinha uma faixa pintada de um metro de altura, desde a frente até os fundos. Era um trabalho limpo e caprichado, obviamente de alguém que não se preocupava com o tempo.

Nesse passo, de modo nenhum Trot terminaria de pintar a casa antes da sua família ir embora. O que ia acontecer então? Não podíamos morar numa casa com a parede de leste em dois tons.

Eu tinha coisas mais importantes com que me preocupar.

Minha mãe resolveu "acomodar", ou conservar alguns tomates. Ela e minha avó passavam horas, durante o verão e o começo do outono fazendo conservas de vegetais da nossa horta — tomates, ervilhas, feijão, quiabo, folhas de mostarda, milho. No dia primeiro de novembro, as prateleiras da despensa estavam repletas de vidros de um quarto de litro, o bastante para todo o inverno e o começo da primavera. E naturalmente elas também "acomodavam" o bastante para quem precisasse de ajuda. Eu tinha certeza de que estaria carregando comida para os Latcher nos meses próximos, agora que éramos parentes.

A simples idéia me deixava furioso, mas afinal, eu não estava mais preocupado com os Latcher.

Minha tarefa era descascar tomates. Uma vez descascados eram cortados e postos numa panela grande, e cozidos o suficiente para ficarem macios, depois eram postos em vidros de um quarto de litro, com uma colher de sopa de sal e fechados com tampas novas. Usávamos os mesmos vidros, mas sempre comprávamos tampas novas. A menor abertura no selo de um vidro estragava tudo e era sempre um mau momento, durante o inverno, quando minha avó ou minha mãe abria um vidro e o conteúdo não podia ser consumido. Não acontecia com freqüência.

Uma vez cheios e adequadamente selados, os vidros eram arrumados em filas dentro de uma grande panela de pressão cheia de água até a metade. Ferviam durante meia hora, sob pressão, para remover qualquer resquício de ar e reforçar o selo da tampa. Minha avó e minha mãe eram muito exigentes com sua conserva. Era motivo de orgulho para as mulheres e eu geralmente ouvia as senhoras na igreja se gabando de ter "acomodado" tantos vidros de feijão-manteiga ou disto e daquilo.

A tarefa da conserva se iniciava assim que a horta começava a produzir. Eu era obrigado a ajudar ocasionalmente e sempre detestava. Mas hoje era diferente. Hoje, eu estava muito satisfeito por estar na cozinha com minha mãe, e Caubói no campo, longe de mim.

Ao lado da pia, com uma faca afiada, comecei a cortar o primeiro tomate e me lembrei de Hank na ponte. O sangue, a faca, o grito doloroso à primeira punhalada, então o horror silencioso das outras que se seguiram. Naquele momento, acho que Hank sabia que ia ser esfaqueado por alguém que já fizera aquilo antes. Sabia que estava morto.

Minha cabeça bateu na perna de uma cadeira da cozinha. Quando acordei no sofá, minha mãe segurava um pano com gelo sobre minha orelha direita. Ela sorriu e disse:

— Você desmaiou, Luke.

Tentei dizer alguma coisa, mas minha boca estava seca demais. Ela me fez tomar um gole de água e disse que durante algum tempo eu não ia a lugar nenhum.

— Você está cansado? — ela perguntou.

Fiz que sim com a cabeça e fechei os olhos.

Duas vezes por ano o condado mandava um carregamento de cascalho para nossa estrada. O caminhão ia jogando o cascalho e atrás dele um nivelador alisava. O nivelador era dirigido por um homem velho que morava perto de Caraway. Tinha uma venda negra cobrindo um olho e o lado esquerdo do rosto era cheio de cicatrizes, desfigurado ao ponto de me fazer chorar quando era pequeno. Era um ferimento da Primeira Guerra, segundo Pappy, que afirmava saber mais sobre o velho do que contava. O nome dele era Otis.

Otis tinha dois macacos que o ajudavam a nivelar a estrada em Black Oak. Eram pequenas coisas negras com caudas compridas e corriam ao lado do nivelador, às vezes subindo na lâmina, a poucos centímetros da terra e do cascalho. Às vezes eles sentavam no ombro dele, ou na parte de trás do seu banco, ou no eixo comprido que ia da direção até a frente do aparelho. Enquanto Otis dirigia o nivelador para baixo e para cima na estrada, mudando os ângulos e a força da lâmina, cuspindo masca de fumo, os macacos pulavam e giravam sem medo e pareciam se divertir.

Se, por um infeliz acaso, nós, as crianças, não conseguíssemos chegar aos Cardinals, muitos queriam dirigir um nivelador de estrada. Era uma máquina grande, de grande força, controlada por um único homem, e todos os niveladores tinham de trabalhar com tal precisão — pés e mãos se movendo muito bem coordenados. Além disso, estradas niveladas eram cruciais para os fazendeiros da região rural de Arkansas. Poucos serviços eram mais importantes, pelo menos na nossa opinião.

Não tínhamos idéia do quanto pagava, mas tínhamos certeza de que era mais proveitoso do que cultivar a terra.

Quando ouvi o motor diesel eu sabia que Otis estava de volta. De mãos dadas eu e minha mãe fomos até a beira da estrada e de fato, entre a nossa casa e a ponte estavam os montes de cascalho novo. Otis os espalhava devagar, vindo na nossa direção. Recuamos para trás de uma árvore e esperamos.

Minha cabeça estava clara e eu me sentia forte. Minha mãe não parava de segurar meu ombro, como esperando que eu desmaiasse outra vez. Quando Otis chegou mais perto, me adiantei um pouco para a estrada. O motor roncava, a lâmina espalhava cascalho e terra. Nossa estrada estava sendo conservada, um evento extremamente importante.

Às vezes Otis acenava, às vezes não. Eu vi suas cicatrizes e a venda sobre o olho. Ah, quantas perguntas eu tinha para aquele homem!

E vi só um macaco. Estava sentado na parte principal do carro, logo atrás da direção e parecia muito triste. Procurei seu companheiro, mas não vi mais nenhum macaco.

Acenamos para Otis que olhou para nós mas não respondeu ao cumprimento. Era um sinal horrível de má educação no nosso mundo, mas afinal, Otis era diferente. Por causa dos ferimentos da guerra, não tinha mulher, nem filhos, nada além de isolamento.

De repente, a máquina parou. Otis se virou e olhou para mim com seu olho bom, depois fez sinal para que eu subisse a bordo. Imediatamente caminhei para ele e minha mãe se adiantou para proibir. Otis gritou:

— Está tudo bem! Ele vai ficar bem. — Mas a essa altura eu já estava perto da máquina,

Ele me puxou pelo braço para a plataforma onde estava sentado.

— Fique aqui — Otis disse, rispidamente, apontando para um lugar perto dele. — Segure nisto — ele rosnou e eu agarrei uma alça perto de uma alavanca que parecia tão importante que fiquei morrendo de medo de tocá-la. Olhei para baixo, para minha mãe, que estava com as mãos na cintura. Ela balançava a cabeça como se Otis fosse me estrangular, mas então vi a sugestão de um sorriso.

Ele puxou o acelerador e o motor tomou vida. Empurrou a embreagem com o pé, moveu um câmbio e saímos. A pé eu andaria mais depressa, mas com o barulho do diesel parecia que estávamos correndo.

Eu estava no lado esquerdo de Otis, muito perto do seu rosto e tentei não olhar para as cicatrizes. Depois de alguns minutos, ele parecia ter esquecido minha presença. Mas o macaco ficou curioso. Olhou para mim como se eu fosse um intruso, depois se aproximou, de quatro, preparado para me atacar a qualquer momento. Ele saltou para o ombro direito de Otis, passou por trás do pescoço e se instalou no ombro esquerdo, olhando para mim.

Eu olhava para ele. O macaco não era maior do que um filhote de esquilo, com um belo pêlo negro e olhos pequenos muito juntos, mal separados pelo nariz. A cauda comprida estava na frente da camisa de Otis. Otis dirigia os niveladores, movendo o cascalho, resmungando e não parecia perceber o macaco no seu ombro.

Quando tive certeza de que o macaco se contentava em olhar para mim, voltei a atenção para o funcionamento da niveladora. Otis estava com a lâmina abaixada, na vala, inclinada num ângulo fechado de modo que a lama, a relva e o mato eram arrancados e atirados na estrada. Eu sabia, por ter observado outras vezes que ele passaria pelo mesmo lugar muitas vezes, limpando as valas, nivelando o centro, espalhando o cascalho. Pappy, como a maioria dos fazendeiros achava que Otis e o condado deviam arrumar nossa estrada com maior freqüência.

Ele fez a volta, passou a lâmina na vala do outro lado e seguiu na direção da nossa casa. O macaco continuava imóvel.

— Onde está o outro macaco? — perguntei em voz alta, muito perto do ouvido de Otis.

Ele apontou para a lâmina e disse:

— Caiu.

Levei um segundo para registrar e então a idéia do pobre macaquinho caindo em cima da lâmina, e tendo uma morte tão medonha, me deixou horrorizado. Mas Otis não parecia dar muita importância. Porém o macaco sobrevivente estava sem dúvida lamentando a perda do companheiro. Ficou ali sentado, às vezes olhando para mim, às vezes para longe, muito sozinho. E certamente, tratando de ficar longe da lâmina.

Minha mãe estava parada no mesmo lugar. Acenei e ela acenou para mim, e outra vez Otis não tomou parte em nenhum dos dois movimentos. Ele cuspia uma vez ou outra, um longo jato de masca de fumo que atingia o chão na frente das rodas traseiras. Ele limpava a boca com a manga suja, tanto a esquerda quanto a direita, dependendo da mão que estivesse acionando a alavanca. Pappy dizia que Otis era muito sensato — masca de fumo escorria nos dois lados da sua boca.

Passando a nossa casa, eu vi, lá de cima da niveladora, o reboque no meio de um campo e alguns chapéus de palha espalhados por perto. Procurei os mexicanos e os encontrei na área de sempre, e pensei em Caubói com eles, a faca no bolso, sem dúvida orgulhoso do último crime. Imaginei se ele tinha contado aos outros. Provavelmente, não.

Por um momento fiquei com medo, por ter deixado minha mãe sozinha. Não fazia sentido, e eu sabia, mas a maior parte dos meus pensamentos era irracional.

Quando vi a linha das árvores na margem do rio, um novo temor me assaltou. De repente, tive medo de ver a ponte, a cena do crime. Com certeza devia haver manchas de sangue, prova de que alguma coisa horrível tinha acontecido. A chuva teria lavado tudo? Às vezes durante dias nenhum carro ou picape passava pela ponte. Alguém teria visto o sangue de Hank? Era mais provável que tivesse desaparecido.

Tinha mesmo havido derramamento de sangue? Ou tudo não passava de um pesadelo?

Eu também não queria ver o rio. A água corria vagarosamente nessa época do ano e Hank era uma vítima tão grande. Ele estaria na margem? Atirado pela água num banco de cascalho como uma baleia encalhada? Certamente eu não queria ser o primeiro a ver seu corpo.

Hank fora feito em pedaços. Caubói tinha a faca e carradas de motivos. Era um crime que até Stick Powers podia resolver.

Eu era apenas testemunha mas já resolvido a levar o segredo para o túmulo.

Otis mudou a marcha e fez a volta, o que não era fácil com uma niveladora, como eu estava aprendendo. Vi a ponte de relance, mas estávamos longe demais para ver muita coisa. O macaco cansou de olhar para mim e mudou de pouso, passando para o ombro esquerdo de Otis. Ele espiou por trás da cabeça de Otis por um minuto mais ou menos, depois ficou sentado, pousado como uma coruja, observando a estrada.

Ah, se Dewayne pudesse me ver agora! Ia morrer de inveja. Ficaria humilhado. Ia se sentir tão derrotado que ficaria sem falar comigo por um longo tempo. Eu mal podia esperar o sábado. Espalharia por toda a rua Principal que tinha passado o dia com Otis na niveladora — Otis e seu macaco. Só um. Seria obrigado a contar o que tinha acontecido com o outro. E todas aquelas alavancas e controles que, do chão, pareciam intimidadores mas que na realidade não eram problema para mim. Eu tinha aprendido a dirigir a niveladora! Seria um dos meus melhores momentos.

Otis parou na frente da nossa casa. Desci e gritei: "Muito obrigado!", mas ele saiu sem uma palavra, sem ao menos inclinar a cabeça.

De repente pensei no macaco morto e comecei a chorar. Eu não queria chorar, mas tentei em vão, e as lágrimas desceram e não consegui me controlar. Minha mãe correu para mim, perguntando o que tinha acontecido. Eu não sabia, apenas estava chorando. Estava assustado e cansado, quase a ponto de desmaiar outra vez e só queria que tudo voltasse ao normal, com os mexicanos e os Spruill fora da nossa vida, com Ricky em casa, com os Latcher em outro lugar qualquer, com o pesadelo de Hank apagado da minha memória. Eu estava cansado de segredos, cansado de ver coisas que não devia ver.

Então, eu apenas chorava.

Minha mãe me abraçou com força. Quando percebi que ela estava assustada consegui contar a morte do macaco.

— Você viu? — ela perguntou horrorizada.

Balancei a cabeça e expliquei. Fomos para a varanda e sentamos lá por um longo tempo.

A partida de Hank foi confirmada durante aquele dia. Durante o jantar, meu pai disse que o senhor Spruill tinha dito que Hank fora embora durante a noite. Ia pedir carona na estrada e voltar para casa, em Eureka Springs.

Hank estava flutuando no fundo do São Francisco e quando pensei nele lá embaixo com o peixe-gato do canal, perdi o apetite. Os adultos me observavam com mais atenção que de costume. Nas últimas vinte e quatro horas eu tinha desmaiado, tivera pesadelos, tinha chorado várias vezes, e pelo que eles sabiam dera um longo passeio dormindo. Alguma coisa estava errada comigo e eles estavam preocupados.

— Será que ele vai chegar em casa? — minha avó disse. Isso trouxe à baila uma porção de histórias sobre pessoas desaparecidas. Pappy tinha um primo que estava migrando com a família, do Mississípi para Arkansas. Viajavam em duas velhas picapes. Chegaram a um cruzamento da estrada de ferro. A primeira picape, dirigida pelo primo em questão, atravessou o cruzamento. Um trem apareceu e a segunda picape esperou que ele passasse. Era um trem muito comprido e quando finalmente passou, não havia nem sinal da primeira picape no outro lado. A segunda picape atravessou os trilhos e chegou a um cruzamento da estrada. O primo nunca mais foi visto e isso fora há trinta anos. Nem sinal dele ou da picape.

Eu tinha ouvido essa história muitas vezes. Sabia que a da minha avó vinha depois, e ela contou a história do pai de sua mãe, um homem com seis filhos, que um dia tomou um trem e fugiu para o Texas. Alguém da família o encontrou por acaso vinte anos depois. Ele tinha outra mulher e mais seis filhos.

— Você está bem, Luke? — Pappy perguntou, quando acabamos de comer. Estavam contando histórias em meu benefício, tentando me distrair por que estavam preocupados comigo.

— Só cansado, Pappy — eu disse.

— Quer ir para a cama mais cedo? — minha mãe perguntou e fiz que sim com a cabeça.

Fui para o quarto de Ricky enquanto elas lavavam os pratos. Minha carta para ele tinha agora duas páginas, um esforço monumental. Estava escondida debaixo do colchão e contava quase todo o conflito com os Latcher. Pensei em contar para Ricky tudo sobre Caubói e Hank, mas resolvi esperar até ele voltar para casa. A essa altura, os mexicanos teriam ido embora, tudo estaria seguro outra vez e Ricky saberia o que fazer.

Resolvi que a carta estava pronta para ser enviada, e então comecei a me preocupar, pensando em como eu ia pôr no correio. Sempre mandávamos nossa cartas juntas, sempre no mesmo grande envelope pardo. Resolvi consultar o senhor Lynch Thornton, no correio, na rua Principal.

Minha mãe leu para mim a história de Daniel e os leões, uma das minhas favoritas. Agora que o tempo tinha mudado e estava mais fresco, passávamos menos tempo na varanda e mais tempo lendo, antes de ir dormir. Minha mãe e eu líamos, os outros não. Ela preferia a Bíblia e eu gostava também. Ela lia um pouco, depois explicava. Então, lia mais um pouco. Havia uma lição em cada história e ela certificava-se de que eu tinha compreendido. Nada me irritava mais do que quando o irmão Akers deturpava todos os detalhes, nos seus longos sermões.

Quando eu estava pronto para dormir perguntei se ela podia ficar na cama de Ricky comigo até eu adormecer.

— É claro que fico — ela disse.

CAPÍTULO 27

DEPOIS DE UM DIA DE DESCANSO, de jeito nenhum meu pai toleraria mais ausência do campo. Ele me tirou da cama às cinco horas para a tarefa rotineira de apanhar leite e ovos.

Eu sabia que não era possível continuar em casa, com minha mãe, por isso, corajosamente me preparei para colher algodão. Teria de enfrentar Caubói em algum momento, antes de ele ir embora. O melhor era acabar com a expectativa e procurar fazer com que o encontro fosse no meio de muita gente.

Os mexicanos agora iam a pé para o campo, dispensando a viagem matinal no reboque. Podiam começar a colheita alguns minutos antes, além de ficar longe dos Spruill. Saímos de casa pouco antes do amanhecer. Sentado ao lado de Pappy, no trator, vi o rosto de minha mãe desaparecer lentamente na janela da cozinha. Eu tinha rezado longa e fervorosamente na noite anterior e algo me dizia que ela estava a salvo.

Seguindo para o campo, examinei o trator John Deere. Eu passava horas sentado nele, arando, usando o disco, plantando, até levando algodão para a cidade com meu pai ou com Pappy, e sempre o achei um veículo complexo e desafiador. Agora, depois de trinta minutos no nivelador de estradas, com sua coleção de alavancas e pedais, o trator parecia simples. Pappy apenas ficava sentado, as mãos na direção, os pés imóveis, quase dormindo — enquanto Otis era um estudo em movimento contínuo — outro motivo para que eu quisesse nivelar estradas e não cultivar a terra, é claro, se não desse certo minha carreira no beisebol, o que parecia pouco provável.

Os mexicanos já estavam na fileira da frente, perdidos no meio do algodão e sem dar atenção à nossa chegada. Eu sabia que Caubói estava entre eles, mas com a pouca luz do amanhecer não distinguia um mexicano do outro.

Eu o evitei até a parada para almoço. Evidentemente ele me viu durante a manhã, e achou que seria útil uma pequena lembrança. Enquanto o resto dos seus companheiros comiam as sobras do café da manhã na sombra do reboque de algodão, Caubói voltou para casa conosco. Sentou sozinho num lado da parte de trás da picape e eu o ignorei até estarmos quase chegando.

Quando finalmente me senti com coragem de olhar para ele, Caubói limpava as unhas com a ponta da faca, à minha espera. Ele sorriu — um sorriso maldoso que valia por mil palavras — e acenou para mim com a faca. Ninguém mais viu e eu desviei os olhos imediatamente.

Nosso acordo acabava de ser solidificado mais ainda.

No fim da tarde o reboque de algodão estava cheio. Depois de um jantar rápido Pappy disse que ele e eu íamos levar o algodão para a cidade. Fomos até o campo, o atrelamos à picape e então seguimos pela nossa estrada recentemente nivelada. Otis era um artista. A estrada estava lisa e macia, até mesmo na picape do meu avô.

Como sempre, Pappy não falou enquanto dirigia, e achei ótimo porque eu também não tinha nada para dizer. Uma porção de segredos e nenhum meio de me livrar deles. Atravessamos a ponte devagar e eu olhei com atenção para a água, lá embaixo, mas não vi nada fora do normal — nenhum sinal de sangue ou do crime que testemunhei.

Mais um dia horrível que passava depois do crime, um dia normal de trabalho e exaustão na fazenda. Eu pensava no segredo cada vez que respirava, mas achei que estava disfarçando bem. Minha mãe estava a salvo e era isso que importava.

Passamos pela estrada que levava à casa dos Latcher e Pappy olhou para o lado. No momento, eu os considerava apenas uma pequena preocupação.

Na rodovia, longe da fazenda, comecei a pensar que algum dia não muito distante eu poderia me libertar daquele peso. Podia contar só para Pappy, mais ninguém. Logo Caubói estaria de volta ao México, a salvo naquele mundo estrangeiro. Eu podia contar para Pappy e ele saberia o que fazer.

Entramos em Black Oak atrás de outro reboque que também ia para a usina. Quando estacionamos, desci e procurei ficar perto de Pappy. Alguns fazendeiros estavam reunidos no lado de fora do escritório da usina, e parecia que tratavam de coisas sérias. Nós nos aproximamos e escutamos.

As notícias eram sombrias e ameaçadoras. Na noite anterior chovera pesadamente no Condado de Clay, ao norte. Algumas regiões tiveram quinze centímetros de chuva em dez horas. O Condado de Clay ficava rio acima, no São Francisco. Os regatos e os ribeirões estavam cheios e desaguando no rio.

A água subia.

Debateram o quanto isso podia nos afetar. A opinião da minoria era de que a tempestade teria pouco impacto no rio perto de Black Oak. Estávamos muito longe e se não chovesse mais, uma pequena elevação das águas do São Francisco não daria para provocar enchente. Porém a maioria estava mais pessimista e desde que grande parte dela era de profissionais da preocupação, e a notícia foi recebida com grande inquietação.

Um fazendeiro disse que seu almanaque anunciava chuvas pesadas em meados de outubro.

Outro disse que seu primo em Oklahoma estava no meio de uma enchente e uma vez que o tempo para nós vinha do oeste, na sua opinião era um sinal de que as chuvas seriam inevitáveis.

Pappy resmungou alguma coisa sobre o tempo que vinha de Oklahoma viajar mais depressa do que qualquer notícia.

Houve muito debate e muitas opiniões e a atitude geral era de desalento. Tantas vezes tínhamos sido derrotados pelo tempo, pelos mercados ou pelo preço da semente e do fertilizante, que esperávamos o pior.

— Há vinte anos não temos uma enchente em outubro — disse o senhor Red Fletcher e isso iniciou um debate caloroso sobre a história das enchentes de outubro. Havia tantas versões e lembranças diferentes que o assunto ficou desesperadamente confuso.

Pappy não entrou na discussão e depois de ouvir durante meia hora, nos afastamos. Ele desengatou o reboque e voltamos para casa em silêncio, é claro. Uma ou duas vezes olhei para ele e vi exatamente o que esperava — mudo, preocupado, dirigindo com as duas mãos, a testa franzida, só pensando na iminência da enchente.

Estacionamos na ponte e fomos a pé até a lama na margem do São Francisco. Pappy examinou o rio por um momento, como se esperasse ver a água subir de repente. Eu morri de medo de ver o corpo de Hank flutuar e chegar até a margem bem na nossa frente. Sem uma palavra, Pappy apanhou um galho trazido pela água com mais ou menos dois centímetros de diâmetro e um metro de comprimento. Tirou uma pequena vareta dela e a fixou, com uma pedra no banco de areia, onde a água tinha cinco centímetros de profundidade. Com o canivete, marcou o nível da água.

— Verificaremos de manhã — ele disse, suas primeiras palavras em muito tempo.

Observamos nosso novo medidor, certos de que veríamos o rio subir. Quando isso não aconteceu, voltamos para a picape.

O rio me assustava, não porque podia transbordar. Hank estava lá, cortado, morto e inchado, cheio de água do rio, pronto para dar na margem onde alguém o encontraria. Teríamos um verdadeiro assassinato nas mãos, não apenas uma morte como o espancamento de Sisco, mas um crime genuíno.

A chuva me livraria de Caubói. E a chuva encheria o rio, fazendo-o correr mais depressa. Hank, ou o que restava dele, seria levado rio abaixo para outro condado, talvez, ou talvez até outro estado onde, algum dia, alguém o encontraria sem a menor idéia de quem podia ser.

302   JOHN GRISHAM

Antes de adormecer, naquela noite, rezei para que chovesse. Rezei com o maior fervor possível. Pedi a Deus a maior enchente desde Noé.

Estávamos no meio do café da manhã, no sábado, quando Pappy entrou pela varanda dos fundos. Um olhar para ele satisfez nossa curiosidade.

— O rio está com dez centímetros, Luke — ele me disse sentando-se e começando a se servir. — E há relâmpagos a oeste.

Meu pai franziu a testa mas não parou de comer. Quando se tratava do tempo ele era sempre pessimista. Se o tempo estava bom, era apenas uma questão de horas para ficar ruim. Se estava ruim, era o que ele esperava desde o começo. Minha avó recebeu a notícia sem mudar de expressão. Seu filho lutava na Coréia e isso era muito mais importante do que a proximidade da chuva. Ela nunca abandonara o solo e sabia que alguns anos eram bons, alguns maus, mas a vida não parava. Deus nos deu vida, saúde e alimento em abundância, e isso era mais do que muita gente podia dizer. Além disso, minha avó não tinha paciência com toda aquela aflição com o tempo. "Não se pode fazer nada", ela não cansava de repetir.

Minha mãe não sorriu nem franziu a testa, mas percebi uma curiosa expressão de contentamento. Ela estava resolvida a não passar a vida dependendo dos caprichos da terra. E mais resolvida ainda a providenciar para que eu não fosse fazendeiro. Seus dias na fazenda estavam contados e outra safra perdida só apressaria nossa partida.

Quando terminamos de comer, ouvimos o trovão. Minha avó e minha mãe tiraram a mesa e fizeram outro bule de café. Sentados à mesa conversando e ouvindo, esperamos para ver até onde iria a força da tempestade. Pensei que minhas orações estavam prestes a serem atendidas e me senti culpado por ter desejado aquilo.

Mas o trovão e os relâmpagos foram para o norte. Não choveu. Às sete horas da manhã estávamos no campo, colhendo com afinco e desejando que já fosse meio-dia.

Quando saímos para a cidade, só Miguel subiu na parte de trás da picape. O resto dos mexicanos trabalhava ainda, explicou, e ele precisava comprar algumas coisas para eles. Meu alívio foi imenso. Não seria obrigado a viajar com Caubói sentado a poucos centímetros de mim.

Pegamos chuva na entrada de Black Oak, uma garoa leve e não uma tempestade. As calçadas estavam movimentadas, as pessoas andando devagar debaixo das marquises das lojas, tentando em vão não se molhar.

O tempo impediu que muitas famílias fossem à cidade. Isso se tornou evidente às quatro horas, quando começou a matinê no cinema Dixie. Metade das cadeiras estava vazia, o que indicava que não era um sábado normal. No meio do primeiro filme, as luzes do cinema piscaram e a tela apagou. Sentamos no escuro, prontos para entrar em pânico e sair correndo, ouvindo os trovões.

— Estamos sem energia — disse uma voz, atrás da sala.

— Por favor, saiam devagar.

Amontoados no hall, vimos a chuva despencar na rua Principal. O céu estava cinzento, escuro e os poucos carros que passavam tinham os faróis acesos.

Até nós, os meninos pequenos, sabíamos que havia chuva demais, tempestades demais, muitos rumores sobre a subida das águas. As enchentes aconteciam na primavera, raramente durante a colheita. Em um mundo onde todos eram fazendeiros ou negociavam com os fazendeiros, uma estação chuvosa no meio de outubro era bastante deprimente.

Quando a chuva diminuiu um pouco, corremos pela calçada para encontrar nossos pais. Chuva pesada significava lama nas estradas e que a cidade logo estaria vazia porque as famílias dos fazendeiros queriam chegar em casa antes do anoitecer. Meu pai tinha falado em comprar uma lâmina para a serra, por isso entrei na loja de ferragens, esperando encontrá-lo. A loja estava cheia de pessoas, olhando para fora, esperando a chuva passar. Em pequenos grupos, os velhos contavam histórias de enchentes. As mulheres falavam sobre a quantidade de chuva nas suas cidades — Paragould, Lepanto e Manila. Os corredores da loja estavam cheias de gente só conversando, sem comprar nada, sem se interessar pela mercadoria.

Abri caminho no meio do povo, procurando meu pai. A loja de ferragens era velha e escura nos fundos, como uma caverna. O assoalho de madeira estavam molhado por causa do movimento e empenado por anos de uso. Na extremidade de uma passagem, virei e dei de cara com Tally.

— Olá, Luke — ela disse, com um sorriso.

— Como vai? — respondi, olhando para a lata de tinta. Ela a pôs no chão. — Para que a tinta?

— Oh, para nada — ela disse, sorrindo outra vez, e mais uma vez me fazendo lembrar que Tally era a garota mais bonita que eu já tinha visto, e quando ela sorria para mim, minha mente se esvaziava. Depois que você vê uma garota bonita nua, você se sente de certo modo ligado a ela.

Trot estava atrás dela, como um garotinho se escondendo atrás da saia da mãe. Falamos sobre a tempestade e contei a grande novidade da falta de energia no cinema no meio da matinê. Ela ouviu com interesse e quanto mais eu falava, mais queria falar. Contei os boatos da subida das águas e contei do medidor que Pappy tinha instalado no rio. Ela perguntou sobre Ricky e falamos nele por um longo tempo.

É claro que esqueci tudo sobre a tinta.

As luzes piscaram e a energia voltou. Mas chovia ainda e ninguém saiu da loja.

— Como vai aquela garota Latcher? — ela perguntou, olhando para os lados, como se alguém pudesse nos ouvir. Era um dos nossos grandes segredos.

Eu ia dizer alguma coisa quando de repente me lembrei que o irmão de Tally estava morto e ela não sabia. Os Spruill provavelmente pensavam que Hank já estava em casa, de volta a Eureka Springs, de volta à sua bela casa pintada. Eles o veriam uma semana antes do esperado, se continuasse a chover. Olhei para Tally e tentei falar, mas só podia pensar no quanto ela ficaria chocada se soubesse o que eu estava pensando.

Eu adorava Tally, a despeito das suas mudanças de atitude e dos seus segredos. Apesar do seu caso estranho com Caubói. Não podia deixar de adorar aquela garota e de modo nenhum queria magoá-la. A simples idéia de contar que Hank estava morto me deixava com as pernas bambas.

Eu gaguejei e balbuciei e olhei para o chão. De repente me senti gelado e assustado.

— A gente se vê — consegui dizer, fiz meia-volta e andei para a frente da loja.

Num intervalo da chuva, as lojas se esvaziaram e todos correram para os carros e para as picapes. As nuvens ainda estavam escuras e queríamos chegar em casa antes da chuva recomeçar.

CAPÍTULO 28

O DOMINGO AMANHECEU CINZENTO e nublado e não agradava ao meu pai a idéia de se molhar atrás da picape, a caminho da igreja. Além disso, nossa picape não era exatamente à prova d'água e geralmente a água pingava nas mulheres quando chovia. Raramente perdíamos o serviço religioso, mas a ameaça de chuva, uma ou outra vez, nos obrigava a ficar em casa. Há meses não perdíamos a igreja aos domingos e assim, quando minha avó sugeriu que depois do café ouvíssemos o rádio, todos concordaram. A Bellevue era a maior igreja batista de Mênfis e seus serviços religiosos eram transmitidos pela estação WHBQ. Pappy não gostava do pastor, dizia que ele era muito liberal, mas mesmo assim, nós gostávamos de ouvi-lo. E o coro tinha cem vozes, cerca de oitenta mais do que o coro da igreja batista de Black Oak.

Até muito depois do desjejum, ficamos sentados na cozinha, tomando café (eu inclusive), ouvindo o sermão para uma congregação de três mil membros preocupados com a mudança drástica do tempo. Os adultos se preocupavam, eu só fingia.

A Bellevue Batista tinha uma orquestra, imaginem, e quando eles tocaram as bênçãos, Mênfis parecia a um milhão de quilômetros de distância. Uma orquestra na igreja. A filha mais velha de minha avó, minha tia Betty, morava em Mênfis e embora ela não fosse à Bellevue, conhecia alguém que ia. Todos os homens usavam terno. Todas as famílias tinham belos carros. Era, sem dúvida, um mundo diferente.

Pappy e eu fomos na picape, até o rio para verificar nosso medidor. A chuva tentava destruir o trabalho de nivelamento de Otis. As valas rasas ao lado da estrada estavam cheias, a água abria sulcos e formava poças de lama. Paramos no meio da ponte e olhamos para os dois lados do rio. Até eu podia ver que a água tinha subido. Os bancos de areia e os bancos de cascalho estavam cobertos. A água era mais espessa e marrom-clara, evidência da drenagem dos regatos que corriam nos campos. A corrente rodopiava e se movia com maior rapidez. Entulho — madeira, troncos de árvores e até um ou dois galhos verdes — flutuavam na água.

Nosso medidor continuava de pé, mas precariamente. Poucos centímetros restavam acima da água. Pappy teve de molhar as botas para retirar a vareta. Ele a examinou como se ela tivesse feito algo errado e disse, quase como se falasse sozinho:

— Subiu cerca de vinte e cinco centímetros em vinte e quatro horas.

Ele se agachou e prendeu a vareta numa rocha. Eu então notei o barulho do rio. Não era muito alto, mas a água passava com rapidez, batendo nos bancos de areia e nos pontões da ponte. A corrente chocava-se contra os arbustos espessos da margem e tinha arrancado as raízes de um salgueiro. Era um ruído ameaçador. Que eu ouvia pela primeira vez.

Pappy ouvia tudo muito bem. Com a vareta ele apontou para a curva do rio, à direita e disse:

— Vai pegar primeiro os Latcher. Eles estão na parte mais baixa.

— Quando? — perguntei.

— Depende da chuva. Se parar, pode não haver enchente. Mas se continuar, estará acima dos bancos em uma semana.

— Quando foi a última enchente?

— Há três anos, mas foi na primavera. A última enchente de outubro foi há muito tempo.

Eu tinha muitas perguntas sobre enchentes, mas não era um assunto que Pappy gostasse de tratar. Observamos o rio por algum tempo ouvindo-o, depois voltamos para a picape e fomos para casa.

— Vamos até Siler's Creek — ele disse. As estradas para os campos estavam muito cheias de lama para a picape, por isso Pappy ligou o John Deere e saímos da fazenda com quase todos os Spruill e mexicanos olhando com grande curiosidade. O trator nunca era usado aos domingos. Sem dúvida Eli Chandler não ia trabalhar no dia de descanso.

O regato estava completamente diferente. Tinha desaparecido a água clara onde Tally gostava de tomar banho. Desaparecidos estavam os pequenos redemoinhos frescos que corriam sobre as rochas e os troncos. O regato era agora muito mais largo, cheio de água repleta de lama correndo para o São Francisco, a 800 metros de distância. Descemos do trator e fomos até a margem.

— É daqui que vêm as enchentes — Pappy disse. — Não do São Francisco. O solo é mais baixo aqui e quando o regato enche, vai direto para nossos campos.

A água estava a pelo menos três metros abaixo de nós, ainda contida com segurança na ravina aberta através da nossa fazenda há uma década. Parecia impossível que o regato pudesse se erguer o bastante para escapar.

— O senhor acha que vai haver uma enchente, Pappy?

Ele pensou longa e profundamente, ou talvez não estivesse pensando em nada. Olhava para o regato e finalmente disse, sem nenhuma convicção:

— Não. Tudo vai ficar bem.

Ouvimos o trovão no oeste.

Entrei na cozinha na segunda-feira de manhã e Pappy estava sentado à mesa, tomando café, mexendo nos botões do rádio. Tentava pegar uma estação de Little Rock para verificar a previsão do tempo. Minha avó, de pé, na frente do fogão, fritava bacon. A casa estava fria, mas o calor e o cheiro do bacon no fogo aqueciam tudo consideravelmente. Meu pai me deu um velho casaco de flanela que fora de Ricky, que eu vesti com relutância.

— Vamos colher hoje, Pappy? — perguntei.

— Logo saberemos — ele disse, sem tirar os olhos do rádio.

— Choveu a noite passada? — perguntei para minha avó, quando ela se inclinou para beijar minha testa.

— A noite inteira — ela disse. — Agora, vá apanhar alguns ovos.

Segui meu pai. Saímos pela varanda dos fundos, descemos os degraus e então vi uma coisa que me fez parar. O sol apenas começava a aparecer, mas já havia bastante luz. Não havia nenhum engano no que eu estava vendo.

Apontei e tudo que consegui dizer foi:

— Olhe.

Meu pai estava dez passos na minha frente, caminhando para o galinheiro.

— O que é, Luke? — ele perguntou.

Debaixo do carvalho onde Pappy estacionava a picape desde que eu me conhecia por gente, não havia nada. A picape desaparecera.

— A picape — eu disse.

Meu pai veio devagar para onde eu estava e ficamos olhando o lugar vazio. A picape sempre estivera ali, para sempre, como um dos carvalhos ou um dos galpões. Nós a víamos todos os dias, mas não a notávamos porque estava sempre no mesmo lugar.

Sem uma palavra, voltamos, subimos os degraus, atravessamos a varanda e entramos na cozinha.

— Alguma razão para a picape ter desaparecido? — meu pai perguntou.

Pappy olhou para minha avó, que olhou para meu pai. Todos olharam para mim como se mais uma vez eu tivesse feito alguma coisa errada. Então minha mãe entrou na cozinha e toda a família saiu da casa, em fila e foi até os sulcos de lama onde a picape devia estar.

Procuramos por toda a fazenda, como se a picape pudesse de algum modo ter ido sozinha para outro lugar.

— Eu a deixei bem aqui — Pappy disse, incrédulo. É claro que ele a tinha deixado bem ali. A picape nunca passou a noite em qualquer outro lugar da fazenda.

Ao longe, o senhor Spruill gritou.

— Tally!

— Alguém levou nossa picape — minha avó falou com voz quase inaudível.

— Onde estava a chave? — meu pai perguntou.

— Ao lado do rádio, como sempre — Pappy disse. A chave ficava sempre numa pequena vasilha de cerâmica ao lado do rádio, em cima da mesa da cozinha. Meu pai foi examinar a vasilha. Voltou imediatamente e disse:

— Desapareceu.

— Tally! — O senhor Spruill gritou outra vez, mais alto. Notamos uma certa agitação no acampamento dos Spruill. A senhora Spruill apareceu e começou a andar rapidamente na direção da nossa varanda. Quando nos viu parados ao lado da casa, olhando boquiabertos para o espaço onde a picape devia estar, ela correu para nós e disse:

— Tally se foi. Não a encontramos em lugar nenhum.

Os outros Spruill logo apareceram atrás dela e as duas famílias olhavam uma para a outra. Meu pai explicou que nossa picape tinha desaparecido.

— Ela sabe dirigir uma picape? — Pappy perguntou.

— Não, não sabe — a senhora Spruill disse, o que complicava as coisas.

Por um momento, todos examinaram a situação, em silêncio.

— Vocês não acham que Hank pode ter voltado e roubado a picape, acham? — Pappy perguntou.

— Hank não roubaria sua picape — o senhor Spruill disse com um misto de zanga e confusão. Naquele momento, quase qualquer coisa parecia tanto provável quanto impossível.

— Hank a esta altura está em casa — a senhora Spruill disse. Ela estava quase chorando.

Eu queria gritar, "Hank está morto!" e correr para a casa e me esconder debaixo de uma cama. Aquela pobre gente não sabia que o filho nunca chegara em casa. O segredo começava a ficar pesado demais para carregar sozinho. Dei um passo atrás de minha mãe.

Inclinando-se para meu pai, ela murmurou:

— É melhor ir ver onde está Caubói.

Porque eu tinha contado a ela que vi Caubói e Tally, minha mãe estava um passo na frente deles.

Meu pai pensou por um segundo depois olhou para o celeiro. Pappy, minha avó e finalmente o resto do grupo, olharam também.

Miguel caminhava devagar para nós, sem pressa, deixando marcas na grama molhada. Segurava na mão o chapéu de palha sujo e pelo seu modo de andar parecia que não tinha nenhuma vontade de fazer o que precisava.

— Bom dia, Miguel — Pappy disse, como se o dia estivesse começando como todos os outros.

— *Señor* — ele disse, inclinando a cabeça.

— Algum problema? — Pappy perguntou.

— *Sí, señor*. Um pequeno problema.

— O que é?

— Caubói foi embora. Acho que ele fugiu durante a noite.

— Deve ser contagioso — Pappy resmungou, depois cuspiu na grama. Os Spruill levaram alguns segundos para juntar os fatos. No começo, o desaparecimento de Tally nada tinha a ver com Caubói, pelo menos para eles. Evidentemente não sabiam do pequeno romance dos dois. Os Chandler compreenderam muito antes dos Spruill, mas nós tínhamos o benefício do meu conhecimento.

A realidade se instalou então.

— Acham que ele a levou? — o senhor Spruill perguntou, quase em pânico. A senhora Spruill fungava, tentando conter as lágrimas.

— Não sei o que pensar — Pappy disse. Ele estava muito mais preocupado com a colheita do que com a fuga de Tally e Caubói.

— Caubói levou as coisas dele? — meu pai perguntou para Miguel.

— *Sí, señor*.

— Tally levou as coisas dela? — meu pai perguntou para o senhor Spruill.

Ele não respondeu e a pergunta pairou no ar até Bo dizer:

— Sim, senhor, as mochilas dela desapareceram.

— O que ela tem na mochila?

— Roupas e coisas assim. E seu vidro com dinheiro.

A senhora Spruill chorou com mais força. Então, disse, num lamento:

— Oh, minha menininha!

Eu queria me esconder debaixo da casa.

Os Spruill eram agora um bando de derrotados. Todos de cabeça baixa, os ombros curvados para a frente, os olhos semicerrados. Sua adorada Tally fugira com um homem que consideravam de baixa classe, um intruso de pele escura de um país esquecido por Deus. Sua humilhação na nossa frente era completa e muito dolorosa.

Eu sofria também. Como Tally podia ter feito aquela coisa tão terrível? Ela era minha amiga. Me tratava como confidente e me protegia como se fosse minha irmã. Eu amava Tally e agora ela tinha fugido com um assassino empedernido.

— Ele a levou! — a senhora Spruill disse, chorando. Bo e Dale a levaram embora, deixando Trot e o senhor Spruill para cuidar do assunto. O olhar normalmente vazio de Trot fora substituído por uma expressão de grande confusão e tristeza. Tally era sua protetora, também. Agora ela se fora.

Os homens começaram a discutir sobre o que deviam fazer. A principal prioridade era encontrar Tally e a picape, antes que ele pudesse ir muito longe. Não havia nenhuma pista de quando tinham partido. Evidentemente usaram a tempestade para encobrir a fuga. Os Spruill não ouviram nada durante a noite, nada, a não ser os trovões e a chuva, e a entrada de veículos passava a 25 metros das suas barracas.

Podiam ter partido há horas, certamente tempo suficiente para chegar a Jonesboro, Mênfis, ou até Little Rock.

Mas os homens pareciam otimistas achando que Tally e Caubói seriam encontrados logo. O senhor Spruill foi soltar sua picape das cordas e dos cabos da tenda armada sobre ela. Pedi a meu pai para ir com eles, mas ele disse não. Fui então para minha mãe e ela também ficou firme.

— Não é seu lugar — ela disse.

Pappy e meu pai sentaram na frente, com o senhor Spruill, e saíram, derrapando na nossa estrada, os pneus escorregando, levantando lama atrás deles.

Passei pelo silo, entrei no que restava de um velho galpão de defumar e sentei durante uma hora debaixo do telhado apodrecido, vendo a chuva pingar na minha frente. Eu estava aliviado porque Caubói tinha ido embora e por isso agradeci a Deus numa oração curta mas sincera. Mas qualquer alívio por sua partida era superado pelo desapontamento com Tally. Consegui odiá-la pelo que ela havia feito. Eu a amaldiçoei, usando palavras ensinadas por Ricky e quando esgotei todas as que sabia e que podia lembrar, pedi perdão a Deus.

E pedi a Ele que protegesse Tally.

Os homens levaram duas horas para encontrar Stick Powers. Ele disse que estava voltando do quartel-general em Jonesboro, mas Pappy disse que ele parecia ter saído de um sono de uma semana. Stick ficou claramente entusiasmado com a idéia de ter um crime tão importante na sua jurisdição. Roubar a picape de um fazendeiro, no nosso código só ficava abaixo de assassinato e Stick deslanchou. Passou um rádio para todas as jurisdições que conseguiu contatar e em pouco tempo a maior parte do nordeste de Arkansas vibrava com a notícia.

Segundo Pappy, Stick não estava muito preocupado com o paradeiro de Tally. Ele imaginou, corretamente, que ela fora voluntariamente com o mexicano, o que era uma coisa vergonhosa, mas não exatamente um crime, mas o senhor Spruill não se cansava de usar a palavra "seqüestro".

Eu duvidava que os namorados se aventurassem numa viagem longa na nossa picape. Certamente queriam fugir de Arkansas, e Stick sugeriu que o mais provável era que tomassem um ônibus. Sem dúvida pareceriam suspeitos demais para pedir carona. Os motoristas de Arkansas não iam dar carona para um cara escuro como Caubói com uma jovem branca ao lado.

— Provavelmente vão tomar um ônibus para o norte —
Stick disse.

Quando Pappy nos contou isso, lembrei que Tally sonha-
va em morar no Canadá, bem longe do calor e da umidade.
Ela queria muita neve, e por algum motivo tinha escolhido
Montreal como seu lugar no mundo.

Os homens falaram sobre dinheiro. Meu pai fez as contas
e concluiu que Caubói recebera cerca de quatrocentos dólares
colhendo algodão. Mas ninguém sabia quanto ele havia mandado para casa. Tally tinha ganho cerca da metade e provavelmente economizou quase tudo. Sabíamos que tinha comprado tinta para Trot, mas não tínhamos idéia dos seus outros
gastos.

Foi nesse ponto da narrativa de Pappy que tive vontade
de abrir minha alma, falando sobre Hank. Caubói roubara tudo
que ele tinha, depois de matá-lo. Não havia meio de saber
quanto Hank tinha economizado do dinheiro da colheita, mas
eu sabia ao certo que agora Caubói tinha no bolso os 250 dólares de Sansão. Eu quase disse isso quando conversávamos
em volta da mesa da cozinha, mas estava simplesmente assustado demais. Caubói se fora, mas eles podiam encontrá-lo
em algum lugar.

Espere, eu repetia para mim mesmo. Apenas espere. Vai
chegar o momento em que me livrarei de todos esses pesos.

Fosse qual fosse o estado das finanças deles, era evidente
que Tally e Caubói tinham dinheiro para andar de ônibus por
um longo tempo.

E nós estávamos quebrados, como sempre. Houve uma
breve conversa sobre como arranjar outra picape no caso da
nossa não ser encontrada, mas o assunto era doloroso demais
para se continuar discutindo. Além disso eu estava escutando.

Almoçamos cedo, depois sentamos na varanda dos fundos e olhamos a chuva cair.

CAPÍTULO 29

O VELHO CARRO PATRULHA DE STICK apareceu na entrada de veículos da nossa fazenda com a nossa picape roubada atrás dele. Stick desceu, cheio de importância por ter resolvido a parte mais urgente do crime. O outro policial de Black Oak dirigia a picape, que, pelo que podíamos ver, não tinha nada de diferente. Os Spruill correram para nós, ansiosos por alguma notícia de Tally.

— Encontraram na estação de ônibus em Jonesboro — Stick anunciou para o pequeno grupo em volta dele. — Bem como eu imaginei.

— Onde estava a chave? — Pappy perguntou.

— Debaixo do banco. E o tanque está cheio. Não sei se estava cheio quando eles partiram, mas está cheio agora.

— Estava pela metade — Pappy disse, atônito.

Nós todos estávamos surpresos, não apenas por ver a picape outra vez, mas por ver que estava igual ao que era antes. Depois de passar um dia inteiro pensando no futuro sem a picape, sem meio de transporte, era realmente uma boa surpresa. Estaríamos no mesmo barco que os Latcher, obrigados a pedir carona para a cidade para quem passasse na estrada. Eu não podia imaginar uma situação tão angustiante, e estava agora mais do que nunca resolvido a algum dia morar em uma cidade onde todo mundo tinha carro.

— Acho que eles só a tomaram emprestada — o senhor Spruill disse, quase para ele mesmo.

— Foi o que pensamos — Stick disse. — Ainda querem dar queixa? — perguntou para Pappy.

Ele e meu pai se entreolharam.

— Acho que não — Pappy disse.

— Alguém os viu? — a senhora Spruill perguntou em voz baixa.

— Sim, senhora. Compraram duas passagens para Chicago, e esperaram cinco horas na estação de ônibus. O funcionário sabia que alguma coisa estava errada, mas achou que não era da conta dele. Fugir com um mexicano não é a coisa mais inteligente do mundo, mas não é crime. O funcionário da estação disse que os vigiou a noite toda e eles tentaram ignorar um ao outro, como se nada tivesse acontecido. Eles não sentaram juntos. Mas quando o ônibus chegou, entraram juntos.

— A que horas o ônibus saiu? — o senhor Spruill perguntou.

— Seis horas da manhã. — Stick tirou um envelope do bolso e o estendeu para o senhor Spruill. — Encontrei isto no banco da frente. Acho que é um bilhete de Tally para vocês todos. Eu não li.

O senhor Spruill entregou o envelope para a senhora Spruill que o abriu rapidamente e tirou uma folha de papel. Começou a ler e a enxugar os olhos. Todos olhavam para ela, em silêncio. Até Trot, que estava se escondendo atrás de Bo e Dale, se inclinou para a frente para ver a carta.

— Não é da minha conta, senhora — Stick disse —, mas se tem alguma informação útil, talvez eu tenha de saber.

A senhora Spruill continuou a ler e quando terminou, olhou para o chão e disse:

— Ela diz que não vai voltar para casa. Diz que ela e Caubói vão casar e morar no norte, onde podem arranjar bons empregos e coisa assim. — As lágrimas e as fungadelas pararam de repente. A senhora Spruill agora estava mais zangada do que qualquer outra coisa. Sua filha não fora seqüestrada, tinha fugido com um mexicano e ia casar com ele.

— Vão ficar em Chicago? — Stick perguntou.

— Não diz. Só diz no norte.

Os Spruill começaram a voltar para o acampamento. Meu pai agradeceu a Stick e ao outro policial por trazerem nossa picape.

— O senhor conseguiu mais do que muita gente — Stick disse, abrindo a porta do carro patrulha.

— Está todo molhado — Pappy exclamou.

— O rio está subindo no norte — Stick acrescentou, como se fosse um entendido —, mais chuva vem aí.

— Obrigado, Stick — Pappy disse.

Os dois entraram no carro patrulha, Stick na direção. Quando ele ia fechar a porta, saltou para fora do carro e disse:

— Olhe, Eli, falei com o xerife de Eureka Springs. Ele não viu o grandão, Hank. O garoto já devia estar em casa, não acha?

— Acho que sim. Ele foi embora há uma semana.

— Tem idéia de onde ele pode estar?

— Não me preocupo com isso — Pappy respondeu.

— Eu não acabei com ele, sabe? Quando o encontrar vou pôr seu traseiro na cadeia, em Jonesboro e teremos um julgamento.

— Faça isso, Stick — Pappy disse e deu as costas para o policial. — Faça isso.

Os pneus carecas de Stick giraram em falso e derraparam na lama, mas finalmente ele conseguiu chegar à estrada. Minha mãe e minha avó voltaram para a cozinha para começar a cozinhar.

Pappy apanhou as ferramentas e as espalhou na parte de trás da picape. Abriu o capô e começou a inspecionar o motor. Sentei no pára-choque, passando as ferramentas para ele, observando cada movimento.

— Por que uma boa moça como Tally quer casar com um mexicano? — perguntei.

Pappy apertou a correia do ventilador. Certamente Caubói não se dera ao trabalho de parar, levantar o capô e verificar o motor, quando estava fugindo com Tally, mas Pappy estava resolvido a ajustar e consertar como se o veículo tivesse sido sabotado.

— Mulheres — ele disse.

— Como assim?

— As mulheres fazem coisas estúpidas.

Esperei um esclarecimento, mas a resposta estava completa.

— Eu não entendo — falei, afinal.

— Nem eu. Nem vai entender nunca. Não se espera que alguém compreenda as mulheres.

Ele retirou o filtro de ar e olhou desconfiado para o carburador. Por um momento pareceu que tinha encontrado prova de sabotagem, mas depois apertou um parafuso e ficou satisfeito.

— Acha que vão encontrar Tally? — perguntei.

— Não estão procurando. Temos a picape de volta, portanto não há nenhum crime e nenhuma polícia está à procura deles. Duvido que os Spruill se dêem ao trabalho de procurar por eles. Por que vão se incomodar? Se tiverem sorte de encontrar os dois, o que vão fazer?

— Não podem fazer Tally voltar para casa?

— Não. Se ela casar então é considerada adulta. Não se pode obrigar uma mulher casada a fazer coisa nenhuma.

Ligou o motor e escutou o ruído. Para mim era o mesmo de antes, mas Pappy achou que tinha uma batida diferente.

— Vamos dar uma volta — ele disse. Gastar gasolina é um pecado para Pappy, mas ele parecia ansioso para queimar um pouco do combustível deixado por Tally e Caubói.

Entramos na picape, ele deu marcha a ré, e fomos para a estrada. Eu estava sentado onde até poucas horas antes Tally estivera, quando fugiram durante a tempestade. Eu só pensava nela, mais perplexo do que nunca.

A estrada estava muito molhada e cheia de lama para permitir que Pappy atingisse seus sessenta quilômetros, mas ele ainda achava que podia detectar alguma coisa errada no motor. Paramos na ponte e olhamos para o rio. Os bancos de cascalho e de areia tinham desaparecido, não havia nada além de água entre eles — água e entulho trazido pelo rio, que corria mais rápido do que nunca. A vareta de Pappy, seu medidor de enchente, há muito tinha sido levada pela corrente. Não precisávamos dela para saber que o São Francisco ia transbordar.

Pappy parecia hipnotizado pelo movimento e pelo barulho da água. Eu não sabia se ele queria praguejar ou chorar. É claro que nem uma coisa nem outra ajudaria em nada e acho que Pappy, talvez pela primeira vez, compreendeu que ia perder outra safra.

Fosse o que fosse que estivesse errado com o motor, tinha consertado sozinho quando voltamos para casa. No jantar, Pappy afirmou que a picape estava perfeita, e começamos uma longa conversa sobre Tally e Caubói, onde estariam e o que estariam fazendo. Meu pai ouvira dizer que havia muitos mexicanos em Chicago e ele achava que Caubói e sua nova mulher simplesmente iam se adaptar à nova cidade e nunca mais seriam vistos.

Eu estava tão preocupado com Tally que mal conseguia comer.

Quase no fim da manhã seguinte, com o sol esforçando-se para espiar entre as nuvens, voltamos ao campo para apanhar algodão, todos cansados de ficar em casa, olhando para o céu. Até eu queria ir para o campo.

Os mexicanos pareciam especialmente ansiosos para trabalhar. Afinal estavam a trezentos quilômetros de casa, sem receber nada.

Mas o algodão estava muito molhado e o solo muito macio. A lama grudava nas minhas botas e no meu saco de algodão, assim, depois de uma hora eu tinha a impressão de estar arrastando um tronco de árvore. Paramos depois de duas horas e voltamos para casa, um grupo tristonho e desanimado.

Os Spruill estavam fartos. Não foi surpresa vê-los levantar acampamento. Trabalhavam devagar, como se só relutantemente admitissem a derrota. O senhor Spruill disse para Pappy que não adiantava ficar se não podiam trabalhar. Estavam cansados de chuva e não podíamos culpá-los, depois de seis semanas acampados no nosso gramado, na frente da casa. Suas velhas barracas e lonas cediam ao peso da água. Os colchões em que dormiam estavam meio expostos ao tempo e cheios de lama. Eu teria ido embora muito tempo antes.

Sentados na varanda os vimos juntar as coisas de qualquer jeito e amontoar na picape e no reboque. Tinham mais espaço agora, sem Tally e sem Hank.

De repente tive medo, pensando que iam embora. Logo estariam em casa e não encontrariam Hank. Esperariam, depois iam procurar, depois começariam a fazer perguntas. Eu não sabia como isso podia me afetar no futuro, mas fiquei assustado assim mesmo.

Minha mãe me obrigou a ir com ela à horta, onde colhemos alimento para vinte pessoas. Lavamos o milho, os pepinos, os tomates, o quiabo e as verduras na pia da cozinha, depois ela arrumou tudo cuidadosamente numa caixa de papelão. Minha avó juntou uma dúzia de ovos, um quilo de presunto, meio quilo de manteiga e dois vidros de conservas. Os Spruill não iriam embora sem comida para a viagem.

No meio da tarde acabaram a arrumação. A picape e o reboque estavam sobrecarregados — caixas e sacos de lona dependurados nos lados, precariamente presos por arames e certamente destinados a cair. Quando ficou aparente que estavam prontos para partir, nós todos, como uma família, descemos os degraus da frente e atravessamos o gramado, para nos despedir. O senhor e a senhora Spruill caminharam ao nosso encontro e agradeceram a comida. Pediram desculpas por partir antes de todo o algodão estar colhido, mas nós todos sabíamos que havia uma boa probabilidade de terminarmos a colheita. Tentaram sorrir e ser educados, mas sua dor era evidente. Olhando para eles, não pude deixar de pensar que se arrependeriam por toda a vida de terem resolvido trabalhar na nossa fazenda. Se tivessem escolhido outra, Tally não teria conhecido Caubói. E Hank podia ainda estar vivo, embora, dado seu temperamento violento, provavelmente estava condenado a morrer cedo. "Quem vive pela espada, morre pela espada", minha avó gostava de citar.

Eu me senti culpado de todos os maus pensamentos que tive contra eles, E me senti como um ladrão porque sabia a verdade sobre Hank e eles não sabiam.

Despedi-me de Bo e de Dale, que não tinham muito a dizer. Trot estava se escondendo atrás do reboque. Quando as despedidas estavam terminando, ele se aproximou de mim e murmurou alguma coisa que não compreendi. Então, estendeu a mão, me oferecendo o pincel, que aceitei. Não tive escolha.

Isso foi testemunhado pelos adultos e, por um momento, ninguém disse nada.

— Ali — Trot grunhiu, apontando para a picape deles. Bo entendeu e apanhou alguma coisa da parte de trás do veículo. Era uma lata de esmalte branco, limpa e fechada com um logo brilhante de Tinta Pittsburgh. Ele a pôs no chão na minha frente e apanhou outra.

— É para você — Trot disse.

Olhei para as latas de tinta, depois para Pappy e para minha avó. Embora há dias ninguém tivesse falado sobre a pintura da casa, há algum tempo todos sabiam que Trot jamais terminaria seu projeto. Agora ele passava o trabalho para mim. Olhei para minha mãe. Seus lábios se ergueram num sorriso curioso.

— Tally comprou — Dale disse.

Bati com o pincel na perna e finalmente consegui dizer:

— Obrigado.

Trot sorriu idiotamente para mim, e todos sorriram com ele. Mais uma vez caminharam para a picape, mas agora conseguiram entrar. Trot estava no reboque, sozinho. Tally estava com ele quando eu os vi pela primeira vez. Ele parecia triste e abandonado.

O motor da picape demorou para pegar. A embreagem gemeu e raspou e quando finalmente se soltou, carro e reboque deram um pulo para a frente. Os Spruill partiram, com toda a tralha de panelas e caixas balançando de um lado para o outro, Bo e Dale saltando num colchão e Trot enrodilhado num canto do reboque, atrás. Acenamos até desaparecerem.

Ninguém falou sobre o próximo ano. Os Spruill não voltariam. Sabíamos que jamais os veríamos outra vez.

O pouco de grama que restou na frente da casa estava amassada e quando verifiquei os danos imediatamente fiquei feliz por terem ido embora. Com o pé espalhei as cinzas das fogueiras da base do batedor e mais uma vez me admirei da insensibilidade deles. Vi os sulcos da picape e os buracos dos paus que sustentavam as barracas. No ano seguinte eu levantaria uma cerca para afastar os montanheses do meu campo de beisebol.

Meu projeto imediato era acabar o que Trot havia começado. Levei a tinta para a varanda, uma lata de cada vez, e me surpreendi com o peso. Esperava que Pappy dissesse alguma coisa mas ele não disse nada. Minha mãe, entretanto, deu algumas ordens ao meu pai que rapidamente ergueu um andaime no lado leste da casa. Era uma plataforma de carvalho de um metro por sessenta centímetros, com dois metros e quinze de comprimento, sustentada por um cavalete numa ponta e por um tambor vazio de óleo diesel na outra, inclinando-se levemente para o lado do tambor, mas não dava para prejudicar o equilíbrio do pintor. Meu pai abriu a primeira lata, mexeu a tinta com uma vareta e me ajudou a subir no andaime. Ele me deu algumas instruções breves, mas como eu não sabia quase nada de pintura, tive de me virar sozinho. Imaginei que se Trot podia, eu também podia.

Minha mãe me observou atentamente oferecendo conselhos como: "Não deixe pingar" e "Não se apresse". No lado leste da casa, Trot tinha pintado as seis tábuas de baixo, da frente até os fundos, e com meu andaime eu consegui alcançar mais noventa centímetros acima do trabalho dele. Eu não tinha certeza de como ia pintar até o telhado, mas resolvi me preocupar com isso mais tarde.

As tábuas velhas absorveram rapidamente a primeira demão de tinta. A segunda foi mais fácil e mais branca. Depois de alguns minutos eu estava fascinado com o trabalho, porque os resultados eram imediatos.

— Como vou indo? — perguntei, sem olhar para baixo.

— Está uma beleza, Luke — minha mãe disse. — Trate de trabalhar devagar, não se apresse. E não caia.

— Não vou cair. — Por que ela sempre me avisava de perigos tão óbvios?

Meu pai trocou o lugar do andaime duas vezes naquela tarde e na hora do jantar eu tinha usado uma lata inteira de tinta. Lavei as mãos com sabão de lixívia, mas a tinta grudou nas minhas unhas. Não me importei. Estava orgulhoso com meu novo ofício. Eu estava fazendo uma coisa que nenhum Chandler fizera antes.

A pintura da casa não foi mencionada durante o jantar. Havia assuntos mais importantes. Nossos montanheses tinham ido embora deixando muito algodão ainda por colher. Não ouvimos falar da partida de outros trabalhadores porque o campo estava molhado. Pappy não queria que soubessem que estávamos cedendo qualquer coisa para a chuva. O tempo ia mudar — ele insistia —, nunca tivemos tantas tempestades quase no fim do ano,

Ao anoitecer, fomos para a varanda da frente, agora mais quieta ainda. Os Cardinals eram uma lembrança distante, e raramente ouvíamos qualquer outra coisa depois do jantar. Pappy não queria gastar eletricidade. Sentei nos degraus e olhei para o gramado na frente da casa, quieto e vazio. Durante seis semanas esteve coberto de barracas, caixas e caixotes. Agora, não tinha nada.

Algumas folhas caídas espalhavam-se pelo gramado. A noite estava fria e clara, o que levou meu pai a fazer a previsão de que amanhã teríamos uma boa oportunidade de colher algodão por doze horas seguidas. Tudo que eu queria fazer era pintar.

CAPÍTULO 30

OLHEI PARA O RELÓGIO EM CIMA do fogão enquanto comíamos. Eram quatro e dez, o café da manhã mais madrugador que eu lembrava. Meu pai falou somente para dar a previsão do tempo — frio, claro, sem nenhuma nuvem, com o solo macio, mas suficientemente firme para colher algodão.

Os adultos estavam ansiosos. Grande parte da nossa safra estava ainda por colher e se continuasse assim, nossa pequena operação de cultivo ficaria com dívidas. Minha mãe e minha avó terminaram de lavar os pratos em tempo recorde e saímos todos juntos. Os mexicanos foram conosco para o campo. Amontoaram-se num lado do reboque, tentando se manter aquecidos.

Dias claros e secos eram raros agora e atacamos este como se fosse o último. Quando o sol nasceu eu estava exausto, mas qualquer queixa só teria como resultado uma rigorosa censura. Outro desastre da nossa safra pairava ameaçador e precisávamos trabalhar até cair. Chegou a vontade de dormir um pouco, mas eu sabia que levaria uma sova de cinto do meu pai se fosse apanhado dormindo.

O almoço foi biscoito frio e presunto, que comemos apressadamente à sombra do reboque de algodão. Ao meio-dia fazia calor e uma sesta seria bem-vinda. Em vez disso, sentamos nos nossos sacos de aniagem, comemos nossos biscoitos e olhamos para o céu. Mesmo quando falávamos nossos olhos estavam no céu.

E, naturalmente, um dia claro significava que uma tempestade estava a caminho, portanto depois de vinte minutos, meu pai e Pappy anunciaram que o tempo para almoço estava acabado. As mulheres levantaram-se com a mesma rapidez dos homens, ansiosas para provar que podiam trabalhar tanto quanto eles. Só eu me levantei com relutância. Podia ter sido pior. Os mexicanos sequer pararam para comer. Passei a tarde tediosa pensando em Tally, depois em Hank, depois outra vez em Tally. Pensei também nos Spruill e os invejei por terem escapado. Tentei imaginar o que fariam quando chegassem em casa e Hank não estivesse à espera deles. Tentei dizer para mim mesmo que na verdade não me importava.

Há várias semanas não recebíamos carta de Ricky. Ouvi os adultos murmurarem sobre isso. Eu não tinha ainda enviado minha narrativa, primeiro porque não sabia como ia pôr no correio sem ser apanhado. E eu estava pensando que talvez não fosse direito preocupar Ricky com o caso Latcher. Ele tinha muito em que pensar. Se Ricky estivesse em casa, iríamos pescar e eu contaria tudo. Começaria com a morte de Sisco sem omitir nenhum detalhe — o bebê Latcher, Hank e Caubói, tudo. Ricky saberia o que fazer. Eu desejava ardentemente que ele voltasse para casa.

Não sei quanto algodão colhi naquele dia, mas tenho certeza de que foi um recorde mundial para um garoto de sete anos. Quando o sol desapareceu atrás das árvores ao longo do rio, minha mãe me encontrou e voltamos juntos para casa. Minha avó ficou no campo, colhendo tão rápido quanto os homens.

— Até quando eles vão trabalhar? — perguntei a minha mãe. Estávamos tão cansados que andar era um desafio.

— Até escurecer, eu acho.

Estava quase escuro quando chegamos em casa. Eu queria cair no sofá e dormir por uma semana, mas minha mãe me mandou lavar as mãos e ajudar a fazer o jantar. Ela fez pão de milho e aqueceu as sobras enquanto eu descascava e cortava tomates. Ouvimos o rádio — nem uma palavra sobre a Coréia.

A despeito do dia brutal no campo, meu pai e Pappy estavam de bom humor quando se sentaram à mesa. Os dois tinham colhido quinhentos e cinqüenta quilos. As chuvas recentes tinham feito subir o preço do algodão no mercado de Mênfis e se tivéssemos mais uns poucos dias de tempo seco, poderíamos sobreviver outro ano. Minha avó ouvia com ar distante. Escutava mas não ouvia. Estava outra vez na Coréia. Minha mãe estava cansada demais para falar.

Pappy detestava comida requentada, mas assim mesmo agradeceu ao Senhor. Agradeceu também o tempo seco e pediu mais. Comemos devagar, finalmente dominados pela exaustão daquele dia. As conversas eram em voz baixa e curtas.

Ouvi o trovão primeiro. Era um ronco surdo, distante e olhei para ver se alguém tinha ouvido também. Pappy falava sobre os mercados de algodão. Alguns minutos depois o ronco estava muito mais perto e quando o relâmpago cortou o céu ao longe, já não era mais importante. O vento tomou força e o telhado de zinco da varanda dos fundos começou a soar de leve. Evitamos olhar uns para os outros.

Pappy cruzou as mãos e apoiou o cotovelo na mesa, como se fosse rezar outra vez. Acabava de pedir a Deus mais tempo bom. Agora, estávamos prestes a ter outra enchente.

Os ombros de meu pai se curvaram. Ele passou a mão na testa e olhou para a parede. A chuva começou a bater no telhado, um pouco alto demais e minha avó disse:

— É granizo.

Granizo significava vento forte e muita chuva e a tempestade chegou rugindo à nossa fazenda. Ficamos sentados por um longo tempo ouvindo os trovões e a chuva, ignorando o jantar ainda no meio, imaginando quantos centímetros iam cair e quanto tempo passaria antes que pudéssemos colher outra vez. O São Francisco não podia conter muito mais água e quando ele transbordasse acabaria com a nossa safra.

A tempestade passou mas a chuva continuou, às vezes muito pesada. Finalmente saímos da cozinha. Fui até a varanda da frente com Pappy e tudo que vi foi uma poça d'água entre a casa e a estrada. Senti pena dele, ali sentado no balanço, olhando incrédulo para as ondas de água que Deus estava nos mandando.

Mais tarde minha mãe leu histórias da Bíblia para mim, sua voz quase inaudível acima da chuva no telhado. A história de Noé e o dilúvio era proibida. Adormeci antes do jovem Davi matar Golias.

No dia seguinte meus pais anunciaram que iam à cidade. Fui convidado — teria sido muito cruel me negar a viagem — mas Pappy e minha avó não foram incluídos no convite. Era uma saída da família. Sorvete foi mencionado como uma possibilidade. Graças a Caubói e Tally, tínhamos alguma gasolina de graça e nada para fazer na fazenda.

Sentei na frente com eles prestando atenção ao velocímetro. Quando entramos na rodovia e seguimos para o norte, na direção de Black Oak, meu pai parou de mudar as marchas e passou para setenta quilômetros por hora. Ao que eu podia ver, a picape andava do mesmo modo que a sessenta quilômetros, mas eu não ia dizer isso para Pappy.

Era estranhamente reconfortante ver as outras fazendas paradas por causa da chuva. Ninguém estava trabalhando no campo, tentando colher algodão. Não se via nem um mexicano.

Nossas terras eram baixas, sujeitas a enchente, e perdíamos a safra, enquanto que outros fazendeiros não perdiam as suas. Mas agora parecia que todos estavam igualmente alagados.

Era o meio do dia e não tínhamos nada para fazer a não ser esperar, por isso famílias se reuniam nas varandas, vendo o movimento. As mulheres debulhavam ervilhas. Os homens falavam e se preocupavam. As crianças sentavam nos degraus da frente das casas ou brincavam na lama. Nós conhecíamos todos, todas as casas. Acenávamos, eles acenavam de volta e eu quase podia ouvi-los dizer: "Por que será que os Chandler vão à cidade?"

A rua Principal estava quieta. Estacionamos na frente da loja de ferragens. Três portas adiante, na Cooperativa, um grupo de fazendeiros, de macacão, falavam de coisas sérias. Meu pai sentiu-se na obrigação de dar suas informações também, ou pelo menos ouvir seus pensamentos e opiniões sobre quando a chuva ia parar. Fui com minha mãe para a farmácia, onde vendiam sorvete num balcão nos fundos. Uma bonita garota da cidade, chamada Cindy trabalhava lá nem sei há quanto tempo. Cindy não tinha nenhum freguês no momento e recebi uma porção especialmente generosa de sorvete de creme, com cerejas. Minha mãe pagou cinco centavos. Sentei na banqueta na frente do balcão. Quando viu que eu estaria seguro ali por uns trinta minutos, minha mãe foi fazer suas compras.

Um irmão mais velho de Cindy fora morto em um terrível acidente de carro e, sempre que eu a via, pensava nas histórias que tinha ouvido. O carro pegou fogo e não puderam tirar seu irmão dos destroços. E uma verdadeira multidão assistira, o que significava que havia várias versões sobre o horror do acidente. Ela era bonitinha, mas tinha os olhos tristes e eu sabia que era por causa da tragédia. Cindy não estava com vontade de falar e eu achei muito bom. Tomei o sorvete devagar, resolvido a fazer com que durasse um longo tempo, enquanto observava cada movimento à minha volta.

Eu ouvira parte da conversa dos meu pais, o bastante para saber que pretendiam dar um telefonema. Como não tínhamos telefone, precisávamos pedir para alguém para telefonar. Eu tinha quase certeza de que iam usar o telefone do armazém de Pop e Pearl.

A maioria das casas da cidade tinha telefone, bem como as lojas. E os fazendeiros que moravam a três ou cinco quilômetros da cidade também tinham, pois as linhas alcançavam suas fazendas. Minha mãe me disse certa vez que levaria anos para que as linhas chegassem à nossa casa. De qualquer modo Pappy não queria nenhum telefone. Dizia que quem tinha telefone, era obrigado a falar sempre que fosse conveniente para os outros, não para você. Uma televisão podia ser interessante, mas esqueçam o telefone.

Jackie Moon entrou e foi direto para o balcão de Cindy.

— Olá, pequeno Chandler — ele disse, passou a mão na minha cabeça e sentou ao meu lado. — O que o traz aqui? — perguntou.

— Sorvete — eu disse, e ele riu.

Cindy veio até nós e perguntou:

— O de sempre?

— Sim, senhora — Jackie respondeu. — E como vai você?

— Vou bem, Jackie — ela arrulhou. Olharam-se por algum tempo e tive a impressão de que havia alguma coisa entres os dois. Ela virou para preparar o de sempre e Jackie a examinou dos pés à cabeça.

— Notícias de Ricky? — ele perguntou ainda olhando para Cindy.

— Não ultimamente — eu disse, olhando também.

— Ricky é um cara durão. Ele vai ficar bem.

— Eu sei.

Ele acendeu um cigarro e fumou por um momento.

— Muita água na fazenda? — ele perguntou.

— Estamos encharcados.

Cindy pôs uma taça de sorvete de chocolate e uma xícara de café puro na frente de Jackie.

— Estão dizendo que deve chover por algumas semanas — ele disse. — Eu não duvido.

— Chuva, chuva, chuva — Cindy disse —, todo mundo só fala nisso. Não se cansam de falar sobre o tempo?

— Não temos nada mais para falar — Jackie disse —, não se você trabalha na terra.

— Só um tolo quer ser fazendeiro — ela disse e atirou no balcão a toalha que segurava e foi para a caixa registradora.

Jackie tomou uma colherada de sorvete.

— Provavelmente ela tem razão, você sabe.

— Provavelmente tem.

— Seu pai vai para o norte? — ele perguntou.

— Vai para onde?

— Para o norte, para Flint. Ouvi dizer que os homens já estão dando telefonemas para arranjar um lugar na fábrica de carros Buick. Dizem que os empregos estão difíceis este ano, que não podem contratar tantos quanto costumavam, por isso o pessoal já está providenciando os pedidos. O algodão foi para o inferno outra vez. Outra boa chuva e o rio transborda. A maioria dos fazendeiros terá sorte se conseguir salvar meia safra. É uma bobagem, não acha? Trabalham como loucos durante seis meses, depois vão para o norte arranjar dinheiro para pagar as dívidas. Então, plantam mais algodão.

— Você vai para o norte? — perguntei.

— Estou pensando em ir. Sou muito novo para ficar enfiado numa fazenda pelo resto da vida.

— Isso mesmo, eu também.

Ele tomou o café e por um momento contemplamos em silêncio a tolice de ser fazendeiro.

— Ouvi dizer que aquele caipira deu o fora — Jackie disse, finalmente.

Por sorte eu estava com a boca cheia de sorvete, por isso apenas balancei a cabeça, assentindo.

— Espero que eles o peguem — ele disse. — Eu gostaria de ver o cara ir a julgamento, receber o que merece. Eu já disse para Stick Powers que serei testemunha. Eu vi a coisa toda. Outros caras estão se manifestando também agora, contando para Stick o que aconteceu realmente. O caipira não precisava matar aquele garoto Sisco.

Enfiei outra colherada de sorvete na boca e continuei a balançar a cabeça, assentindo. Tinha aprendido a calar a boca e fazer cara de bobo quando alguém falava sobre Hank Spruill.

Cindy voltou, no outro lado do balcão, limpando isto e aquilo, cantarolando o tempo todo. Jackie esqueceu de Hank.

— Você está quase acabando? — ele perguntou, olhando para meu sorvete. Acho que ele e Cindy queriam conversar sobre alguma coisa.

— Quase — eu disse.

Cindy cantarolou e Jackie não tirou os olhos dela até eu terminar, Quando acabei, me despedi e fui para o armazém de Pop e Pearl, onde, eu esperava, ia saber mais alguma coisa sobre o telefonema. Pearl estava sozinha ao lado da caixa registradora, os óculos de leitura na ponta do nariz, seus olhos encontrando os meus assim que entrei. — Diziam que ela conhecia o som de cada picape que passava pela rua Principal e que podia, não só identificar o fazendeiro que a dirigia, como também dizer há quanto tempo ele não ia à cidade. Pearl não deixava escapar nada.

— Onde está Eli? — ela perguntou depois da troca de amabilidades.

— Ele ficou em casa — eu disse, olhando para o vidro de doces.

Ela apontou e disse:

— Tire um.

— Obrigado. Onde está Pop?

— Nos fundos. Só você e seus pais, certo?

— Sim, senhora. A senhora os viu?

— Não, ainda não. Vão comprar alguma coisa?

— Sim, senhora. E acho que meu pai vai querer falar no telefone. — Isso a fez ficar imóvel pensando em todos os motivos que meu pai podia ter para telefonar para alguém. Desembrulhei o chocolate.

— Para quem ele vai telefonar? — ela perguntou.

— Não sei. — Tive pena de quem pedia para usar o telefone de Pearl e queria privacidade. Ela ficava sabendo mais do que a pessoa no outro lado da linha.

— Vocês estão alagados na fazenda?

— Sim, senhora. Bem molhados.

— Também aquela é uma terra ruim. Parece que a enchente sempre chega primeiro nas suas terras, nas dos Latcher e dos Jeter. — Ficou calada como se contemplando nossa falta de sorte. Olhou pela janela, balançando a cabeça devagar pensando em outra má colheita.

Eu nunca tinha visto uma enchente — ou pelo menos não me lembrava de ter visto —, por isso não podia dizer nada. O mau tempo deixava todos deprimidos, até Pearl. Com nuvens pesadas sobre nossa parte do mundo, era difícil ser otimista. Outro inverno tristonho se anunciava.

— Ouvi dizer que alguns vão para o norte — eu disse. Sabia que Pearl teria os detalhes, se não fosse só boato.

— Eu também ouvi isso — ela disse —, estão tentando arranjar emprego para o caso da chuva durar.

— Quem vai?

— Não sei — ela disse, mas percebi pelo seu tom de voz que estava ao par das últimas novidades. Os fazendeiros provavelmente estavam usando seu telefone.

Agradeci pelo doce e saí do armazém. As calçadas estavam vazias. Era bom ter a cidade só para mim. Aos sábados mal se podia andar, tal o movimento. Vi meus pais comprando alguma coisa na loja de ferragens e fui investigar.

Estavam comprando tinta, uma porção de latas. Enfileiradas no balcão em perfeita ordem, ao lado de dois pincéis ainda embrulhados em plástico, estavam cinco latas de cinco litros cada uma de Tinta Pittsburgh branca. O vendedor somava a conta quando entrei. Meu pai procurava alguma coisa no bolso. Minha mãe, estava empertigada e orgulhosa, muito perto dele. Era evidente que a compra da tinta fora idéia dela. Ela sorriu para mim muito satisfeita.

— São quatorze dólares e oitenta centavos — o vendedor disse.

Meu pai tirou o dinheiro do bolso e começou a contar.

— Posso pôr na sua conta — o vendedor disse.

— Não, isto não vai na conta — minha mãe disse. Pappy teria um enfarte se recebesse uma conta mensal mostrando aquela despesa com tinta.

Levamos tudo para a picape.

CAPÍTULO 31

As LATAS DE TINTA FORAM ENFILEIRADAS na varanda dos fundos, como soldados prontos para outra emboscada. Sob a supervisão de minha mãe, meu pai moveu o andaime para o canto de nordeste da casa, permitindo assim que eu pintasse quase até a linha do telhado. Eu já tinha virado o primeiro canto. Trot ficaria orgulhoso.

Outra lata foi aberta, tirei o plástico que envolvia um dos novos pincéis e o passei de um lado para o outro, nas tábuas, para amaciar. Tinha doze centímetros de largura e era muito mais pesado do que o que Trot havia deixado.

— Vamos trabalhar na horta — minha mãe disse. — Voltamos logo. — E com isso ela se foi com meu pai atrás, carregando três dos maiores cestos da fazenda. Minha avó estava na cozinha fazendo conserva de morangos. Pappy estava em algum lugar, se preocupando como sempre. Fiquei sozinho.

O fato dos meus pais terem investido naquele projeto deu mais força à minha missão. Agora a casa seria toda pintada, quer Pappy gostasse ou não. E a mão-de-obra seria fornecida por mim. Mas não havia pressa. Se viesse a enchente, eu pintaria quando não estivesse chovendo. Se terminássemos a colheita, teria o inverno todo para terminar minha obra de arte. A casa nunca fora pintada em cinqüenta anos de vida. Por que ter pressa?

No fim de trinta minutos, fiquei cansado. Ouvia meus pais conversando na horta. Eu tinha mais dois pincéis — um novo e o que Trot me deu — parados ali na varanda, ao lado das latas de tinta. Por que meus pais não podiam apanhar os pincéis e começar a trabalhar? Sem dúvida, eles pretendiam ajudar.

O pincel era pesado de verdade. Pintei com pinceladas curtas, lentas e muito caprichadas. Minha mãe tinha dito que eu não devia aplicar tinta demais de uma vez. "Não deixe escorrer", "Não deixe pingar".

Depois de uma hora eu precisava de um descanso. Perdido no meu mundo particular, enfrentando um projeto tão grande, comecei a pensar mal de Trot por passar a tarefa para mim. Ele pintou cerca de um terço de um lado da casa e foi embora. Eu começava a pensar que talvez Pappy tivesse razão, afinal. A casa não precisava ser pintada.

Tudo por causa de Hank. Hank riu de mim e insultou minha família porque nossa casa não era pintada. Trot veio em minha defesa. Ele e Tally conspiraram para começar o projeto, sem saber que a parte mais pesada ia cair nos meus ombros.

Ouvi vozes perto. Miguel, Luís e Rico olhavam meu trabalho com curiosidade. Sorri e trocamos votos de *buenas tardes*. Eles chegaram mais perto, evidentemente se perguntando por que aquela tarefa tão grande fora dada para o menor dos Chandler. Por alguns minutos, me concentrei no trabalho e continuei a pintar lentamente. Miguel estava na varanda, examinando as latas fechadas e os outros pincéis.

— Podemos brincar? — perguntou.

Que idéia absolutamente maravilhosa!

Mais duas latas foram abertas. Dei meu pincel para Miguel e em poucos segundos, Luís e Rico estavam sentados no andaime, os pés descalços dependurados, pintando como se tivessem feito aquilo durante toda a vida. Não demorou e seis outros mexicanos estavam sentados na grama olhando nosso trabalho.

Minha avó ouviu o barulho e saiu para a varanda, enxugando as mãos num pano de prato. Olhou para mim e riu, depois voltou para suas conservas de morango.

Os mexicanos estavam encantados por ter alguma coisa para fazer. A chuva os tinha obrigado a passar longas horas no celeiro. Não tinham carro para levá-los à cidade, nem rádio, nenhum livro para ler. (Nem sabíamos ao certo se sabiam ler.) Jogavam dados ocasionalmente, mas paravam assim que alguém se aproximava.

Atacaram a casa não pintada com o maior entusiasmo. Os seis que não estavam pintando davam conselhos e opiniões aos que manejavam os pincéis. Evidentemente algumas das sugestões eram hilariantes porque às vezes, os pintores riam tanto que tinham de parar de trabalhar. O espanhol ficou mais rápido e mais alto, os nove riam e falavam ao mesmo tempo. O desafio era convencer um pintor a passar o pincel para outro, a fim de melhorar o trabalho. Roberto se revelou como o entendido. Com gestos teatrais, instruía os novatos, Pablo e Pepe especialmente, sobre a técnica adequada. Andava atrás dos pintores dando conselhos, dizendo alguma coisa engraçada ou chamando a atenção deles. Os pincéis mudavam de mãos e no meio do ridículo e das provocações, surgiu um trabalho de equipe.

Sentei debaixo da árvore com os outros mexicanos, vendo a transformação da varanda dos fundos. Pappy voltou com o trator, estacionou ao lado do galpão das ferramentas e, de longe, olhou por um momento o trabalho dos pintores. Então passando o mais longe possível foi para a frente da casa. Eu não podia dizer se ele aprovava ou não, e acho que ele não se importava mais. Não havia entusiasmo no seu passo. Nenhum propósito definido nos seus movimentos. Pappy era apenas outro fazendeiro derrotado, prestes a perder outra safra de algodão.

Meus pais voltaram da horta com os cestos cheios de vegetais e verduras.

— Ora, se não é Tom Sawyer — minha mãe disse para mim.

— Quem é ele? — perguntei.

— Conto a história esta noite.

Puseram os cestos na varanda cuidando para evitar a área pintada e entraram. Todos os adultos estavam na cozinha e eu imaginei se estariam falando de mim e dos mexicanos. Minha avó apareceu com chá gelado e copos numa bandeja. Era um bom sinal. Os mexicanos fizeram uma parada e tomaram o chá. Agradeceram à minha avó e imediatamente começaram a discutir para ver quem ficava com os pincéis.

O sol lutava com as nuvens à medida que a tarde passava. Em certos momentos, sua luz era clara e contínua e o ar quente, quase como no verão. Inevitavelmente olhávamos para o céu esperando que as nuvens deixassem Arkansas para não mais voltar, ou pelo menos não até a primavera. Então a terra ficou escura outra vez e mais fria.

As nuvens estavam vencendo, nós todos sabíamos. Os mexicanos logo iam deixar nossa fazenda, como os Spruill. Não podíamos esperar que ficassem inativos dia após dia, olhando para o céu, tentando se manter secos, sem receber nada.

A tinta acabou no fim da tarde. A parte de trás da nossa casa, incluindo a varanda, estava terminada e a diferença era incrível. As tábuas brilhantes contrastavam com as que não estavam pintadas. No dia seguinte, atacaríamos o lado oeste, se eu conseguisse mais tinta.

Agradeci aos mexicanos. Eles riram o tempo todo, voltando para o celeiro. Iam preparar e comer as *tortillas*, deitar cedo e esperar poder colher algodão no dia seguinte.

Sentei na grama fria, admirando o trabalho deles, sem vontade de entrar em casa porque os adultos não estavam de bom humor. Seus sorrisos para mim seriam forçados e iam tentar dizer alguma coisa engraçada, mas estavam morrendo de preocupação.

Desejei ter um irmão — mais moço ou mais velho, tanto fazia. Meus pais queriam mais filhos, mas havia algum problema. Eu precisava de um amigo, outro menino com quem conversar, com quem brincar. Estava cansado de ser a única criança na fazenda.

E tinha saudades de Tally. Em vão tentei odiá-la, mas simplesmente não conseguia.

Pappy foi até o canto da casa e inspecionou a nova demão de tinta. Eu não podia dizer se estava zangado ou não.

— Vamos até o regato — ele disse e sem outra palavra, fomos para o trator. Ele ligou o motor e seguimos os sulcos na estrada do campo. A água enchia os lugares em que o trator e o reboque passavam muitas vezes. Os pneus dianteiros espirravam água e lama. Os traseiros amassavam o solo aprofundando os sulcos. Estávamos cruzando por um campo que se transformava rapidamente num pântano.

O algodão estava horrível. Os casulos pendiam das hastes dobradas pelo vento, com o peso da chuva. Uma semana de sol forte podia secar o solo e o algodão, permitindo que terminássemos a colheita, mas esse tipo de tempo há muito havia passado.

Viramos para o norte e seguimos uma trilha mais alagada ainda, a mesma que Tally e eu usamos algumas vezes. O regato ficava logo adiante.

Fiquei um pouco atrás de Pappy, segurando o guarda-sol e o suporte acima do pneu traseiro, e via o lado do rosto dele. Os músculos estavam tensos, os olhos semicerrados. A não ser por um estouro ocasional, ele não era homem de demonstrar emoção. Eu nunca o vi chorar, nem sugerir tristeza. Ele se preocupava porque era um fazendeiro, mas não se queixava. Se a chuva levava nossa safra, havia um motivo para isso. Deus nos protegeria e nos daria o necessário nos anos maus e bons. Como batistas, acreditávamos que Deus tinha tudo sob controle.

Eu tinha certeza de que os Cardinals tinham perdido o campeonato por uma boa razão, mas não podia compreender o que Deus tinha com isso. Por que Deus ia permitir que dois times de Nova York fossem designados para a Série Mundial? Para mim era muito confuso.

A água de repente ficou mais profunda, cobrindo quinze centímetros dos pneus dianteiros e, por um momento, não entendi por quê. Estávamos perto do regato. Pappy parou o trator e apontou.

— Está cobrindo os bancos — ele disse, calmamente, mas havia derrota em sua voz. A água saía de uma moita que antes ficava bem acima do leito do rio. Ali Tally entrara num regato fresco e claro, desaparecido agora.

— Está transbordando — ele disse. Virou o trator e ouvimos o som da corrente que descia do lado de Siler's Creek para os 16 hectares que tínhamos de terras baixas. Perdia-se entre as fileiras de algodão, descendo o pequeno vale. Ia parar em algum lugar, no meio do campo, a meio caminho da nossa casa, onde a terra fazia uma pequena elevação. Ia se empoçar e ganhar profundidade antes de se espalhar para leste e para oeste cobrindo a maior parte das nossas terras.

Finalmente eu estava vendo uma enchente. Houve outras, mas eu era muito pequeno para lembrar. Ouvi durante toda minha vida histórias de rios descontrolados e de plantações submersas e agora estava vendo, como se fosse a primeira vez que acontecia. Era assustador porque, quando começava, ninguém sabia quando acabaria. Nada segurava a água, que corria para onde bem entendesse. Será que ia alcançar nossa casa? O São Francisco ia transbordar e carregar todo mundo? Ia chover por quarenta dias e quarenta noites e nos matar como matara os que tinham caçoado de Noé?

Provavelmente não. Havia alguma coisa naquela história sobre o arco-íris como uma promessa de Deus de nunca mais encher a terra de água.

Sem dúvida a terra estava enchendo agora. A visão do arco-íris era quase um evento sagrado em nossas vidas, mas há semanas não víamos nenhum. Eu não entendia como Deus podia permitir que isso acontecesse.

Pappy tinha estado no regato pelo menos três vezes naquele dia, observando e esperando e provavelmente rezando.

— Quando começou? — perguntei.

— Acho que há uma hora. Não tenho certeza.

Tive vontade de perguntar quando ia parar, mas já sabia a resposta.

— É água dos remansos — ele disse. — O São Francisco está cheio demais, e a água não tem para onde ir.

Olhamos por um longo tempo. A água brotava e corria na nossa direção, subindo alguns centímetros nos pneus dianteiros. Depois de algum tempo fiquei ansioso para voltar. Mas Pappy não. Confirmados suas preocupações e temores ele estava hipnotizado com o que via.

No fim de março, ele e meu pai começavam a arar o campo, revolvendo o solo, enterrando as raízes e as folhas da estação anterior. Sentiam-se felizes então, satisfeitos por estar ao ar livre, depois de um longo período de hibernação. Observavam o tempo e estudavam o almanaque, e começavam a ir à Cooperativa para ouvir o que os outros fazendeiros tinham para dizer. Plantavam no começo de maio, se o tempo estivesse bom. Quinze de maio era o último dia para plantar as sementes de algodão. Minha contribuição começava no princípio de junho, nas férias, e quando as sementes começavam a brotar. Eles me davam uma enxada, indicavam a direção e durante muitas horas eu desbastava o algodoal, uma tarefa quase tão árdua e tediosa quanto colher. Durante todo o verão, enquanto o algodão e as sementes que o rodeavam cresciam, nós usávamos a enxada. Se o algodão florescia no dia 4 de julho, ia ser uma safra abundante. No fim de agosto estávamos prontos para colher. No começo de setembro, procurávamos os montanheses e alguns mexicanos.

Agora, em meados de outubro víamos o algodão ser lavado pela água. Todo o trabalho, o suor e os músculos doloridos, todo o dinheiro investido em sementes, fertilizantes e combustível, todas as esperanças e todos os planos, tudo perdido para o excesso de água do São Francisco.

Esperamos, mas a enchente não parou. Os pneus dianteiros do trator estavam cobertos de água pela metade quando Pappy finalmente ligou o motor. A luz mal dava para enxergar a trilha, coberta de água, e com a velocidade com que a enchente crescia, perderíamos os 16 hectares de terras baixas até a manhã seguinte.

Eu nunca vira tanto silêncio durante o jantar. Nem minha avó podia encontrar algo agradável para dizer. Olhando para o feijão-manteiga no meu prato, tentei imaginar o que meus pais estavam pensando. Meu pai provavelmente preocupava-se com o empréstimo sobre a safra, uma dívida que agora seria impossível cobrir. Minha mãe planejava agora sua fuga do algodoal, não tão preocupada quanto os outros. Uma colheita desastrosa, depois de um primavera e um verão promissores, dava a ela arsenal de artilharia para usar contra meu pai.

A enchente me fazia esquecer as coisas tristes — Hank, Tally, Caubói — e por isso não era um tópico desagradável para meus pensamentos. Mas eu não disse nada.

As aulas iam recomeçar em breve e minha mãe resolveu que eu entraria numa rotina de ler e escrever à noite. Eu não via a hora de estar na classe, uma coisa que jamais admitiria e, portanto, gostei do dever de casa. Ela comentou sobre o quanto minha escrita tinha piorado e disse que eu precisava praticar muito. Minha leitura também não estava grande coisa.

— Está vendo o que colher algodão faz com a gente? — eu disse.

Estávamos sozinhos no quarto de Ricky, lendo um para o outro, antes de me deitar.

— Tenho um segredo para você — ela murmurou. — É capaz de guardar um segredo?

Se ela soubesse, pensei.

— Claro.

— Promete?

— Claro.

— Não pode contar para ninguém, nem mesmo para Pappy e para sua avó.

— Tudo bem, o que é?

Ela chegou mais perto.

— Seu pai e eu estamos pensando em ir para o norte.

— E eu?

— Você vai também.

Foi um alívio.

— Quer dizer, para trabalhar como Jimmy Dale?

— Isso mesmo. Seu pai falou com Jimmy Dale e ele pode arranjar um emprego na fábrica Buick, em Flint, Michigan. Eles pagam bem. Não pretendemos ficar para sempre, mas seu pai precisa encontrar alguma coisa definitiva.

— E Pappy e vovó?

— Ah, eles nunca sairiam daqui.

— Vão continuar a plantar algodão?

— Acho que sim. Não sei o que mais poderiam fazer.

— Como vão fazer isso sem nós?

— Darão um jeito. Escute, Luke, não podemos ficar aqui ano após ano perdendo dinheiro e nossa dívida sempre aumentando. Seu pai e eu estamos resolvidos a tentar outra coisa.

Minhas emoções eram conflitantes. Eu queria que meus pais fossem felizes, e minha mãe jamais estaria contente numa fazenda, especialmente obrigada a morar com os sogros, mas meu futuro já estava seguro com os Cardinals. Porém, a idéia de deixar o único lugar que eu conhecia era perturbadora. E eu não podia imaginar a vida sem Pappy e minha avó.

— Vai ser um maravilhoso desafio, Luke — ela disse, em voz muito baixa —, confie em mim.

— Acho que sim. Não é muito frio no norte?

— Cai muita neve no inverno, mas acho que vamos gostar. Podemos fazer um boneco de neve e congelar o sorvete e teremos um Natal branco.

Lembrei das histórias de Jimmy Dale de assistir aos jogos dos Tigers de Detroit, dos bons empregos, televisões e das escolas melhores. Então lembrei da mulher dele, a insuportável Stacy, com sua voz nasal e de como eu a assustei na privada fora da casa.

— Eles não falam esquisito lá? — perguntei.

— Falam, mas vamos nos acostumar. Será uma aventura, Luke e se não gostarmos, voltamos para casa.

— Voltamos para cá?

— Voltamos para Arkansas, ou para outro lugar do sul.

— Eu não quero ver Stacy.

— Nem eu. Olhe, você vai agora para a cama e pense nisso. Lembre, é nosso segredo.

— Sim, senhora.

Ela ajeitou minhas cobertas e apagou a luz.

Mais novidades para o arquivo.

CAPÍTULO 32

ASSIM QUE ACABOU DE COMER os ovos mexidos, Pappy limpou a boca e olhou pela janela em cima da pia. A luz era suficiente para o que ele queria ver.

— Vamos dar uma olhada — ele disse, e nós todos o acompanhamos para fora da cozinha, passamos pela varanda dos fundos e atravessamos o quintal na direção do celeiro. Agasalhado com um suéter, eu tentava acompanhar o passo do meu pai. Depois de andar um pouco na grama molhada, minhas botas ficaram encharcadas. Paramos no campo mais próximo e olhamos para a linha escura das árvores à distância, na margem de Siler's Creek, quase a dois quilômetros da casa. Havia 16 hectares de algodão na nossa frente, metade das nossas terras. Havia também muita água, mas não sabíamos ainda quanta.

Pappy começou a andar entre as fileiras de algodão e logo víamos apenas seus ombros e o chapéu de palha. Ele parava quando encontrava um avanço do regato. Se ele andava durante algum tempo, então o regato não tinha causado os danos que temíamos. Talvez estivesse recuando e talvez o sol aparecesse. Talvez pudéssemos salvar alguma coisa.

Mais ou menos a vinte metros da casa, a distância da base do batedor para a do rebatedor, ele parou e olhou para baixo. Não víamos o solo nem o que o cobria, mas sabíamos. O regato continuava a se mover na nossa direção.

— Já está quase aqui — ele disse, olhando para trás —, cinco centímetros de água.

O campo enchia mais depressa do que tinham previsto. E, dado seu talento para o pessimismo, isso não era pouco.

— Isso nunca aconteceu em outubro — minha avó disse, enxugando as mãos no avental.

Pappy observava o movimento da água em volta dos seus pés. Não tirávamos os olhos dele. O sol estava subindo, atrás das nuvens e as sombras iam e vinham. Ouvi uma voz e olhei para a direita. Os mexicanos, todos juntos, olhavam para nós. Um funeral não seria mais sombrio.

Todos estávamos curiosos sobre a água. Eu a tinha observado pessoalmente no dia anterior, mas estava ansioso para vê-la entrar sorrateiramente nos nossos campos, correndo aos poucos para a casa, como uma serpente gigantesca que não podia ser detida. Meu pai se adiantou e andou entre duas fileiras de algodão. Parou ao lado de Pappy, exatamente como ele, com as mãos na cintura. Minha avó e minha mãe foram atrás. Eu os segui e, a uma certa distância, os mexicanos vieram atrás e nós todos nos espalhamos pelo campo, à procura da água dos remansos. Paramos em fila, todos olhando para o transbordamento de Siler's Creek.

Apanhei uma vareta e a enfiei no chão, na beira da água que avançava. Em um minuto, a vareta foi levada pela corrente.

Voltamos lentamente. Meu pai e Pappy falaram com Miguel e com os outros mexicanos. Eles estavam prontos para voltar para casa ou procurar outra fazenda, onde o algodão pudesse ser colhido. Quem podia culpá-los? Fiquei por perto, para ouvir a conversa. Foi resolvido que Pappy iria com eles até os 16 hectares de trás, onde a terra era um pouco mais alta e tentariam colher por algum tempo. O algodão estava molhado, mas o sol apareceu, por isso, talvez conseguissem colher cinqüenta quilos cada um.

Meu pai iria à cidade pelo segundo dia seguido, para saber na Cooperativa se havia outra fazenda onde os mexicanos pudessem trabalhar. Havia terras muito melhores no nordeste do condado, campos altos, longe dos regatos e do São Francisco. E havia boatos de que perto de Monette não tinha chovido tanto quanto na parte sul do condado.

Eu estava na cozinha com as mulheres quando meu pai comunicou os planos para aquele dia.

— O algodão está encharcado — minha avó disse, desaprovando —, não vão colher cinqüenta quilos cada um. É perda de tempo.

Pappy, ainda fora de casa, não ouviu o comentário. Meu pai ouviu, mas não estava disposto a discutir com a mãe.

— Vamos tentar levá-los para outra fazenda — ele disse.

— Posso ir à cidade? — perguntei para meus pais. Eu estava ansioso para ir porque a alternativa podia ser me mandarem acompanhar os mexicanos aos 16 hectares de trás, onde teria de arrastar o saco na água e na lama enquanto tentava colher casulos de algodão encharcados.

Minha mãe disse com um sorriso:

— Sim, precisamos de tinta.

Minha avó olhou outra vez com desaprovação. Por que gastávamos dinheiro com tinta quando perdíamos outra safra? Mas a casa estava pintada pela metade — um contraste gritante entre branco novo e marrom-claro velho. Eu precisava terminar o projeto.

Até meu pai parecia hesitar à idéia de gastar mais dinheiro, mas ele disse:

— Você pode ir.

— Eu fico — minha mãe disse. — Precisamos fazer conserva de quiabo.

Outra viagem à cidade. Eu era um garoto feliz. Nenhuma pressão para colher algodão, nada além de viajar pela rodovia e sonhar com um modo de conseguir doces ou sorvete, quando chegasse em Black Oak. Mas precisava ter cuidado, porque era o único Chandler feliz.

O São Francisco parecia prestes a estourar quando paramos na ponte.

— Acha que é seguro? — perguntei ao meu pai.

— Espero que sim.

Engatou a primeira e entramos na ponte devagar, os dois com medo de olhar para baixo. Com o peso da nossa picape e a força do rio, a ponte balançou, quando chegamos ao meio. Meu pai acelerou e logo chegamos ao outro lado. Só então respiramos.

Perder a ponte seria um desastre. Ficaríamos isolados. A água podia alcançar nossa casa e não teríamos para onde ir. Até os Latcher estariam em melhores condições. Moravam do outro lado do rio, no lado de Black Oak e da civilização. Olhamos para as terras dos Latcher quando passamos.

— A casa deles está alagada — meu pai disse, embora não fosse possível ver. Sua plantação estava arruinada.

Perto da cidade, vimos mexicanos nos campos, mas não tantos quanto antes. Estacionamos ao lado da Cooperativa e entramos. Alguns fazendeiros desanimados, tomavam café, nos fundos, falando sobre seus problemas. Meu pai me deu dez centavos para uma Coca-Cola e foi se juntar aos fazendeiros.

— Vocês estão colhendo? — um deles perguntou.

— Um pouco, talvez.

— Como está aquele regato?

— Cresceu durante a noite, mais de oitocentos metros, até o nascer do sol. Os 16 baixos se foram.

Observaram um momento de silêncio para a notícia terrível, todos olhando para o chão com pena de nós, os Chandler. Eu detestei mais ainda a vida de fazendeiro.

— Acho que o rio vai agüentar — outro homem disse.

— Está fora do nosso caminho — meu pai observou —, mas não vai demorar.

Todos assentiram, balançando a cabeça e parecendo concordar com essa opinião.

— Mais alguém está com a água acima dos bancos? — meu pai perguntou.

— Ouvi dizer que os Triplett perderam 16 hectares para o Deer Creek, mas não vi — disse outro fazendeiro.

— Todos os regatos estão voltando — outro disse. — Pressionando muito o São Francisco.

Mais silêncio, enquanto pensavam nos regatos e na pressão.

— Alguém precisa de mais mexicanos? — meu pai perguntou. — Tenho nove sem nada para fazer. Estão prontos para voltar para casa.

— Alguma notícia do décimo?

— Nenhuma. Ele se foi há muito tempo, para nos preocuparmos agora.

— Riggs conhece alguns fazendeiros ao norte de Blytheville que podem ficar com os mexicanos.

— Onde está Riggs? — meu pai perguntou.

— Vai voltar logo.

Os montanheses estavam indo embora aos montes e a conversa passou para eles e para os mexicanos. O êxodo da mão-de-obra era mais uma prova de que as safras estavam liquidadas. O desânimo nos fundos da Cooperativa cresceu, por isso saí para ver Pearl e talvez conseguir um doce.

O armazém de Pop e Pearl estava fechado, uma novidade para mim. Uma pequena tabuleta avisava que funcionava das nove às seis, de segunda a sexta e das nove às nove aos sábados. Fechado nos domingos, mas isso não precisava dizer. O senhor Sparky Dillon, mecânico do posto Texaco disse atrás de mim:

— Só abre às nove, filho.

— Que horas são?

— Oito e vinte.

Eu nunca havia estado em Black Oak tão cedo. Olhei para um lado e para o outro da rua Principal, sem saber onde devia ir. Escolhi a farmácia, com o balcão nos fundos e dei alguns passos para ela quando ouvi barulho de motores. Duas picapes vinham do sul, do nosso lado do condado. Eram obviamente montanheses, voltando para casa, com a bagagem amontoada em pilhas altas amarradas nos lados do carro. A família na primeira picape era muito mais limpa e arrumada, também cheia de bagagem, mas tudo em ordem. Uma criança no colo de uma mulher acenou para mim quando passaram. Acenei de volta.

Minha avó sempre dizia que o pessoal das montanhas tinha casas mais bonitas do que a nossa. Eu nunca compreendi por que eles desciam dos Ozarks para apanhar algodão.

Vi meu pai entrar na loja de ferragens e fui atrás. Ele estava nos fundos, perto das latas de tinta, falando com o vendedor. Quatro latas de Tinta Pittsburgh branca estavam em cima do balcão. Pensei nos Pirates de Pittsburgh. Tinham acabado em último lugar outra vez na Liga Nacional. Seu único grande jogador, Ralph Kiner, fez trinta e sete pontos. Algum dia eu jogaria em Pittsburgh. Vestiria com orgulho o uniforme vermelho dos Cardinals e arrasaria os Pirates.

No dia anterior, tínhamos usado toda a tinta para pintar a parte de trás da casa. Os mexicanos iam embora. Para mim, fazia sentido comprar mais tinta e aproveitar a vantagem da mão-de-obra de graça na nossa fazenda. Do contrário, eles partiriam e mais uma vez todo o projeto ficava nas minhas costas.

— Essa tinta não chega — murmurei para meu pai, enquanto o vendedor fazia a conta.

— Tem de dar por enquanto — ele disse, franzindo a testa. O problema era dinheiro.

— Dez dólares mais trinta e seis centavos de imposto — o vendedor disse. Meu pai tirou do bolso de trás da calça um maço de notas. Contou devagar, como se não quisesse se desfazer delas.

Parou na décima — dez notas de um dólar. Quando ficou evidente que ele não tinha dinheiro suficiente, riu contrafeito e disse:

— Parece que eu só trouxe dez dólares. Pago na próxima vez que vier à cidade.

— Claro, senhor Chandler — o vendedor disse.

Cada um levou duas latas para a picape. O senhor Riggs tinha voltado para a Cooperativa e meu pai foi falar com ele sobre os mexicanos. Voltei à loja de ferragens e fui direto para o vendedor.

— Quanto custam duas latas? — perguntei.

— Dois e cinqüenta cada uma, cinco dólares as duas.

Tirei o dinheiro do bolso.

— Aqui tem cinco — eu disse, entregando as notas para ele. No começo, ele não queria aceitar.

A CASA PINTADA 349

— Você colheu algodão para ganhar esse dinheiro? — ele perguntou.

— Sim, senhor.

— Seu pai sabe que você está comprando tinta?

— Ainda não.

— O que vocês estão pintando?

— Nossa casa.

— Por que estão fazendo isso?

— Porque ela nunca foi pintada.

Ele aceitou meu dinheiro com relutância.

— Mais dezoito centavos de imposto — ele disse.

Dei uma nota de um dólar e perguntei:

— Quanto meu pai ficou devendo de imposto?

— Trinta e seis centavos.

— Tire daqui.

— Tudo bem — ele me deu o troco, e levou mais duas latas de tinta para a picape. Fiquei na calçada, vigiando a nossa tinta, como se alguém pudesse tentar roubá-la.

Vi o senhor Lynch Thornton, ao lado do armazém de Pop e Pearl, abrir a porta e entrar no prédio dos correios. Caminhei para ele, sem tirar os olhos da picape. O senhor Thornton era geralmente rabugento e muitos acreditavam que era porque sua mulher tinha um problema com uísque. Toda espécie de bebida alcoólica era malvista por quase todos em Black Oak. O condado era seco. A loja de bebidas mais próxima ficava em Blytheville, mas alguns contrabandistas faziam bom negócio na nossa cidade. Eu sabia porque Ricky tinha me contado. Ele disse que não gostava de uísque, mas tomava uma cerveja uma vez ou outra. Eu ouvira tantos sermões contra os males do álcool que me preocupava com a alma de Ricky. E se para os homens era um pecado beber às escondidas, para uma mulher era escandaloso.

Eu queria perguntar ao senhor Thornton o que tinha de fazer para mandar minha carta para Ricky de modo que ninguém soubesse. A carta tinha três páginas e eu me orgulhava muito do meu esforço. Mas tinha todos os detalhes do caso dos Latcher e eu ainda não resolvera se devia mandar essa história para a Coréia.

— Como vai? — eu disse para o senhor Thornton, que estava atrás do balcão ajustando seu visor, preparando-se para o trabalho da manhã.

— Você é aquele garoto Chandler? — ele perguntou, mal erguendo os olhos.

— Sim, senhor.

— Tenho uma coisa para você — ele desapareceu por alguns segundos, voltou e me entregou duas cartas. Uma era de Ricky.

— Isso é tudo? — ele perguntou.

— Sim, senhor, muito obrigado.

— Como vai ele?

— Vai bem, eu acho.

Corri de volta para a nossa picape, segurando as cartas com força. A outra era do vendedor do John Deere, em Jonesboro. Examinei o envelope da carta de Ricky. Era endereçado a todos nós: Eli Chandler e Família, Rua 4, Black Oak, Arkansas. No alto do canto esquerdo estava o endereço do remetente, uma coleção confusa de letras e números com São Diego, Califórnia, na última linha.

Ricky estava vivo e escrevendo cartas, nada mais importava. Meu pai vinha na minha direção e corri para ele, para mostrar a carta. Sentamos na frente do armazém e lemos cada palavra. Ricky estava outra vez com pressa, e a carta tinha só uma página. Dizia que sua unidade tinha visto pouca ação e embora ele parecesse frustrado com isso, era música para nossos ouvidos. Ele dizia também que em toda a parte falavam de cessar fogo, e que falavam até em estar em casa no Natal.

O último parágrafo era triste e assustador. Um dos seus amigos, um garoto do Texas fora morto por uma mina terrestre. Os dois tinham a mesma idade e fizeram o treinamento juntos. Quando Ricky voltasse para casa, pretendia ir a Fort Worth para falar com a mãe do amigo.

Meu pai dobrou a carta e a guardou no bolso. Entramos na picape e deixamos a cidade.

Em casa no Natal. Eu não podia pensar num presente melhor.

Estacionamos debaixo do carvalho e meu pai foi apanhar a tinta na parte de trás da picape. Ele parou, contou, depois olhou para mim.

— Como acabamos com seis latas?

— Comprei duas — eu disse. — E paguei o imposto.

Meu pai parecia não saber o que dizer.

— Usou seu dinheiro da colheita? — perguntou afinal.

— Sim, senhor.

— Eu gostaria que não tivesse feito isso.

— Eu queria ajudar.

Ele passou a mão na testa e pensou no assunto por um minuto mais ou menos. Então disse:

— Acho que é justo.

Levamos a tinta para a varanda e então ele resolveu ir até os 16 hectares dos fundos para ver como estavam Pappy e os mexicanos. Se fosse possível colher o algodão, ele ficaria lá. Eu tive permissão para pintar o lado oeste da casa. Eu queria trabalhar sozinho. Queria estar arrasado e sem ajuda para a enormidade do trabalho que tinha de fazer, assim, quando os mexicanos voltassem, ficariam com pena de mim.

Eles chegaram ao meio-dia, enlameados, cansados e com pouca coisa para mostrar como resultado do seu trabalho.

— O algodão está muito molhado — ouvi Pappy dizer para minha avó. Comemos quiabo frito e biscoitos, e voltei ao meu trabalho.

Eu vigiava o celeiro, mas durante uma eternidade trabalhei sem nem sinal de provável ajuda. O que eles estavam fazendo lá dentro? Tinham almoçado, as *tortillas* há muito tempo consumidas. Sem dúvida também a sesta havia terminado. Sabiam que a casa estava pintada pela metade. Por que não vinham me ajudar?

O céu escureceu a oeste, mas não notei até Pappy e minha avó aparecerem na varanda.

— Vai chover, Luke — Pappy disse —, é melhor parar de pintar.

Limpei meu pincel e guardei a tinta debaixo de um banco na varanda dos fundos, com se a tempestade pudesse danificar as latas. Sentei no banco, com Pappy de um lado e minha avó do outro e mais uma vez ouvimos o ronco surdo a sudoeste. Esperamos mais chuva.

CAPÍTULO 33

NOSSO NOVO RITUAL FOI REPETIDO no dia seguinte, depois do café. Atravessamos a relva encharcada pela chuva entre nossa casa e nosso celeiro, paramos na entrada do campo de algodão e olhamos a água, não água da chuva da noite, mas a mesma água espessa da enchente que vinha do regato. Lá estava ela com vários centímetros de profundidade parecendo pronta para inundar os campos e seguir lentamente para o celeiro, o galpão das ferramentas, os galinheiros e, finalmente, para a casa.

As hastes dos algodoeiros estavam inclinadas para o leste, permanentemente curvadas pelo vento que tomou de assalto nossa fazenda na noite anterior. Os casulos pendiam flácidos sob o peso da água.

— Vai inundar nossa casa, Pappy? — perguntei.

Ele balançou a cabeça e pôs o braço sobre meus ombros.

— Não, Luke. Nunca chegou até a casa. Uma ou duas vezes chegou perto, mas a casa está a uns noventa centímetros acima de onde estamos agora. Não se preocupe com a casa.

— Chegou no celeiro uma vez — meu pai disse —, um ano depois que Luke nasceu, não foi?

— Quarenta e seis — minha avó disse. Ela nunca esquecia uma data. — Mas foi em maio — acrescentou —, duas semanas depois do plantio.

Ventava e a manhã estava fria, com nuvens finas e altas e pequena probabilidade de chuva. Um dia perfeito para pintar, supondo, é claro, que eu arranjasse alguma ajuda. Os mexicanos chegaram mais perto, mas não o bastante para conversar.

Eles iam partir logo, talvez dentro de algumas horas. Nós os levaríamos até a Cooperativa e esperaríamos que fossem apanhados por um fazendeiro com terras mais secas. Ouvi os adultos falando a respeito durante o café, antes do nascer do sol e quase entrei em pânico. Nove mexicanos podiam pintar o lado oeste da casa em menos de um dia. Sozinho, eu levaria um mês. Não tinha tempo para ser tímido.

Quando voltamos para casa me aproximei dos mexicanos.

— *Buenos días* — eu disse para o grupo. — *¿Cómo están?*

Os nove responderam do mesmo modo. Iam voltar para o celeiro depois de outro dia sem fazer nada. Caminhei com eles até estarmos longe dos ouvidos dos meus pais.

— Não querem pintar um pouco? — perguntei.

Miguel traduziu e todo o grupo sorriu.

Dez minutos depois três das seis latas de tinta estavam abertas e o lado oeste da casa estava cheio de mexicanos dependurados. Disputavam os três pincéis. Outra equipe armava um andaime. Eu apontava para cá e para lá, dando instruções que ninguém parecia ouvir. Miguel e Roberto davam seus comandos e opiniões em espanhol. As duas línguas eram igualmente ignoradas.

Minha mãe e minha avó espiaram pela janela da cozinha enquanto lavavam a louça do café. Pappy foi para o galpão das ferramentas fazer alguma coisa no trator. Meu pai saiu para um longo passeio, provavelmente para ver os danos sofridos pela safra e imaginando o que deviam fazer agora.

Havia uma urgência na pintura. Os mexicanos brincavam, riam e se provocavam o tempo todo, mas trabalhavam duas vezes mais depressa do que no primeiro dia. Nem um segundo era desperdiçado. Os pincéis mudavam de mãos mais ou menos de meia em meia hora. Os reforços estavam sempre prontos. No meio da manhã estavam na varanda da frente. Não era uma casa muito grande.

Eu me contentei em recuar e não atrapalhar. Os mexicanos trabalhavam tão depressa que parecia prejudicial àquela eficiência eu pegar o pincel e atrasar o ritmo acelerado. Além disso, o trabalho de graça era temporário, estava chegando a hora em que eu ficaria sozinho para terminar o que faltava.

Minha mãe serviu chá gelado e biscoitos, mas a pintura não parou. Os que estavam debaixo da árvore comigo, comeram primeiro, depois três deles trocaram de lugar com os pintores.

— Vocês têm tinta suficiente? — minha mãe murmurou para mim.

— Não, senhora.

Ela voltou para a cozinha.

Antes do almoço, o lado oeste da casa estava pintado, a demão de tinta espessa e brilhante cintilando à luz intermitente do sol. Só faltava uma lata. Levei Miguel para o lado leste, onde Trot tinha começado um mês atrás e apontei para uma faixa não pintada, que eu não podia alcançar. Ele gritou algumas ordens e a equipe passou para o outro lado.

Um novo método foi empregado. Ao invés de um andaime improvisado, Pepe e Luís, os dois mexicanos menores, se equilibraram nos ombros de Pablo e Roberto, os dois mais fortes e começaram a pintar no limite do telhado. Isso, é claro, provocou uma infinidade de comentários e de gracejos dos outros.

Quando acabou a tinta, era hora de comer. Apertei as mãos de todos e agradeci profusamente. Eles foram para o celeiro, rindo e se divertindo o tempo todo. Era meio-dia, o sol estava livre das nuvens e a temperatura começava a subir. Olhei para os mexicanos e depois para o campo ao lado do celeiro. Via-se perfeitamente a água da enchente. Parecia estranho que a enchente pudesse avançar com o sol brilhando.

Virei e olhei para o trabalho da pintura. A parte de trás e os dois lados da nossa casa pareciam quase novos. Só a frente continuava sem pintar e como a essa altura eu era um veterano, sabia que era capaz de completar o trabalho sem os mexicanos.

Minha mãe apareceu na varanda e disse:

— Hora do almoço, Luke.

Hesitei por um segundo, admirando o trabalho e ela se aproximou de mim e, juntos, olhamos para a casa.

— Um ótimo trabalho, Luke — ela disse.

— Obrigado.

— Quanta tinta tem ainda?

— Nenhuma. Usamos toda.

— De quanto precisa para pintar a frente?

A frente não era tão comprida quanto os lados leste e oeste mas apresentava o desafio da varanda, como nos fundos.

— Acho que umas quatro ou cinco latas — eu disse, como se há décadas estivesse pintando casas.

— Não quero que gaste todo seu dinheiro com tinta — ela disse.

— O dinheiro é meu. Vocês disseram que eu podia gastar no que quisesse.

— Certo, mas não devia precisar gastar em uma coisa como esta.

— Não me importo. Quero ajudar.

— E a sua jaqueta?

Eu tinha perdido o sono pensando na minha jaqueta dos Cardinals, mas agora parecia sem importância. Além disso, eu estava pensando em outro meio de conseguir comprar uma.

— Talvez Papai Noel me traga a jaqueta.

Ela sorriu e disse:

— Talvez. Vamos almoçar.

Logo depois que Pappy agradeceu ao Senhor pela comida, sem dizer nada sobre o tempo ou a safra, meu pai, carrancudo, anunciou que a água do regato começava a se aproximar da estrada do campo principal, nos hectares da parte de trás. A notícia foi absorvida com poucos comentários. Estávamos insensíveis para as más notícias.

Os mexicanos reunidos em volta da picape esperaram por Pappy. Cada um carregava uma pequena bolsa com seus pertences, os mesmos com que haviam chegado seis semanas

atrás. Apertei as mãos de todos e me despedi. Como sempre,
eu estava ansioso por outra ida à cidade, embora essa pequena viagem não fosse agradável.

— Luke, vá ajudar sua mãe na horta — meu pai disse
quando os mexicanos começaram a subir na picape. Pappy
estava ligando o motor.

— Pensei que eu ia à cidade.

— Não me faça repetir as coisas — ele disse, severamente.

Eu os vi partir, os nove mexicanos acenando tristemente,
olhando pela última vez para nossa casa e para nossa fazenda.
Segundo meu pai, iam para uma fazenda grande em Blytheville,
a duas horas da nossa, onde trabalhariam por três ou quatro
semanas, se o tempo permitisse e depois voltariam para o México. Minha mãe quis saber como seriam mandados para casa,
se num vagão de gado ou num ônibus, mas não insistiu na
pergunta. Não tínhamos controle sobre esses detalhes e eles
pareciam muito menos importantes com a água da enchente
começando a invadir nossos campos.

Porém o alimento era importante, alimento para um longo inverno depois de uma safra perdida, um inverno em que
tudo que íamos comer viria da horta. Isso não era incomum,
exceto pelo fato de não termos nem um centavo mais para
comprar outra coisa que não fosse farinha, açúcar e café. Uma
boa safra significava um pouco de dinheiro escondido debaixo de um colchão, algumas notas economizadas e às vezes
usadas para supérfluos como Coca-Cola, sorvete, biscoitos
salgados e pão branco. Uma safra má significava que se não o
tínhamos guardado, não comíamos.

No outono colhíamos mostarda em folha, nabos e ervilhas, os vegetais do fim de estação, plantados em maio e junho. Havia alguns tomates, mas não muitos.

A horta mudava com as estações, exceto no inverno, quando
finalmente descansava, recarregando para os meses futuros.

Minha avó estava na cozinha preparando o mais depressa
possível ervilhas roxas para conserva. Minha mãe estava na
horta à minha espera.

— Eu queria ir à cidade — me queixei.

— Sinto muito, Luke. Estamos com muita pressa. Muito mais chuva e as verduras apodrecem. E se a água inundar a horta?

— Eles vão comprar tinta?

— Eu não sei.

— Eu queria ir para comprar mais tinta.

— Talvez amanhã. Neste momento precisamos desenterrar esses nabos.

Minha mãe estava com o vestido levantado até os joelhos e os pés descalços com lama até os tornozelos. Eu nunca a tinha visto tão suja. Ajoelhei no chão e ataquei os nabos. Em poucos minutos eu estava coberto de lama da cabeça aos pés.

Colhi vegetais durante duas horas, depois lavei tudo na tina, na varanda dos fundos. Minha avó os levou para a cozinha, para cozinhar e serem acondicionados nos vidros.

A fazenda estava quieta — sem trovões, sem vento, sem Spruill no gramado da frente, sem mexicanos no nosso celeiro. Estávamos sozinhos outra vez, só nós, os Chandler, para combater os elementos e tentar nos manter acima da água. Eu dizia a mim mesmo que a vida seria melhor quando Ricky voltasse para casa, porque eu teria alguém com quem brincar e conversar.

Minha mãe levou outro cesto de verduras para a varanda. Cansada e transpirando, começou a se limpar com um pedaço de pano e um balde de água. Ela não suportava ficar suja, uma coisa que tentava passar para mim.

— Vamos ao celeiro — ela disse. Há seis semanas eu não subia ao sótão, desde que os mexicanos chegaram.

— Certo — eu disse.

Falamos com Isabel, a vaca leiteira, depois subimos a escada para o sótão. Minha mãe trabalhara bastante para preparar um lugar limpo para os mexicanos. Passou o inverno todo colecionando cobertores e travesseiros velhos para eles. Levou o ventilador, que há anos era muito usado na varanda da frente e o ligou no sótão. Convenceu meu pai a puxar um fio elétrico da casa para o celeiro.

"Eles são humanos, independente do que algumas pessoas por aqui pensam", eu a ouvi dizer mais de uma vez. O sótão estava limpo e arrumado como no dia da chegada dos mexicanos. Os travesseiros e cobertores empilhados perto do ventilador. O chão fora varrido. Não havia nem sinal de lixo. Ela estava orgulhosa dos mexicanos. Foram tratados com respeito e devolveram o favor.

Abrimos a porta do sótão, a mesma pela qual Luís tinha espiado quando Hank bombardeava os mexicanos com pedras e torrões de terra e sentamos na beirada, com os pés dependurados para fora. A dez metros do solo, tínhamos uma boa visão de toda a nossa fazenda. A linha das árvores a oeste, ao longe, era o São Francisco e logo adiante, depois do nosso campo, estava a água de Siler's Creek.

Em alguns lugares a água chegava quase no topo dos pés de algodão. De onde estávamos podíamos ver muito melhor o avanço da enchente. Nós víamos a água entre as filas perfeitas do algodoal, correndo diretamente para o celeiro e a víamos na estrada do campo principal entrando nos 16 hectares da parte de trás.

Se o rio São Francisco transbordasse, nossa casa correria perigo.

— Acho que a colheita terminou — eu disse.

— Sim, é o que parece — minha mãe disse, um pouco triste.

— Por que nossa terra se inunda tão depressa?

— Porque é baixa e perto do rio. Não é uma terra muito boa, Luke, nunca será. Essa é uma das razões pelas quais vamos embora. A fazenda não tem futuro.

— Para onde vamos?

— Para o norte. É onde estão os empregos.

— Por quanto tempo...

— Não muito. Vamos ficar até conseguir economizar algum dinheiro. Seu pai vai trabalhar na Buick com Jimmy Dale. Estão pagando três dólares por hora. Vamos conseguir, vamos tentar, você vai para uma boa escola.

— Não quero ir para outra escola.

— Vai ser divertido, Luke. Eles têm escolas boas e grandes no norte.

Não parecia divertido. Meus amigos estavam em Black Oak. A não ser por Jimmy Dale e Stacy, eu não conhecia ninguém no norte. Minha mãe passou a mão no meu joelho, como se isso pudesse me fazer sentir melhor.

— Mudanças são sempre difíceis, Luke, mas podem ser interessantes. Pense nisso como uma aventura. Você quer jogar beisebol para os Cardinals, não quer?

— Sim, senhora.

— Muito bem, terá de sair de casa e ir para o norte, morar em uma nova casa, fazer novos amigos, ir a uma nova igreja. Isso será divertido, não acha?

— Acho que sim.

Balançávamos os pés descalços para fora da porta do celeiro. O sol estava atrás de uma nuvem e a brisa afagava nossos rostos. As árvores ao longo do limite do nosso campo mudavam de cor para amarelo e carmesim e as folhas começavam a cair.

— Não podemos ficar aqui, Luke — ela disse, em voz baixa, como se sua mente já estivesse no norte.

— Quando voltarmos o que vamos fazer?

— Não vamos cultivar a terra. Vamos encontrar um emprego em Mênfis ou em Little Rock, e compraremos uma casa com televisão e telefone. Teremos um belo carro e você pode jogar beisebol num time com uniformes de verdade. O que acha disso?

— Parece muito bom.

— Sempre voltaremos para visitar Pappy, sua avó e Ricky. Será uma nova vida, Luke, uma vida muito melhor do que esta. — Indicou o campo com um movimento da cabeça, o algodão inundado.

Pensei nos meus primos de Mênfis, os filhos das irmãs do meu pai. Eles raramente vinham a Black Oak, só para enterros e talvez para o dia de Ação de Graças e eu achava isso ótimo, porque eram crianças da cidade com belas roupas e falavam bem. Eu não gostava muito deles, mas ao mesmo tempo os invejava. Não eram mal-educados ou esnobes, eram apenas bastante diferentes para me fazer sentir pouco à vontade. Resolvi que quando eu fosse morar em Mênfis ou em Little Rock, em nenhuma circunstância agiria como se fosse melhor do que os outros.

— Eu tenho um segredo, Luke — minha mãe disse. Não outro! Minha mente não tinha espaço para outro segredo.

— O que é?

— Vou ter um bebê — ela disse e sorriu para mim. Não pude conter um sorriso também. Eu gostava de ser filho único, mas na verdade queria alguém com quem brincar.

— Vai?

— Sim, no próximo verão.

— Pode ser um menino?

— Vou tentar, mas não prometo.

— Se vai ter um filho, eu gostaria que fosse um irmãozinho.

— Está contente?

— Sim, senhora. Papai já sabe?

— Oh, sim, ele sabe do segredo.

— Ele também está feliz?

— Muito mesmo.

— Isso é bom. — Levei algum tempo para digerir a notícia, mas sabia de antemão que era boa. Todos os meus amigos tinham irmãos e irmãs.

Uma idéia me veio à cabeça e eu não podia me livrar dela. Já que estávamos falando em ter filhos, senti um desejo incontrolável de me livrar de um dos meus segredos. Agora, parecia inofensivo e muito velho, também. Tanta coisa tinha acontecido desde que Tally e eu fomos às escondidas à casa dos Latcher, que o segredo até parecia engraçado.

— Eu sei tudo sobre como nascem os bebês — eu disse, um pouco na defensiva.

— Sabe mesmo?

— Sim, senhora.

— Como ficou sabendo?

— Pode guardar um segredo também?

— Claro que posso.

Comecei a contar a história, fazendo recair em Tally a culpa de tudo que podia me criar problemas. O plano foi dela. Ela me implorou para ir. Ela me desafiou. Ela fez isso e aquilo. Quando minha mãe percebeu para onde a história se dirigia, seus olhos começaram a dançar e ela repetia, "Oh, Luke, você não fez isso!"

Ela estava nas minhas mãos. Aumentei aqui e ali, para ajudar o movimento da história e criar tensão, mas de modo geral, contei a verdade. Convenci minha mãe.

— Você me viu na janela? — ela perguntou incrédula.

— Sim, senhora. Vovó também e a senhora Latcher.

— Você viu Libby?

— Não senhora, mas pode estar certa de que a ouvimos. É sempre tão doloroso?

— Bem, não sempre. Continue.

Não poupei detalhes. Contei que quando Tally e eu voltávamos correndo para a fazenda, os faróis apareceram atrás de nós e minha mãe apertou meu cotovelo com força.

— Não tínhamos a menor idéia! — ela disse.

— É claro que não. Por pouco eu não chegava a tempo. Pappy roncava ainda e tive medo de que alguém fosse ver com eu estava e me descobrisse coberto de suor e de terra.

— Estávamos cansados demais.

— Ainda bem. Dormi cerca de duas horas e então Pappy me acordou para ir para o campo. Nunca tive tanto sono na minha vida.

— Luke, não posso acreditar que tenha feito isso. — Ela queria ficar zangada, mas estava por demais encantada com a história.

— Foi divertido.

— Não devia ter feito.

— Tally me obrigou.

— Não ponha a culpa em Tally.

— Eu não teria ido se não fosse ela.

— Não posso acreditar que vocês dois fizeram isso — ela disse, mas percebi que estava impressionada com minha his-

tória. Ela sorriu e balançou a cabeça, perplexa. — Quantas
vezes vocês saíram por aí, à noite?
— Acho que só essa vez.
— Você gostava de Tally, não gostava?
— Sim, senhora. Ela era minha amiga.
— Espero que ela esteja feliz.
— Eu também.
Eu tinha saudades dela, mas detestava admitir.
— Mamãe, acha que veremos Tally no norte?
Ela sorriu e disse:
— Não, acho que não. Aquelas cidades — St. Louis, Chi-
cago, Cleveland, Cincinnati — têm milhões de habitantes. Nunca
a encontraremos.
Pensei nos Cardinals, nos Cubs e nos Reds. Pensei em
Stan Musial correndo pelas bases na frente de trinta mil tor-
cedores, no Sportsman's Park. Uma vez que os times estavam
no norte, então era para o norte que eu iria, de qualquer modo.
Por que não ir alguns anos antes?
— Acho que eu vou — eu disse.
— Vai ser divertido, Luke — ela repetiu.

Quando Pappy e meu pai voltaram da cidade, parecia que
tinham levado uma sova de chicote. Acho que na verdade foi
o que aconteceu. Sua mão-de-obra partira, seu algodão estava
encharcado. Se o sol aparecesse e a enchente recuasse, não
teriam mão-de-obra suficiente para colher o algodão. E não
tinham certeza de que o algodão ia secar. Dessa vez, o sol não
apareceu e a água continuava a subir.
Depois que Pappy entrou em casa, meu pai tirou da picape
duas latas de tinta e as levou para a varanda da frente, sem
dizer uma palavra e eu observava cada movimento dele. Quando
descarregou a picape, foi para o celeiro.
Duas latas de cinco quilos cada uma não davam para a
frente da casa. Isso me irritou, mas então compreendi por que
meu pai não tinha comprado mais. Não tinha dinheiro. Ele e
Pappy pagaram os mexicanos e não sobrou nada.

De repente tive vergonha de ter mantido o projeto da pintura, depois que Trot se foi. Eu continuei e, ao fazer isso, obrigava meu pai e gastar o pouco dinheiro que tinha.

Olhei para as duas latas, lado a lado, e meus olhos se encheram de lágrimas. Eu não tinha ainda pensado no quanto estávamos quebrados.

Meu pai tinha se esforçado ao máximo trabalhando no campo durante seis meses e agora não tinha nada para mostrar. Quando as chuvas chegaram eu, por algum motivo, decidi que a casa devia ser pintada.

Minha intenção foi boa, pensei. Então por que me sentia tão mal?

Apanhei meu pincel, abri uma lata e comecei a fase final do trabalho. Dando pinceladas curtas com a mão direita, com a esquerda eu enxugava as lágrimas.

CAPÍTULO 34

A PRIMEIRA GEADA IA MATAR o que restava da nossa horta. Geralmente chegava em meados de outubro, embora o almanaque que meu pai lia com a mesma devoção com que lia a Bíblia, já tivesse se enganado duas vezes na previsão da data. Teimosamente ele continuava a consultar o almanaque todas as manhãs com sua primeira xícara de café, o que criava infinitas oportunidades de preocupação.

Como não podíamos colher algodão, voltamos nossos cuidados para a horta. Nós cinco fomos para a horta logo depois do café da manhã. Minha mãe tinha certeza de que a geada viria naquela noite e se não viesse, então, certamente na noite seguinte. E assim por diante.

Durante uma hora miserável colhi ervilhas. Pappy, que detestava mais do que eu trabalhar na horta, estava ao meu lado, colhendo feijão-manteiga, com um esforço digno de elogios. Minha avó ajudava minha mãe a escolher os últimos tomates. Meu pai carregava os cestos da horta para a casa e vice-versa, sob a supervisão de minha mãe. Quando ele passou por mim, eu disse:

— O que eu quero mesmo é pintar.

— Peça à sua mãe — ele disse.

Pedi e ela disse que eu podia, depois de apanhar mais um cesto de ervilhas. A horta estava tendo uma colheita como nunca antes. Ao meio-dia não existiria nem um grão de feijão em nenhum lugar.

Logo voltei para a solidão de pintar a casa. Com a única exceção de dirigir uma niveladora de estradas, eu preferia esse trabalho a todos os outros. A diferença entre os dois era que na verdade eu não podia ainda dirigir uma niveladora, e muitos anos passariam antes que pudesse. Mas sem dúvida podia pintar. Depois de observar os mexicanos aprendi mais ainda e melhorei minha técnica. Aplicava a tinta em camadas o mais finas possível, tentando fazer durar as duas latas.

No meio da manhã, uma lata estava vazia. Minha mãe e minha avó estavam agora na cozinha lavando e preparando os vegetais para conserva.

Eu não ouvi o homem chegar atrás de mim. Mas quando ele tossiu para chamar minha atenção, virei bruscamente e deixei cair o pincel.

Era o senhor Latcher, molhado e enlameado da cintura para baixo. Estava descalço e com a camisa rasgada. Evidentemente viera a pé da sua casa.

— Onde está o senhor Chandler? — ele perguntou.

Eu não sabia qual senhor Chandler ele queria. Apanhei meu pincel e corri para o lado leste da casa. Chamei meu pai e a cabeça dele apareceu entre algumas plantas da horta. Quando viu o senhor Latcher ao meu lado, correu para nós e perguntou:

— O que aconteceu?

Minha avó ouviu as vozes e de repente apareceu na varanda, com minha mãe atrás. Bastou um olhar para o senhor Latcher para vermos que tudo estava errado.

— A água inundou a casa — ele disse, sem poder olhar de frente para meu pai. — Temos de sair.

Meu pai olhou para mim, depois para as mulheres, na varanda. As engrenagens nas cabeças delas já estavam girando.

— Pode nos ajudar? — o senhor Latcher perguntou. — Não temos para onde ir.

Pensei que ele ia chorar e tive vontade de chorar também.

— É claro que ajudaremos — minha avó disse, imediatamente se encarregando da situação. A partir dali, meu pai faria exatamente o que sua mãe mandasse. E nós todos também.

Ela me mandou chamar Pappy. Ele estava no galpão das ferramentas, tentando se ocupar com a velha bateria do trator. Nós todos fomos para perto da picape para formular um plano.

— Dá para ir de carro até sua casa? — Pappy perguntou.

— Não, senhor — o senhor Latcher disse. — A água está pela cintura na nossa estrada. Acaba de alagar a varanda, e quinze centímetros dentro de casa.

Eu não podia imaginar todas aqueles pequenos Latcher numa casa com quinze centímetros de água.

— Como vão Libby e o bebê? — minha avó perguntou, sem poder se conter.

— Libby está bem. O bebê está doente.

— Vamos precisar de um bote — meu pai disse. — Jeter tem um no Cockleburr Slough.

— Ele não vai se importar se tomarmos emprestado — Pappy disse.

Por alguns minutos os homens discutiram o salvamento — como apanhar o bote, até onde a picape podia chegar na estrada, quantas viagens seriam necessárias. O que não mencionaram foi onde exatamente os Latcher iam ficar depois de salvos da enchente,

Outra vez minha avó se encarregou.

— Vocês podem ficar aqui — ela disse para a senhor Latcher. — Nosso sótão no celeiro está limpo, os mexicanos acabaram de sair. Terão cama quente e bastante comida.

Eu olhei para ela. Pappy olhou para ela. Meu pai olhou também e depois olhou para os pés. Um bando de Latcher famintos morando no nosso celeiro! Fiquei horrorizado com a idéia e furioso com minha avó por oferecer sem primeiro conversar com o resto da família.

Então olhei para o senhor Latcher. Seus lábios tremiam e seu solhos estavam úmidos. Segurava com força, com as duas mãos o chapéu de palha, na altura da cintura, envergonhado, olhando para o chão. Eu nunca vi um homem mais pobre, mais sujo, mais derrotado.

Olhei para minha mãe. Ela também tinha os olhos úmidos. Olhei para meu pai. Eu nunca o vi chorar, e ele não ia fazer isso naquele momento, mas estava evidentemente abalado pelo sofrimento do senhor Latcher. Meu coração endurecido derreteu imediatamente.

— Vamos então — minha avó disse, com autoridade. — Vamos preparar o celeiro.

Todos entraram em ação, os homens entraram na picape, as mulheres foram para o celeiro. Antes de ir, minha avó segurou a manga de Pappy e murmurou:

— Traga Libby e o bebê primeiro. — Era uma ordem direta e Pappy assentiu, inclinando a cabeça.

Subi na parte de trás da picape com o senhor Latcher, que agachado sobre as pernas magras, não disse uma palavra. Paramos na ponte, meu pai desceu do carro e começou a andar seguindo a margem do rio. Sua tarefa era encontrar o barco do senhor Jeter no Cockleburr Slough, e levá-lo rio abaixo até a ponte, onde estaríamos esperando. Atravessamos para o outro lado, entramos na estrada dos Latcher e a menos de trinta metros chegamos a um charco. À nossa frente não havia nada a não ser água.

— Vou avisar que vocês estão chegando — o senhor Latcher disse e atravessou a lama e depois a água que, logo, chegava aos seus joelhos. — Cuidado com as cobras — ele gritou, virando a cabeça para trás —, estão por toda a parte. — Ele andava com dificuldade na água, por campos inundados dos dois lados.

Nós observamos até ele desaparecer e então voltamos para o rio e esperamos por meu pai.

Sentamos num tronco perto da ponte, com a água revolta lá embaixo. Como não tínhamos nada para dizer, resolvi que era hora de contar uma história para Pappy. Primeiro eu o fiz jurar que guardaria segredo.

Comecei do começo, com vozes na nossa varanda da frente, tarde da noite. Os Spruill discutiam. Hank ia embora. Eu o segui, escondendo-me nas sombras e de repente percebi que estava seguindo não somente Hank, mas Caubói também.

— Eles lutaram bem ali — eu disse, apontando para o centro da ponte.

Pappy, completamente atônito, esqueceu a enchente e o algodão. Contei a luta com detalhes vívidos, e apontei outra vez.

— Hank caiu ali, bem no meio do rio e desapareceu.

Pappy rosnou, mas não disse nada. Eu estava de pé na frente dele, nervoso e falando rapidamente. Quando descrevi meu encontro com Caubói minutos depois na estrada perto da nossa casa, Pappy praguejou em voz baixa.

— Você devia ter me contado então.

— Eu simplesmente não podia. Estava com muito medo.

Ele se levantou e deu alguns passos em volta do tronco.

— Ele assassinou o filho deles e roubou a filha — disse, para si mesmo. — Meu Deus, que coisa.

— O que vamos fazer, Pappy?

— Deixe-me pensar.

— Acha que Hank vai subir à superfície em algum lugar?

— Não. O mexicano o apunhalou. O corpo foi direto para o fundo, provavelmente foi comido por aqueles peixes-gatos do canal. Não sobrou nada para ser encontrado.

Por mais horrível que fosse, fiquei de certo modo aliviado. Eu não queria ver Hank nunca mais. Pensava nele sempre que atravessava a ponte. Sonhei com seu cadáver inchado subindo de repente das profundezas do rio e me matando de medo.

— Fiz alguma coisa errada? — perguntei.

— Não.

— Vai contar para alguém?

— Não. Acho que não. Vamos ficar calados. Conversamos sobre isso mais tarde.

Retomamos nossas posições no tronco e ficamos olhando a água. Pappy pensava profundamente. Tentei me convencer de que devia me sentir melhor por ter finalmente contado a um dos adultos a morte de Hank.

Depois de algum tempo, Pappy disse:

— Hank teve o que merecia. Nós não vamos contar para ninguém. Você é a única testemunha e não adianta se preocupar. Será nosso segredo, que levaremos para o túmulo.

— E o senhor e a senhora Spruill?

— O que eles não sabem não os prejudica.

— Vai contar para vovó?

— Não. Para ninguém. Só eu e você.

Era uma sociedade na qual eu podia confiar. Na verdade, me senti melhor. Acabava de partilhar meu segredo com um amigo que podia arcar com metade do peso. E resolvemos que Hank e Caubói seriam esquecidos para sempre.

Meu pai finalmente chegou no bote de fundo chato do senhor Jeter. Estava sem o motor de popa, mas a navegação era fácil por causa da corrente forte. Ele usava um remo como leme e subiu na margem bem debaixo de nós. Ele e Pappy então tiraram o barco do rio e subiram a margem, até a picape. Então, voltamos para a estrada dos Latcher, onde tiramos o bote da picape e o pusemos na beirada das águas da enchente. Nós três subimos nele, com os pés cobertos de lama. Os adultos remaram e seguimos pela estrada estreita, trinta centímetros acima do solo, passando por fileiras de algodão destruído.

Quanto mais nos adiantávamos, mais profunda a água ficava. Começou a ventar, o que nos levou para o algodão. Pappy e meu pai olharam para o céu e balançaram as cabeças.

Todos os Latcher estavam na varanda da frente, esperando apavorados, vendo cada movimento que fazíamos enquanto atravessávamos o lago em volta da casa. Os degraus da frente estavam submersos. Pelo menos trinta centímetros de água cobriam a varanda. Manobramos o barco para a frente da casa, o senhor Latcher o segurou e o puxou para dentro. A água chegava à altura do seu peito.

Olhei para todos os rostos tristonhos e assustados na varanda. As roupas estavam mais andrajosas do que na última vez que eu os vi. Eram magros e macilentos, provavelmente famintos. Vi um ou dois sorrisos dos mais novos e de repente me senti muito importante. Do meio deles apareceu Libby Latcher, com o bebê no colo, enrolado num cobertor velho.

Eu nunca a tinha visto antes e não podia acreditar em tanta beleza. O cabelo castanho-claro era comprido e preso num rabo-de-cavalo. Os olhos azul-claros, luminosos. Era alta e magra como os outros. Pappy e meu pai a ajudaram a entrar no barco. Ela sentou ao meu lado com o bebê no colo e de repente eu estava face a face com meu novo primo.

— Eu sou Luke — eu disse, embora fosse uma hora esquisita para apresentações.

— Eu sou Libby — ela disse, com um sorriso que fez meu coração disparar. O bebê dormia. Não tinha crescido muito desde que eu o vi na janela na noite em que nasceu. Era pequeno e enrugado e parecia faminto. Mas minha avó estava à espera dele.

Rayford Latcher entrou no barco e sentou o mais longe possível de mim. Era um dos três Latcher que me atacaram na última vez que estive em sua casa. Percy, o mais velho dos meninos e o líder do assalto, estava escondido na varanda. Mais duas crianças foram postas no barco, então o senhor Latcher saltou para dentro também.

— Voltaremos em poucos minutos — ele disse para a senhora Latcher e para os outros que ficaram na varanda. Parecia que tinham sido deixados para morrer.

A chuva despencou rapidamente e o vento mudou. Pappy e meu pai remavam com a maior força possível, mas o barco mal se movia. O senhor Latcher saltou na água e por um segundo desapareceu por completo. Então, firmou os pés no fundo, com a água até o peito. Segurou uma corda presa na proa e começou a nos puxar pela estrada.

O vento continuava a nos levar para o algodoal, por isso meu pai desceu do barco e começou a empurrar na popa.

— Cuidado com as cobras — o senhor Latcher avisou outra vez. Os dois homens estavam encharcados.

— Percy quase foi picado uma vez — Libby me disse. — A cobra foi nadando até a varanda. — Ela estava inclinada sobre o bebê, tentando mantê-lo seco.

— Como é o nome dele? — perguntei.

— Não tem nome ainda.

Eu nunca ouvira tamanha bobagem. Um bebê sem nome. A maioria dos que nasciam na igreja batista tinha dois ou três nomes mesmo antes de vir ao mundo.

— Quando Ricky vai voltar para casa? — ela murmurou.

— Eu não sei.

— Ele está bem?

— Está.

Ela parecia ansiosa por notícias dele e isso me deixava embaraçado. Mas não era desagradável sentar ao lado de uma menina tão bonita que queria murmurar coisas para mim. Os irmãos mais novos estavam encantados com a aventura.

Quando chegamos perto da estrada, a água ficou mais rasa e o barco finalmente encontrou lama. Nós todos descemos e os Latcher amontoaram-se na nossa picape. Pappy se encarregou da direção.

— Luke, você fica comigo — meu pai disse.

A picape se afastou e o senhor Latcher e meu pai viraram a proa do bote e começaram a empurrar e puxar de volta para a casa. O vento era tão forte que tinham de se curvar contra ele. Segui sozinho no barco, com a cabeça abaixada, tentando não me molhar. O granizo caía cada vez mais frio.

O lago em volta da casa estava agitado quando chegamos perto. O senhor Latcher puxou o barco para a varanda outra vez e começou a gritar instruções para a mulher. Um pequeno Latcher entregue pela mãe quase caiu quando uma rajada de vento atingiu o barco e o afastou da varanda. Percy estendeu um cabo de vassoura que eu agarrei, ajudando a aproximar o barco outra vez. Meu pai e o senhor Latcher gritavam ordens. Faltavam quatro crianças e todas queriam entrar no barco ao mesmo tempo. Eu as ajudei, uma de cada vez.

— Segure firme, Luke! — meu pai repetiu uma dezena de vezes.

Quando as crianças estavam no barco, a senhora Latcher atirou um saco de lona que parecia cheio de roupas. Imaginei que devia ser tudo que possuíam. O saco caiu aos meus pés e eu o segurei como se fosse uma coisa valiosa. Ao meu lado estava uma pequena Latcher descalça — nenhum deles estava calçado — com uma blusa sem mangas para cobrir os braços. Estava gelada e agarrou minhas pernas como se temesse ser levada pelo vento. Ergueu os olhos cheios de lágrimas para mim e disse: "Muito obrigada." A senhora Latcher subiu no barco, abrindo caminho entre os filhos, gritando com o marido porque ele estava gritando com ela. Com o barco lotado e todos os Latcher a salvo, fizemos meia-volta e seguimos na direção da estrada. Nós todos nos abaixamos para proteger o rosto da chuva.

Meu pai e o senhor Latcher esforçavam-se furiosamente, para empurrar o barco contra o vento. Em alguns lugares a água chegava somente aos seus joelhos, mas em outros alcançava o peito, dificultando o trabalho. Lutavam para nos manter no centro da estrada, longe do algodão. A volta da nossa pequena viagem foi muito mais lenta.

Pappy não estava esperando. Não tivera tempo suficiente para descarregar a primeira leva e voltar para a segunda. Quando chegamos à lama, meu pai amarrou o barco do senhor Jeter num poste da cerca e disse:

— Não adianta esperar aqui.

Patinhamos na lama, lutando contra o vento e a chuva até chegarmos ao rio. Os pequenos Latcher tinham pavor da ponte e não me lembro de jamais ter ouvido tanto choro e gritaria. Eles se agarravam nos pais. O senhor Latcher carregava agora o saco de lona. No meio do caminho para o São Francisco, olhei para baixo e vi que a senhora Latcher também estava descalça.

Quando estávamos seguros no nosso lado do rio, vimos Pappy chegando.

Minha avó e minha mãe esperavam na varanda dos fundos onde tinham instalado uma espécie de linha de montagem. Receberam a segunda leva de Latcher e os mandaram para a outra extremidade da varanda, para uma pilha de roupas. Os Latcher se despiram, alguns preocupados com a privacidade, outros não e vestiram as roupas usadas dos Chandler que estavam há décadas na família. Com roupas secas e quentes, foram mandados para a cozinha, onde havia comida bastante para várias refeições. Minha avó serviu salsichas e presunto. Tinha feito duas fôrmas de biscoitos. A mesa estava coberta com tigelas grandes de todos os vegetais cultivados na horta por minha mãe nos últimos seis meses.

Os dez Latcher se amontoaram em volta da mesa — o bebê dormia em algum lugar. Comeram quase o tempo todo em silêncio, não sei se por vergonha, alívio ou simplesmente fome. Passavam as tigelas e uma vez ou outra agradeciam uns aos outros. Minha mãe e minha avó serviram chá e alvoroçavam-se em volta deles. Eu os observava da porta, Pappy e meu pai na varanda da frente, tomavam café e olhavam a chuva.

Uma vez servida a refeição, fomos para a sala de estar onde minha avó acendera o fogo. Nós cinco sentamos perto da lareira e por um longo tempo ouvimos os Latcher na cozinha. Falavam baixo, mas os garfos e as facas tilintavam. Estavam aquecidos e não mais tinham fome. Como era possível haver gente tão pobre?

Achei impossível continua odiando os Latcher. Eram gente como nós que tiveram a pouca sorte de ser meeiros. Era errado da minha parte desprezá-los. Além disso, eu estava encantado com Libby.

Começava a desejar que ela talvez pudesse gostar de mim.

Quando nos aquecíamos na satisfação de nossa bondade, o bebê começou a gritar em algum lugar da casa. Minha avó levantou-se de um salto e saiu da sala correndo.

— Eu vou ver — eu a ouvi dizer na cozinha. — Vocês acabem de comer.

Não ouvi nenhum Latcher tentando se afastar da mesa. Aquele bebê chorava desde a noite em que nasceu e todos estavam acostumados.

Mas nós, os Chandler, não estávamos. Ele chorou aos berros, durante todo o tempo do almoço. Minha avó andou de um lado para o outro com ele no colo durante uma hora, enquanto meus pais e Pappy levavam os Latcher para suas novas acomodações no sótão do celeiro. Libby voltou com eles para ver o bebê, que continuava a gritar. A chuva tinha parado e minha mãe levou o bebê para um passeio em volta da casa, mas o ar livre não parecia ser o que ele queria. Eu nunca ouvi ninguém gritar sem parar, com tamanha violência.

No meio da tarde estávamos exaustos. Minha avó tentou vários dos seus remédios, misturas fracas que só pareciam piorar as coisas. Libby levou o bebê para o balanço na varanda mas também não adiantou. Minha avó cantou valsando com ele no colo por toda a casa. Mais gritos, mais altos ainda, me pareceu. Minha mãe andou pela casa com o bebê. Pappy e meu pai há muito tempo tinham desaparecido. Eu tive vontade de sair correndo e me esconder no silo.

— O pior caso de cólica que já vi — minha avó disse.

Mais tarde, quando Libby balançava o bebê na varanda da frente, ouvi outra conversa. Parece que quando eu era um bebê tive uma crise severa de cólica. A mãe de minha mãe, agora morta, que morava na cidade, numa casa pintada, me deu um pouco de sorvete de baunilha. Eu parei de chorar imediatamente e em poucos dias a cólica desapareceu.

Um pouco depois, tive outra crise. Minha avó paterna não costumava ter sorvete no seu freezer. Meus pais me puseram na picape e foram para a cidade. No caminho, parei de chorar e dormi. Eles acharam que o movimento do carro tinha resolvido o caso.

Minha mãe me mandou chamar meu pai. Tirou o bebê dos braços de Libby, que agora estava ansiosa para se livrar dele e fomos para a picape.

— Vamos à cidade? — perguntei.

— Vamos — minha mãe disse.

— E ele? — meu pai perguntou, apontando para o bebê.
— Não deve ser um segredo?

Minha mãe tinha esquecido. Se fossemos vistos na cidade com um bebê misterioso, as fofocas seriam capazes de fazer parar o tráfego.

— Vamos nos preocupar com isso quando chegarmos lá — ela disse, entrando e batendo a porta da picape. — Vamos.

Meu pai ligou o motor e deu marcha a ré. Depois de uma breve pausa, o bebê começou a chorar outra vez. Quando chegamos ao rio, eu estava pronto para atirar aquela coisinha pela janela.

Mas, assim que entramos na ponte aconteceu uma coisa curiosa. O bebê aos poucos foi ficando quieto e imóvel. Fechou a boca e os olhos e adormeceu profundamente. Minha mãe sorriu para meu pai como quem diz, "Está vendo? Eu disse para você".

A caminho da cidade, meus pais conversaram em voz baixa o tempo todo. Resolveram que minha mãe desceria da picape na frente da nossa igreja, depois correria para o armazém de Pop e Pearl para comprar sorvete. Tinham medo que Pearl suspeitasse do fato de minha mãe comprar sorvete, e só sorvete, uma vez que não precisávamos de nada no momento e ia querer saber por quê, exatamente, minha mãe estava na cidade numa tarde de quarta-feira. Concluíram que a curiosidade de Pearl não podia ser satisfeita de modo algum e que seria de certo modo divertido deixar que ela sofresse um pouco. Por mais esperta que fosse, Pearl jamais adivinharia que o sorvete era para um bebê ilegítimo escondido na picape.

Paramos na frente da nossa igreja. Não tinha ninguém por perto e minha mãe entregou o bebê para mim, ensinando como eu devia segurar aquela criaturinha. Quando ela fechou a porta, a boca do bebê estava escancarada, os olhos brilhavam, os pulmões se encheram de raiva. Ele gritou duas vezes e quase me matou de susto, antes que meu pai engatasse a marcha pondo a picape em movimento outra vez, e começamos a rodar sem destino pelas ruas de Black Oak. O bebê olhou para mim e parou de chorar.

— Não pare de jeito nenhum — eu disse para meu pai.

Passamos pela usina, uma visão deprimente sem nenhuma atividade. Passamos por trás da igreja metodista e da escola, depois viramos para o sul, na rua Principal. Minha mãe saiu do armazém de Pop e Pearl com um pequeno saco de papel e, como era de esperar, Pearl estava bem atrás dela, falando sem parar. As duas conversavam quando passamos por elas. Meu pai acenou como se não houvesse nada de extraordinário.

Eu estava certo de que estávamos prestes a ser apanhados com o bebê Latcher. Bastava ele dar um grito que toda a cidade descobriria o segredo.

Passamos pela usina outra vez e quando nos dirigíamos para a igreja, vimos minha mãe à nossa espera. Paramos para apanhá-la e o bebê abriu os olhos. Seu lábio inferior tremeu. Ele estava pronto para gritar quando eu quase o atirei para minha mãe e disse:

— Tome, fique com ele.

Saí da picape antes que ela tivesse tempo de entrar. Minha rapidez os surpreendeu.

— Aonde você vai, Luke? — meu pai quis saber.

— Dêem algumas voltas. Preciso comprar tinta.

— Entre no carro! — ele disse.

O bebê começou a chorar e minha mãe saltou rapidamente para dentro da picape. Eu dei a volta por trás do carro e corri para a rua, o mais depressa que pude.

Atrás de mim ouvi outro grito, não tão alto, e a picape começou a se mover.

Corri para a loja de ferragens, fui até o balcão das tintas e pedi três latas de Tinta Pittsburgh branca.

— Só tenho duas — ele disse.

Fiquei surpreso. Como podia acabar a tinta numa loja de ferragens?

— Devo receber mais na próxima segunda-feira — explicou.

— Então, me dê as duas — eu disse.

Eu tinha certeza de que duas latas de cinco litros cada uma não eram suficientes para pintar a frente da casa, mas dei a ele seis notas de um dólar e ele me deu o troco.

— Deixe que eu levo para você — ele disse.

— Não, eu posso levar. — Apanhei as duas latas. Com esforço levantei-as do balcão e quase cambaleando saí da loja. Levei as latas até a calçada. Olhei para os dois lados, esperando ouvir o choro de um bebê doente. Felizmente, a cidade estava quieta.

Pearl apareceu na calçada, na frente do seu armazém, olhando atentamente para todos os lados. Eu me escondi atrás de um carro estacionado. Então vi nossa picape vindo do sul, muito devagar, parecendo muito suspeita. Meu pai me viu e parou no meio da rua. Carreguei as duas latas com todas as minhas forças e corri para o carro. Ele saltou para me ajudar. Saltei para a parte de trás da picape e ele me entregou a tinta. Eu preferia fazer a viagem ali atrás, longe do pequeno Latcher. No momento em que meu pai entrou no carro, o bebê deu um grito.

A picape pulou para a frente e o bebê ficou quieto. Eu gritei.

— Como vai, Pearl! — quando passamos rapidamente por ela.

Libby esperava por nós, sentada nos degraus da frente, ao lado da minha avó. Quando a picape parou, o bebê começou a gritar. As mulheres o levaram para a cozinha e começaram a enchê-lo de sorvete.

— Nem toda a gasolina do Condado de Craighead é suficiente para manter essa coisinha quieta — meu pai disse.

Felizmente o sorvete o acalmou. O pequeno Latcher adormeceu nos braços da mãe.

Como o sorvete de baunilha dera certo quando eu tive cólica, essa cura era mais uma prova de que o bebê era em parte um Chandler. Não foi exatamente um consolo para mim.

CAPÍTULO 35

TER UM CELEIRO CHEIO DE LATCHER não fazia parte dos nosso planos de modo algum. E embora reconfortados, no começo, por nossa caridade cristã e nossa boa vizinhança, logo começamos a querer saber por quanto tempo iam ficar conosco. Toquei no assunto pela primeira vez durante o jantar, quando, depois de uma longa conversa sobre os eventos do dia, eu disse:

— Quanto tempo eles vão ficar?

Pappy era de opinião que eles iriam embora logo que as águas baixassem. Morar no celeiro de outro fazendeiro era tolerável na mais urgente das circunstâncias, mas ninguém que se respeitasse, por pouco que fosse, passaria um dia mais do que o necessário.

Meu pai disse que a dilapidada casa deles não ia agüentar a enchente e eles não teriam para onde voltar. Além disso, não tinham carro, nenhum meio de transporte. Há dez anos eles vinham passando fome em suas terras. Para onde podiam ir? Pappy, ao que parece, ficou um pouco deprimido pensando nisso.

Minha mãe só ouvia, mas em dado momento ela disse que os Latcher não eram o tipo de gente que fica embaraçada por morar no celeiro de outra pessoa. E ela se preocupava com as crianças, não só com os problemas evidentes de saúde e nutrição, mas também de instrução e crescimento espiritual.

A previsão de Pappy de que partiriam em breve foi debatida em volta da mesa e derrubada por votos.

— Nós sobreviveremos — minha avó disse. — Temos comida suficiente para alimentar a nós e a eles durante todo o inverno. Estão aqui, não têm para onde ir e vamos tomar conta deles. — Ninguém estava disposto a discutir com ela.

— Deus nos deu uma horta farta por alguma razão — ela acrescentou, indicando minha mãe com um movimento da cabeça. Em Lucas, Jesus diz: "Convide os pobres, os aleijados, os cegos e você será abençoado."

— Vamos matar dois porcos em vez de um — Pappy disse —, teremos bastante carne no inverno.

O processo de matar o porco seria no começo de dezembro, com o ar frio e as bactérias mortas. Todos os anos um porco era morto com um tiro na cabeça, mergulhado em água fervente e dependurado numa árvore perto do galpão das ferramentas, depois eviscerado e retalhado em mil pedaços. Dele tirávamos bacon, presunto, lombo, salsicha e costeletas. Tudo era aproveitado — língua, miolos, pés. "Tudo menos o ronco", era uma frase que eu ouvia durante toda minha vida. O senhor Jeter, no outro lado da estrada era um bom açougueiro. Ele supervisionava a abertura da barriga do porco e depois retirava as entranhas com perfeição. Recebia uma quarta parte dos melhores pedaços.

Minha primeira lembrança da morte de um porco foi de ter corrido para trás da casa e vomitado. Mas com o passar do tempo, eu esperava ansiosamente por ela. Se você queria presunto e bacon, tinha de matar um porco. Mas eram necessários mais de dois porcos para alimentar os Latcher até a primavera. Eles eram onze, incluindo o bebê, que no momento estava vivendo de sorvete de baunilha.

Enquanto falávamos sobre eles, comecei a pensar na nossa ida para o norte.

A viagem agora parecia mais convidativa. Eu tinha simpatia pelos Latcher e estava orgulhoso por termos salvo toda a família. Sabia que esperava-se que os cristãos ajudassem os pobres. Compreendia tudo isso, mas não podia imaginar passar o inverno com todas aquelas crianças pequenas correndo por nossa fazenda. As aulas iam começar logo. Será que os Latcher iriam comigo? Uma vez que eram novos alunos, iam esperar que eu os orientasse? O que meus amigos iam pensar? Eu não via nada além de humilhação.

E agora que eles moravam conosco, era só questão de tempo para que o grande segredo fosse revelado. Ricky seria apontado como o pai. Pearl descobriria para onde ia todo aquele sorvete de baunilha. Alguma coisa ia vazar de algum modo e estaríamos arruinados.

— Luke, você já acabou? — meu pai perguntou, arrancando-me dos meus pensamentos.

Meu prato estava vazio. Todos olharam para ele. Tinham assuntos de adultos para tratar. Era a minha deixa para arranjar algo para fazer.

— O jantar estava muito bom. Se me dão licença? — eu disse, recitando minha fala padrão.

Minha avó inclinou a cabeça, assentindo, fui para a varanda dos fundos e segurei a porta de tela para que não batesse. Então fui sorrateiramente para um banco, ao lado da porta da cozinha, de onde podia ouvir tudo que dissessem. Estavam preocupados com dinheiro. A dívida da safra seria "rolada" até a primavera próxima e então, tratariam disso. As outras contas da fazenda podiam se atrasar também, embora Pappy detestasse a idéia de ter de contemporizar com os credores.

Sobreviver ao inverno era muito mais urgente. Alimento não era problema. Precisávamos de dinheiro para pagar a luz, a gasolina e o óleo para a picape e coisas básicas como café, farinha e açúcar. E se alguém ficasse doente e precisasse de médico ou de remédios? Se a picape quebrasse e precisassem comprar peças?

— Ainda não demos nada para a igreja este ano — lembrou minha avó.

Pappy estimava que trinta por cento da safra ainda estava no campo, mergulhada na água. Se o tempo melhorasse dando para secar tudo, podíamos salvar uma pequena parte. Isso significava uma pequena renda, mas iria quase toda para a usina. Nem ele nem meu pai estavam otimistas sobre a possibilidade de colher mais algodão.

O problema era dinheiro em espécie. Estavam quase sem nenhum e sem esperança de entrar algum. Mal tinham para pagar a luz e a gasolina até o Natal.

— Jimmy Dale está guardando um emprego para mim na fábrica da Buick — meu pai disse —, mas não pode esperar muito. Os empregos estão difíceis no momento. Precisamos ir para o norte.

Segundo Jimmy Dale, o ordenado atual era de três dólares por hora, quarenta e duas horas por semana, mas podiam também fazer hora extra.

— Ele diz que posso ganhar perto de duzentos dólares por semana — meu pai disse.

— Mandaremos tudo que for possível — minha mãe acrescentou.

Pappy e minha avó ensaiaram um protesto, mas todos sabiam que a decisão estava tomada. Ouvi um barulho ao longe, um som vagamente familiar. À medida que o barulho se aproximava, eu me encolhi e desejei ter me escondido na varanda da frente.

O bebê estava de volta, zangado outra vez e sem dúvida querendo sorvete de baunilha. Saí da varanda e dei alguns passos na direção do celeiro. No escuro, vi Libby e a senhora Latcher aproximando-se da casa. Abaixei-me ao lado do galinheiro e elas passaram. O choro constante ecoava na nossa fazenda.

Minha avó e minha mãe foram ao encontro delas, na varanda. Uma luz foi acesa e eu vi todas em volta do pequeno monstro. Elas o levaram para dentro. Pela janela eu podia ver meu pai e Pappy fugindo para a varanda dos fundos.

Com quatro mulheres cuidando dele, dentro de poucos minutos o bebê parou de chorar. Quando as coisas se aquietaram, Libby saiu da cozinha. Sentou na beirada da varanda no mesmo lugar que Caubói estava quando me mostrou a faca. Voltei para a casa e disse:

— Oi, Libby — quando cheguei perto dela.

Ela se sobressaltou, mas logo se acalmou. Os nervos da pobre menina estavam à flor da pele por causa da cólica do bebê.

— Luke — ela disse. — O que está fazendo?

— Nada.

— Venha sentar aqui — ela disse, apontando para o lugar ao seu lado. Eu obedeci.

— Aquele bebê chora o tempo todo? — perguntei.

— É o que parece. Mas eu não me importo.

— Não?

— Não. Ele me faz lembrar de Ricky.

— É mesmo?

— Sim, é. Quando ele volta para casa? Você sabe, Luke?

— Não. Sua última carta dizia que ele deve estar em casa para o Natal.

— Ainda faltam dois meses!

— É, mas não tenho muita certeza. Minha avó diz que todo soldado diz que vai voltar para o Natal.

— Eu mal posso esperar — ela disse, visivelmente esperançosa.

— O que vai acontecer quando ele voltar? — perguntei, não muito certo de que queria ouvir a resposta.

— Vamos casar — ela disse, com um grande e belo sorriso, os olhos maravilhados com a antecipação.

— Vão?

— Sim, ele prometeu.

Certamente eu não queria ver Ricky casado. Ele me pertencia. Iríamos pescar e jogar beisebol e ele me contaria histórias da guerra. Seria meu irmão mais velho, não o marido de alguém.

— Ele é a coisa mais doce que já vi — ela disse, olhando para o céu.

Ricky era uma porção de coisas, mas eu jamais o chamaria de doce. Mas afinal, era impossível dizer o que ele tinha feito para impressioná-la.

— Você não pode contar para ninguém, Luke — ela disse, muito séria. — É o nosso segredo.

Essa é a minha especialidade, tive vontade de dizer.

— Não se preocupe — eu disse. — Posso guardar um segredo.

— Você sabe ler e escrever, Luke?
— Claro, e você?
— Muito bem.
— Mas você não vai à escola.
— Eu fui até a quarta série, depois minha mãe não parava de ter filho e tive de deixar a escola. Escrevi uma carta para Ricky, contando tudo sobre o bebê. Você tem o endereço dele?

Eu não tinha certeza se Ricky queria receber carta dela e por um momento pensei em me fazer de tolo. Mas o caso era que eu gostava de Libby. Ela era tão apaixonada por Ricky que parecia errado não dar o endereço.

— Sim, eu tenho.
— Você tem envelope?
— Claro.
— Podia mandar a carta para mim? Por favor, Luke. Acho que Ricky não sabe do nosso bebê.

Alguma coisa me dizia para ficar fora da cena. Isso era entre eles.

— Sim, acho que posso.
— Oh, muito obrigada, Luke — ela disse, quase chorando. Ela abraçou meu pescoço com força — Dou a carta para você amanhã. E você promete que põe no correio para mim?
— Prometo — pensei no senhor Thornton do correio e como ele fiaria curioso se eu mandasse uma carta de Libby Latcher para Ricky, na Coréia. Eu daria um jeito. Talvez fosse melhor perguntar à minha mãe.

As mulheres levaram o bebê Latcher para a varanda de trás e minha avó o acalentou por algum tempo. Minha mãe e a senhora Latcher comentaram o quanto o bebê estava cansado — todo aquele choro o deixava exausto — por isso quando dormia era com um sono pesado. Logo fiquei entediado de tanto ouvir falar no bebê.

Minha mãe me acordou logo depois do nascer do sol e em vez de me chamar para enfrentar outro dia na fazenda, sentou na minha cama, perto do travesseiro e começou a falar.

— Vamos partir amanhã de manhã, Luke. Vou fazer as malas hoje. Seu pai ajudará você a pintar a frente da casa, por isso acho melhor começar.

— Está chovendo? — perguntei, sentando-me na cama.

— Não. Está encoberto, mas você pode pintar.

— Por que vamos amanhã?

— Está na hora.

— Quando vamos voltar?

— Não sei. Vá tomar café. Teremos um dia muito ocupado.

Comecei a pintar antes das sete, com o sol mal aparecendo acima da linha das árvores ao leste. A grama estava molhada e a casa também, mas eu não tinha escolha. Porém, logo as tábuas secaram e meu trabalho ficou mais fácil. Meu pai se juntou a mim e movemos o andaime de modo que ele pudesse alcançar os lugares mais altos. Então, o senhor Latcher nos encontrou e depois de observar o trabalho por alguns momentos ele disse:

— Eu gostaria de ajudar.

— Não precisa fazer isso— meu pai disse, dois metros acima dele.

— Eu gostaria de pagar a acolhida — ele disse. O senhor Latcher não tinha mesmo nada para fazer.

— Tudo bem. Luke, vá apanhar aquele outro pincel.

Corri para o galpão das ferramentas, satisfeito por ter mais uma vez atraído alguma mão-de-obra de graça. O senhor Latcher começou a pintar furiosamente, como se quisesse provar o quanto valia.

Um bando de crianças se juntou para assistir. Contei sete Latcher no chão atrás de nós, todos eles, menos Libby e o bebê, sentados, nos observando com rostos inexpressivos.

Imaginei que estavam esperando o café da manhã. Eu os ignorei e continuei meu trabalho.

Porém, começou a ficar difícil. Pappy apareceu à minha procura, primeiro, dizendo que queria ir até o regato para inspecionar a enchente. Eu disse que precisava pintar. Meu pai disse:

— Vá, Luke — e isso anulou meu protesto.

Saímos no trator, atravessamos os campos inundados até a água chegar quase acima das rodas da frente. Quando não dava mais passagem, Pappy desligou o motor. Ficamos sentados por um longo tempo no trator, rodeados pelo algodão molhado que tínhamos trabalhado tanto para cultivar.

— Você vai embora amanhã — ele disse, finalmente.

— Sim, senhor.

— Mas vai voltar logo.

— Sim, senhor. — Minha mãe, não Pappy, ia determinar quando voltaríamos. E se Pappy pensava que um dia íamos voltar para nossos pequenos lugares da fazenda da família e começar outra safra, estava muito enganado. Senti pena dele, e comecei a sentir saudades.

— Estive pensando muito sobre Hank e Caubói — ele disse, sem tirar os olhos da água na frente do trator. — Vamos deixar como está, foi o que concordamos. Nada de bom pode vir se contarmos para alguém. É um segredo que levaremos para o túmulo. — Ele estendeu a mão direita para mim. — Combinado? — perguntou.

— Combinado — repeti, apertando a mão grossa e calosa.

— Não esqueça do seu Pappy lá no norte, está ouvindo?

— Não vou esquecer.

Ele ligou o motor do trator, engatou a marcha e seguimos no meio da enchente.

Quando voltamos para a frente da casa, Percy Latcher estava com meu pincel, trabalhando com afinco. Sem uma palavra ele entregou o pincel para mim e foi sentar debaixo de uma árvore. Pintei por mais ou menos dez minutos, e então minha avó apareceu na varanda e disse:

— Luke, venha cá. Quero mostrar uma coisa.

Ela me levou para trás da casa, na direção do silo. Havia poças de lama por toda a parte e a enchente estava a dez metros do celeiro. Ela queria dar um passeio e conversar um pouco, mas havia água e lama por todo lado. Sentamos na beirada da parte de trás da picape.

— O que quer me mostrar? — perguntei, depois de um longo silêncio.

— Oh, nada. Só queria passar alguns minutos sozinha com você. Vocês vão embora amanhã. Eu estava tentando lembrar se você alguma vez passou uma noite longe desta casa.

— Não que eu me lembre — eu disse. Eu sabia que tinha nascido no quarto onde meus avós dormiam agora. Sabia que minha avó foi a primeira a tocar em mim, foi quem fez o parto e cuidou de minha mãe. Não, eu nunca tinha deixado aquela casa, nem por uma noite.

— Você vai ficar muito bem no norte — ela disse, sem muita convicção. — Muita gente daqui vai para lá à procura de trabalho. Sempre se saem bem e sempre voltam para casa. Você estará em casa quando menos esperar.

Eu amava minha avó com o ardor com que qualquer criança pode amar uma avó, mas de certo modo sabia que nunca ia morar outra vez na sua casa e trabalhar nos seus campos.

Falamos um pouco sobre Ricky, depois sobre os Latcher. Minha avó pôs o braço nos meus ombros e me aconchegou, fazendo-me prometer mais de uma vez que escreveria para ela. Tive de prometer também estudar bastante, obedecer a meus pais, ir à igreja, aprender as Escrituras e cuidar da dicção para não falar como um ianque.

Quando ela conseguiu todas as promessas, eu estava exausto. Voltamos para a casa, evitando as poças d'água.

A manhã se arrastou lentamente. A horda dos Latcher dispersou depois do café, mas voltou para o almoço. Esperaram que terminasse a competição entre meu pai e o senhor Latcher para ver quem pintava mais depressa a frente da casa.

Almoçaram na varanda dos fundos. Terminada a refeição, Libby me levou para um lado e entregou a carta para Ricky. Eu tinha conseguido um envelope branco dos que eram guardados na mesa da cozinha. Enderecei para Ricky, via o caminho da correspondência para o exército em San Diego e colei o selo. Libby ficou impressionada. Pôs a carta cuidadosamente no envelope e passou a língua duas vezes para fechá-lo.

— Muito obrigada, Luke — ela disse, com um beijo na minha testa.

Escondi o envelope debaixo da camisa. Eu estava resolvido a contar para minha mãe, mas não tivera ainda oportunidade.

As coisas estavam indo muito depressa. Minha mãe e minha avó passaram a tarde lavando e passando as roupas que levaríamos. Meu pai e o senhor Latcher pintaram até acabar a tinta. Eu queria tempo para ir mais devagar, mas o dia foi apressado.

Depois de outro jantar em silêncio, todos preocupados com a viagem para o norte, mas por razões diferentes. A tristeza me fez perder o apetite.

— Este será seu último jantar aqui por algum tempo, Luke — Pappy disse. Não sei por que ele disse isso, pois, certamente não ajudava as coisas.

— Dizem que a comida no norte não é nada boa — minha avó observou, tentando animar o ambiente. Isso também não caiu bem.

Estava frio demais para sentar na varanda. Reunidos na sala de estar, tentamos conversar como se nada tivesse mudado. Mas nenhum assunto parecia apropriado. Coisas da igreja eram tediosas. A temporada de beisebol tinha acabado. Ninguém queria mencionar Ricky. Nem o tempo conseguiu prender nossa atenção.

Finalmente desistimos e fomos para a cama. Minha mãe ajeitou minhas cobertas e me deu um beijo de boa-noite. Então minha avó fez o mesmo. Pappy entrou no quarto para algumas palavras, uma coisa que nunca fez antes.

Quando finalmente fiquei sozinho, fiz minhas orações. Depois olhei para o teto escuro e tentei acreditar que aquela era a minha última noite na fazenda.

CAPÍTULO 36

MEU PAI FORA FERIDO NA ITÁLIA, em 1944. Foi tratado lá, depois num navio-hospital e então mandado para Boston, onde passou algum tempo fazendo reabilitação. Chegou à estação de ônibus em Mênfis, com duas mochilas do exército americano cheias de roupas e algumas lembranças. Dois meses depois casou com minha mãe. Dez meses depois eu entrei em cena.

Eu nunca tinha visto mochilas do exército. Ao que eu sabia, desde a guerra não eram usadas. Quando entrei na sala de estar, cedo, na manhã seguinte, lá estavam elas cheias de roupas e minha mãe arrumava as outras coisas nas malas. O sofá estava cheio de vestidos, mantas e algumas camisas passadas na véspera. Perguntei sobre as mochilas e ela disse que há oito anos estavam no sótão do galpão das ferramentas.

— Agora, apresse-se e tome seu café — ela disse, dobrando uma toalha.

Minha avó não omitiu nada da nossa refeição final. Ovos, salsicha, presunto, batatas fritas, tomates assados e biscoitos.

— É uma longa viagem de ônibus — ela disse.

— De quanto tempo? — perguntei sentado à mesa, esperando minha primeira xícara de café. Os homens estavam em algum lugar, fora da casa.

— Seu pai disse dezoito horas. Só Deus sabe quando terão outra refeição decente. — Delicadamente ela pôs o café na minha frente, depois beijou minha cabeça. Para minha avó a única boa refeição era preparada na sua cozinha com ingredientes diretos da fazenda.

Os homens já tinham tomado café. Minha avó sentou ao meu lado com sua xícara de café vendo-me devorar o banquete que tinha preparado. Voltamos às promessas — escrever, obedecer a meus pais, ler a Bíblia, fazer minhas orações, ter cuidado de não me transformar num ianque. Era praticamente uma lista de chamada dos mandamentos. Eu mastigava e assentia com a cabeça nos momentos certos.

Ela explicou que minha mãe ia precisar de ajuda quando o novo bebê chegasse. Com certeza haveria outras pessoas de Arkansas em Flint, boas almas batistas em quem podíamos confiar, mas eu tinha de ajudar nos trabalhos da casa.

— Que tipo de trabalho? — perguntei, com a boca cheia de comida. Eu pensava que a idéia dessas tarefas tediosas limitava-se à fazenda. Pensei que estava deixando tudo isso para trás.

— Coisas da casa — ela disse, de repente vaga. Minha avó jamais passara uma noite na cidade. Não tinha idéia de onde íamos morar, como nós também não tínhamos. — Você apenas trate de ajudar quando o bebê nascer — ela disse.

— E se ele chorar como o bebê Latcher?

— Não vai chorar. Nenhum bebê jamais chorou como aquele.

Minha mãe passou por nós, andando rapidamente, com os braços cheios de roupas. Há anos ela sonhava com esse dia. Pappy, minha avó e talvez meu pai pensavam que nossa partida era apenas temporária. Para minha mãe era um marco importante. Aquele dia significava uma mudança não só em sua vida, mas especialmente na minha. Ela me convencera desde pequeno de que eu não seria fazendeiro, e com a partida estávamos cortando os elos que nos prendiam à fazenda.

Pappy entrou na cozinha e se serviu de café. Sentou no seu lugar, na cabeceira da mesa, ao lado de minha avó, vendo-me comer. Ele não era bom para dar boas-vindas e certamente era péssimo para despedidas. Na sua opinião, quanto menos se fala é melhor.

Quando terminei de me empanturrar a ponto de sentir algum desconforto, Pappy e eu fomos para a varanda da frente.

A CASA PINTADA

Meu pai estava levando as mochilas para a picape. Vestia calça cáqui de trabalho, engomada, camisa branca engomada, nada de macacão. Minha mãe estava com um bonito vestido de domingo. Não queríamos parecer refugiados dos campos de algodão de Arkansas.

Pappy me levou para o gramado na frente da casa, até onde antes ficava a segunda base e então viramos e olhamos para a casa. Ela brilhava à luz clara do sol da manhã.

— Bom trabalho, Luke — ele disse. — Você fez um belo trabalho.

— Só queria ter terminado — eu disse. Na extremidade direita, no canto em que Trot começara, havia um pedaço não pintado. Tínhamos esticado as últimas quatro latas o mais possível, mas assim mesmo ficou faltando um pouco.

— Calculo mais meia lata — Pappy disse.

— Sim, senhor. Isso deve dar.

— Compro uma no inverno — ele disse.

— Obrigado, Pappy.

— Quando vocês voltarem para casa, estará terminado.

— Eu gostaria disso.

Nós todos fomos para perto da picape e todos abraçaram minha avó pela última vez. Por um segundo pensei que ela ia desfiar a lista de promessas outra vez, mas ela estava muito emocionada. Entramos na picape — Pappy na direção, eu no meio, minha mãe na janela, meu pai na parte de trás com as mochilas — e saímos para a estrada.

Quando a picape partiu, minha avó estava sentada nos degraus da frente, enxugando o rosto. Meu pai tinha dito para eu não chorar, mas tentei evitar em vão. Segurei com força no braço de minha mãe e escondi o rosto.

Paramos em Black Oak. Meu pai tinha alguma coisa para tratar na Cooperativa. Eu queria me despedir de Pearl. A carta de Libby para Ricky estava com minha mãe e ela a levou para o correio. Tínhamos conversado longamente e ela achava que não era da nossa conta. Se Libby queria escrever uma carta para Ricky contando o nascimento do filho deles, não tínhamos o direito de evitar.

Pearl, é claro, sabia que íamos partir. Ela abraçou meu pescoço até eu pensar que ia quebrá-lo, e então me deu um saco de papel cheio de doces.

— Vai precisar disto na viagem — ela disse. Olhei boquiaberto para o enorme suprimento de chocolates, menta e balas no saco. A viagem já era um sucesso. Pop apareceu, apertou minha mão como se eu fosse um adulto e me desejou boa sorte.

Voltei correndo para a picape e mostrei meus doces para Pappy, que continuava sentado atrás da direção. Meus pais também não demoraram. Não queríamos um grande bota-fora. Nossa partida era resultado de frustração e da perda da safra. Não estávamos exatamente ansiosos para que a cidade soubesse da nossa fuga para o norte. Mas era o meio da manhã e a cidade ainda estava quieta.

Olhei para os campos ao lado da estrada para Jonesboro. Todos tão molhados quanto os nossos. As valas ao lado da estrada transbordavam com água marrom. Os regatos e riachos estavam acima das margens.

Passamos pela estrada de cascalho onde Pappy e eu tínhamos esperado para encontrar os montanheses. Ali tínhamos conhecido os Spruill e visto Hank, Tally e Trot pela primeira vez. Se outro fazendeiro estivesse ali antes de nós ou se tivéssemos chegado mais tarde os Spruill agora estariam de volta a Eureka Springs com a família intacta.

Com Caubói na direção, Tally tinha percorrido este mesmo caminho, nesta mesma picape, à noite, no meio de uma tempestade. Fugindo para o norte, para uma vida melhor, como nós. Era ainda difícil acreditar que Tally tinha fugido daquele modo.

Não vi ninguém colhendo algodão até chegarmos a Nettleton, uma cidadezinha perto de Jonesboro. Ali, as valas não estavam tão cheias, o solo não tão molhado. Alguns mexicanos trabalhavam no algodoal.

O tráfego ficou mais lento próximo da cidade. Endireitei o corpo para ver tudo: as lojas, as belas casas, os carros limpos e as pessoas andando na rua. Não me lembrava de minha última visita a Jonesboro. Quando um garoto da fazenda ia à cidade, falava nisso por uma semana. Se ia a Mênfis, então falava durante um mês. Pappy ficava visivelmente nervoso no tráfego. Segurava a direção com força, freava constantemente, resmungava. Entramos numa rua e lá estava a estação dos ônibus Greyhound, um lugar movimentado com três ônibus brilhantes enfileirados à esquerda. Paramos junto do meio-fio, perto da tabuleta de PARTIDA e descarregamos a picape rapidamente. Pappy não era muito de abraços, por isso não demoramos para nos despedir. Mas quando ele beliscou meu rosto, vi que seus olhos estavam úmidos. Por isso ele voltou depressa para a picape e saiu rapidamente. Acenamos até ele desaparecer. Senti um aperto no coração vendo a velha picape dobrar a esquina e desaparecer. Ele voltava para a fazenda, para a enchente, para os Latcher, para um longo inverno. Mas ao mesmo tempo, eu me senti aliviado por não estar voltando com ele.

Entramos na estação. Nossa aventura estava começando. Meu pai deixou as mochilas perto de algumas cadeiras e nós dois fomos ao balcão de passagens.

— Quero três passagens para St. Louis — ele disse.

Boquiaberto olhei para ele, completamente atônito.

— St. Louis? — perguntei.

Ele sorriu, mas não disse nada.

— O ônibus sai ao meio-dia — o homem disse.

Meu pai pagou as passagens e sentamos ao lado de minha mãe.

— Mamãe, vamos para St. Louis! — exclamei.

— É só uma parada, Luke — meu pai disse. — Lá tomamos um ônibus para Chicago, depois para Flint.

— Acha que vamos ver Stan Musial?

— Duvido.

— Podemos ver o Sportsman's Park?

— Não nesta viagem. Talvez na próxima.

Depois de alguns minutos me deixaram andar pela estação e examinar as coisas. Dois soldados do exército tomavam café num pequeno balcão. Pensei em Ricky e lembrei que eu não estaria em casa quando ele voltasse. Vi uma família de negros, uma coisa rara na nossa parte de Arkansas. Segurando as malas com força, pareciam tão perdidos quanto nós. Vi duas famílias de fazendeiros, mais refugiados da enchente.

Quando voltei, meus pais conversavam animadamente, de mãos dadas. Esperamos o que me pareceu uma eternidade e finalmente chamaram para o embarque. As mochilas foram para o lugar da bagagem, debaixo do ônibus e nós entramos.

Minha mãe e eu sentamos num banco, meu pai atrás de nós. Fiquei na janela e olhei pelo vidro, sem perder nada enquanto saíamos de Jonesboro e entrávamos na rodovia, seguindo velozmente para o norte, ainda rodeados por campos de algodão molhado.

Quando consegui tirar os olhos da janela, olhei para minha mãe. Com a cabeça apoiada no encosto do banco, estava com os olhos fechados e um sorriso erguia lentamente os cantos da sua boca.

Este livro foi composto pela MG Textos Editoriais Ltda.
Av. Venezuela, nº 131/813
e impresso na Editora JPA Ltda. Av. Brasil, 10.600 - Rio de Janeiro - RJ
em outubro de 2001 para a Editora Rocco Ltda.